VUELVEN

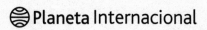

APR 2 4 2015

JASON MOTT

VUELVEN

Traducción de
Mireia Carol Gres

Planeta

Obra editada en colaboración con Editorial Planeta – España

Ésta es una obra de ficción. Los nombres, personajes, lugares y sucesos presentados son producto de la imaginación del autor o son usados de manera ficticia. Cualquier semejanza con personas reales, vivas o muertas, organización, eventos o lugares es pura coincidencia.

Título original: *The Returned*

© 2013, Jason Mott
Publicado de acuerdo con Harlequin Enterprises II B.V. / S.a.r.l.

© 2014, Mirèia Carol, por la traducción
© 2014, Editorial Planeta, S.A. - Barcelona, España

Derechos reservados

© 2014, Editorial Planeta Mexicana, S.A. de C.V.
Bajo el sello editorial PLANETA M.R.
Avenida Presidente Masarik núm. 111, 2o. piso
Colonia Chapultepec Morales
C.P. 11570, México, D.F.
www.editorialplaneta.com.mx

Primera edición impresa en España: marzo de 2014
ISBN: 978-84-08-12579-2
ISBN: 978-07783-1533-9, Harlequin Enterprises ediciones, una división de Harlequin Enterprises Limited, Ontario, Canadá, edición original

Primera edición impresa en México: julio de 2014
ISBN: 978-607-07-2223-3

Impreso en los talleres de Litográfica Ingramex, S.A. de C.V.
Centeno núm. 162-1, colonia Granjas Esmeralda, México, D.F.
Impreso en México - *Printed in Mexico*

Para mi madre y mi padre

UNO

Ese día, Harold abrió la puerta y se encontró a un hombre negro vestido con un elegante traje hecho a medida que le sonreía. En un primer momento pensó en echar mano de su escopeta, pero entonces recordó que Lucille se la había hecho vender hacía años por culpa de un incidente con un predicador ambulante y una discusión que había tenido que ver con unos perros de caza.

—¿Puedo ayudarlo en algo? —inquirió entornando los ojos para protegerse del sol, cuya luz hacía que el hombre de color pareciera aún más oscuro.

—¿Señor Hargrave? —replicó éste.

—Supongo —dijo Harold.

—¿Quién es, Harold? —gritó Lucille desde el interior. Se hallaba en la sala de estar, indignada a causa del televisor. El presentador del noticiero estaba hablando de Edmund Blithe, el primero de los Regresados, y de cómo había cambiado su vida ahora que volvía a estar en este mundo.

—¿Es mejor la segunda vez? —preguntó el presentador hablándole directamente a la cámara, dejando la respuesta a juicio de los telespectadores.

El viento susurraba entre las ramas del roble que se erguía en el jardín de Harold, cerca de la casa, pero el sol estaba tan bajo que se filtraba horizontalmente por debajo de ellas e incidía en sus ojos. Se llevó una mano a la frente a modo de visera pero, aun así, el

9

hombre de piel oscura y el muchacho eran poco más que siluetas recortadas sobre un fondo verde y azul de pinos que se extendía más allá del jardín y de un cielo sin nubes al otro lado de los árboles. El hombre era delgado pero de complexión recia bajo el traje impecable. El chiquillo, pequeño para los ocho o nueve años que Harold supuso que debía de tener.

Parpadeó tratando de ver mejor a contraluz.

—¿Quién es, Harold? —gritó Lucille por segunda vez, tras darse cuenta de que su primera pregunta no había obtenido respuesta.

Harold permaneció en el umbral, parpadeando como una luz de emergencia mientras observaba al chiquillo, que absorbía una parte cada vez mayor de su atención. Las sinapsis se pusieron en marcha en lo más recóndito de su mente, restallaron cobrando vida y le dijeron quién era aquel niño que acompañaba al forastero de piel oscura. No obstante, estaba convencido de que su cerebro se equivocaba. Forzó a su mente a volver a hacer las cuentas, pero obtuvo la misma respuesta.

En la sala de estar, el televisor mostró un plano de puños que se agitaban y bocas que aullaban, gente que gritaba con carteles en las manos y soldados con armas, imponentes como sólo los hombres investidos de autoridad y munición pueden parecer. En el centro estaba la casita adosada de Edmund Blithe, con las cortinas echadas. Lo único que se sabía era que él estaba dentro, en alguna parte.

Lucille meneó la cabeza.

—¿Te lo imaginas? —dijo. Y a continuación añadió—: ¿Quién está en la puerta, Harold?

Su esposo permaneció en el umbral, asimilando la imagen del chiquillo: bajo, pálido, pecoso, con una alborotada melena oscura. Llevaba una camiseta vieja, unos *jeans*, y mostraba una profunda expresión de alivio en los ojos, unos ojos en absoluto tranquilos y quietos, sino temblorosos de vida y llenos de lágrimas.

—¿Qué tiene cuatro patas y hace «Buuuu»? —preguntó entonces el pequeño con voz trémula.

Harold se aclaró la garganta, inseguro incluso de la respuesta.

—No lo sé —dijo.

—¡Una vaca resfriada! —contestó el niño, que corrió a abrazarse a la cintura del viejo, sollozando—. ¡Papá! ¡Papá! —exclamó antes de que Harold pudiera decir nada.

El anciano, absolutamente confuso, se desplomó contra el marco de la puerta y, movido por un instinto paternal que llevaba largo tiempo adormecido, le dio al chico unas palmaditas en la cabeza.

—Calla —susurró—. Calla.

—¿Harold? —llamó Lucille apartando por fin los ojos del televisor, convencida de que un monstruo espantoso se había presentado en su casa—. Harold, ¿qué pasa? ¿Quién es?

Su marido se pasó la lengua por los labios.

—Es... es...

Quiso decir «Joseph».

—Es Jacob —contestó por fin.

Por suerte para Lucille, el sofá estaba ahí para recogerla cuando se desmayó.

Jacob William Hargrave había muerto el 15 de agosto de 1966. El mismo día, de hecho, en que cumplía ocho años. Después de aquello, durante mucho tiempo, los lugareños siguieron hablando de su muerte a altas horas de la noche, cuando no podían dormir. Se volvían en la cama para despertar a sus cónyuges y conversaban en susurros sobre la impredecibilidad del mundo y la necesidad de considerarse afortunados con lo que tenían. A veces se levantaban de la cama y se plantaban en la puerta de la habitación de sus hijos para observarlos dormir y reflexionar en silencio sobre la naturaleza de un Dios que se llevaba a un chiquillo de este mundo a una edad tan temprana. Al fin y al cabo, eran sureños que vivían en un pequeño pueblo: ¿cómo podía una tragedia semejante no conducirlos a Dios?

Tras la muerte de Jacob, su madre, Lucille, afirmaba que había tenido el presentimiento de que aquel día iba a suceder algo terrible a causa de lo que había pasado justo la noche anterior. Lucille había soñado que se le caían los dientes, algo que mucho tiempo antes su madre le había asegurado era un presagio de muerte. Durante la fiesta de cumpleaños de Jacob había procurado estar pendiente no sólo de su hijo y del resto de los niños, sino también de todos los demás invitados. Revoloteaba de un lado a otro como un gorrión intranquilo, preguntándoles a todos cómo estaban, si tenían bastante para comer, señalando lo mucho que habían adelgazado desde la última vez que se habían visto o cuánto habían crecido sus hijos y, de vez en cuando también, comentando el tiempo tan bueno que hacía. Aquel día el sol lucía en todas partes y la vegetación era de un verde intenso.

Su inquietud, no obstante, hizo de ella una anfitriona fantástica. Ningún niño se quedó sin comer. Ningún invitado se halló falto de conversación. Incluso logró convencer a Mary Green para que les cantara más tarde aquella noche. La mujer tenía una voz muy dulce, y Jacob, si es que era lo bastante mayor para estar enamorado por alguien, estaba prendado de ella, motivo por el que Fred, el marido de Mary, solía tomarle el pelo.

Fue un buen día. Hasta que Jacob desapareció.

Se escabulló sin que nadie se diera cuenta, del modo en que sólo los niños y otros pequeños misterios pueden hacerlo. Eran entre las tres y las tres y media, como Harold y Lucille le dijeron más tarde a la policía, cuando, por razones que sólo el pequeño y la propia tierra sabían, Jacob se acercó al extremo sur del jardín, dejó atrás los pinos, cruzó el bosque y bajó hasta el río, donde, sin pedir permiso ni disculpas, se ahogó.

Sólo unos días antes de que el hombre de la Oficina se presentara a la puerta de su casa, Harold y Lucille habían estado hablando de lo que harían si su Jacob «volviera de la muerte».

—No son personas —manifestó Lucille retorciéndose las manos. Se hallaban en el porche, puesto que todos los acontecimientos importantes tenían lugar allí.

—No podríamos darle la espalda —le dijo Harold a su mujer al tiempo que golpeaba el suelo con el pie. Los ánimos se habían calentado muy deprisa.

—No son personas —repitió ella.

—Bueno, pues si no son personas, ¿qué son? ¿Vegetales? ¿Minerales? —Harold se moría de ganas de fumarse un cigarrillo. Fumar siempre lo ayudaba a sacarle ventaja a su esposa cuando discutían, lo que, sospechaba él, constituía la auténtica razón por la que Lucille se quejaba tanto de esa costumbre suya.

—No seas frívolo conmigo, Harold Nathaniel Hargrave. Esto es serio.

—¿Frívolo?

—Sí, ¡frívolo! ¡Siempre te muestras frívolo! ¡Tiendes a la frivolidad!

—No lo puedo creer. ¿Ayer qué era? *¿Locuaz?* Así que hoy es *frívolo*, ¿eh?

—No te burles de mí por intentar ser mejor. Mi mente sigue siendo tan aguda como siempre, tal vez aún más. Y no trates de cambiar de tema.

—Frívolo —Harold pronunció la palabra sonoramente, remachando la *F* inicial con tanta fuerza que una gotita brillante de saliva salió disparada y fue a parar al otro lado de la barandilla del porche—. Hummm.

Lucille lo ignoró.

—No sé lo que son —prosiguió. Se puso en pie y volvió a sentarse—. Lo único que sé es que no son como tú y como yo. Son... son... —Hizo una pausa. Preparó la palabra en la boca, construyéndola con cuidado, ladrillo a ladrillo—. Son demonios —dijo finalmente. Acto seguido se encogió, como si la palabra pudiera volverse y pegarle un mordisco—. Han venido para matarnos. ¡O para tentarnos! Es el fin de los días. «Cuando los muertos caminarán sobre la tierra.» ¡Lo dice la Biblia!

Harold resopló, aún sin poder quitarse el adjetivo «frívolo» de la cabeza. Se llevó la mano al bolsillo.

—¿Demonios? —repitió mientras su mente volvía a coger el hilo al tiempo que su mano daba con el encendedor—. Los demonios son supersticiones, producto de mentes estrechas y de imaginaciones más estrechas todavía. Si hay una palabra que debería desaparecer del diccionario es precisamente *demonios*. ¡Ja! Ésa sí que es una palabra frívola. No tiene nada que ver con cómo son las cosas en realidad, nada que ver con esos *Regresados*... Y no te equivoques, Lucille Abigail Daniels Hargrave: sí son personas. Pueden acercarse a ti y darte un beso. No he sabido nunca de un demonio que pudiera hacer eso..., aunque un sábado por la noche, antes de que nos casáramos, conocí a una chica rubia en Tulsa... Sí, ella quizá sí fuera el demonio, o un demonio por lo menos.

—¡Cállate! —chilló Lucille, tan fuerte que pareció sorprenderse a sí misma—. No voy a quedarme aquí sentada oyéndote hablar de ese modo.

—¿De qué modo?

—No sería nuestro chico —prosiguió la mujer, pronunciando las palabras con mayor lentitud mientras la seriedad de las cosas volvía flotando a ella, como el recuerdo de un hijo perdido tal vez—. Jacob está en el cielo —declaró. Sus manos se habían convertido en unos puños blancos y delgados en su regazo.

Se produjo un silencio.

Después pasó.

—¿Dónde está? —inquirió Harold.

—¿Qué?

—En la Biblia, ¿dónde está?

—¿Dónde está qué?

—¿Dónde dice «los muertos caminarán sobre la tierra»?

—¡En el Apocalipsis! —Lucille abrió los brazos al responder a la pregunta de su marido como si ésta no pudiera ser más estúpida, como si le hubiera preguntado por los patrones de vuelo de los pinos—. ¡Está justo en el Apocalipsis! ¡Los muertos caminarán sobre la tierra! —Seguía con los puños cerrados, y los esgrimió en ademán amenazador en dirección a nadie en particular, como hacían a veces en las películas.

Harold se echó a reír.

—¿En qué parte del Apocalipsis? ¿En qué capítulo? ¿En qué versículo?

—Cállate —le ordenó ella—. Lo único que importa es que está ahí. ¡Y, ahora, cállate!

—Sí, señora —repuso su esposo—. No querría ser frívolo.

Pero cuando el demonio se presentó realmente en la puerta de su casa, tan pequeño y maravilloso como lo había sido hacía tantos años, con los ojos castaños brillantes por las lágrimas, la alegría y el súbito alivio de un chiquillo que ha estado demasiado tiempo separado de sus padres, que ha pasado demasiado tiempo en compañía de extraños..., bueno, tras recuperarse de su desvanecimiento, Lucille se derritió como la cera de una vela allí mismo, delante del hombre pulcro y bien vestido de la Oficina. El hombre, por su parte, se lo tomó bastante bien. Sonrió con una sonrisa experta, pues sin duda había presenciado escenas idénticas a ésa en multitud de ocasiones durante las últimas semanas.

—Hay grupos de apoyo —señaló—. Grupos de apoyo para los Regresados. Y grupos de apoyo para sus familias. —Esbozó una sonrisa.

»Lo encontraron en un pueblecito de pescadores a las afueras de Pekín, en China —prosiguió el hombre. Les había dicho cómo se llamaba, pero tanto a Harold como a Lucille se les daba fatal recordar el nombre de la gente y, ahora, el hecho de haberse reunido con su hijo muerto no contribuía precisamente a mejorar las cosas, así que pensaban en él como en el «hombre de la Oficina»—. Según me han contado, el chico estaba de rodillas al borde de un río, tratando de atrapar un pez o algo así. Los aldeanos, ninguno de los cuales hablaba inglés lo bastante bien como para que él los entendiera, le preguntaron en mandarín cómo se llamaba, cómo había llegado hasta allí, de dónde era, todas esas preguntas que uno hace cuando encuentra a un niño perdido.

»Cuando quedó claro que el idioma constituía una barrera, un grupo de mujeres lograron tranquilizarlo. Se había echado a llorar... y ¿por qué no había de hacerlo? —El hombre volvió a sonreír—. Al fin y al cabo, ya no estaba en Kansas. Pero ellas lo calmaron. Más tarde encontraron a un funcionario que hablaba inglés, y bueno... —Se encogió de hombros bajo su traje oscuro, dando a entender que el resto de la historia era irrelevante—. Cosas como ésta están sucediendo en todas partes —añadió.

Hizo una nueva pausa y se los quedó mirando con una sonrisa genuina mientras Lucille se volcaba sobre ese hijo que, de pronto, ya no estaba muerto. Lo estrechó contra su pecho, lo besó en la coronilla y luego tomó su rostro entre las manos y lo cubrió de caricias, risas y lágrimas.

Jacob respondió del mismo modo, con risas y carcajadas, pero sin limpiarse los besos de su madre, a pesar de que se hallaba en esa edad en que limpiarse los besos de su madre habría parecido lo más oportuno.

—Son unos tiempos únicos para todos —concluyó el hombre de la Oficina.

Kamui Yamamoto

Cuando entró en la tienda, la campana de latón tintineó. En el exterior del establecimiento, alguien se estaba alejando del despachador de gasolina y no lo vio. Tras el mostrador, un hombre rollizo con la cara colorada interrumpió la conversación que mantenía con un individuo alto y desgarbado y ambos se le quedaron mirando de hito en hito. Kamui les hizo una profunda reverencia al tiempo que la campana tañía por segunda vez mientras la puerta se cerraba a su espalda.

El hombre que se hallaba tras el mostrador no dijo una palabra. Kamui volvió a inclinarse con una sonrisa.

—Perdonen —dijo, y los hombres dieron un respingo—. Me rindo —añadió levantando las manos en el aire.

El tipo de la cara roja dijo algo que Kamui no comprendió, miró al hombre larguirucho y ambos hablaron largo y tendido, mirándolo entretanto de reojo. Después, el tendero le señaló la puerta. Kamui se volvió, pero, a su espalda, no vio más que la calle desierta y el sol que salía.

—Me rindo —repitió.

Había dejado la pistola enterrada junto a un árbol, al borde del bosque donde había aparecido hacía apenas unas horas, al igual que los demás. Se había quitado incluso la chaqueta del uniforme y el sombrero y los había dejado también allí, de modo que ahora, al alba, se hallaba en la pequeña gasolinera en camiseta, pantalones y calzado con sus bien lustradas botas. Todo ello para evitar que los norteamericanos lo mataran.

—Yamamoto desu —dijo. Y a continuación añadió—: Me rindo.

El hombre del rostro colorado volvió a hablar, esta vez más fuerte. Luego, el segundo hombre se unió a él, y ambos le gritaron al tiempo que le hacían gestos señalándole la puerta.

—Me rindo —volvió a decir Kamui, temeroso, no obstante, por el modo en que estaban elevando la voz.

El tipo desgarbado cogió una lata de refresco que había sobre el mostrador y se la lanzó. Erró el tiro, volvió a gritar y a señalarle la puerta y de inmediato se puso a buscar otro objeto que arrojarle.

—Gracias —logró articular Kamui, aunque sabía que no era eso lo que quería decir, pues su inglés se limitaba a un número muy reducido de palabras. Retrocedió en dirección a la puerta.

El hombre de la cara roja buscó tras el mostrador, encontró una lata de algo y se la lanzó con un gruñido. La lata lo alcanzó encima de la sien izquierda. Kamui cayó de espaldas contra la puerta y la campana de latón sonó de nuevo.

El vendedor le tiró otras latas mientras su compañero larguirucho gritaba y buscaba sus propios objetos que lanzar, hasta que, tambaleándose, Kamui salió huyendo de la gasolinera con las manos en alto, mostrando que no estaba armado y que sólo pretendía entregarse. El corazón le latía con fuerza en los oídos.

Afuera había salido el sol y una suave luz anaranjada bañaba el pueblo, que parecía tranquilo.

Con un hilillo de sangre resbalando por el costado de su cabeza, Kamui levantó las manos y avanzó por la calle.

—¡Me rindo! —gritó, despertando a la población, con la esperanza de que la gente que encontrara lo dejara vivir.

20

DOS

Obviamente, incluso para quienes regresaban de entre los muertos había papeleo. La Oficina Internacional para los Regresados recibía financiación más deprisa de lo que podía gastarla. Y no había un solo país en el planeta que no estuviera dispuesto a rascar en los fondos públicos o a contraer deudas para tratar de conseguir el favor de cualquier funcionario de la Oficina, puesto que se trataba de la única organización a nivel mundial capaz de coordinarlo todo y a todos.

Lo irónico era que nadie en la Oficina sabía más que los demás. Todo cuanto hacían era contar a la gente y darles indicaciones para volver a casa. Nada más.

Cuando las emociones se hubieron aplacado en la casa de los Hargrave, hicieron pasar a Jacob a la cocina, donde pudo sentarse a la mesa y comer todo lo que no había comido durante su ausencia. El hombre de la Oficina se acomodó en el salón con Harold y Lucille, sacó un montón de papeles para llenar de un maletín de cuero café y puso manos a la obra.

—¿Cuándo murió el individuo que ha regresado? —inquirió el hombre de la Oficina, que, por segunda vez, dijo ser el agente Martin Bellamy.

—¿Tenemos que decir eso? —preguntó Lucille. Inspiró aire por la nariz y se retrepó en su asiento con un aire muy solemne y refinado después de haberse arreglado el largo cabello plateado, que se le había despeinado mientras acariciaba a su hijo.

—¿Decir qué? —replicó Harold.

—Se refiere a lo de que «murió» —terció el agente Bellamy.

Lucille asintió.

—¿Qué tiene de malo decir que murió? —inquirió Harold en voz más alta de lo que pretendía. Jacob seguía a la vista, aunque prácticamente no podía oírlos.

—¡Shhh!

—Murió —dijo Harold—. Fingir que no fue así no tiene sentido.

No se percató de ello, pero esta vez habló en voz más baja.

—Martin Bellamy sabe lo que quiero decir —repuso su esposa. Se retorció las manos en el regazo mientras buscaba a Jacob cada pocos segundos, como si fuera una vela en una casa llena de corrientes de aire.

El agente Bellamy sonrió.

—No pasa nada —dijo—. De hecho, es una reacción bastante común. Debería haber sido más considerado. Volvamos a empezar, ¿quieren? —Miró el cuestionario—. ¿Cuándo fue que el Regresado...?

—¿De dónde es usted?

—¿Perdón?

—¿De dónde es usted? —Harold se hallaba de pie junto a la ventana, mirando el cielo azul—. Habla como si fuera de Nueva York.

—¿Eso es bueno o malo? —repuso el hombre, como si no le hubieran preguntado por su acento una docena de veces desde que lo asignaron a los Regresados de la zona sur de Carolina del Norte.

—Es horrible —contestó Harold—. Pero soy un tipo indulgente.

—Jacob —los interrumpió Lucille—. Llámelo Jacob, por favor. Se llama Jacob.

—Sí, señora —respondió el agente Bellamy—. Lo siento. A estas alturas debería tener más conocimiento.

—Gracias, Martin Bellamy —dijo ella. De nuevo, por algún motivo, sus manos se habían convertido en puños en su regazo. Respiró hondo y, concentrándose, las extendió—. Gracias, Martin Bellamy —repitió.

—¿Cuándo se fue Jacob? —volvió a preguntar el hombre en voz baja.

—El 15 de agosto de 1966 —contestó Harold. Caminó hasta la puerta con aspecto inquieto y se pasó la lengua por los labios. Sus manos iban alternativamente de los bolsillos de sus viejos y raídos pantalones a sus viejos y raídos labios, sin encontrar la paz, o el cigarrillo, ni en uno ni en otro extremo del trayecto.

El agente Bellamy tomaba notas.

—¿Cómo sucedió?

Aquel día, el nombre de *Jacob* se había convertido en un conjuro mientras los buscadores trataban de encontrar al muchacho. La llamada sonaba a intervalos regulares: «¡Jacob! ¡Jacob Hargrave!». Y, acto seguido, otra voz recogía el nombre y lo trasladaba a un nuevo eslabón de la cadena: «¡Jacob! ¡Jacob!».

Al principio, las voces se atropellaban unas a otras en una cacofonía de miedo y desesperación. Pero al no encontrar enseguida al chiquillo y para preservar su garganta, los hombres y las mujeres del equipo de búsqueda se fueron turnando para gritar mientras el sol adquiría un color dorado y se hundía despacio en el horizonte, engullido por los altos árboles primero y el matorral bajo después.

Al cabo de un tiempo, caminaban todos dando tumbos, agotados de pisar levantando mucho los pies entre las densas zarzas, abrumados por la preocupación. Fred Green estaba con Harold.

—Lo encontraremos —repetía incesantemente—. ¿Viste esa mirada en sus ojos cuando desenvolvió la pistola de balines que le regalé? ¿Habías visto alguna vez a un niño más entusiasmado?

23

—jadeó Fred con las piernas doloridas por el cansancio—. Lo encontraremos —repitió al tiempo que asentía con la cabeza—. Lo encontraremos.

Luego se hizo noche cerrada y el paisaje densamente poblado de pinos y arbustos de Arcadia centelleó con el resplandor de las linternas.

Mientras se acercaban al río, Harold se alegró de haber convencido a Lucille para que se quedara en casa.

—Podría volver, y entonces querrá a su mamá —le había dicho, porque sabía, de esa extraña manera en que esas cosas se saben, que encontraría a su hijo en el río.

Se adentró hasta la rodilla en el agua poco profunda, despacio, dando un paso, gritando el nombre del niño, deteniéndose a escuchar por si se hallaba en algún lugar cercano, volviendo a llamar, dando otro paso y gritando nuevamente su nombre, una y otra vez.

Cuando al final encontró el cuerpo, la luz de la luna y el agua le arrancaban al chiquillo hermosos y fantasmales destellos plateados, del mismo color del agua resplandeciente.

—Santo Dios —musitó Harold. Y ésa sería la última vez que lo diría en toda su vida.

Relató la historia al tiempo que oía de pronto todos los años de su voz. Era como la de un viejo, endurecida y áspera. De vez en cuando, mientras hablaba, Harold levantaba una mano gruesa y arrugada y se la pasaba por los escasos mechones finos y grises que aún seguían adheridos a su cuero cabelludo. Manchas de vejez decoraban sus manos y tenía los nudillos hinchados a causa de la artritis que a veces lo importunaba. No le causaba tantas molestias como a algunas otras personas de su edad, pero sí las suficientes como para recordarle la riqueza de la juventud que ya no poseía. Incluso mientras hablaba una leve punzada de dolor le sacudió la parte inferior de la espalda.

Casi no le quedaba pelo. Tenía la piel salpicada de manchas. La cabeza, grande y redonda. Las orejas, enormes y arrugadas. La ropa parecía tragárselo por mucho que Lucille intentara encontrar algo que le sentara mejor. No había lugar a dudas: ahora era un viejo.

Algo en relación con tener a Jacob de vuelta, aún joven y vibrante, había hecho que Harold Hargrave tomara conciencia de su edad.

Lucille, tan vieja y gris como su marido, sólo miraba hacia otro lado mientras él hablaba, sólo observaba a su hijo de ocho años sentado a la mesa de la cocina, comiéndose un pedazo de tarta de nuez como si en ese mismo momento volvieran a estar en 1966 y no hubiera ningún problema y nunca fuera a volver a haberlo. A veces se retiraba de la cara un mechón plateado de pelo pero, si alcanzaba a ver sus manos, delgadas y llenas de manchas propias de la edad, no parecían molestarle.

Harold y Lucille eran un par de bichos flacos y enjutos. Ella se había hecho más alta que él en los últimos tiempos. O, mejor dicho, él había encogido más deprisa que ella, de modo que ahora tenía que levantar la vista para mirarla cuando discutían. Además, Lucille tenía la suerte de no consumirse tanto como él, cosa que achacaba a los años de fumador de su marido. Los vestidos aún le sentaban bien. Sus brazos largos y delgados eran diestros y ágiles, mientras que los de él, ocultos bajo unas camisas que le quedaban demasiado grandes, lo hacían parecer un poco más vulnerable de lo que solía. Y últimamente eso le daba a ella ventaja.

Lucille se enorgullecía de ello y no se sentía en exceso culpable, aunque en ocasiones pensaba que debería.

El agente Bellamy escribió hasta que notó un calambre en la mano y, después, siguió escribiendo. Había tenido la precaución

25

de grabar la entrevista, pero seguía considerando una buena idea poner también las cosas por escrito. La gente parecía molestarse si se reunía con un hombre del Gobierno y no se dejaba constancia escrita de nada. Ése era el caso del agente Bellamy. Su cerebro era de los que preferían ver las cosas a oírlas. Si no lo ponía todo sobre el papel ahora, tendría que hacerlo más tarde.

Anotó lo sucedido desde el comienzo de la fiesta de cumpleaños aquel día de 1966. Redactó todo el relato del llanto y el sentimiento de culpa de Lucille, pues había sido la última persona que había visto a Jacob con vida. La mujer sólo recordaba una breve imagen de uno de sus pálidos brazos mientras volvía una esquina a toda velocidad, persiguiendo a los demás niños. Bellamy anotó que en el funeral había casi más gente de la que la iglesia podía albergar.

Sin embargo, hubo partes de la entrevista que no refirió. Detalles que, por respeto, confió sólo a la memoria en lugar de a la documentación burocrática.

Harold y Lucille habían sobrevivido a la muerte del chiquillo, pero sólo apenas. Los siguientes cincuenta y tantos años se contaminaron de una clase peculiar de soledad, de una soledad indiscreta que aparecía sin avisar y que suscitaba conversaciones inapropiadas los domingos durante la cena. Era una soledad que no nombraban y de la que hablaban rara vez. Simplemente la sorteaban conteniendo el aliento, un día tras otro, como si fuera un acelerador de partículas atómicas —reducido en escala pero no en complejidad ni en esplendor— que hubiera aparecido de pronto en medio del salón con la firme intención de lanzar las especulaciones más funestas y rebuscadas acerca del modo cruel en que el mundo funcionaba realmente.

A su manera, se trataba de una verdad menor.

Con los años, no sólo fueron acostumbrándose a ocultarse de la soledad, sino que desarrollaron una gran habilidad para hacerlo. Casi era como un juego: no hables del Festival de las Fresas porque a él le encantaba; no te quedes mirando mucho tiempo edificios que te gustan porque te recordarán aquella vez en que él dijo que algún día, de grande, sería arquitecto; ignora a los niños en cuyo rostro lo ves.

Cada vez que llegaba el cumpleaños de Jacob se pasaban el día melancólicos y les costaba entablar conversación. A veces, Lucille se echaba a llorar sin motivo aparente, o tal vez Harold fumaba un poco más de lo que había fumado el día anterior.

Pero eso fue sólo al principio. Sólo durante aquellos tristes primeros años.

Se hicieron mayores.

Se cerraron puertas.

Ambos se habían vuelto tan ajenos a la tragedia de la muerte de Jacob que, cuando el muchacho volvió a presentarse en su puerta —sonriente, aún de una pieza y sin un año más, aún su hijo adorado, aún un niño de sólo ocho años de edad—, todo aquello quedaba tan lejos que a Harold incluso se le había olvidado el nombre del chico.

Cuando Lucille y él terminaron de hablar se hizo un silencio. Sin embargo, a pesar de su solemnidad, fue un silencio efímero, porque se oyó el ruido de Jacob, sentado en la cocina rastrillando el plato con el tenedor, bebiéndose de un trago la limonada y eructando con gran satisfacción.

—Perdón —dijo el pequeño en dirección a sus padres.

Lucille sonrió.

—Disculpen que les pregunte esto —comenzó el agente Bellamy—. Y, por favor, no se lo tomen como una acusación de ningún tipo. Se trata simplemente de algo que tengo que preguntar con el fin de comprender mejor estas... circunstancias únicas.

—Acabáramos —dijo Harold. Sus manos habían dejado por fin de hurgar en busca de cigarrillos fantasmas y se habían instalado en sus bolsillos.

Lucille agitó una mano en el aire con desdén.

—¿Cómo eran las cosas entre Jacob y ustedes *antes*? —prosiguió el agente Bellamy.

Harold resopló. Su cuerpo había acabado por decidir que su pierna derecha aguantaría mejor el peso que la izquierda. Miró a Lucille.

—Ésta es la parte en la que tenemos que decir que nosotros lo forzamos o algo así. Como hacen en la tele. Tenemos que decir que habíamos discutido con él, que lo habíamos castigado sin cenar, o que había sido objeto de algún tipo de maltrato por nuestra parte, como se ve en la televisión. Algo por el estilo.

Harold se acercó entonces a una mesita que había en el recibidor, frente a la puerta principal. En el primer cajón había un paquete de cigarrillos sin abrir.

Antes de que hubiera regresado siquiera a la sala de estar, Lucille abrió fuego:

—¡Ni lo pienses!

Pero su marido retiró el envoltorio con mecánica precisión, como si sus manos no fueran suyas. Se colocó un cigarrillo sin encender entre los labios, se rascó el arrugado rostro y expulsó el aliento, despacio y de un largo soplo.

—Esto es lo único que necesitaba —señaló—. Nada más.

El agente Bellamy continuó entonces, hablando en voz baja:

—No estoy tratando de decir que ustedes o que otra persona sean culpables de que su hijo..., bueno, me estoy quedando sin eufemismos. —Esbozó una sonrisa—. Sólo estoy preguntando. La Oficina se está esforzando por comprender lo que ocurre, como todo el mundo. Tal vez nos encarguemos de poner en contacto a unas personas con otras, pero eso no significa que tengamos un conocimiento profundo de lo que está sucediendo. Ni de por qué está pasando. —Se encogió de hombros—. Las grandes cuestiones siguen siendo grandes, siguen siendo inabordables. Pero tenemos la esperanza de que descubriendo todo lo que podamos, formulando las preguntas que quizá no a todo el mundo le resulte agradable contestar, podremos abordar algunas de esas grandes cuestiones. Llegar a entenderlas antes de que se nos vayan de las manos.

Lucille se inclinó hacia adelante en su asiento.

—¿Y cómo podrían írseles de las manos? ¿Se les están yendo de las manos?

—Lo harán —intervino Harold—. Me apuesto tu Biblia a que lo harán.

El agente Bellamy sólo meneó la cabeza con un gesto profesional y tranquilo y volvió a su pregunta original.

—¿Cómo eran las cosas entre ustedes y Jacob antes de que se fuera?

Lucille se percató de que su esposo estaba inventando una respuesta, de modo que ella se le adelantó.

—Las cosas marchaban estupendamente —dijo—. Estupendamente. No había nada extraño en absoluto. Era nuestro hijo y lo queríamos como cualquier padre debería querer a su hijo. Y él nos correspondía. Eso era todo, y sigue siéndolo. Lo queremos y él nos quiere y, ahora, por la gracia de Dios, volvemos a estar juntos. —Se frotó el cuello y alzó las manos—. Es un milagro —señaló.

El agente Bellamy tomaba notas.

—¿Y usted? —le preguntó a Harold.

Pero él sólo se quitó el cigarrillo sin encender de la boca, se pasó una mano por la cabeza y corroboró:

—Ella lo ha dicho todo.

Bellamy tomó más notas.

—Ahora voy a hacerles una pregunta tonta, pero ¿alguno de ustedes es muy religioso?

—¡Sí! —respondió Lucille, sentándose de pronto muy erguida—. ¡Admiradora y amiga de Jesús! Y orgullosa de serlo. Amén. —Hizo un gesto con la cabeza en dirección a Harold—. El no creyente es éste. Depende absolutamente de la gracia de Dios. No hago más que decirle que se arrepienta, pero es testarudo como una mula.

Harold se rio entre dientes como una vieja cortadora de césped.

—Por lo que respecta a la religión, hacemos turnos —observó—. Por suerte, cincuenta y tantos años después, aún no me ha tocado.

Lucille agitó las manos en el aire en un gesto de exasperación.

—¿Qué confesión? —quiso saber el agente Bellamy, mientras escribía.

—Baptista —contestó ella.

—¿Desde cuándo?

—De toda la vida.

Notas.

—Bueno, eso no es exactamente cierto —añadió Lucille.

El agente Bellamy hizo una pausa.

—Durante algún tiempo fui metodista. Pero el pastor y yo no estábamos de acuerdo en lo tocante a ciertos puntos del Evangelio. Probé también una de las iglesias de santidad, pero no podía seguir su ritmo. Demasiados gritos, cantos y bailes. Me sentía como si estuviera, en primer lugar, en una fiesta y, en segundo, en la Casa del Señor. Y no es así como debe comportarse un cristiano. —Lucille se echó hacia adelante para ver si Jacob seguía donde debía estar. Se había quedado medio dormido en la mesa, como solía sucederle siempre. Luego prosiguió—. Después hubo una época en que intenté ser...

—El hombre no necesita saber todo eso —la interrumpió su marido.

—¡Tú cállate! ¡Me lo preguntó! ¿No tengo razón, Martin Bellamy?

El agente asintió.

—Sí, señora, tiene razón. Todo esto podría ser muy significativo. Sé por experiencia que lo que importa son los pequeños detalles. En especial, tratándose de algo tan relevante.

—¿Qué tan relevante es? —preguntó al punto Lucille, como si hubiera estado esperando la oportunidad.

—¿Se refiere usted a cuántos son? —inquirió Bellamy.

Ella asintió.

—No una cantidad tremenda —contestó Bellamy con voz moderada—. No estoy autorizado a facilitar cifras específicas, pero es sólo un fenómeno modesto, un número pequeño.

—¿Cientos? —insistió ella—. ¿Miles? ¿Qué se considera pequeño?

—No tantos como para preocuparse, señora Hargrave —replicó Bellamy sacudiendo la cabeza—. Sólo los suficientes como para que siga siendo milagroso.

Harold soltó una risita.

—Ha acertado tu número —dijo.

Lucille se limitó a sonreír.

Para cuando le hubieron facilitado al agente Bellamy todos los detalles, el sol había desaparecido ya en la oscuridad de la tierra, los grillos cantaban al otro lado de la ventana y Jacob yacía tranquilo en medio de la cama de Harold y Lucille. Su madre había disfrutado mucho cargando en brazos al pequeño, sentado a la mesa de la cocina, y subiéndolo al dormitorio. Nunca hubiera pensado que a su edad, y teniendo la cadera como la tenía, habría tenido fuerzas para transportarlo sin ayuda.

Pero cuando llegó el momento, cuando se inclinó en silencio junto a la mesa, rodeó al chico con los brazos e instó a su cuerpo a entrar en acción, Jacob se alzó, casi liviano, para abrazarse a ella. Fue como si Lucille volviera a tener veintitantos años, joven y ágil. Fue como si el tiempo y el dolor no fueran más que rumores.

Lo llevó al piso de arriba sin contratiempos y, cuando lo hubo arropado bajo las sábanas, se acomodó en la cama junto a él y le cantó en voz baja como hacía antes. El pequeño no se quedó dormido al instante, pero no importaba, pensó ella.

Ya había dormido bastante todos aquellos años.

Durante un rato se quedó sólo mirándolo, observando su pecho subir y bajar, temerosa de apartar la vista de él, de que la magia —o el milagro— pudiera cesar de pronto. Pero no cesó, y Lucille dio gracias a Dios.

Cuando regresó al salón, Harold y el agente Bellamy estaban enredados en un incómodo silencio. Su esposo se hallaba de pie en la entrada, dándole fuertes fumadas a un cigarrillo encendido y arrojando el humo a la noche a través de la puerta mosquitera. El agente Bellamy se encontraba junto a la silla en la que había estado sentado. De pronto parecía sediento y cansado. Lucille se apercibió entonces de que no le había ofrecido nada de beber desde su llegada, lo que le dolió de manera insólita. Sin embargo, por el modo en que se comportaban Harold y el agente Bellamy supo, sin saber por qué, que estaban a punto de hacerle daño de una forma distinta.

—El agente quiere hacerte una pregunta, Lucille —le dijo su marido. Mientras se llevaba el cigarrillo a la boca, le temblaba la mano. Lucille decidió por ello dejarlo fumar tranquilo.

—¿De qué se trata?

—Tal vez quiera usted sentarse —terció el hombre al tiempo que se aproximaba a ella para ayudarla a tomar asiento.

Lucille dio un paso atrás.

—¿De qué se trata?

—Es una pregunta delicada.

—Ya me doy cuenta. Pero no puede ser tan espantosa, ¿no?

Harold se volvió de espaldas y le dio una chupada al cigarrillo en silencio, con la cabeza gacha.

—Se trata de una pregunta que al principio puede parecerle sencilla a todo el mundo —comenzó el agente Bellamy—, pero que constituye una cuestión muy seria y compleja, créame. Espero que se tome usted algún tiempo para considerarla cuidadosamente antes de contestar. No obstante, eso no significa que tenga sólo una oportunidad para responder, sino simplemente que quiero asegurarme de que meditará la pregunta como es debido antes de tomar una decisión. Será difícil pero, si es posible, procure no dejarse vencer por sus emociones.

Lucille se sonrojó.

—¡Pero, bueno, señor Martin Bellamy! Jamás me habría figurado que fuera usted uno de esos individuos sexistas. El hecho de que sea mujer no significa que vaya a desmoronarme.

—Maldita sea, Lucille —vociferó Harold, aunque su voz sonó algo temblorosa—. Escucha al hombre —añadió, tras lo cual empezó a toser. O tal vez sollozó.

Ella tomó asiento finalmente.

Martin Bellamy se sentó también. Se sacudió algo invisible de la parte delantera de los pantalones y se examinó las manos por unos instantes.

—Bueno —dijo Lucille—, adelante. Todo este preámbulo me está matando.

—Ésta es la última pregunta que voy a hacerle esta noche. Y no es necesariamente una pregunta que usted tenga que contestar ahora, pero cuanto antes la conteste, mejor. Las cosas son menos complicadas cuando la respuesta llega deprisa.

—¿Qué es? —imploró ella.

Martin Bellamy tomó aliento.

—¿Quiere quedarse con Jacob?

Todo eso había sucedido dos semanas antes.

Ahora Jacob estaba en casa. Irrevocablemente. Habían vuelto a convertir el cuarto de invitados en su dormitorio, y el chiquillo había encajado en su vida como si ésta nunca hubiera terminado para empezar. Era joven. Tenía una madre. Tenía un padre. Su universo acababa ahí.

Por razones que no podía comprender, Harold había estado dolorosamente intranquilo desde que el pequeño había regresado. Había empezado a fumar como chimenea. Tanto, que se pasaba la mayor parte del tiempo en el porche, tratando de evitar los sermones de Lucille en relación con su sucia costumbre.

Todo había cambiado muy deprisa. ¿Cómo no había de adoptar una mala costumbre o dos?

«¡Son demonios!», oía que repetía en su cabeza la voz de Lucille.

La lluvia caía con intensidad. El día era viejo. Detrás de los árboles, la oscuridad avanzaba. La casa había quedado en silencio. Apenas por encima del sonido de la lluvia se oía el leve arrastrar de pies de una vieja que había estado demasiado tiempo corriendo detrás de un niño. Lucille cruzó la puerta mosquitera enjugándose el sudor de la frente y se dejó caer en la mecedora.

—¡Señor! —exclamó—. Ese chico va a acabar conmigo.

Harold apagó el cigarrillo y se aclaró la garganta, cosa que hacía siempre antes de tratar de hacer enojar a su mujer.

—¿Te refieres a ese demonio?

Ella le hizo un gesto de desdén con la mano.

—¡Shhh! —lo instó—. ¡No lo llames así!

—Tú lo llamabas así. Decías que eso era lo que eran todos, ¿recuerdas?

Lucille jadeaba aún por haber perseguido al chico. Su voz brotó entrecortada.

—Eso era antes —refunfuñó—. Me equivocaba. Ahora me doy cuenta —sonrió mientras se echaba hacia atrás, agotada—. Son una bendición. Una bendición del Señor. Eso es lo que son. ¡Una segunda oportunidad!

Permanecieron en silencio unos instantes, escuchando la respiración de Lucille volver a su cauce. Ahora, a pesar de ser la madre de un chiquillo de ocho años, era una vieja. Se cansaba con facilidad.

—Y tú deberías pasar más tiempo con él —añadió—. Sabe que estás manteniendo las distancias. Lo nota. Es consciente de que no lo tratas como antes. Cuando estaba aquí antes. —Esbozó una sonrisa, satisfecha de su descripción.

Harold meneó la cabeza.

—¿Y qué vas a hacer cuando se vaya?

El rostro de Lucille se endureció.

—¡Cállate! —espetó—. «Guarda tu lengua del mal, y tus labios de hablar engaño.» Salmos 34, 13.

—No me vengas con salmos. Sabes muy bien lo que dicen, Lucille. Lo sabes tan bien como yo. Que a veces se levantan y se van y nadie vuelve a saber de ellos, como si, al final, el otro lado volviera a llamarlos.

Su esposa sacudió la cabeza.

—No tengo tiempo para esas tonterías —replicó poniéndose en pie a pesar del peso del cansancio, que colgaba de sus miembros como sacos de harina—. No son más que rumores y pamplinas. Voy a hacer la cena. No te quedes ahí sentado o pescarás una neumonía. Esta lluvia te matará.

—Volveré —repuso Harold.

—¡Salmos 34, 13!

Lucille cerró la puerta y la aseguró tras de sí.

Al cabo de un rato se oyó un estrépito de ollas y sartenes procedente de la cocina. Puertas de armarios que se abrían y se cerraban.

El olor de la carne, la harina, las especias, todo impregnado en el perfume de mayo y de la lluvia. Harold estaba casi dormido cuando oyó la voz del chiquillo.

—¿Puedo salir, papá?

Se sacudió el sopor.

—¿Qué? —Había oído la pregunta a la perfección.

—¿Puedo salir, por favor?

A pesar de todas las lagunas de su memoria, Harold recordó lo impotente que se sentía siempre cuando le decían «por favor» en ese tono.

—A tu madre le dará un ataque —replicó.

—Pero sólo uno pequeñito.

Harold tragó saliva para evitar echarse a reír.

Buscó un cigarrillo y no lo encontró. Habría jurado que tenía al menos uno más. Se palpó los bolsillos. En uno de ellos, donde no había ningún cigarrillo, halló una cruz de plata, un regalo de alguien, aunque el lugar de su mente donde deberían haber estado almacenados los detalles de ese recuerdo en concreto estaba vacío. Casi no recordaba siquiera que la llevaba encima, pero no pudo evitar mirarla como si fuera un arma mortífera.

Antes, las palabras «Dios te ama» habían estado grabadas en la cruz en el lugar correspondiente al Cristo, pero ahora prácticamente habían desaparecido. Sólo quedaban una *M* y media *A*. Se quedó mirando la cruz fijamente y, a continuación, como si su mano perteneciera a otra persona, su pulgar comenzó a frotar aquel punto adelante y atrás.

Jacob se hallaba en la cocina, detrás de la puerta mosquitera. Estaba apoyado contra el marco con las manos a la espalda y las piernas cruzadas con aire contemplativo. Sus ojos exploraban el horizonte de un extremo al otro, observando la lluvia y el viento y, después, a su padre. Espiró con fuerza. Luego se aclaró la garganta.

—Sería realmente estupendo salir afuera —declaró con ademán ostentoso y en tono dramático.

Harold soltó una risita.

En la cocina se estaba friendo algo. Lucille tarareaba.

—Anda, sal —le dijo Harold.

El niño salió de la casa y se sentó a los pies de su padre y, como a modo de respuesta, la lluvia se enojó. Más que caer del cielo, saltaba a la tierra y rebotaba sobre la barandilla del porche salpicándolos a ambos, aunque a ellos parecía no importarles. Durante largo tiempo, el anciano y el niño antes muerto permanecieron mirándose el uno al otro. El chiquillo tenía el cabello color arena y la piel pecosa, y la cara tan redonda y delicada como la había tenido siempre. Sus brazos eran inusualmente largos, igual que antes, y su cuerpo estaba comenzando a sumirse en la adolescencia que le había sido negada hacía cincuenta años. Parecía sano, pensó su padre de improviso.

Harold se lamió compulsivamente los labios mientras su pulgar acariciaba el centro de la cruz. El muchacho permaneció absolutamente inmóvil. Si no hubiera parpadeado de vez en cuando, podría haber estado muerto.

«¿Quiere quedarse con él?»

Esta vez era la voz del agente Bellamy la que sonaba en su cabeza.

—No soy yo quien debe tomar la decisión —había contestado Harold—. Es Lucille. Tendrá que preguntárselo a ella. Acataré lo que ella diga, sea lo que sea.

El agente asintió.

—Lo entiendo, señor Hargrave. Pero debo preguntárselo de todos modos. Tengo que conocer su respuesta. Quedará entre nosotros, entre usted y yo. Incluso puedo apagar la grabadora, si así lo desea. Pero necesito su respuesta. Tengo que saber si usted quiere quedárselo.

—No —respondió Harold—. Por nada del mundo. Pero ¿qué remedio me queda?

Lewis y Suzanne Holt

Él despertó en Ontario. Ella, a las afueras de Phoenix. Él había sido contador. Ella enseñaba piano.

El mundo era distinto, pero seguía siendo el mismo. Los coches hacían menos ruido. Los edificios eran más altos y parecían brillar en la noche más que antes. Todo el mundo parecía estar más ocupado. Pero eso era todo. Y no tenía ninguna importancia.

Él se dirigió hacia el sur, saltando de un tren a otro como no se había hecho en años. Evitó a la Oficina sólo por suerte o por azares del destino. Ella había puesto rumbo al nordeste —nada más que una idea que tenía la obsesión de seguir—, pero eso fue poco antes de que la recogieran y la trasladaran a las afueras de Salt Lake City, a lo que se estaba convirtiendo en un importante centro de procesamiento para la región. Fue poco después de que a él lo encontraron en algún lugar en la frontera entre Nebraska y Wyoming.

Noventa años después de morir, volvían a estar juntos.

Ella no había cambiado nada. Él estaba un poquito más delgado que antes, pero sólo a causa de su largo viaje. Tras las vallas y la incertidumbre, no tenían tanto miedo como otros.

Hay una música que surge a veces de la unión de dos personas. Una cadencia inevitable que continúa.

TRES

Arcadia estaba situado en el campo, del mismo modo que lo estaban muchos pueblecitos del sur. Comenzaba con casitas de una sola planta dormidas en medio de unos jardines llanos y extensos situados a ambos lados de una carretera asfaltada de dos carriles que serpenteaba entre una densa arboleda de pinos, cedros y robles blancos. Aquí y allá, en primavera y en verano, se extendían campos de maíz o de soya. Nada más que tierra desnuda en invierno.

Un par de kilómetros más adelante, las casas se volvían más frecuentes. Una vez uno entraba en el pueblo propiamente dicho, encontraba tan sólo dos luminarias, una burda organización de caminos y calles y callejones sin salida atestados de viviendas viejas y exhaustas. Las únicas casas nuevas de Arcadia eran las que se habían vuelto a levantar después de los huracanes. Centelleaban de pintura reciente y madera nueva, y te hacían imaginar que, quizá, algo nuevo podía suceder realmente en ese viejo pueblo.

Sin embargo, las novedades no acudían allí. No hasta que llegaron los Regresados.

Las calles no eran muchas, ni tampoco las casas. En el centro de la población se levantaba la escuela: una vieja construcción de ladrillo con ventanas pequeñas y puertas pequeñas y un aire acondicionado modernizado que no funcionaba.

Hacia el norte, en lo alto de una pequeña colina justo al otro lado de los límites del pueblo, se hallaba la iglesia. Estaba hecha de madera y tablas y se erguía como un faro, recordando a la gente de Arcadia que siempre había alguien por encima de ellos.

La iglesia no había estado tan llena desde el 72, cuando los Sainted Soul Stirrers of Solomon —aquel grupo itinerante de gospel que tenía un bajista judío de Arkansas— acudieron al pueblo. Había personas encima de otras, coches y camionetas esparcidos por todo el jardín de la iglesia. La camioneta toda oxidada de alguien, cargada de leña hasta los topes, estaba estacionada contra el crucifijo situado en medio del jardín, como si Jesús se hubiera bajado de la cruz y hubiera decidido hacer una escapada a la ferretería. Un racimo de luces traseras de automóvil cubría por entero el pequeño letrero del patio, que decía: «Jesús te ama. Pescado frito el 31 de mayo».

Los coches se amontonaban a lo largo del borde de la carretera como allá en el 63 —¿o había sido en el 64?— , con ocasión del funeral de aquellos tres chicos de la familia Benson que habían muerto en un horrible accidente automovilístico y que el pueblo lloró durante todo un largo y sombrío día de duelo.

—Tienes que venir con nosotros —dijo Lucille mientras Harold detenía la vieja camioneta pickup en la orilla y se palpaba el bolsillo de la camisa en busca de sus cigarrillos—. ¿Qué pensará la gente cuando vean que no estás? —Soltó el cinturón de seguridad de Jacob y le arregló el pelo.

—Pensarán: «¿Harold Hargrave no va a entrar en la iglesia? ¡Alabado sea Dios! ¡En estos tiempos locos por lo menos hay algo que sigue igual!».

—No es que vaya a haber misa, descreído. Es sólo una reunión de la comunidad. No hay ningún motivo por el que no deberías entrar.

Lucille bajó de la camioneta y se arregló el vestido. Era su vestido preferido, el que se ponía para las ocasiones importantes, el que cogía suciedad de todas las superficies imaginables, una mezcla de algodón y poliéster en color verde pastel con florecillas cosidas a lo largo del cuello y estampadas al final de las finas mangas.

—A veces no sé por qué me molesto. Odio esta camioneta —protestó alisándose la parte de atrás del vestido.

—Has odiado todas y cada una de las camionetas que he tenido.

—Pero tú sigues comprándolas.

—¿Puedo quedarme aquí? —inquirió Jacob, jugueteando con un botón de su camisa. Los botones ejercían una extraña atracción sobre el pequeño—. Papá y mí podríamos...

—Papá y *yo* podríamos —lo corrigió Lucille.

—No —intervino Harold, casi riendo—. Tú te vas con tu madre. —Se puso un cigarrillo en los labios y se frotó la barbilla—. El humo no es bueno. Te provoca arrugas y mal aliento y hace que te salga pelo.

—También te hace testarudo —añadió Lucille al tiempo que ayudaba a su hijo a bajar del vehículo.

—No creo que me quieran ahí dentro —terció el chico.

—Ve con tu madre —repitió Harold con voz dura. Luego encendió el cigarrillo y absorbió tanta nicotina como le permitieron sus viejos y cansados pulmones.

Cuando su mujer y la cosa que podía ser o no su hijo —no estaba del todo seguro de cuál era su posición al respecto— se hubieron marchado, dio otra fumada y arrojó el humo por la ventanilla abierta. Después se quedó allí, con el cigarrillo consumiéndose entre los dedos. Se frotó la barbilla y contempló la iglesia.

Necesitaba una mano de pintura. Se estaba descascarando aquí y allá y era difícil determinar con exactitud su color, pero uno se daba cuenta de que antaño había sido mucho más majestuosa de lo que era ahora. Intentó recordar de qué color era cuando acababan de pintarla..., estaba casi seguro de haber estado allí viendo cómo la pintaban. Casi podía acordarse incluso de quién había hecho el trabajo, una empresa de los alrededores de Southport, aunque el nombre se le escapaba, al igual que el color de la pintura original. Todo lo que veía en su mente era la actual fachada desteñida.

Pero ¿acaso no es eso lo que le sucede a la memoria? Le das tiempo suficiente y se desgasta y se cubre de una pátina de omisiones que sirven a tus propios intereses.

Aunque ¿en qué otra cosa podía confiar?

Jacob había sido pura dinamita. Un chiquillo lleno de energía. Harold recordaba todas las ocasiones en que el chiquillo se había metido en un lío por no volver a casa antes de la puesta de sol o por correr en la iglesia. Una vez incluso había estado a punto de provocarle a Lucille un ataque de histeria porque se había subido a lo alto del peral de Henrietta Williams. Todo el mundo estaba llamándolo y el niño tranquilamente sentado en las sombreadas ramas del árbol, entre las peras maduras y la luz manchada del sol, probablemente riéndose a carcajadas de lo que estaba sucediendo.

Bajo la luz de las luminarias, Harold entrevió una pequeña criatura que salía disparada del campanario de la iglesia, un destello de movimiento y alas. Se elevó por unos instantes y resplandeció como la nieve en la oscura noche mientras los faros de los coches lo iluminaban.

Después desapareció y, como Harold sabía, para no volver.

—No es él —dijo. Arrojó el cigarrillo al suelo y se recostó contra el asiento viejo y mohoso. Dejó caer la cabeza y sólo le pidió a su cuerpo que se quedara dormido y que no lo atormentara ni con sueños ni con recuerdos—. No lo es.

Lucille sujetaba con fuerza la mano de Jacob mientras se abría camino entre la multitud que abarrotaba la parte frontal de la iglesia de la mejor manera que su cadera mala le permitía.

—Perdón. Hola, Macon, ¿qué tal? Discúlpanos. ¿Cómo estás,

44

Lute? Me alegro. Perdón. Perdón. ¡Hombre, hola, Vaniece! Hacía años que no te veía. ¿Qué tal todo? ¡Estupendo! ¡Me alegro de oírlo! Amén. Cuídate. Discúlpenme. Perdón. Hola. Perdónenos.

La gente se apartaba, tal como ella esperaba, dejándola con la duda de si se trataba de una señal de que aún quedaban decencia y buenos modales en el mundo o de que se había convertido de una vez por todas en una anciana.

O tal vez se apartaran a causa del niño que caminaba a su lado. Esa noche no tenía que haber allí ningún Regresado. Pero, por encima de todo, Jacob era su hijo, y nada ni nadie, ni siquiera la muerte o su ausencia, iban a hacer que lo tratara como otra cosa.

Madre e hijo encontraron sitio en un banco de primera fila junto a Helen Hayes. Lucille hizo que Jacob se sentara a su lado y procedió a unirse a la nube de murmullos que era como una niebla matutina que se adhería a todo.

—Cuánta gente —dijo cruzando las manos sobre el pecho al tiempo que meneaba la cabeza.

—A la mayoría no los había visto desde hace siglos —replicó Helen Hayes.

Casi todo el mundo en Arcadia y en sus alrededores estaba emparentado en mayor o menor grado. Helen y Lucille eran primas. Lucille tenía el aspecto longilíneo y anguloso de la familia Daniels: era alta, con las muñecas finas y las manos pequeñas, y una nariz que formaba una línea afilada y recta bajo sus ojos cafés. Helen, por su parte, era toda redondeces y círculos, muñecas gruesas y una cara ancha. Sólo su cabello, ahora plateado y liso donde antaño había sido tan oscuro como la creosota, indicaba que ambas mujeres eran efectivamente parientes.

Helen era de una palidez que daba miedo y hablaba con los labios fruncidos, lo que le confería un aspecto muy serio y enojado.

—Cualquiera pensaría que cuando tanta gente ha acudido por fin a la iglesia lo ha hecho por el Señor. Jesús fue el primero en resucitar de entre los muertos, pero ¿crees que a alguno de estos paganos les importa?

—¿Mamá? —dijo Jacob, aún fascinado con el botón suelto de su camisa.

—¿Han venido por Jesús? —continuó Helen—. ¿Vienen a rezar? ¿Cuándo pagaron los diezmos por última vez? ¿Cuál fue la última misa de Resurrección a la que asistieron? Dímelo. Ese chico Thompson de ahí... —apuntó con un dedo regordete a un grupo de adolescentes apiñados cerca de la esquina posterior de la iglesia—. ¿Cuándo fue la última vez que viste a ese muchacho en la iglesia? —gruñó—. Hace tanto tiempo que creía que había muerto.

—Así era —repuso Lucille en voz baja—. Lo sabes tan bien como todos.

—Yo creía que esta reunión tenía que ser sólo para..., bueno, ¿entiendes?

—Cualquiera que tenga sentido común sabe que eso es imposible —replicó Lucille—. Y, francamente, no debería ser así. El motivo de esta reunión son ellos. ¿Por qué no habrían de estar presentes?

—Me han dicho que Jim y Connie están viviendo aquí —la informó Helen—. ¿No te parece increíble?

—¿Ah, sí? —contestó Lucille—. No lo sabía. Pero ¿por qué no habrían de hacerlo? Ellos son parte de este pueblo.

—Lo eran —la corrigió Helen, sin que el tono de su voz denotara comprensión.

—¿Mamá? —las interrumpió Jacob.

—¿Sí? —dijo Lucille—. ¿Qué pasa?

—Tengo hambre.

Ella se echó a reír. La idea de tener un hijo que estaba vivo y que quería comida aún la hacía muy feliz.

—¡Pero si acabas de comer!

Jacob había logrado por fin arrancar el botón suelto de su camisa. Lo sostuvo en sus manos pequeñas y blancas, le dio la vuelta y lo estudió del mismo modo que uno estudia una propuesta de matemática teórica.

—Amén —repuso Lucille. Le propinó unas palmaditas en la pierna y le dio un beso en la frente—. Tomarás algo cuando volvamos a casa.

—¿Duraznos?

—Si quieres.

—¿Glaseados?

—Si quieres.

—Quiero —manifestó Jacob con una sonrisa—. Papá y mí...

—Papá y *yo* —volvió a corregirlo Lucille.

Sólo estaban en mayo, pero en la vieja iglesia hacía ya un calor sofocante. Nunca había tenido un sistema de aire acondicionado como era debido, y con tantas personas amontonadas unas sobre las otras como sedimentos, el aire no circulaba y uno tenía la impresión de que algo muy dramático podía suceder en cualquier momento.

Esa sensación inquietaba a Lucille. Recordaba haber leído periódicos o visto cosas en televisión acerca de una tragedia terrible que había comenzado cuando demasiada gente se había apelotonado en un espacio demasiado pequeño. Nadie podría correr a ningún sitio, pensó. Contempló la sala —en la medida de lo posible, teniendo en cuenta toda la gente que invadía su campo visual— y contó las salidas, por si acaso. Estaba la puerta principal, al fondo de la iglesia, pero se encontraba llena de gente hasta los topes. Era como si casi todos los habitantes de Arcadia se hubieran dado cita allí, los seiscientos. Un muro de cuerpos.

De vez en cuando observaba la masa de gente moverse hacia adelante cuando alguien más trataba de entrar en el templo introduciéndose entre el gentío, y entonces se oía un leve murmullo de «Holas», «Lo siento» y «Perdón». Si ése era el preludio de una trágica muerte por estampida, por lo menos era cordial, pensó Lucille.

Se pasó la lengua por los labios y meneó la cabeza. El aire estaba cada vez más viciado. En la sala no se podía dar un paso pero, a pesar de todo, la gente seguía entrando en la iglesia. Lo notaba. Probablemente venían de Buckhead, o Waccamaw, o Riegelwood.

La Oficina trataba de celebrar esas reuniones municipales en todos los pueblos posibles, y había personas que se convertían en algo parecido a seguidores, como esos de los que se oye hablar y que viajan siguiendo a músicos famosos de un espectáculo a otro. Seguían a los empleados de la Oficina de una reunión a otra buscando incoherencias y la oportunidad de comenzar una pelea.

Lucille reparó incluso en un hombre y una mujer que, por su aspecto, podrían haber sido reportero y fotógrafa respectivamente. El hombre parecía de esos que veía en las revistas o sobre los que leía en los libros: con el cabello despeinado y la barba de un día. Lucille imaginó que debía de oler a leña recién cortada y a mar.

La mujer iba vestida con elegancia, con el pelo recogido en una cola de caballo y un maquillaje impecable.

—Me pregunto si habrá una camioneta de alguna cadena de televisión ahí afuera —dijo Lucille, pero sus palabras se perdieron en el rumor de la multitud.

Como si un director de escena le hubiera dado pie, el pastor Peters apareció entonces por la puerta enclaustrada situada junto al púlpito. Su esposa llegó tras él, con el mismo aspecto menudo y frágil de siempre. Llevaba un sencillo vestido negro que la hacía parecer más pequeña aún. Estaba ya sudando y se enjugaba la frente con gesto delicado. Lucille se esforzó por recordar su nombre de pila. Era un nombre insignificante y frágil, igual que la mujer a quien pertenecía.

Como una especie de contradicción bíblica hacia su esposa, el pastor Robert Peters era un hombre alto y corpulento de cabello oscuro y una tez de aspecto perpetuamente bronceado. Era tan macizo como una roca. Uno de esos hombres que parecen nacidos, gestados, engendrados y concebidos para una forma de vida anclada en la violencia. Sin embargo, desde que conocía al joven predicador, Lucille jamás había oído decir que hubiera pasado de levantar la voz, sin contar las ocasiones en que voceaba en el clímax de ciertos sermones, pero eso no era más señal de un temperamento violento que los truenos lo son de un dios airado. Lucille sabía que el trueno en la voz de los pastores no era más que el modo en que Dios atraía tu atención.

—Esto es infernal, reverendo —manifestó Lucille con una sonrisa cuando el pastor y su esposa se acercaron lo suficiente.

—Tiene usted razón, Lucille —repuso el pastor Peters. Su cabeza grande y cuadrada se balanceaba sobre su cuello grueso y robusto—. Es posible que tengamos que considerar que algunas personas salgan discretamente por atrás. No creo haber visto nunca la iglesia tan abarrotada de gente. Aunque quizá deberíamos pasar la bandeja antes de deshacernos de ellos. Necesito llantas nuevas.

—¡Oh, shhh!

—¿Cómo está usted, señora Hargrave? —La mujer del pastor se llevó su pequeña mano a la boca para cubrir una tosecilla—. Tiene buen aspecto —declaró con una vocecita.

—Pobre —dijo ella al tiempo que le acariciaba la cabeza a Jacob—. ¿No se encuentra usted bien? Tiene aspecto de estar desmoronándose.

—Estoy bien —repuso la mujer—. Sólo un poco indispuesta. Aquí hace un calor espantoso.

—Quizá tengamos que considerar pedirles a algunas de estas personas que permanezcan fuera —repitió el pastor. Levantó una mano gruesa y cuadrada, como si el sol le diera en los ojos—. Aquí no ha habido nunca suficientes salidas.

—¡No habrá salidas en el infierno! —intervino Helen.

El pastor Peters sonrió y se acercó al banco para estrecharle la mano.

—¿Cómo está este jovencito? —inquirió dirigiéndole a Jacob una radiante sonrisa.

—Bien.

Lucille le dio un golpecito en la pierna.

—Bien, señor —se corrigió Jacob.

—¿Qué te parece todo esto? —inquirió el pastor con una risita. Unas gotas de sudor brillaban en su frente—. ¿Qué vamos a hacer con toda esta gente, Jacob?

El chiquillo se encogió de hombros y recibió otra palmada en el muslo.

—No lo sé, señor.

—¿Tal vez podríamos mandarlos a todos a casa? O quizá podríamos ir a por una manguera y barrerlos a todos a manguerazos.

Jacob sonrió.

—Un predicador no puede hacer cosas así.

—¿Y quién lo dice?

—La Biblia.

—¿La Biblia? ¿Estás seguro?

Jacob asintió con la cabeza.

—¿Quiere que le cuente un chiste? Papá me enseña los mejores chistes.

—¿Ah, sí?

—Ajá.

El pastor Peters se puso de rodillas para gran desazón de Lucille. Detestaba la idea de que el pastor se ensuciara el traje por un chiste de poca monta que Harold le había enseñado a Jacob. Dios sabía que su marido conocía algunos chistes que no eran precisamente santos.

Contuvo el aliento.

—¿Qué le dice el libro de matemáticas al lápiz?

—Hum... —El pastor Peters se restregó el mentón con aire de estar absorto en sus pensamientos—. No lo sé —contestó por fin—. ¿Qué le dice el libro de matemáticas al lápiz?

—Tengo muchos problemas —dijo Jacob, y se echó a reír.

Para algunos, no era más que el sonido de la risa de un niño. Otros, sabiendo que hacía tan sólo unas cuantas semanas aquel chiquillo estaba muerto, no supieron qué pensar.

El pastor se unió a la risa del muchacho. Lucille también, dando gracias a Dios por que Jacob no hubiera contado el chiste del lápiz y el castor.

El pastor Peters se metió entonces la mano en el bolsillo de la pechera de su abrigo y, con ostentación considerable, sacó un pedacito de caramelo envuelto en papel de aluminio.

—¿Te gusta la canela?

—¡Sí, señor! ¡Gracias!

—Qué buenos modales —añadió Helen Hayes, y acto seguido cambió de postura en su asiento mientras seguía con los ojos a la frágil mujer del pastor, cuyo nombre no lograba recordar por mucho que se empeñara.

—Alguien con tan buenos modales como él se merece un dulce —intervino la esposa del pastor. Se mantenía detrás de su marido, dándole suaves golpecitos en medio de la espalda. Incluso ese gesto parecía una gran hazaña para ella, siendo él tan grande y ella tan pequeña—. No es fácil encontrar niños bien educados hoy en día, tal como están las cosas. —Hizo una pausa para secarse la frente. Dobló su pañuelo, se cubrió con él la boca y se puso a toser como un ratón—. Ay, Dios mío.

—Es usted la cosa más enfermiza que he visto nunca —manifestó Helen.

La mujer del pastor sonrió y replicó cortésmente:

—Sí, señora.

El pastor Peters le dio a Jacob unas palmaditas en la cabeza. Acto seguido, le musitó a Lucille:

—Digan lo que digan, no permita que afecte al pequeño..., ni que la afecte a usted. ¿De acuerdo?

—Sí, pastor —replicó ella.

—Recuerda —le dijo entonces el pastor Peters al muchacho—, eres un milagro. Toda clase de vida es un milagro.

Angela Johnson

El suelo de la habitación de invitados donde había estado encerrada durante los últimos tres días era bonito, de madera. Cuando le llevaban la comida procuraba no derramar nada, pues no quería estropear el suelo y agravar el castigo por lo que fuera que había hecho mal. A veces, sólo para estar tranquila, comía metida en la bañera del baño contiguo, escuchando hablar a sus padres en el dormitorio situado al otro lado de la pared.

—¿Por qué no han venido aún a llevarse a esa cosa? —decía su padre.

—Deberíamos haber empezado por no permitir que la trajeran —respondía su madre—. Fue idea tuya. ¿Y si los vecinos lo descubren?

—Creo que Tim ya lo sabe.

—¿Cómo puede saberlo? Era tardísimo cuando la trajeron. No es posible que estuviera despierto a esas horas, ¿no?

Se hizo un momento de silencio entre ellos.

—Imagínate lo que sucederá si la empresa lo descubre. Es culpa tuya.

—Tenía que saberlo —replicó él bajando la voz—. Se parece tanto a...

—No. No empieces otra vez con eso, Mitchell. ¡Otra vez no! Voy a volver a llamarlos. ¡Tienen que venir a llevársela esta misma noche!

Angela se sentó en el rincón con las rodillas recogidas contra el pecho, llorando sólo un poquito, lamentando lo que fuera que hubiera hecho, sin comprender absolutamente nada.

Se preguntó adónde se habían llevado su cómoda, su ropa, los pósteres que había pegado en las paredes a lo largo de los años. Los muros estaban pintados de un suave color pastel, una tonalidad roja y rosa a la vez. Los agujeritos que habían dejado las chinchetas, las marcas del celo, las rayas de lápiz en el marco de la puerta que indicaban cada año de crecimiento..., todo había desaparecido.

Habían pintado encima.

CUATRO

Cuando ya había tanta gente en la iglesia y tan poco oxígeno que todo el mundo comenzó a considerar la posibilidad de una tragedia, el rumor de la multitud empezó a acallarse. El silencio comenzó en las puertas principales y se extendió entre el gentío como un virus.

El pastor Peters permaneció erguido —parecía tan alto y ancho como el monte Sinaí, pensó Lucille—, entrelazó las manos con gesto solemne sobre la cintura y esperó, con su mujer encogida en el refugio de su sombra. Lucille estiró el cuello para ver qué estaba pasando.

Tal vez el demonio había acabado hartándose de esperar.

—Hola. Hola. Perdón. Discúlpenme. Hola. ¿Cómo está usted? Perdón. Disculpe.

La voz llegaba a través de la muchedumbre como un ensalmo, al tiempo que cada palabra hacía retroceder a las masas.

—Perdone. Hola. ¿Cómo están? Disculpen. Hola... —Era una voz afable, profunda, sugerente y educada. Sonaba cada vez más fuerte, o quizá el silencio se iba haciendo mayor, hasta que no se oyó más que el ritmo de las palabras cubriéndolo todo, como un mantra—. Perdón. Hola, ¿cómo está? Disculpe. Hola...

Se trataba, sin duda alguna, de la voz experta de un hombre del Gobierno.

—Buenas tardes, pastor —dijo amablemente el agente Bellamy, abriéndose paso por fin en el mar de gente.

Lucille suspiró, dejando escapar un aire que no era consciente de haber estado reteniendo.

—¿Señora?

El agente Bellamy llevaba un traje oscuro y elegante muy parecido al que vestía el día que se presentó con Jacob. No era uno de esos trajes que llevan muchos hombres del Gobierno. Era un traje digno de Hollywood y de programas de debate y otras cosas sofisticadas, reflexionó Lucille.

—¿Cómo está nuestro chico? —inquirió el agente Bellamy haciendo un gesto en dirección a Jacob, con una sonrisa aún tan regular y sólida como el mármol recién cortado.

—Estoy bien, señor —contestó el pequeño al tiempo que hacía tintinear el caramelo contra sus dientes.

—Me alegro de oírlo. —El agente Bellamy se arregló la corbata, aunque no la llevaba torcida—. Me alegro muchísimo de oírlo.

Entonces llegaron los militares. Un par de muchachos tan jóvenes que parecían estar jugando a ser soldados. Lucille esperaba que empezaran a perseguirse el uno al otro alrededor del púlpito en cualquier momento, del mismo modo en que Jacob y el chico de los Thompson lo habían hecho en una ocasión. Pero las armas que dormían sobre sus caderas no eran juguetes.

—Gracias por venir —dijo el pastor Peters estrechando la mano del agente Bellamy.

—No me lo habría perdido. Gracias por esperarme. Se ha congregado una buena multitud.

—Sólo sienten curiosidad —repuso el pastor Peters—. Todos la sentimos. ¿Tiene usted... o, mejor dicho, tienen la Oficina o el Gobierno en su conjunto algo que decir?

—¿El Gobierno en su conjunto? —preguntó el agente Bellamy sin perder la sonrisa—. Me sobrestima usted. Yo no soy más que un pobre funcionario. Un chiquillo negro de... —bajó la voz— Nueva York —dijo, como si toda la gente reunida en la iglesia, el pueblo entero, no lo supiera ya todo por su acento. Sin embargo, no tenía por qué hacerlo explícito más de lo necesario. El sur era un lugar extraño.

Comenzó la reunión.

—Como saben —comenzó el pastor Peters desde el frente de la iglesia—, estamos viviendo lo que sólo puede describirse como unos tiempos interesantes. Somos enormemente afortunados por poder... presenciar semejantes milagros y maravillas. Y no se equivoquen, pues eso es lo que son: milagros y maravillas. —Caminaba mientras hablaba, como siempre que no estaba seguro de lo que estaba diciendo—. Es una época digna del Antiguo Testamento. ¡No sólo Lázaro se ha levantado de la tumba, sino que parece haberse traído a los demás consigo! —El pastor se detuvo y se secó el sudor de la nuca.

Su mujer tosió.

—Algo ha sucedido —prosiguió él a voz en grito, sobresaltando a los presentes—. Algo de cuya causa aún no hemos sido informados. —Abrió los brazos—. Y ¿qué vamos a hacer? ¿Cómo debemos reaccionar? ¿Deberíamos tener miedo? Son tiempos inciertos, y es absolutamente natural tener miedo de las cosas que uno desconoce. Pero ¿qué hacemos con ese miedo? —Se acercó al primer banco, donde estaban sentados Lucille y Jacob, mientras el chico hacía resbalar en silencio la dura suela de sus zapatos sobre la vieja alfombra color burdeos. El pastor se sacó el pañuelo del bolsillo y se secó la frente al tiempo que le dirigía una sonrisa al muchacho—. Atemperamos nuestro miedo con paciencia —añadió—. Eso es lo que hacemos.

Mencionar la paciencia era muy importante, se recordó a sí mismo. Le cogió la mano a Jacob, asegurándose de que incluso los que se hallaban al fondo de la iglesia, los que no lo veían, tuvieran tiempo suficiente para que los demás les contaran lo que estaba haciendo, que estaba hablando de paciencia mientras sostenía la mano del muchacho que había pasado cincuenta años muerto y que ahora, de pronto, estaba chupando tranquilamente un caramelo en la parte frontal de la iglesia, a la mismísima sombra de la cruz. Los ojos del pastor recorrieron el templo y la multitud lo siguió. Miró, uno a uno, a los demás Regresados presentes, de modo que todo el mundo pudiera ver ya la magnitud del fenómeno, a pesar de que en un principio no deberían haber estado allí. Eran reales, no imaginados. Eran innegables. Era importante que la gente comprendiera incluso eso.

El pastor Peters sabía que la paciencia era uno de los conceptos que más le costaba entender a la gente. Y más difícil aún era ponerla en práctica. Se consideraba a sí mismo el menos paciente de todos. Ni una sola de las palabras que decía parecían tener importancia ni sentido, pero tenía un rebaño que atender, un papel que desempeñar. Y debía mantener a la muchacha alejada de su mente.

Finalmente plantó los pies en el suelo y expulsó la imagen del rostro de ella de su cabeza.

—En tiempos de incertidumbre hay mucho potencial y, lo que es peor, muchas ocasiones para pensamientos y comportamientos impulsivos. Sólo tienen que encender la televisión para ver lo asustada que está la gente, para ver cómo se están comportando algunos, las cosas que están haciendo a causa del miedo.

»Detesto decir que tenemos miedo, pero así es. Detesto decir que podemos ser impulsivos, pero así es. Detesto decir que queremos hacer cosas que sabemos que no deberíamos hacer, pero es la verdad.

En su mente, la muchacha estaba tumbada en la rama baja de un roble como un gato depredador. Él, nada más que un niño por aquel entonces, se hallaba en el suelo mirándola mientras ella balanceaba un brazo en su dirección. Tenía muchísimo miedo. Miedo de las alturas. Miedo de ella y de los sentimientos que le suscitaba. Miedo de sí mismo, como todos los niños. Miedo de...

—¿Pastor?

Era Lucille.

El gran roble, el sol que bullía a través del toldo, la hierba verde y húmeda, la muchacha..., todo desapareció. El pastor Peters suspiró con las manos vacías extendidas frente a sí.

—¿Qué vamos a hacer con ellos? —vociferó Fred Green desde el centro de la iglesia. Todos se volvieron para mirarlo. Fred se quitó la andrajosa gorra y se arregló la camisa de trabajo color caqui—. ¡No son normales! —prosiguió con la boca tan apretada como un buzón oxidado. El cabello hacía tiempo que lo había abandonado y tenía la nariz grande y los ojos pequeños, todo lo cual había conspirado a lo largo de los años para conferirle unas facciones afiladas y crueles—. ¿Qué vamos a hacer con ellos?

—Seremos pacientes —respondió el pastor. Pensó en mencionar a la familia Wilson, que se encontraba en la parte de atrás de la iglesia, pero esa familia tenía un significado especial para Arcadia y, por ahora, lo mejor era que pasaran desapercibidos.

—¿Ser pacientes? —Fred abrió unos ojos como platos. Un temblor lo recorrió de pies a cabeza—. ¿Quiere que seamos pacientes cuando el mismísimo demonio se ha presentado en nuestra puerta? ¡Quiere que seamos pacientes aquí y ahora, en el fin de los tiempos! —Mientras hablaba, Fred no miraba al pastor Peters, sino al resto de los congregados. Rotaba sobre sí mismo describiendo un pequeño círculo, atrayendo a la gente hacia su interior, asegurándose de que cada uno de ellos viera lo que mostraban sus ojos—. ¡Nos pide paciencia en una época como ésta!

—Bueno, bueno —intervino el pastor Peters—. No empecemos con el «fin de los tiempos». Y no empecemos a llamar a esta pobre gente «demonios». Son misterios, eso está claro. Tal vez incluso sean milagros. Pero ahora mismo es demasiado pronto para que nadie entienda nada. Hay demasiadas cosas que no sabemos, y lo último que queremos es que el pánico se apodere de nosotros. Ya saben lo que sucedió en Dallas, toda esa gente herida, Regresados y también gente normal. Todos muertos. No podemos permitir que aquí suceda algo parecido. No en Arcadia.

—Si quiere mi opinión, esos tipos de Dallas hicieron lo que había que hacer.

La iglesia estaba viva. En los bancos, a lo largo de los muros, al fondo del templo, todo el mundo refunfuñaba de acuerdo con Fred o, por lo menos, de acuerdo con su pasión.

El pastor Peters levantó las manos e indicó con un gesto a la multitud que se calmara. La gente calló por unos instantes, pero volvió a encenderse.

Lucille envolvió a Jacob con un brazo y lo estrechó con más fuerza, estremeciéndose al recordar de pronto la imagen de los Regresados tendidos, tanto adultos como niños, ensangrentados y maltrechos por las calles de Dallas recalentadas por el sol.

Le dio a su hijo unas palmaditas en la cabeza y le tarareó una melodía cuyo nombre no recordaba. Y de pronto sintió los ojos de los lugareños sobre él. Cuanto más miraban, más dura se volvía su expresión. Los labios hacían muecas de desagrado y las frentes se fruncían por entero. Durante todo el tiempo, el chiquillo se dedicó únicamente a descansar en la curva del brazo de su madre, donde no pensó en nada más importante que los duraznos glaseados.

Las cosas no serían tan complicadas si pudiera ocultar el hecho de que Jacob era uno de los Regresados, pensó ella. Ojalá pudiera hacerlo pasar por otro niño cualquiera. Pero aunque todo el pueblo ignorara su historia personal, aunque desconociera la tragedia que habían sufrido ella y Harold el 15 de agosto de 1966, no había forma de ocultar lo que era. Los vivos siempre reconocían a los Regresados.

Fred Green siguió hablando de la tentación de los Regresados, de que no había que confiar en ellos.

En la mente del pastor Peters había todo tipo de escrituras y proverbios y anécdotas canónicas para contraargumentar, pero ésa no era la congregación de la iglesia. No era la misa dominical. Era una reunión municipal para un pueblo que se había quedado desorientado en medio de una epidemia global. Una epidemia que, de haber justicia en el mundo, habría pasado de largo de ese pueblo y habría arrasado el mundo civilizado, las ciudades más grandes, Nueva York, Los Ángeles, Londres, París. Todos los lugares donde se suponía que sucedían las cosas importantes.

—Propongo que los encerremos en alguna parte —prorrumpió Fred, agitando en el aire un puño cuadrado y lleno de arrugas mientras una multitud de hombres más jóvenes se apiñaban a su alrededor, asintiendo y gruñendo en señal de aprobación—. Tal vez en el edificio de la escuela. O quizá en esta iglesia, ya que, según dice el pastor, Dios no tiene ningún problema con ellos.

Entonces, el pastor Peters hizo algo insólito en él. Gritó. Gritó tan fuerte que la iglesia quedó sumida en el silencio y su frágil y pequeña esposa retrocedió varios pasos.

—¿Y luego qué? —inquirió—. ¿Y luego qué pasará con ellos? Los encerramos en un edificio en algún sitio, ¿y luego qué? ¿Qué pasará después? ¿Durante cuánto tiempo los retendremos? ¿Un par de días? ¿Una semana? ¿Dos? ¿Un mes? ¿Hasta que esto termine? ¿Y cuándo terminará? ¿Cuándo dejarán de regresar los muertos? ¿Y cuándo estará Arcadia llena hasta los topes? ¿Cuando todos los que han vivido aquí alguna vez hayan vuelto? Esta pequeña comunidad nuestra tiene... ¿cuánto? ¿Ciento cincuenta años? ¿Ciento setenta? ¿Cuánta gente supone eso? ¿A cuántos podemos retener? ¿A cuántos podemos alimentar y durante cuánto tiempo?

»Y ¿qué pasará cuando los Regresados no sean ya sólo los nuestros? Todos saben lo que está pasando. Cuando vuelven, no aparecen casi nunca en el lugar que habitaron en vida. De modo que no sólo estaremos abriendo nuestras puertas a aquellos para quienes este acontecimiento supone un regreso al hogar, sino también a aquellos que simplemente están perdidos y necesitan orientación. A los solitarios. A los que no tenían ataduras. ¿Recuerdan a aquel japonés, allá en el condado de Bladen? ¿Dónde se encuentra ahora? No en Japón, sino todavía en el condado de Bladen, viviendo con una familia que fue lo bastante amable como para acogerlo. Y ¿por qué? Simplemente porque no quería volver a casa. Fuera como fuese su vida cuando murió, quería otra cosa. Y, gracias a unas personas buenas, deseosas de ser amables, ha tenido una oportunidad de recuperarla.

»¡Te pagaría un buen dinero, Fred Green, para que nos lo explicaras! ¡Y no te atrevas a decir que «la mente de los chinos no es como la nuestra», viejo tonto racista!

En los ojos de los presentes, el pastor vio entonces la chispa de la razón y la consideración, la posibilidad de tener paciencia.

—¿Qué pasa cuando no tienen ningún otro sitio adonde ir? ¿Qué ocurrirá cuando los muertos sean más que los vivos?

—Es de eso precisamente de lo que estoy hablando —replicó Fred Green—. ¿Qué pasará cuando los muertos sean más que los vivos? ¿Qué harán con nosotros? ¿Qué ocurrirá cuando estemos a su merced?

—Si eso sucede, y no está claro que vaya a suceder, pero si sucede, esperaremos que hayan visto un buen ejemplo de lo que es la compasión en... nosotros.

—¡Esa respuesta es el colmo de ridícula! Y que el Señor me perdone por decirlo aquí, en la iglesia, pero es la verdad. ¡Es el colmo de ridícula!

El volumen de las voces en el interior del templo volvió a aumentar. Gritos, gruñidos y presupuestos ciegos. El pastor Peters miró al agente Bellamy. Donde Dios estaba fallando, el Gobierno debía echar una mano.

—¡Bueno, bueno! —dijo Martin Bellamy, poniéndose en pie para enfrentarse a la multitud al tiempo que se pasaba una mano por el frente de su inmaculado traje gris. De toda la gente congregada en la iglesia, parecía ser el único que no sudaba, que no sufría con la falta de aire y el intenso calor. Era algo tranquilizador.

—¡Para empezar, no me extrañaría nada que todo fuera culpa del Gobierno! —declaró Fred Green—. No me sorprendería lo más mínimo que una vez que todo esto haya pasado descubriéramos que el Gobierno tenía algo que ver con ello. Quizá no estuvieran ustedes tratando realmente de hallar el modo de hacer regresar a todo el mundo, pero me apuesto a que los tipos del Pentágono vieron un montón de ventajas en el hecho de poder hacer volver a los soldados de entre los muertos. —Fred apretó la boca, reforzando su argumento con los labios. Luego abrió los brazos como para atraer a todas las personas congregadas en la iglesia a su hilo de pensamiento—. ¿Es que no lo ven? Mandas a un ejército a la guerra y, bang, matan a uno de tus soldados. ¡Entonces aprietas un botón o le pones una inyección y vuelve a estar en pie, con el arma en la mano, lanzándose de cabeza contra el hijo de puta que acaba de matarlo! ¡Es una jodida arma del apocalipsis!

La gente asintió, como si Fred acabara de lograr convencerlos o, por lo menos, hubiera abierto la puerta a la sospecha.

El agente Bellamy dejó que las palabras del viejo se asentaran entre la multitud.

—Un arma apocalíptica en efecto, señor Green —comenzó—. Una de esas cosas de que están hechas las pesadillas. Piénselo..., muerto ahora y vivo en el instante siguiente para que vuelvan a matarte de un disparo. ¿Cuántos de ustedes firmarían a favor de ello? Desde luego, yo no.

»No, señor Green, nuestro Gobierno, por importante e impresionante que sea, no tiene más control sobre estos acontecimientos que sobre el sol. Simplemente procuramos que no nos aplaste, eso es todo. Simplemente tratamos de hacer progresos en la medida de lo posible.

«Progresos», ésa era una buena palabra. Una palabra inofensiva a la que uno se arrimaba cuando estaba nervioso. El tipo de palabra que uno llevaba a casa para que conociera a sus padres.

La muchedumbre volvió a mirar a Fred Green, pues él no les había proporcionado nada tan reconfortante como «progresos». Fred se quedó allí plantado con aspecto viejo, pequeño y furioso.

El pastor Peters trasladó entonces su corpachón hasta el lado derecho de Martin Bellamy.

El agente Bellamy pertenecía a la peor clase de hombres del Gobierno: los honrados. Un Gobierno jamás debía decirle a la gente que no sabe más que cualquier hijo de vecino. Si el Gobierno no tenía las respuestas, ¿quién demonios las tenía? Lo mínimo que un Gobierno podía hacer era tener la decencia suficiente para mentir. Fingir que todo estaba bajo control. Fingir que, de un momento a otro, saldría con la cura milagrosa, el golpe militar decisivo o, en el caso de los Regresados, simplemente con una conferencia de prensa en la que el presidente, sentado junto a la chimenea, luciendo un suéter y fumando en pipa, les decía con voz paciente y afable: «Tengo las respuestas que necesitan y todo estará bien».

Pero el agente Bellamy no sabía absolutamente nada más que cualquier hijo de vecino, y no se avergonzaba de ello.

—Maldito imbécil —espetó Fred, y dio media vuelta y se marchó, mientras la densa multitud se apartaba lo mejor que podía para permitirle el paso.

Una vez Fred Green se hubo marchado, los ánimos se calmaron de ese modo característico del sur. Todo el mundo se turnaba para hablar, planteando cuestiones tanto al hombre de la Oficina como al pastor. Las preguntas eran las de esperar. Para todos, en todas partes, en cada país, en cada iglesia, ayuntamiento, auditorio, foro de internet y en cada chat, las preguntas eran las mismas.

Eran tantas las veces que se planteaban y tanta la gente que las formulaba que acababan siendo aburridas.

Y las respuestas a las preguntas —«No lo sabemos», «Dennos tiempo», «Por favor, tengan paciencia»— eran igualmente aburridas. En su esfuerzo, el predicador y el hombre de la Oficina constituían un equipo perfecto. Uno apelaba al sentido del deber cívico de las personas. El otro, a su sentido del deber espiritual. Si no hubieran sido un equipo perfecto, es difícil imaginar exactamente lo que el pueblo habría hecho cuando apareció la familia Wilson.

Venían del salón comedor situado en la parte trasera de la iglesia, donde llevaban viviendo ya una semana prácticamente sin que nadie los viera, sin que nadie hablara más que rara vez de ellos.

Jim y Connie Wilson, junto con sus dos hijos, Tommy y Hannah, eran la mayor vergüenza y la mayor tristeza que el pueblo de Arcadia hubiera conocido nunca.

En Arcadia no había asesinatos.

Salvo el suyo. Muchos años antes, la familia Wilson había sido asesinada a tiros una noche en su propia casa, y el asesino nunca había sido capturado. Circulaban montones de teorías al respecto. Al principio, se habló mucho de un vagabundo que respondía al nombre de Ben Watson. No tenía un hogar digno de mención e iba de un pueblo a otro como un ave migratoria. Solía llegar a Arcadia en invierno y te lo encontrabas refugiado en el granero de alguien, tratando de pasar desapercibido el mayor tiempo posible. Pero nunca había dado muestras de ser un hombre violento. Además, cuando asesinaron a los Wilson, Ben Watson se encontraba a dos condados de distancia, en la celda de una cárcel, acusado de embriaguez pública.

Otras teorías fueron y vinieron con un grado de credibilidad cada vez menor. Corrieron rumores acerca de un romance secreto —a veces el culpable era Jim, a veces Connie—, aunque no duraron mucho, pues Jim estaba siempre en el trabajo, en la iglesia o en casa, y Connie sólo en casa, en la iglesia o con sus hijos. Aparte de eso, la simple verdad era que Jim y Connie se habían enamorado en la escuela y sólo habían estado unidos el uno al otro.

Tener una aventura no estaba en el ADN de su amor.

En vida, los Wilson habían pasado mucho tiempo con Lucille. Jim, que nunca había sido tanto de los que investigan el árbol familiar como otros, creyó a Lucille a pie juntillas cuando ésta le dijo que estaban emparentados a través de una tía abuela (cuyo nombre nunca conseguía determinar), e iba a visitarla siempre que ella se lo pedía.

Nadie rechaza la oportunidad de que lo traten como familia.

Para Lucille —y esto es algo que ella no se permitió comprender hasta años después de que murieron—, en aquella época, contemplar a Jim y a Connie vivir, trabajar y criar a sus dos hijos era una oportunidad de ver la vida que ella misma casi había tenido. La vida que la muerte de Jacob le había arrebatado.

¿Cómo podía no llamarlos familia, dejarlos ser parte de su mundo?

En los largos años que siguieron al asesinato de los Wilson, la gente —de esa manera tácita de consentir las cosas que tiene la gente de los pueblos pequeños— acabó conviniendo que el culpable no podía ser nadie de Arcadia. Tenía que ser de fuera. Tenía que ser el resto del mundo quien lo había hecho, quien había encontrado ese lugar secreto y especial del mapa donde aquellas personas vivían sus discretas vidas, quien había llegado y había puesto fin a la paz y la tranquilidad que habían conocido siempre.

Todos observaron en pensativo silencio mientras la pequeña familia iba haciendo su aparición, miembro a miembro, por la puerta del fondo de la iglesia. Jim y Connie caminaban delante; el pequeño Tommy y Hannah los seguían en silencio. La multitud se dividió como una densa masa para rebozar.

Jim Wilson era un hombre joven, de poco más de treinta y cinco años de edad, hombros anchos y una barbilla firme y cuadrada.

Parecía de ese tipo de hombres que está siempre construyendo algo. Siempre ocupado en alguna actividad productiva. Siempre impulsando el lento avance del progreso de la humanidad frente a la sed perpetua de entropía. Ése era el motivo por el que el pueblo lo había amado tanto cuando vivía. Había sido todo lo que la gente de Arcadia debería ser: educado, trabajador, cortés, sureño. Pero ahora, como uno de los Regresados, les recordaba a todos lo que antes no sabían que podían ser.

—Se están acercando a la gran pregunta —dijo Jim con voz grave—, la que usted formuló con anterioridad esta noche y dejó colgando en el aire. La pregunta sobre qué hay que hacer con nosotros.

El pastor Peters lo interrumpió:

—Bueno... No hay nada «que hacer con ustedes». Son personas. Necesitan un lugar donde vivir. Tenemos sitio para ustedes.

—No pueden quedarse para siempre —intervino alguien. Algunas voces entre la multitud refunfuñaron en señal de acuerdo—. Hay que hacer algo con ellos.

—Sólo quería darles las gracias —dijo Jim Wilson. Tenía pensado decir muchas más cosas, pero ahora, ahora que todo Arcadia lo estaba mirando, unos algo menos amigablemente que otros, se había quedado en blanco—. Sólo... sólo quería darles las gracias —repitió. Acto seguido se volvió y, llevándose a su familia consigo, se fue tal como había venido.

Después de eso, a todo el mundo parecía costarle encontrar algo que preguntar o que decir o de lo que discutir. Los lugareños se arremolinaron durante un rato, gruñendo y susurrando de vez en cuando, pero sin ninguna verdadera consecuencia. Todos se sentían de pronto cansados y abrumados.

El agente Bellamy les dirigió una ronda final de palabras reconfortantes mientras comenzaban a abandonar poco a poco la iglesia. Les estrechó la mano y les sonrió mientras iban pasando y, cuando le preguntaron, dijo que haría todo lo posible para entender por qué estaba sucediendo todo aquello. Les dijo que se quedaría «hasta que las cosas estuvieran en orden».

Que las cosas estuvieran en orden era lo que la gente esperaba del Gobierno, de modo que, por el momento, dejaron de lado sus miedos y sus sospechas.

Al final, en la iglesia sólo quedaron el pastor, su mujer y la familia Wilson, que, como no querían causar más problemas de los que habían causado ya, permanecieron en silencio en su habitación de la parte trasera, lejos de la vista y del recuerdo de todos, como si jamás hubieran regresado.

—Imagino que Fred tenía una buena cantidad de cosas que decir —dijo Harold mientras Lucille se acomodaba en la camioneta.

Su mujer forcejeó con el cinturón de seguridad de Jacob, resoplando y haciendo movimientos dificultosos con las manos.

—¡Son todos tan... tan poco normales! —El clic del cinturón del chico puntuó su frase. Hizo girar la manija de la ventanilla. Tras jalar con fuerza unas cuantas veces, la ventanilla se liberó y se abrió. Lucille cruzó los brazos sobre el pecho.

Harold giró entonces la llave en el contacto del vehículo, que se puso en marcha con un rugido.

—Ya veo que tu madre ha estado mordiéndose la lengua otra vez, Jacob. Probablemente estuvo sentada durante toda la reunión sin decir nada, ¿no es así?

—Sí, señor —replicó Jacob, mirando a su padre con una sonrisa.

—No se te ocurra hacer eso —dijo Lucille—. ¡No lo hagas!

—No tuvo ninguna oportunidad de utilizar una de sus palabras estrambóticas, y ya sabes el efecto que eso le causa, ¿verdad? ¿Te acuerdas?

—Sí, señor.

—No estoy bromeando —dijo Lucille, luchando contra la risa a su pesar—. Saldré de la camioneta ahora mismo y no volverán a verme nunca más.

—¿Pudo alguna otra persona utilizar una palabra realmente estrambótica?

—Apocalipsis.

—Ah..., eso. Es una palabra estrambótica, desde luego. El «apocalipsis» es lo que sucede cuando pasas demasiado tiempo en una iglesia. Es por eso por lo que yo no voy.

—¡Harold Hargrave!

—¿Cómo está el pastor? Es un buen chico de Mississippi, a pesar de su religión.

—Me dio un caramelo —le informó Jacob.

—Muy amable por su parte, ¿no? —preguntó Harold, batallando con la camioneta por la oscura carretera que conducía a su casa—. Es un buen hombre, ¿no es así?

La iglesia estaba ahora en silencio. El pastor Peters entró en su pequeño despacho y se instaló frente a la oscura mesa de madera. A lo lejos, una camioneta gorjeaba calle abajo. Todo era sencillo, y eso era bueno.

La carta estaba en el cajón de su mesa, bajo un montón de libros, papeles varios que requerían su firma, sermones en diversas fases de redacción y todo el desorden general que poco a poco va apoderándose de un despacho. En el otro extremo había una vieja lámpara que arrojaba un tenue resplandor color ámbar por la habitación. Los libreros del pastor, todos llenos más allá de su capacidad, recubrían los muros del despacho. Sus libros le prestaban escaso consuelo últimamente. Una simple carta había arruinado todo su trabajo, se había llevado todo el consuelo que las palabras pueden ofrecer.

La carta decía:

Apreciado señor Robert Peters:
La Oficina Internacional para los Regresados desea informarlo de que una Regresada llamada Elizabeth Pinch lo está buscando a usted con gran empeño. Como es nuestra política en esta situación, no se facilita información alguna a las personas ajenas a la familia de los Regresados. En la mayoría de los casos, estos individuos buscan primero a sus familias, pero la señorita Pinch ha expresado su deseo de localizarlo a usted. Conforme al código 17, artículo 21, de la Política de Normas para los Regresados, por la presente se lo notificamos.

El pastor Peters miró la carta y, al igual que la primera vez que la había leído, se sintió inseguro de todo en la vida.

Jean Rideau

—Deberías estar con una mujer joven —le dijo a Jean—. Sería capaz de seguirte el ritmo en todo este asunto. —Se acomodó en la pequeña cama con estructura de hierro, jadeando—. Ahora eres famoso. Yo no soy más que una vieja que estorba.

El joven artista atravesó la habitación y se arrodilló a su lado. Descansó la cabeza en el regazo de ella y le besó la palma de la mano, lo que la hizo aún más consciente de las arrugas y las manchas de vejez que habían empezado a aparecer en aquella mano durante los últimos años.

—Todo es por tu causa —dijo él.

Jean había formado parte de la vida de Marissa durante más de treinta años —desde que ella, largo tiempo atrás, mientras cursaba con dificultades sus estudios universitarios, tropezó con la obra de un artista ignorado que había muerto atropellado al lanzarse entre el tráfico una agradable noche de verano en el París de 1921—, y ahora lo tenía, tenía no sólo su amor, sino su carne también, por entero. Y eso la asustaba.

En el exterior, la calle había quedado por fin en calma. La policía había dispersado a la multitud.

—Ojalá hubiera sido tan famoso en el pasado —dijo él—. Tal vez mi vida habría sido distinta.

—A los artistas sólo se los aprecia póstumamente. —Marissa sonrió mientras le acariciaba el pelo—. Nadie imaginó jamás que podría regresar para ganarse los elogios.

Había pasado años estudiando su obra, su vida, sin imaginar jamás que estaría allí con él, así, percibiendo su olor, sintiendo la textura áspera de una barba que él deseaba intensamente pero que nunca había crecido bien. Pasaban noches enteras sin acostarse, hablando de todo menos de su arte. Ya se encargaba bastante la prensa de ello. «Jean Rideau: El regreso de los artistas», había proclamado uno de los titulares más populares.

Había sido el primero del diluvio de artistas, declaraba el artículo. «¡Regresa un escultor genial! ¡Pronto los maestros volverán a estar con nosotros!»

Así que ahora era famoso. Las obras que había realizado hacía casi cien años, obras que nunca se vendieron por más que unos pocos cientos de francos, valían ahora millones. Y luego estaban los fans.

Pero lo único que Jean quería era a Marissa.

—Tú me mantuviste vivo —declaró restregando la cabeza contra su regazo como un gato—. Tú mantuviste vivo mi trabajo cuando nadie más me conocía.

—Entonces soy tu ayudante —replicó ella. Con la muñeca se retiró de la cara unos mechones sueltos de cabello, un cabello que era un poco más gris y un poco menos abundante cada día—. ¿Es eso lo que soy?

Él la miró con unos ojos azules y tranquilos. Incluso en las granulosas fotos en blanco y negro que había estudiado durante años, ella había sabido que sus ojos eran de aquel hermoso color azul tan especial.

—No me importa nuestra edad —declaró él—. No fui más que un artista mediocre. Ahora sé que mi arte tenía por objeto conducirme hasta ti.

Y entonces la besó.

CINCO

Había empezado a escala reducida, como sucede con la mayoría de las cosas importantes, con un solo Crown Victoria oficial con un único hombre del Gobierno, dos soldados demasiado jóvenes y un teléfono celular en su interior. No obstante, habían bastado aquella llamada telefónica y unos días de reorganización y ahora Bellamy se hallaba atrincherado en la escuela, aunque allí no había estudiantes, ni clases, tan sólo una cantidad creciente de coches, camionetas, hombres y mujeres de la Oficina que habían estado instalándose allí en los últimos días.

La Oficina había desarrollado un plan para Arcadia. Estaban buscando el mismo aislamiento que había estrangulado la economía del pueblo durante todos los años de su existencia. En Whiteville había hoteles y restaurantes, instalaciones y recursos que la Oficina podía utilizar para lo que estaban planeando, por supuesto, pero también había gente. Cerca de mil quinientas personas, por no mencionar la autopista y las diversas carreteras que tal vez pronto tendrían que cerrar.

No. Arcadia era lo más parecido a un pueblo inexistente que podían desear, con tan sólo un puñado de personas, ninguna de las cuales era nadie digno de mención. Sólo granjeros y trabajadores de la madera, mecánicos, obreros, maquinistas y otros varios vecinos que vivían una existencia miserable. «Nadie que alguien fuera a echar de menos.»

Por lo menos así se había expresado el coronel.

El coronel Willis. El simple hecho de pensar en él hacía que a Bellamy se le encogiera el estómago. Sabía pocas cosas de él, y eso lo preocupaba. En la era de la información, no debías fiarte nunca de una persona que no pudieras encontrar en Google. Pero eso era algo que Bellamy sólo tenía tiempo de considerar en las últimas horas de la noche, después de volver al hotel y antes de quedarse dormido. El cumplimiento diario de sus obligaciones, particularmente las entrevistas, exigía toda su atención.

El aula era pequeña. Olía a moho, a pintura a base de plomo y a tiempo.

—En primer lugar —dijo Bellamy, recostándose en la silla con el cuaderno sobre el muslo—, ¿hay alguna cosa fuera de lo común de la que alguno de los dos querría hablar?

—No —respondió Lucille—. No se me ocurre nada. —Jacob asintió mientras dedicaba de lleno su atención a su paleta—. Pero me figuro —prosiguió ella— que podrá usted hacerme las preguntas que se supone que tiene que hacer para ayudarme a darme cuenta de que tal vez esté sucediendo algo extraño. Me imagino que el interrogador es usted.

—Ha elegido usted unas palabras un tanto duras, en mi opinión.

—Tal vez —repuso Lucille—. Le pido disculpas. —Se pasó la lengua por la yema del dedo pulgar y le limpió a Jacob una mancha de caramelo de la cara.

Lo había vestido muy bien para la entrevista: pantalones negros nuevos, una resplandeciente camisa blanca nueva, zapatos nuevos, e incluso calcetines nuevos. Y el chiquillo estaba cumpliendo con su parte sin ensuciarse en lo más mínimo.

—Es que me gustan las palabras, eso es todo —explicó Lucille—. Y a veces pueden parecer un poco ásperas, incluso si lo único que se pretende es añadir un poco de variedad.

Terminó de limpiarle la cara a Jacob y trasladó su atención a su propia persona. Se arregló el largo cabello plateado. Se examinó las pálidas manos en busca de suciedad y no halló ni rastro. Se colocó bien el vestido, cambiando de posición en la silla para poder jalar la falda y bajársela un poco más, lo que no quería decir que se le hubiera subido el bajo del vestido color crema, no, por Dios, sino sólo que cualquier mujer respetable, pensaba ella, cuando se hallaba en compañía del otro sexo, tenía mucho interés en mostrar que no regateaba esfuerzos por comportarse con modestia y propiedad.

«Propiedad» era también una palabra que, en su opinión, no se utilizaba ni mucho menos suficientemente en cualquier conversación.

—Propiedad —musitó y, acto seguido, se arregló el cuello del vestido.

—Una de las cosas que la gente ha estado mencionando es que tienen «problemas para dormir» —indicó el agente Bellamy. Cogió el cuaderno que descansaba sobre su muslo y lo dejó sobre la mesa. No esperaba que un maestro de un pueblo tan pequeño tuviera una mesa tan grande, pero esas cosas tenían sentido si pensabas en ellas el tiempo suficiente.

Se inclinó hacia adelante y verificó que la grabadora estuviera funcionando. Garabateó algo en su cuaderno esperando a que Lucille respondiera a su declaración, pero pronto comenzó a darse cuenta de que no obtendría ninguna respuesta sin trabajársela un poco. Anotó «Huevos» en la libreta para dar la impresión de que estaba ocupado.

—No es que los Regresados tengan problemas para dormir —prosiguió, tratando una vez más de hablar despacio y sin acento yanqui—. Es sólo que tienden a dormir muy poco. No se quejan de cansancio ni de agotamiento, aunque algunos han mencionado haber pasado días sin dormir, descansando tan sólo un par de horas, y no haberse sentido afectados en lo más mínimo. —Volvió a reclinarse hacia atrás, apreciando la calidad de la silla de madera en la que estaba sentado del mismo modo que había apreciado la calidad de la mesa—. Aunque tal vez sólo estemos aferrándonos a cualquier cosa —agregó—. Éste es el motivo por el que estamos realizando todas estas entrevistas, para intentar ver lo que es una anomalía y lo que no tiene importancia. Queremos saber todo lo que podamos tanto sobre los Regresados como sobre los no Regresados.

—Entonces ¿la pregunta es sobre mí o sobre Jacob? —inquirió Lucille, contemplando el aula.

—De hecho, es sobre ambos. Pero, por ahora, hábleme sólo de usted, señora Hargrave. ¿Ha tenido algún problema para dormir? ¿Sueños molestos? ¿Insomnio?

La mujer se agitó en su silla. Miró hacia la ventana. Hacía un día estupendo. Todo brillaba y olía a primavera, con el aroma de un verano húmedo no muy lejano. Suspiró y se frotó las manos. Luego las entrelazó y las posó en su regazo. Pero ahí no estaban a gusto, de modo que se sacudió la falda y colocó un brazo alrededor de su hijo, el tipo de gesto que haría una madre, pensó.

—No —respondió por fin—. Me he pasado cincuenta años sin dormir. He estado levantada todas y cada una de las noches, despierta. He vagado por la casa todos y cada uno de los días, despierta. Era como si lo único que pudiera hacer fuera estar despierta. —Sonrió—. Ahora duermo plácidamente todas las noches, con un sueño más profundo e intenso de lo que apenas si podía imaginar o recordaba que fuera posible.

Volvió a descansar las manos en el regazo. Y esta vez las dejó ahí.

—Ahora duermo como debe dormir una persona —prosiguió—. Cierro los ojos y después vuelven a abrirse por sí solos y el sol está ahí. Lo que, imagino, es como debe ser.

—Y ¿qué me dice de Harold? ¿Qué tal duerme él?

—De maravilla. Duerme como un tronco. Siempre ha sido así, y probablemente siempre lo será.

Bellamy tomó notas en su cuaderno. «Jugo de naranja. Ternera (filete, tal vez).» A continuación tachó la parte del filete y escribió «Ternera picada». Se volvió hacia Jacob.

—¿Y tú cómo te sientes con todo esto?

—Bien, señor. Me siento bien.

—Es todo bastante raro, ¿no? Todas estas preguntas, todas estas pruebas, toda esta gente preocupándose por ti.

El chico se encogió de hombros.

—¿Hay algo de lo que quieras hablar?

Jacob repitió el gesto y los hombros casi le rozaron las orejas, enmarcando su rostro pequeño y delicado. Por un breve instante se asemejó a una pintura, algo creado con óleos y técnica. La camisa perfectamente fruncida alrededor de las orejas. El cabello castaño que parecía crecer sobre sus ojos. Entonces, como previendo el golpecito apremiante de su madre, dijo:

—Estoy bien, señor.

—Entonces, ¿puedo hacerte otra pregunta? ¿Una pregunta más difícil?

—¿*Puede* o podría? Mamá me lo enseñó. —Miró a su madre; el rostro de ésta mostraba una expresión a medio camino entre la sorpresa y la aprobación.

Bellamy sonrió.

—Tienes razón —repuso—. Muy bien, ¿*podría* hacerte una pregunta más difícil?

—Supongo —respondió Jacob. Y añadió—: ¿Quiere que le cuente un chiste? —Sus ojos mostraron de repente concentración y claridad—. Sé muchos chistes buenos —señaló.

El agente Bellamy cruzó los brazos sobre el pecho y se inclinó hacia adelante.

—Bien, oigámoslo.

De nuevo, Lucille se puso a rezar en silencio: «Por favor, Señor, el del castor no».

—¿Qué nombre se le da a un pollo que cruza la carretera?

Su madre contuvo el aliento. Cualquier chiste que incluyera a un pollo tenía el potencial de volverse rápidamente muy vulgar.

—¡«Pollería en movimiento»!* —respondió Jacob antes de que Bellamy tuviera mucho tiempo para pensar la pregunta. Luego se palmeó el muslo y se echó a reír como un viejo.

—Es muy gracioso —señaló el hombre—. ¿Te lo enseñó tu padre?

—Antes dijo usted que tenía una pregunta difícil para mí —replicó Jacob desviando la mirada. Miró hacia la ventana, como si estuviera esperando a alguien.

—De acuerdo. Sé que ya te han preguntado esto antes. Sé que probablemente te lo han preguntado más veces de las que te apetece contestar. Incluso te lo he preguntado yo, pero debo volver a preguntártelo. ¿Qué es lo primero que recuerdas?

El chico guardó silencio.

—¿Recuerdas haber estado en China?

Jacob asintió con la cabeza y, por algún motivo, su madre no lo regañó. Los recuerdos de los Regresados le interesaban tanto como a cualquiera. Por costumbre, su mano se agitó levemente para instarlo a hablar, pero se controló. La mano volvió a su regazo.

—Recuerdo haber estado caminando junto al agua —comenzó el niño—. Junto al río. Sabía que iba a meterme en un lío.

—¿Por qué habías de meterte en un lío?

* En inglés, un movimiento lleno de elegancia suele describirse como «poesía en movimiento» *(poetry in motion)*. La gracia del chiste reside en que juega con la similaridad fonética entre *poetry* («poesía») y *poultry* («aves de corral»). *(N. de la t.)*

—Porque sabía que mamá y papá no sabían dónde estaba. Al ver que no podía encontrarlos, me asusté aún más. Ya no estaba asustado porque iba a meterme en un lío, sino porque ellos no estaban allí. Pensé que papá andaba cerca, pero no era así.

—¿Qué pasó entonces?

—Llegó gente. Unos chinos. Hablaban chino.

—¿Y después?

—Y después llegaron dos mujeres que hablaban raro, pero con amabilidad. Yo no sabía qué decían, pero me daba cuenta de que eran amables.

—Sí —asintió Bellamy—. Sé exactamente lo que quieres decir. Es como cuando un médico o una enfermera me dicen algo en esa jerga de hospital. No entiendo nada de lo que dicen la mayor parte del tiempo, pero, por el modo en que lo dicen, sé que lo dicen con amabilidad. ¿Sabes, Jacob?, es asombroso lo mucho que puedes saber de una persona sólo por el modo en que dice las cosas. ¿No estás de acuerdo?

—Sí, señor.

Entonces siguieron hablando de lo que había sucedido después de que hallaron al chico junto al río en aquel pueblecito de pescadores a las afueras de Pekín. El muchacho estaba encantado de contarlo todo. Se veía a sí mismo como un aventurero, un héroe en un viaje heroico. Sí, había pasado un miedo terrible, pero sólo al principio. Después, en realidad la cosa se había vuelto bastante divertida. Se encontraba en una tierra extraña con gente extraña y le daban de comer comida extraña a la que, por suerte, se acostumbró enseguida. Incluso ahora, mientras estaba en el despacho con el hombre de la Oficina y su encantadora madre, le rugía la barriga de ganas de tomar comida china de verdad. No tenía ni idea de cómo se llamaba nada de lo que le habían dado de comer, pero conocía los aromas, los sabores, sus esencias.

Jacob habló largo y tendido de la comida de China, sobre lo

79

agradables que habían sido con él. Incluso cuando llegaron los hombres del Gobierno —y, con ellos, los soldados—, siguieron tratándolo con amabilidad, como si fuera uno de los suyos. Le dieron de comer hasta que no pudo más, mirándolo todo el tiempo con una sensación de maravilla y de misterio.

Luego llegó el largo viaje en avión, que no le dio ningún miedo. Había crecido siempre con el deseo de volar a algún sitio. Ahora le habían regalado dieciocho horas de vuelo. Las azafatas se mostraron simpáticas, pero no tanto como el agente Bellamy cuando se conocieron.

—Sonreían mucho —terció Jacob, pensando en las azafatas.

El muchacho les contó todas esas cosas a su madre y al hombre de la Oficina. Y, aunque no se las refirió de manera tan elocuente, las dio a entender diciendo simplemente:

—Me gustó todo el mundo. Y yo les gusté a ellos.

—Parece que lo pasaste muy bien en China, Jacob.

—Sí, señor. Fue divertido.

—Eso está bien. Muy, muy bien. —El agente Bellamy había dejado de tomar notas. Su lista de la compra estaba completa—. ¿Estás ya cansado de estas preguntas, Jacob?

—No, señor. No pasa nada.

—En ese caso, voy a hacerte la última. Y luego necesito que la pienses bien, ¿de acuerdo?

El chico se acabó la paleta. Se incorporó y su pálida carita adoptó una expresión muy seria. Parecía un pequeño político bien vestido, con sus pantalones oscuros y su camisa blanca.

—Eres un buen chico, Jacob. Sé que lo harás lo mejor que puedas.

—Sí, eres un buen chico —añadió Lucille, acariciando la cabeza de su hijo.

—¿Recuerdas algo de antes de China?

Silencio.

Lucille rodeó a Jacob con el brazo y lo estrechó contra sí.

—El señor Martin Bellamy no trata de complicar las cosas, y tú no tienes que contestar si no quieres. Sólo siente curiosidad, eso es todo. Y tu anciana madre también. Aunque supongo que yo no soy curiosa, sino más bien una vieja fisgona.

Sonrió y le hizo cosquillas en la axila con el dedo.

Jacob soltó una risita.

Lucille y el agente Bellamy esperaron.

Lucille acarició la espalda de Jacob, como si el contacto de su mano con su cuerpo pudiera conjurar cualquier espíritu de la memoria que hubiera en su interior. Deseó que Harold estuviera allí. Por algún motivo, pensaba que ese momento podría evitarse si el chico tuviera también a su padre acariciándole la espalda y demostrándole su apoyo. Pero ese día Harold había comenzado a despotricar sobre el «estúpido Gobierno de mierda» y se comportaba de forma desagradable en general —se ponía así cuando Lucille intentaba arrastrarlo a la iglesia durante las vacaciones—, de modo que decidieron que debía quedarse en la camioneta mientras Jacob y ella hablaban con el hombre de la Oficina.

El agente Bellamy dejó su cuaderno sobre la mesa, junto a su taburete, para demostrarle al muchacho que aquello no sólo tenía que ver con la necesidad de saber del Gobierno. Quería demostrarle que estaba genuinamente interesado en lo que había experimentado. Le gustaba Jacob, desde la primera vez que se vieron, y creía que al muchacho también le gustaba él.

Después de un silencio tan largo que resultaba incómodo, Bellamy habló.

—No pasa nada, Jacob. No tienes que...

—Yo hago lo que me dicen —lo interrumpió él—. Trato de hacer lo que me dicen.

—Estoy seguro de que es así.

—Yo no quería meterme en un lío. Aquel día, en el río...

—¿En China? ¿Donde te encontraron?

—No —respondió Jacob tras una pausa. Dobló las piernas contra su pecho.

—¿Qué recuerdas de aquel día?

—Yo no quería portarme mal.

—Lo sé.

—De verdad —prosiguió el chico.

Ahora Lucille lloraba en silencio. Le temblaba todo el cuerpo, expandiéndose y contrayéndose como un sauce bajo el viento de marzo. Rebuscó en su bolsillo y encontró unos pañuelos de papel con los que se secó los ojos.

—Sigue —dijo con voz conmovida.

—Recuerdo el agua —dijo Jacob—. No había más que agua. Primero, se trataba del río, en casa. Después, ya no. Sólo que yo no lo sabía. Simplemente sucedió.

—¿No hubo nada en medio?

Jacob se encogió de hombros.

Lucille volvió a secarse los ojos. Algo pesado se había desplomado sobre su pecho, aunque no sabía qué. Estuvo a punto de desmayarse allí mismo, en la silla demasiado pequeña en la que estaba sentada, pero pensó que sería dolorosamente incorrecto que Martin Bellamy tuviera que ayudar a una anciana inconsciente. De modo que, por una cuestión de etiqueta, se controló, incluso cuando Bellamy formuló la pregunta de la que parecía pender toda su vida.

—¿No viste nada antes de despertar, cariño, en el intervalo entre cuando tú... te quedaste dormido y cuando te despertaste? —terció—. ¿Viste una luz caliente y brillante? ¿No viste nada?

—¿Cuál es el pasatiempo preferido de un ñu? —preguntó entonces Jacob.

En respuesta, sólo hubo silencio. Silencio y un chiquillo dividido entre lo que no era capaz de expresar y lo que pensaba que su madre quería.

—La ñumismática —dijo al ver que nadie contestaba.

—Es un muchacho estupendo —dijo el agente Bellamy.

Jacob se había marchado ya; se hallaba en la habitación contigua en compañía de un soldado joven originario de algún lugar del Medio Oeste. Lucille y el agente los veían a través de la ventana de la puerta que comunicaba ambas salas. Para su madre era importante no perderlo de vista.

—Es una bendición —repuso ella tras una pausa. Su mirada pasó de Jacob al agente Bellamy y de éste a las manos pequeñas y delgadas que descansaban en su regazo.

—Me alegro de saber que todo va tan bien.

—Así es —replicó Lucille. Sonrió, mirándose todavía las manos. Entonces, como si alguna pequeña adivinanza se hubiera resuelto en su cabeza, se sentó erguida y su sonrisa se volvió tan amplia y orgullosa que fue en ese preciso momento cuando el agente Bellamy se percató de lo delgada y frágil que había sido hasta entonces—. ¿Es ésta la primera vez que viene usted por aquí, agente Bellamy? Al sur, quiero decir.

—¿Cuentan los aeropuertos? —Se inclinó hacia adelante y entrelazó las manos sobre la enorme mesa de escritorio que tenía enfrente. Intuyó que la mujer iba a contarle una historia.

—Me imagino que no.

—¿Está segura? Porque he salido y entrado del aeropuerto de Atlanta en más ocasiones de las que puedo contar. Es extraño pero, no sé por qué, parece como si todos los aviones que he tomado han tenido que pasar por Atlanta por un motivo u otro. Juro que en una ocasión tomé un vuelo de Nueva York a Boston que hizo una escala de tres horas en Atlanta. No sé muy bien cómo sucedió.

Lucille soltó una pequeña carcajada.

—¿Cómo es que no está usted casado, agente Martin Bellamy? ¿Cómo es que no tiene su propia familia?

Él se encogió de hombros.

—Simplemente no encajaba en mi vida, supongo.

—Debería pensar en hacerlo encajar —repuso Lucille. Hizo además de ponerse en pie y luego cambió enseguida de opinión—. Parece usted una buena persona. Debería encontrar a una joven que lo haga feliz y debería tener hijos con ella —dijo, aún sonriendo, aunque el agente Bellamy no pudo evitar fijarse en que ahora su sonrisa era menos radiante.

Entonces ella se puso en pie con un gemido, echó a andar hacia la puerta y vio que Jacob estaba todavía allí.

—Creo que nos hemos perdido el Festival de las Fresas, Martin Bellamy —señaló. Hablaba en voz baja y tranquila—. Tiene lugar todos los años por esta época en Whiteville. Se celebra desde que alcanzo a recordar. Probablemente no sea muy impresionante para un hombre de la gran ciudad como usted, pero es algo de lo que a la gente de aquí nos gusta formar parte.

»Tal como su nombre indica, todo gira alrededor de las fresas. La mayoría de la gente no piensa en ello pero, antaño, hubo una época en que una persona podía tener una granja, cultivar sus tierras y vivir de ello. Es algo que no suele suceder hoy en día... Casi todas las granjas que conocí de niña desaparecieron hace años. Sólo una o dos siguen ahí. Creo que la granja Skidmore, cerca de Lumberton, aún funciona... pero no puedo asegurarlo.

Regresó desde la puerta, se detuvo detrás de su silla y observó al agente Bellamy mientras hablaba. Éste se había puesto de pie cuando ella no miraba, lo que pareció confundirla. Antes, tal como estaba sentado ante el escritorio, parecía casi un niño. Ahora volvía a ser un hombre hecho y derecho. Un hombre hecho y derecho de una ciudad grande y lejana. Un hombre hecho y derecho que había dejado atrás la niñez hacía ya muchos años.

—Dura todo el fin de semana —prosiguió ella—. Y su importancia va creciendo con los años, pero incluso en el pasado era un gran evento. Jacob estaba tan entusiasmado como cualquier chiquillo debería tener derecho a estarlo. ¡Parecía que no lo hubiéramos llevado nunca a ningún sitio! Y Harold, bueno, incluso él estaba entusiasmado de estar allí. Intentaba que no se le notara... Aún no había aprendido realmente a ser un viejo estúpido y obstinado, ¿sabe usted? ¡Era obvio lo contento que estaba! ¿Y por qué no había de estarlo? Era un padre que asistía al Festival de las Fresas del condado de Columbus con su único hijo.

»¡Era estupendo! Los dos comportándose como niños. Había una exposición canina. Y no había nada que a Jacob y a Harold les gustara más que los perros. Bueno, no era una exposición canina como las que se ven hoy en día en televisión. Era una buena exposición canina rural. Nada más que perros de trabajo: blueticks, walkers, beagles... Pero, Señor, ¡qué bonitos eran! Y Harold y Jacob no hacían más que correr de un corral a otro, diciendo esto y aquello sobre qué perro era mejor que el otro y por qué. Éste parecía que podría ser bueno para cazar en tal y tal lugar, con tal y tal tiempo, tal y tal animal. —Lucille volvía a estar radiante. Estaba en escena, orgullosa y maravillosamente arraigada en 1966—. Sol por todas partes —prosiguió—. Y un cielo tan brillante y azul que casi no te lo podrías creer o imaginar hoy en día. —Meneó la cabeza—. Ahora hay demasiada contaminación, supongo. No se me ocurre nada que sea como en aquellos tiempos.

Entonces, de manera bastante abrupta, se interrumpió. Se volvió y se puso a mirar por el cristal de la puerta. Su hijo aún estaba allí. Jacob aún estaba vivo. Aún tenía ocho años. Aún era precioso.

—Las cosas cambian —declaró al cabo de un instante—. Pero debería haber estado usted ahí, Martin Bellamy. Eran tan felices, Jacob y su padre... Harold llevaba a ese chico a caballito la mitad del día. Creí que iba a morirse. Lo que llegamos a caminar aquel día. Caminar, caminar y caminar. Y ahí estaba Harold, llevando a ese chiquillo cargado sobre los hombros como un costal de papas la mayor parte del tiempo.

»Los dos lo convertían en un juego. Llegaban a los diferentes puestos, se empapaban de todo, decían lo que fuera que querían decir sobre las cosas. Entonces, Jacob daba por zanjada la conversación y salía corriendo, y ahí iba Harold pegado a él. Corriendo entre la gente, casi derribando a las personas. Y yo gritando tras ellos: «¡Hagan el favor de detenerse, ustedes dos! ¡Dejen de comportarse como animales!».

Miró fijamente a Jacob. Su rostro no parecía estar seguro de qué actitud tomar, así que adoptó una expresión neutra y expectante.

—Es realmente una bendición de Dios, agente Martin Bellamy —dijo despacio—. Y que una persona no entienda el propósito y el significado de una bendición no supone que deje de ser una bendición..., ¿no es así?

Elizabeth Pinch

Sabía que volvería. Todo cuanto tenía que hacer era esperar y creer. Siempre había sido mejor de lo que él mismo creía, más disciplinado, más inteligente. Era todas las cosas que nunca se había dicho a sí mismo que era.

Elizabeth había estado cerca de encontrarlo. Había logrado llegar muy al este, hasta Colorado, antes de que la atraparan. Un sheriff de la policía local la había visto en un área de descanso de la autopista. Había estado viajando con un camionero que estaba fascinado con los Regresados y que no paraba de hacerle preguntas sobre la muerte. Y, al ver que no le contestaba, la había dejado en el área de descanso, donde todos los que la veían la trataban con incertidumbre.

Primero la trasladaron a Texas, donde les preguntó sin cesar a los entrevistadores de la Oficina: «¿Pueden ayudarme a encontrar a Robert Peters?». Después de retenerla en Texas durante algún tiempo, la mandaron a Mississippi, donde originariamente había vivido, y la alojaron en un edificio con otros como ella y los rodearon de hombres armados.

—Tengo que encontrar a Robert Peters —les decía a cada oportunidad.

«No está aquí» fue lo más parecido a una respuesta que obtuvo jamás, y se la dieron burlándose de ella.

Pero sabía que él iría en su busca. Lo sabía, aunque no sabía por qué.

La encontraría y todo sería como debería haber sido siempre.

SEIS

El pastor Peters refunfuñó en sintonía con las pulsaciones. Sólo Dios sabía hasta qué punto odiaba escribir en un teclado.

A pesar de ser aún un hombre joven, puesto que sólo tenía cuarenta y tres años, jamás se le había dado bien. Había tenido la mala suerte de pertenecer a una generación de personas nacidas en un momento inoportuno, para quienes la época de las computadoras estaba lo bastante lejos como para no tener ningún motivo para aprender a escribir con ellas y para las que, sin embargo, el apogeo de las máquinas estaba tan próximo que tendrían que sufrir siempre por no comprender la distribución de las letras en el teclado. Sólo era capaz de escribir con dos dedos, como una enorme mantis a merced de la computadora.

Poc. Poc-poc. Poc, poc, poc, poc-poc, poc.

Ya había empezado la carta cuatro veces, y la había borrado cinco (contaba la vez que lo había borrado todo y había acabado apagando la computadora, frustrado).

El problema de ser un mal usuario del teclado con dedos de mantis era que las palabras que circulaban por la cabeza del pastor Peters siempre iban muchísimo por delante que las palabras que sus dedos índices tardaban siglos enteros en componer. Si no fuera porque era una persona sensata, habría jurado sobre cualquier montón de libros sagrados que las letras del teclado cambiaban de posición cada pocos minutos más o menos, lo justo para hacer que uno tuviera que andar buscándolas. Sí, simplemente podría haber escrito la carta a mano, y luego, con calma, haberla pasado a computadora de cabo a rabo sólo una vez, pero eso no lo habría vuelto más ducho.

Su mujer había entrado un par de veces en su despacho y se había ofrecido a escribirle la carta, como hacía a menudo, pero él había declinado el ofrecimiento, cuando no solía hacerlo.

—No mejoraré nunca si sigo dejando que lo hagas por mí —le había dicho.

—Un hombre sabio conoce sus limitaciones —había replicado ella sin intención de insultarlo, esperando tan sólo iniciar un diálogo, una asamblea, como él mismo había dicho a la gente de Arcadia no hacía mucho. Había estado distante las últimas semanas, más aún los últimos días. Y ella no sabía por qué.

—Prefiero considerarlo más como una «frontera imprecisa» que como una limitación —replicó el pastor—. Si alguna vez consigo hacer que el resto de mis dedos acompañen a los demás..., bueno..., espera y verás. ¡Seré un fenómeno! ¡Habré obrado un milagro en mí mismo!

Cuando ella echó a andar rodeando el escritorio y le preguntó amablemente en qué estaba trabajando, el pastor borró a toda prisa las escasas palabras que tanto le había costado reunir.

—No es más que una cosa que tenía que sacarme de la cabeza —le dijo—. Nada importante.

—¿Y no quieres decirme qué es?

—No es nada. De verdad.

—De acuerdo —repuso ella, levantando las manos en señal de sumisión. Le sonrió para indicarle que no estaba enojada todavía—. Guarda tus secretos. Confío en ti —añadió, y abandonó la habitación.

Las dificultades del pastor con el teclado eran mayores si cabe ahora que su esposa le había asegurado que tenía su confianza, sugiriendo de este modo la posibilidad de que algo en el hecho de que él escribiera aquella carta requiriese no sólo su confianza sino, lo que era aún peor, un recordatorio por su parte de dicha confianza.

Era una esposa muy hábil.

A quien pueda interesar:

Hasta ahí había llegado. Hasta el principio. Resopló, se secó la arrugada frente con el dorso de la mano y continuó.

Poc. Poc. Poc. Poc-poc. Poc...

Escribo la presente para preguntar

El pastor Peters se detuvo a pensar, percatándose en ese mismo instante de que sabía muy poco acerca de lo que quería preguntar exactamente.

Poc-poc-poc...

Escribo la presente para preguntar por la situación de la señorita Elizabeth Pinch. Recibí una carta suya indicando que la señorita Pinch estaba intentando encontrarme.

Borrar, borrar, borrar. A continuación:

Escribo la presente para preguntar por la situación de la señorita Elizabeth Pinch.

Eso se aproximaba más a la verdad. Allí y entonces, pensó simplemente firmar con su nombre y echar el sobre al correo. Lo pensó tanto que incluso imprimió la página. Luego se recostó en la silla y contempló las palabras.

Escribo la presente para preguntar por la situación de la señorita Elizabeth Pinch.

Dejó la hoja de papel sobre la mesa, cogió un bolígrafo y tachó unas cuantas cosas.

Escribo la presente para preguntar por la ~~situación~~ de la señorita Elizabeth Pinch.

Aunque su mente no estaba segura, su mano sabía lo que estaba tratando de decir. Levantó el bolígrafo y acometió de nuevo la carta con él, tachando y escribiendo, hasta que por fin apareció la verdad, devolviéndole la mirada.

Escribo la presente en relación con Elizabeth.

¿Qué podía hacer entonces sino arrugar el papel y tirarlo a la basura?

Se conectó a internet e introdujo el nombre de Elizabeth Pinch en la barra de búsqueda. Todo cuanto obtuvo fueron docenas de personas que se llamaban de ese modo, pero ninguna de ellas era la chica de quince años de Mississippi que una vez había sido dueña de su corazón.

Afinó la búsqueda para que sólo mostrara imágenes.

Fotos de mujeres invadieron la pantalla, una tras otra. Algunas sonreían mirando a la cámara; otras no eran conscientes de que la cámara estaba ahí. Algunas de las imágenes ni siquiera eran fotos de personas. Otras eran fotogramas del cine o de la televisión. (Al parecer, había una Elizabeth Pinch en Hollywood que había escrito para un drama policial televisivo con altísimos índices de audiencia. Imágenes de la serie aparecían una tras otra en las diversas páginas de resultados de la búsqueda.)

El pastor Peters estuvo investigando en internet hasta mucho después de que el sol pasó de dorado a rojizo y de nuevo a dorado antes de hundirse en el horizonte. Aunque no se la había pedido, su mujer le llevó una taza de café. Él le dio las gracias, la besó y la hizo salir amablemente de la habitación antes de que tuviera tiempo de estudiar la pantalla de la computadora y ver el nombre escrito en la barra de búsqueda. Pero, aunque lo hubiera visto, ¿qué habría hecho con él? ¿De qué le habría servido? Por lo menos, ver el nombre la habría hecho sospechar, pero ya sospechaba. El nombre en sí no le habría aportado nada más.

Nunca le había hablado de Elizabeth.

Lo encontró justo antes de acostarse: un recorte subido del *Water Main*, el pequeño periódico del pueblecito de Mississippi en que el pastor Peters había crecido no hacía tanto tiempo. No había imaginado que la tecnología hubiera llegado tan lejos, que hubiera llegado hasta el pueblo de Podunk, en un húmedo rincón de Mississippi, donde la industria más importante de todo el condado era la pobreza. El titular, borroso pero legible, decía: «Muchacha del pueblo muerta en accidente de tráfico».

El rostro del pastor Peters se puso tenso. Un regusto a ira subió hasta su garganta, ira contra la ignorancia y la inutilidad de las palabras.

Mientras leía el artículo, quiso conocer más detalles, cómo exactamente había muerto Elizabeth Pinch en un amasijo de metal y súbita inercia. Pero los medios de comunicación eran el último lugar donde había que buscar la verdad. Uno podía considerarse afortunado si hallaba los hechos, como para además esperar encontrar la verdad.

A pesar de las lagunas del artículo, el pastor leyó el pequeño recorte de prensa una y otra vez. Al fin y al cabo, la verdad estaba en su interior. Los hechos sólo servían para hacer que todo volviera a él con nítido relieve.

Por primera vez en todo el día, las palabras acudieron con facilidad.

Escribo la presente en relación con Elizabeth. Yo la amaba. Murió. Ahora ya no está muerta. ¿Cómo debo proceder?

Harold y Lucille estaban viendo las noticias, agitados a su manera en profundo silencio. Jacob se encontraba arriba, durmiendo, o sin dormir. Harold se hallaba instalado en su silla favorita, lamiéndose los labios, frotándose la boca y pensando en cigarrillos. A veces, tomaba aliento, lo retenía y luego lo expulsaba firmemente a través de unos labios que reproducían a la perfección el contorno de un cigarrillo.

Lucille se hallaba sentada con las manos en el regazo de su bata. Las noticias eran inverosímiles.

Un presentador de cabello plateado y facciones hermosas y perfectas estaba allí sentado con un traje oscuro y no tenía más que cosas trágicas y desafortunadas que decir.

—Desde Francia nos informan de que ha habido tres fallecidos —dijo con algo menos de emoción de lo que a Lucille le habría gustado—. Se espera que esa cifra aumente, pues la policía aún no ha logrado contener a los manifestantes pro-Regresados, que parecen haber perdido el hilo de su propia protesta.

—Sensacionalismo —espetó Harold.

—¿«Perdido el hilo»? —dijo Lucille—. ¿Por qué habría de decir algo así? Parece que estuviera tratando de ser inglés.

—Imagino que cree que suena mejor —señaló Harold.

—¿Así que, como está sucediendo en Francia, tiene que expresar algo tan atroz de esa manera?

Entonces, el hombre del cabello plateado desapareció del televisor y la pantalla pasó a mostrar hombres de uniforme con escudos antidisturbios y macanas que arremetían contra la gente con amplios movimientos arqueados bajo el cielo despejado. La muchedumbre respondía como si fuera agua. La masa, cientos de personas, se replegaba al tiempo que los hombres uniformados se lanzaban hacia adelante. Cuando los soldados consideraban que se habían extralimitado y retrocedían, la multitud llenaba de inmediato el espacio que ellos dejaban atrás. Algunas personas huían, otras recibían un golpe en la parte posterior de la cabeza y se desplomaban abruptamente en el suelo como marionetas. Los participantes en la manifestación se lanzaban hacia adelante como bestias de carga, atacando en grupos y precipitándose contra los policías. De vez en cuando, una pequeña llama aparecía de pronto al final del brazo de alguien. Retrocedía, surcaba el aire, caía y después brotaba una gran y desigual llamarada.

El presentador del noticiero volvió a ocupar la imagen.

—Aterrador —dijo con una mezcla de excitación y seriedad en la voz.

—¡Imagínate! —intervino Lucille, espantando a la pantalla del televisor como si fuera un gato desobediente—. Deberían avergonzarse de sí mismos poniéndose como locos de ese modo, olvidando el más básico decoro. Y lo que lo agrava aún más es que son franceses. ¡No me habría esperado ese tipo de comportamiento de los franceses! Se supone que son demasiado refinados para actuar así.

—Tu bisabuela no era francesa, Lucille —la interrumpió Harold, aunque no fuera más que para evitar pensar en las noticias de la televisión.

—¡Sí lo era! Era criolla.

—Nadie de tu familia ha podido demostrarlo. Creo que sólo quieres ser francesa porque estás jodidamente enamorada de ellos. Que me maten si sé por qué.

El noticiario dejó entonces París y se instaló cómodamente en un extenso y llano campo de Montana. Estaba tachonado de edificios grandes y cuadrados que parecían graneros pero no lo eran.

—Y, ahora, pasaremos a ocuparnos de lo que sucede más cerca

de casa... —comenzó el hombre del cabello de plata—. Un movimiento anti-Regresados parece haber surgido aquí, en suelo norteamericano —informó, y la pantalla mostró a unas personas que parecían soldados pero que no lo eran. Aunque, desde luego, eran estadounidenses.

—Los franceses son un pueblo sensible y civilizado —repuso Lucille, medio mirando la televisión, medio mirando a su esposo—. Y deja de decir groserías. Jacob te va a oír.

—¿Cuándo he dicho yo una grosería?

—Has dicho «jodidamente».

Harold lanzó las manos al aire simulando frustración.

El televisor mostraba fotografías de los hombres de Montana. Aunque allí no sólo había hombres, sino que también había mujeres que corrían con sus uniformes y saltaban por encima de cosas y reptaban por debajo de cosas, todos ellos armados con fusiles militares y con aspecto muy adusto y serio, aunque, en ocasiones, eran tan penosos que no lograban parecer soldados.

—¿Y qué te parece eso? —inquirió Lucille.

—Son unos chiflados.

Ella bufó.

—¿Y cómo lo sabes? Ni tú ni yo hemos oído una palabra de lo que han dicho sobre todo ese asunto.

—Porque reconozco a un chiflado cuando lo veo. No necesito que un presentador de un noticiero me diga lo contrario.

—Hay quien los llama «chiflados» —dijo el hombre de la televisión. Harold lanzó un gruñido—. Pero los funcionarios dicen que no hay que tomarlos a la ligera.

Lucille gruñó a su vez a modo de respuesta.

En la pantalla, uno de los soldados improvisados entornaba los ojos por encima del cañón de un fusil y le disparaba a la figura recortada en papel de una persona. Una pequeña nube de polvo se levantó del suelo detrás de la silueta.

—Son una especie de fanáticos militantes —terció Harold.

—¿Cómo lo sabes?

—¿Qué son, si no? Míralos. —Señaló el televisor—. Mira la barrigota que tiene ése. Son gente vieja y simple que ha perdido la cabeza. Quizá deberías ir a citarles algún pasaje de las Escrituras.

El presentador prosiguió:

—Cosas como ésa están sucediendo en todas partes.

—¡Jacob! —gritó Lucille. No quería asustar al chiquillo, pero de pronto tenía mucho miedo por él.

Él le contestó desde su habitación con voz baja y sumisa.

—¿Estás bien, cariño? Sólo quería saber cómo estabas.

—Sí, madre. Estoy bien.

Se oyó el leve ruido de unos juguetes que caían al suelo y el sonido de la risa del niño.

Se llamaban a sí mismos Movimiento por los Auténticos Vivos de Montana (MAVM), militantes que antiguamente se preocupaban por las guerras raciales que acabarían sacudiendo hasta la médula el crisol de culturas de Norteamérica. Pero, ahora, decía el hombre del MAVM, había una amenaza más grave.

—Ahí afuera hay algunos de nosotros que no tienen miedo de hacer lo que hay que hacer —declaró.

El programa de televisión terminó con Montana y regresó al estudio, donde el hombre del cabello plateado miró directamente a la cámara y luego a la hoja de papel, mientras en la parte inferior de la pantalla un titular decía: «¿Constituyen los Regresados una amenaza?».

El locutor pareció encontrar las palabras que había estado esperando.

—Después de Rochester, ésa es una pregunta que todos tenemos que formularnos.

—Si hay una cosa en la que Estados Unidos será siempre líder mundial —declaró Harold— es en el número de imbéciles armados.

A su pesar, Lucille se echó a reír. Sin embargo, fue una risa efímera, porque el televisor tenía algo muy importante que decir y no era del tipo paciente. Los ojos del hombre parecían preocupados, como si se le hubiera estropeado el *teleprompter*.

—Conectamos ahora con el presidente de Estados Unidos —dijo de pronto.

—Acabáramos —saltó Harold.

—¡Shhhhhh! No seas pesimista.

—Soy realista.

—¡Eres un misántropo!

—¡Y tú, baptista!

—¡Y tú, calvo!

Continuaron así, en un estira y afloja, hasta que captaron lo que el presidente estaba diciendo.

—... permanezcan encerrados en sus casas hasta nuevo aviso.

Entonces pusieron fin a la disputa.

—¿Qué está pasando? —preguntó ella.

Acto seguido, aparecieron los titulares al pie de la pantalla, como casi toda la información en el mundo moderno. «Órdenes presidenciales: Regresados confinados en sus casas.»

—Dios mío —dijo Lucille, palideciendo.

Afuera, a lo lejos en la autopista, los camiones se acercaban. Lucille y Harold no podían verlos, pero no por ello eran menos reales. Traían cambio e irrevocabilidad, consecuencia y permanencia.

Producían un ruido sordo como el trueno sobre el asfalto, llevando todas esas cosas, rugiendo mientras avanzaban en dirección a Arcadia.

Gou Jun Pei

Los soldados lo ayudaron a salir de la parte posterior de la camioneta y lo condujeron en silencio al alto edificio color alabastro con profundas ventanas cuadradas que trasladaba una impresión general de seriedad. Les preguntó adónde lo llevaban, pero no le contestaron, así que al cabo de poco tiempo dejó de hacer preguntas.

Una vez en el interior del edificio, los soldados lo dejaron en un pequeño cuarto con lo que parecía una cama de hospital en el centro. Anduvo por la habitación, aún cansado por haber estado tanto tiempo sentado durante el viaje hasta dondequiera que ahora se encontrara.

Entonces entraron los médicos.

Eran dos.

Le pidieron que se sentara sobre la mesa y, cuando se hubo sentado, se turnaron para explorarlo y picarlo. Le tomaron la presión y le examinaron los ojos para lo que fuera que los médicos le examinaban a uno los ojos. Comprobaron sus reflejos y le sacaron sangre, y le hicieron una prueba tras otra, negándose desde el principio a contestar cuando les hacía preguntas: «¿Dónde estoy?» «¿Quiénes son ustedes?» «¿Por qué quieren mi sangre?» «¿Dónde está mi mujer?».

Pasaron horas antes de que terminaran de hacerle pruebas sin que le hubieran respondido todavía ni confirmado siquiera nada de lo que él había dicho. Al final, se encontró desnudo, frío, cansado y dolorido, y con la impresión de ser más una cosa que una persona.

99

—Hemos terminado —dijo uno de los médicos. Luego se marcharon.

Permaneció allí, desnudo, aterido y asustado, viendo cómo la puerta se cerraba y lo dejaban confinado en un cuarto cuya ubicación ignoraba por orden de unas personas a las que no conocía.

—¿Qué es lo que he hecho? —le preguntó a nadie.

Pero la única respuesta que obtuvo fue el sonido de la celda vacía en la que ahora lo habían dejado solo. Era una soledad parecida a la de la tumba.

SIETE

Harold y Lucille estaban sentados en el porche, como de costumbre. El sol estaba alto y en el mundo hacía calor pero, de vez en cuando, una brisa soplaba desde el oeste impidiendo que las cosas se volvieran insoportables, cosa que tanto a Harold como a Lucille les parecía muy considerada por parte del mundo.

Harold se estaba fumando un cigarrillo despacio, haciendo cuanto podía para que la ceniza no fuera a parar a los pantalones caqui y a la camisa de trabajo azul nuevos que Lucille le había comprado. Sus habituales pullas y discusiones se habían convertido en un silencio incómodo de miradas duras, lenguaje corporal y un nuevo par de pantalones.

Comenzó alrededor de la época en que confinaron a los Regresados a sus casas y la familia Wilson desapareció de la iglesia. El pastor había negado saber qué había sido de ellos, pero Harold tenía sus propias ideas al respecto. Durante las últimas semanas, Fred Green había realizado una labor bastante efectiva atizando el descontento en la comunidad en relación con el hecho de que los Wilson se alojaran en la iglesia.

A veces, Harold se ponía a pensar en cómo era Fred en el pasado. Recordaba que Mary y él solían ir a cenar a su casa los domingos y que ella se ponía a cantar en medio del salón, con aquella voz suya, alta y bonita, y que Fred se quedaba allí plantado, mirándola como un niño que se ha topado con un desfile fulgurante en medio de un bosque oscuro y solitario.

Pero después ella murió a causa del cáncer de mama que había desarrollado cuando era aún tan joven que a nadie se le ocurría ir al médico para descartar ese tipo de cosas. No había sido culpa de nadie, pero Fred había asumido toda la responsabilidad y, bueno, actualmente no era ya el que era aquel día de 1966 en que caminaba fatigosamente junto a Harold a través de los arbustos, buscando al chiquillo que ambos vivirían el horror de encontrar juntos.

El viento azotó la tierra y el gruñido de unos camiones grandes y pesados que cambiaban de marcha llegó a sus oídos. Aunque las obras estaban lejos, en la escuela, en pleno corazón de Arcadia, el ruido era claro y perceptible, como una promesa dirigida únicamente a ellos dos.

—¿Qué crees que están construyendo? —le preguntó Lucille, ocupando sus manos con esmero en reparar una cobija que se había rasgado en algún momento del invierno. Era una época tan buena como cualquier otra para arreglar cosas estropeadas.

Harold siguió dándole chupadas al cigarrillo y observó a Jacob corretear alegremente al sol bajo el roble. El niño cantaba. Su padre no reconoció la canción.

—¿Qué crees que están construyendo? —repitió Lucille alzando un poco la voz.

—Jaulas —respondió Harold al tiempo que expulsaba una gran nube de humo gris.

—¿Jaulas?

—Para los muertos.

Lucille dejó de coser. Tiró la cobija al suelo del porche y comenzó a colocar cuidadosamente sus útiles de costura en sus cajas.

—Jacob, cariño...

—¿Sí, madre?

—Ve a jugar un poco más lejos en el jardín, cielo. Ve a ver si encuentras algunas moras para nosotros en aquellos arbustos que hay junto a las magnolias. Serán deliciosas después de cenar, ¿no te parece?

—Sí, señora.

Con la nueva misión que le había encomendado su madre, el bastón de Jacob se convirtió en una espada. Lanzó un pequeño grito de guerra y salió disparado hacia las magnolias ubicadas en el límite occidental de la propiedad.

—¡Quédate donde yo pueda verte! —gritó Lucille—. ¿Me oyes?

—Sí, señora —respondió Jacob también a gritos, al tiempo que asaltaba ya las magnolias con su improvisado machete. No solían darle permiso para alejarse ni siquiera un poco, de modo que estaba contento.

Lucille se puso en pie y se acercó a la barandilla del porche. Llevaba un vestido verde con unas puntadas blancas alrededor del cuello y varios seguros prendidos en las mangas, porque solía pensar que en casa necesitaría de pronto uno. Llevaba el cabello plateado recogido en una cola de caballo, y unos cuantos pelos le caían sobre la frente.

Le dolía la cadera de haber estado tanto tiempo sentada. De eso y de jugar con Jacob. Gimió, se la restregó y dejó escapar un pequeño suspiro de frustración. Apoyó las manos sobre la barandilla y miró al suelo.

—No pienso consentirlo.

Harold le dio un fuerte jalón a su cigarrillo y lo apagó a continuación con el tacón del zapato. Luego dejó que la última bocanada de nicotina se le escurriera del cuerpo.

—De acuerdo —dijo—. No usaré esa palabra. Diré *Regresados* en su lugar, aunque no puedo decir que acabe de entender por qué es mejor referirse a ellos con esa palabra. ¿A ti te gustaría que te llamaran *Devuelta*? ¿Como si fueras una especie de maldito paquete?

—Podrías tratar simplemente de llamarlos *personas*.

—Pero es que no son per... —Vio en los ojos de su mujer que ése no era el mejor momento para decir algo semejante—. Son... muy particulares, eso es todo. Es como llamar a alguien por su grupo sanguíneo. —Se frotó la barbilla con gesto nervioso, sorprendido de encontrarla cubierta de pelo. ¿Cómo había podido olvidar algo tan básico como afeitarse?—. Hemos de poder llamarlos de algún modo para que sepamos de quién estamos hablando.

—No son muertos. No son *Regresados*. Son personas, ni más ni menos.

—Tienes que admitir que son un grupo especial de personas.

—Es tu hijo, Harold.

Él la miró directamente a los ojos.

—Mi hijo está muerto.

—No, no lo está. Está justo ahí. —Levantó un dedo y lo señaló.

Silencio. Un silencio ocupado tan sólo por el sonido del viento y el ruido de las obras que se ejecutaban a lo lejos y el leve claqueteo del bastón de Jacob golpeando los troncos de los magnolios a lo largo del borde de la zanja.

—Están construyendo jaulas para ellos —manifestó Harold.

—Y ¿por qué iban a hacer algo semejante? Nadie sabe qué hacer con ellos. Hay demasiados. Dondequiera que mires, cada vez hay más. Por locos que estén esos imbéciles de la televisión, es verdad que no sabemos nada de ellos.

—Eso no era lo que decías antes. «Demonios», los llamabas. ¿Te acuerdas?

—Bueno, eso era antes. Desde entonces he aprendido cosas. El Señor me ha enseñado que tener el corazón cerrado es un error.

Harold resopló.

—Carajo, hablas como los fanáticos de la televisión. Esos que quieren garantizar a cada uno de ellos una vida de santidad.

—Los milagros los afectan.

—No están afectados. Están infectados. Por algo. ¿Por qué, si no, crees que el Gobierno dijo que debían permanecer en casa? ¿Por qué, si no, crees que están construyendo jaulas allá, en el pueblo, mientras nosotros hablamos?

»Lo he visto con mis propios ojos, Lucille. Ayer mismo, cuando fui al pueblo a hacer la compra. Mires donde mires hay soldados, armas, Humvees, camiones y vallas. Kilómetros y kilómetros de vallas. Cargadas en camiones. Apiladas. Y todo soldado físicamente capaz que no llevaba un arma estaba ocupado colocando esas vallas. De tres metros de alto. Hechas de sólido acero. Con rollos de alambre de navajas en la parte superior. Han instalado la mayor parte alrededor de la escuela. Se han apoderado de todo el edificio. No se han dado clases en él desde que el presidente salió en televisión. Supongo que piensan que, en cualquier caso, en este pueblo no hay muchos niños, lo cual es verdad, por lo que no sería un gran problema hacernos utilizar otro lugar como colegio mientras ellos convierten la verdadera escuela en un campo de concentración.

—¿Se supone que es una broma?

—Un juego de palabras, por lo menos. ¿Quieres que vuelva a probar?

—¡Cállate! —Lucille golpeó el suelo con el pie—. Tú esperas lo peor de la gente. Siempre ha sido así. Y es por eso por lo que tienes ese lío mental. Es por eso por lo que no eres capaz de ver el milagro que tienes ante los ojos.

—15 de agosto de 1966.

Lucille cruzó el porche a grandes zancadas y le dio a su marido una bofetada. El ruido resonó por el jardín como el disparo de un arma de pequeño calibre.

—¿Mamá?

Jacob estaba allí, de improviso, como una sombra surgida de la tierra. Lucille aún temblaba, con las venas llenas de adrenalina, de ira y de dolor. Sentía un hormigueo en la palma de la mano. Abrió y cerró la mano sin saber en ese momento si seguía siendo suya o no.

—¿Qué pasa, Jacob?

—Necesito un tazón.

El pequeño se encontraba al pie de la escalera del porche, con la camiseta recogida formando una bolsa a la altura de la barriga, llena a rebosar de moras. Tenía la boca manchada de un negro azulado y torcida en un gesto nervioso.

—Muy bien, cariño —replicó Lucille.

Abrió la puerta mosquitera e hizo pasar a Jacob al interior. Luego ambos se dirigieron despacio a la cocina, procurando no perder nada de la preciosa carga por el camino. Lucille rebuscó en los armarios, encontró un tazón que le gustaba, y su hijo y ella se pusieron a lavar las moras.

Harold se quedó solo en el porche. Por primera vez en semanas, no quería un cigarrillo. Hasta ese día Lucille sólo le había pegado una vez, hacía muchísimos años. Tantos que casi no se acordaba de cuál había sido el motivo. Tenía algo que ver con un comentario que él había hecho sobre su madre. En aquella época eran más jóvenes, y ese tipo de comentarios les dolían.

De lo único que estaba seguro era de que entonces, exactamente igual que ahora, había cometido un grave error.

Se sentó en la silla, se aclaró la garganta y buscó a su alrededor algo con lo que distraerse. Pero no había nada. De modo que se quedó allí escuchando.

Sólo oía a su hijo.

Era como si en el mundo no hubiera nada más que Jacob. Y pensó, o tal vez soñó, que así había sido siempre. Mentalmente vio pasar los años, girando vertiginosamente desde 1966. Y esa visión lo aterrorizó. Le había ido bastante bien tras la muerte de Jacob, ¿no? Estaba orgulloso de sí mismo, orgulloso de su vida. No tenía nada que lamentar. No había hecho nada malo, ¿verdad?

Su mano derecha se introdujo en su bolsillo derecho. Al fondo, junto al encendedor y unas cuantas monedas sueltas, la mano de Harold encontró la crucecita de plata, la misma que le pareció que había surgido de la nada unas semanas antes, la que estaba toda desgastada por el tiempo y el uso.

Entonces lo asaltó una idea. Una idea o una sensación tan intensa que parecía una idea. Estaba sumergida en las turbias profundidades de su memoria, enterrada en algún lugar junto a recuerdos de sus propios padres que se habían convertido en poco más que una granulosa imagen congelada sepultada en su mente bajo una tenue luz artificial.

Tal vez eso, esa idea o sensación que ocupaba su mente, fuera otra cosa más tangible, como ser padre. Últimamente pensaba mucho en el hecho de ser padre. Cincuenta años sin ejercer y ahora era demasiado viejo para hacerlo como era debido, pero se había visto arrastrado una vez más por un extraño capricho del destino. Harold se negaba a creer en ninguna deidad particular porque Dios y él aún no se dirigían la palabra.

Pensó en lo que suponía ser padre. Lo había hecho sólo durante ocho años, pero habían sido ocho años que, una vez transcurridos, se habían aferrado a él. No se lo había dicho nunca a Lucille, pero durante aquella primera década después de la muerte de Jacob había sido propenso a sufrir accesos repentinos de una emoción indefinible que lo arrollaba como una ola gigantesca, a veces cuando estaba volviendo a casa del trabajo. Hoy en día los llamaban «ataques de pánico».

No le gustaba pensar en sí mismo en relación con nada que tuviera que ver con el *pánico*, pero tenía que admitir que eso era exactamente lo que sentía. Empezaban a temblarle las manos, el corazón se ponía a latir como un rebaño de ovejas en su caja torácica y él se paraba en el borde y, presa de violentos escalofríos, encendía un cigarrillo y se lo fumaba como si le fuera la vida en ello. El corazón golpeaba entre sus sienes, incluso sus malditos ojos parecían palpitar.

Y luego se le pasaba. A veces dejaba atrás un fugaz recuerdo de Jacob, como cuando uno contempla una luna llena y luminosa y cuando cierra los ojos y debería haber sólo oscuridad la lleva consigo.

En ese mismo momento, con la crucecita entre los dedos, le pareció tener la sensación de que se avecinaba uno de aquellos ataques. Empezaron a llenársele los ojos de lágrimas. Y como hace cualquier hombre al enfrentarse a un puro terror o emoción, se rindió a su mujer y enterró sus pensamientos bajo el yunque de su corazón.

—De acuerdo —dijo.

Ambos cruzaron el jardín en paralelo. Harold caminando despacio y con paso regular, Jacob pedaleando.

—Pasa un poco de tiempo con él —le había dicho Lucille al final—. Los dos solos. Vayan a hacer algo, como acostumbraban. Es lo único que necesita. —Y ahí estaban ahora, él y su hijo Regresado, recorriendo la tierra, aunque Harold no tenía la menor idea de qué debían hacer.

Así que simplemente estaban dando un paseo.

Rebasaron los límites del jardín, luego rebasaron los límites de la finca y salieron al camino sin asfaltar, que acabó conduciéndolos por fin a la autopista. A pesar del decreto que establecía que todos los Regresados debían permanecer en sus casas, Harold llevó a su hijo donde los camiones militares circulaban sobre el asfalto recalentado por el sol, donde los soldados mirarían afuera desde sus camiones y Humvees y verían al chiquillo Regresado y al viejo marchito.

Harold no estaba seguro de si lo que sintió cuando uno de los Humvees que pasaba frenó, dio media vuelta en el camellón y se acercó a él rugiendo por la carretera era miedo o alivio. Para Jacob era miedo, sin lugar a dudas. Se agarró a la mano de su padre y se refugió detrás de su pierna, mirando a su alrededor mientras el vehículo se arrastraba despacio hasta detenerse.

—Buenas tardes. —Un soldado de cabeza cuadrada y de unos cuarenta y tantos años de edad los saludó desde la ventanilla del pasajero. Tenía el cabello rubio, una mandíbula inferior fuerte y unos ojos azules fríos y distantes.

—Hola —repuso Harold.

—¿Cómo están, caballeros?

—Estamos vivos.

El soldado se echó a reír. Se inclinó en su asiento y le echó un vistazo a Jacob.

—¿Y usted cómo se llama, señor?

—¿Yo?

—Sí, señor —replicó el soldado—. Yo soy el coronel Willis. ¿Cómo se llama usted?

El pequeño salió de detrás de su padre.

—Jacob.

—¿Cuántos años tiene usted, Jacob?

—Ocho, señor.

—Caramba. ¡Es una edad estupenda! Ha pasado mucho tiempo desde que yo tenía ocho años. ¿Sabe cuántos tengo? Adivine.

—¿Veinticinco?

—¡Ni mucho menos! Pero gracias. —El coronel sonrió con el brazo apoyado en la ventanilla del Humvee—. Tengo casi cincuenta.

—¡Caray!

—Tiene usted toda la razón: «¡Caray!». Soy un viejo. Soy un hombre muy, muy viejo. —Se volvió hacia Harold—. ¿Cómo está usted, señor? —Ahora su voz era severa.

—Bien.

—¿Su nombre, señor?

—Harold. Harold Hargrave.

El coronel Willis le lanzó una mirada por encima del hombro a un soldado del interior del vehículo. El joven soldado anotó algo.

—¿Adónde se dirigen en un día tan bonito, caballeros? —inquirió el coronel. Miró el sol dorado, el cielo azul y los grupitos de nubes que avanzaban perezosamente de un extremo de la tierra al otro.

—A ningún sitio en particular —respondió Harold sin mirar al cielo, sino manteniendo los ojos fijos en el Humvee—. Sólo estábamos estirando las piernas.

—¿Cuánto tiempo más cree que van a estar por aquí «estirando las piernas»? ¿Necesitan que los llevemos a casa?

—Hemos sabido llegar hasta aquí —contestó Harold—. Sabremos regresar.

—Sólo estaba ofreciéndoles ayuda, señor... Hargrave, ¿no? ¿Harold Hargrave?

Harold cogió a Jacob de la mano y se quedaron allí plantados como estatuas hasta que el coronel comprendió. El coronel Willis se volvió y le dijo algo al joven soldado instalado en el asiento del conductor. Luego saludó con la cabeza al viejo y a su hijo Regresado.

El Humvee cobró vida con un traqueteo y se alejó rugiendo.

—Ha sido muy amable para ser un coronel —observó Jacob.

El instinto le decía a Harold que debía poner rumbo a casa, pero Jacob lo llevó en otra dirección. El chiquillo giró hacia el norte y, aún agarrado a la mano de su padre, se adentró en la maleza del bosque y más allá, en el bosque mismo. Caminaron bajo los pinos y los robles blancos desperdigados aquí y allá. De vez en cuando se oía el ruido de los pájaros que levantaban el vuelo desde las copas de los árboles. Después, sólo el viento, que olía a tierra y a pinos, y a un cielo lejano que quizá acabaría descargando lluvia.

—¿Adónde vamos? —quiso saber Harold.

—¿Cuál es el único animal que hace salir a un mono de su cueva? —inquirió Jacob.

—No nos vayamos a perder —advirtió Harold.

—El sal-monete.

Harold soltó una carcajada.

Pronto percibieron un olor a agua. Padre e hijo siguieron andando. Harold recordaba vagamente la vez que Jacob, Lucille y él habían ido a pescar desde un puente en las proximidades del lago Waccamaw. El puente no era alto, lo cual estuvo bien porque, más o menos media hora después de haber empezado a pescar, Lucille decidió que sería divertido tirar a Harold al agua de un empujón, pero él la vio llegar y consiguió hacerse a un lado y darle un empujoncito apenas lo bastante fuerte para hacerla caer al agua gritando.

Cuando por fin logró salir del río y trepar al dique, era todo un espectáculo: los *jeans* y la camisa de algodón pegados al cuerpo, el pelo chorreando y decorado con unas cuantas hojas de los arbustos de la orilla.

—¿Pescaste algo, mamá? —preguntó Jacob, sonriendo de oreja a oreja.

Y sin mediar palabra, Harold agarró al chico de los brazos y Lucille lo cogió de los pies y lo lanzaron al agua riendo.

Parecía que había sido la semana anterior, pensó Harold para sus adentros.

Entonces el bosque se desvaneció, dejando frente a él y a su hijo tan sólo el río, oscuro y de aguas lentas.

—No hemos traído ropa para cambiarnos —observó Harold—.

¿Qué pensará tu madre? Si nos presentamos en casa empapados y sucios tendremos problemas. —Mientras hablaba, iba quitándose los zapatos y arremangándose los pantalones, dejando que sus viejas y delgadas piernas vieran la luz del día por primera vez desde tiempos inmemoriales.

Ayudó a Jacob a arremangarse los pantalones por encima de la rodilla. Sonriendo, el pequeño se quitó la camisa, echó a correr por la empinada orilla y se metió en el agua hasta la cintura. Luego se zambulló bajo la superficie y emergió entre risas.

Harold meneó la cabeza a su pesar, se quitó la camisa y, tan deprisa como su edad se lo permitía, se metió corriendo en el río para unirse al pequeño.

Estuvieron chapoteando en el agua hasta que ninguno de los dos pudo más del cansancio. Entonces salieron despacio, caminando con dificultad, y encontraron un pedazo de orilla llano y herboso donde se tumbaron como cocodrilos y dejaron que el sol les masajeara el cuerpo.

Harold estaba cansado, pero feliz. Sentía que algo se disipaba en su interior.

Abrió los ojos y miró hacia lo alto, al cielo y a los árboles. Un trío de pinos brotaba de la tierra y formaba un racimo en una esquina baja del cielo, ocultando el sol, que se hallaba en la etapa final de su viaje. El modo en que los pinos se juntaban por las copas le llamó la atención. Permaneció largo rato allí tumbado en la hierba, mirándolos.

Se incorporó, notando un dolor sordo que comenzaba a resonar por todo su cuerpo. En efecto, era más viejo que antes. Encogió las rodillas contra el pecho como si fuera un niño, rodeándose las piernas con los brazos. Se rascó la barba rala de varios días que poblaba su barbilla y miró al río. Había estado otras veces ahí, en ese lugar exacto de su curso, con sus tres pinos irguiéndose perezosamente de la tierra, reuniéndose en su rinconcito de cielo.

Jacob dormía profundamente entre la hierba mientras su cuerpo se secaba despacio bajo el sol poniente. A pesar de lo que decían acerca de que los Regresados apenas dormían, cuando por fin conciliaban el sueño, el suyo parecía un descanso absorbente y maravilloso. El chiquillo tenía un aire tranquilo y satisfecho a más no poder. Como si dentro de su cuerpo no sucediera absolutamente nada más que la prosodia lenta y natural de su corazón.

«Parece muerto», pensó Harold. «Es que lo está», se recordó a continuación en voz baja.

Jacob abrió los ojos. Miró al cielo, parpadeó y se incorporó de un salto.

—¿Papá? —chilló—. ¿Papá?

—Estoy aquí.

Cuando vio a su padre, el miedo del chiquillo se desvaneció tan de improviso como había llegado.

—Tuve un sueño.

El instinto de Harold lo impelía a decirle al niño que se sentara en su regazo y le contara lo que había soñado. Eso era lo que habría hecho muchos años antes. Pero ése no era su hijo, se recordó. El 15 de agosto de 1966 se había llevado a Jacob William Hargrave de manera irrevocable.

Lo que tenía a su lado era otra cosa. La imitación de la vida por parte de la muerte. Caminaba, hablaba, sonreía, reía y jugaba como Jacob, pero no era Jacob. No podía ser Jacob. Por las leyes del universo, no podía serlo.

Y aun en el supuesto de que por algún «milagro» pudiera serlo, Harold no iba a permitirlo.

Sin embargo, aunque aquello no fuera su hijo, aunque fuera tan sólo una elaborada creación de luz y mecánica, aunque no fuera más que el fruto de su imaginación sentado en la hierba a su lado, hasta cierto punto era un chiquillo, y Harold no era una persona tan vieja y amarga como para ser inmune al dolor de un niño.

—Háblame de tu sueño —le dijo.

—Es difícil de recordar.

—Así son a veces los sueños. —Se levantó despacio, estiró los músculos y empezó a ponerse de nuevo la camisa. Jacob lo imitó—. ¿Alguien te perseguía? —inquirió Harold—. Eso pasa a menudo en los sueños. Al menos, en los míos. A veces, que alguien te persiga puede ser terrorífico.

El muchacho asintió con la cabeza.

Su padre interpretó su silencio como una indicación para que prosiguiera.

—Bueno, en el sueño no te caías.

—¿Cómo lo sabes?

—¡Porque habrías pataleado y agitado los brazos! —Harold lanzó los brazos al aire y se puso a lanzar puntapiés, haciendo un numerito grotesco. Hacía años que no tenía un aspecto tan ridículo, a medio vestir y aún todo mojado, dando patadas y haciendo giros con los brazos de ese modo—. ¡Y habría tenido que tirarte al río para que despertaras!

Entonces se acordó. Con una nitidez terrible, se acordó.

Ese lugar, allí, bajo los tres árboles que se abrían paso juntos contra el telón de fondo del cielo abierto, era donde había encontrado a Jacob tantos años antes. Era allí donde Lucille y él habían conocido el dolor. Era allí donde cada promesa de vida en la que habían creído se había hecho añicos. Allí era donde había abrazado a Jacob y había llorado, temblando, mientras su cuerpo yacía inmóvil y sin vida.

Lo único que Harold pudo hacer al percatarse de dónde se encontraba ahora, bajo esos árboles familiares, con aquella cosa que tantísimo se parecía a su hijo, fue reírse.

—Qué barbaridad —dijo.

—¿Qué pasa? —inquirió el chico.

La única respuesta de Harold fue otra carcajada. Después los dos se echaron a reír. Pero, enseguida, los pasos de unos soldados que salían del bosque interrumpieron el sonido de sus risas.

Los militares tuvieron la amabilidad de dejar los fusiles en el Humvee. Incluso llevaban las pistolas en su funda en lugar de empuñarlas, listas para usar. El coronel Willis era quien los lideraba. Caminaba con las manos a la espalda y el pecho echado hacia adelante como un bulldog. Jacob se escondió tras la pierna de su padre.

—No es que quiera hacer esto —señaló el coronel—. De verdad que procuré no tener que hacerlo, pero ustedes dos deberían haberse ido a casa.

Ése sería el inicio de una época muy complicada para Harold, Lucille y Jacob, así como para una infinidad de otros afectados.

Pero, por ahora, se echaron a reír.

Nico Sutil. Erik Bellof. Timo Heidfeld

Aquella tranquila calle de Rochester no había conocido nunca tanta emoción. Los letreros estaban escritos en inglés y en alemán, pero cualquier alemán habría comprendido igualmente lo que pasaba aunque hubieran brillado por su ausencia. Hacía ya varios días que rodeaban la casa gritando, blandiendo los puños. A veces, un ladrillo o una botella de cristal se estrellaban contra la fachada del edificio. Sucedía tan a menudo que el ruido ya no los asustaba.

«¡Nazis, lárguense!», decían muchos de los letreros. «¡Vuelve al infierno, nazi!», rezaba otro.

—Sólo están asustados, Nicolas —manifestó el señor Gershon, mirando por la ventana con expresión seria—. Es demasiado para ellos. —Era un hombre delgado y menudo, con una barba canosa y una voz que temblaba al cantar.

—Lo siento —terció Erik. Tenía sólo unos pocos años más que Nico. Para el señor Gershon, era aún un chiquillo.

El señor Gershon avanzó en cuclillas hasta donde Nico y Erik se hallaban sentados, asegurándose de no acercarse a las ventanas. Le dio unas palmaditas a Nico en la mano.

—Pase lo que pase, no es culpa suya. Yo tomé esta decisión..., toda mi familia y yo tomamos esta decisión.

Nico asintió.

—Fue mi madre quien decidió que debía enrolarme en el ejército

117

—dijo—. *Ella veneraba al Führer. Yo sólo quería ir a la universidad y enseñar inglés.*

—*Basta ya de hablar del pasado* —*intervino Timo. Era de la edad de Nico, pero no poseía ni mucho menos su dulzura. Tenía el cabello oscuro, el rostro delgado e inteligente, al igual que los ojos. Su aspecto era como el que se suponía que tenían los nazis, pero no su forma de actuar.*

En el exterior, los soldados se esforzaban por dividir a la multitud. Durante los últimos días habían estado manteniendo alejados a los manifestantes. Entonces, varios grandes camiones oscuros llegaron con gran estruendo al jardín delantero de los Gershon. Se detuvieron y de ellos empezaron a manar soldados, fusiles en ristre.

El señor Gershon suspiró.

—*Tengo que intentar hablar con ellos* —*dijo.*

—*Es a nosotros a quienes quieren* —*intervino Erik haciéndoles un gesto a los otros seis soldados nazis que los Gershon no habían logrado ocultar durante el último mes. Eran en su mayoría unos chiquillos, atrapados en algo más grande de lo que jamás podrían esperar comprender, algo semejante a la primera vez que habían vivido—. Es a nosotros a quienes quieren matar, ¿no?*

Uno de los hombres apostados afuera cogió un megáfono y empezó a vocear instrucciones en dirección a la casa de los Gershon. La multitud lo aclamó. «¡Regresen al infierno!», gritaban.

—*Coja a su familia y váyase* —*lo instó Nico. Los demás soldados manifestaron su aprobación—. Nos rendimos. Esto ya ha durado demasiado. Por haber luchado en la guerra, merecemos que nos arresten.*

El señor Gershon se agachó gruñendo, con su viejo y delgado cuerpo tembloroso. Descansó las manos en el brazo de Nico.

—*Todos ustedes ya murieron una vez* —*dijo—. ¿No es penitencia suficiente? No los entregaremos. Les demostraremos que las guerras están hechas de personas y que las personas, fuera de esas gue-*

rras, pueden ser razonables. Pueden convivir..., incluso una estúpida vieja familia judía como la mía y unos muchachos alemanes a los que un loco vistió de uniforme y les dijo «¡Sean malvados o verán!». —Miró a su mujer—. *Tenemos que demostrar que hay perdón en este mundo* —declaró.

Ella le devolvió la mirada con una expresión tan decidida como la suya.

Oyeron el estrépito de una ventana que se rompía en el piso de arriba, seguido de un fuerte siseo. A continuación, algo golpeó con un ruido sordo el muro de la casa, cerca de la ventana. Más siseos. Una nube blanca comenzó a formarse al otro lado del cristal.

—¡Gas! —exclamó Timo, cubriéndose simultáneamente la boca con la mano.

—No pasa nada —dijo el señor Gershon con voz afable—. Dejaremos que esto pase pacíficamente. —Miró a los soldados alemanes—. Debemos dejar que esto pase pacíficamente —les dijo—. Lo único que harán es arrestarnos.

—¡Nos matarán! —repuso Timo—. ¡Debemos luchar contra ellos!

—Sí —aprobó Erik, poniéndose en pie. Se acercó a la ventana, atisbó y contó el número de hombres armados.

—No —objetó el señor Gershon—. No podemos permitir que vuelva a suceder lo mismo. Si luchan, los matarán, y eso será lo único que recordarán todos... ¡La casa llena de soldados alemanes que, incluso tras regresar de la tumba, sólo sabían luchar y matar!

Sonaron unos fuertes golpes en la puerta.

—Gracias —dijo Nico.

Entonces echaron la puerta abajo.

OCHO

Hacía tres semanas que el marido de Lucille y su hijo antes muerto habían sido arrestados por lo que en su opinión equivalía a poco más que una inflada acusación de «ser un cascarrabias» y un «Regresado en sitio público», respectivamente. Y aunque ambos eran ciertamente culpables de sus cargos individuales, ningún abogado en el mundo habría argumentado jamás que Harold Hargrave no era sino un cascarrabias ilegal. Por otra parte, la condición de antiguamente-muerto-pero-no-muerto-ahora de Jacob era del mismo modo inequívoca.

No obstante, en esa parte de su espíritu que se hacía a la idea de ciertas virtudes y defectos generales e inevitables, Lucille estaba firmemente convencida de que si había algún culpable, ése era la Oficina.

Su familia no había hecho nada. Nada aparte de dar un paseo por una propiedad particular —no por tierras del Gobierno, sino por una finca privada—, y mientras paseaban simplemente se habían topado con algunos hombres de la Oficina que circulaban por la carretera. Hombres de la Oficina que los habían seguido y arrestado.

Por mucho que lo había intentado, Lucille aún no había logrado dormir una noche entera desde su detención. Y cuando el sueño llegaba, lo hacía como una citación judicial, sólo en los momentos más impredecibles e inoportunos. Ahora mismo se había quedado profundamente dormida en el banco de la iglesia, ataviada con sus mejores galas de los domingos y con la cabeza colgando en un ángulo de inconsciencia familiar que se ve a menudo en los niños que se han saltado la siesta. Sudaba ligeramente. Estaban ya en junio y era como estar en una sauna.

Mientras dormía, soñaba con peces. Soñaba que se encontraba entre un montón de gente que se moría de hambre. A sus pies había una cubeta de plástico de unos veinte litros llena de mojarras, truchas, lubinas, corvinas y platijas.

—Yo los ayudaré. Tome —decía—. Aquí tiene. Agarre esto. Tomen. Lo siento. Sí. Por favor, agarren esto. Aquí tienen. Perdón. Tomen. Lo siento.

Las personas de su sueño eran todos Regresados y Lucille no sabía por qué les pedía disculpas, pero ello parecía vital.

—Lo siento. Aquí tienen. Intento ayudar. Lo siento. No, no se preocupe. Yo lo ayudaré. Tenga. —Ahora sus labios se movían solos mientras estaba desplomada en el banco—. Perdón —dijo en voz alta—. Yo los ayudaré. No se preocupen.

En su sueño, la gente se empujaba acercándose a ella, arremolinándose a su alrededor, y Lucille se daba cuenta ahora de que los Regresados estaban todos encerrados en una jaula de increíbles dimensiones —vallas de acero y alambre de navajas— que iba haciéndose cada vez más pequeña.

—Dios mío —dijo en voz alta—. No pasa nada. ¡Yo los ayudaré!

De pronto despertó, y vio que prácticamente toda la congregación de la iglesia baptista de Arcadia la estaba mirando.

—Amén —dijo el pastor Peters desde el púlpito, sonriendo—. Incluso en sueños la hermana Hargrave ayuda a la gente. ¿Por qué no podemos hacerlo todos cuando estamos despiertos? —Luego prosiguió con su sermón, algo que tenía que ver con la paciencia del Libro de Job.

La vergüenza que sentía por haberse quedado dormida en la

iglesia se vio ligeramente superada por el hecho de haber distraído al pastor de su sermón. Pero también este hecho se vio atemperado por la circunstancia de que últimamente el pastor estaba siempre en la luna durante los sermones. Tenía algo en la cabeza —algo en el corazón—, y aunque ningún miembro de su rebaño podía diagnosticar la causa exacta de su preocupación, no era difícil darse cuenta de que le pasaba algo.

Lucille se sentó bien erguida, se secó el sudor de la frente y murmuró «amén» a destiempo, conviniendo con un punto importante del sermón del pastor. Aún sentía los ojos pesados y le ardían mucho. Sacó su Biblia, la abrió y buscó somnolienta los versículos sobre los que el pastor Peters estaba predicando. El Libro de Job no era el más importante de las Sagradas Escrituras, pero era bastante significativo. Pasó rápidamente las hojas hasta llegar a lo que parecía ser el versículo en cuestión. A continuación, fijó la vista en la página y volvió a quedarse inmediatamente dormida.

Cuando volvió a despertarse, el oficio había terminado. El aire estaba tranquilo; los bancos, completamente vacíos. Como si quizá el propio Señor se hubiera levantado y hubiera decidido que tenía otro sitio donde estar. El pastor se encontraba allí con su pequeña mujer, cuyo nombre Lucille seguía sin poder recordar. Estaban sentados en el banco situado frente al suyo, mirándola con una media sonrisa indulgente.

El pastor Peters habló en primer lugar.

—Me he planteado varias veces añadir fuegos artificiales a mis sermones, pero el jefe de bomberos aniquiló esa idea. Y, bueno... —Sonrió, y sus hombros ascendieron como montañas bajo el saco de su traje.

Su frente relucía cubierta de gotitas de sudor, pero aun así llevaba puesto el oscuro saco de lana del traje con el aspecto que debe tener un hombre de Dios: alguien dispuesto a soportar.

Entonces intervino su pequeña esposa, con una voz pequeña e insignificante.

—Estamos preocupados por usted. —Llevaba un vestido de color claro y un sombrerito de flores. Hasta su sonrisa era pequeña. No sólo parecía estar a punto de desmayarse, sino estar absolutamente dispuesta a hacerlo en cualquier momento.

—No se preocupe por mí —replicó Lucille. Se incorporó, cerró la Biblia y la estrechó contra su pecho—. El Señor me ayudará a salir adelante.

—Bueno, hermana Hargrave, no voy a consentirle que me quite las palabras de la boca —manifestó el pastor, mostrando aquella amplia y magnífica sonrisa suya.

Su mujer se estiró por encima del respaldo del banco y le puso a Lucille su diminuta mano en el brazo.

—No tiene usted buen aspecto. ¿Cuándo durmió por última vez?

—Hace apenas unos minutos —repuso Lucille—. ¿No lo vio? —Soltó una breve risita—. Lo siento. Ésa no era yo. Era ese inútil de mi marido que hablaba a través de mí..., el demonio que es. —Apretó la Biblia contra su pecho y resopló—. ¿Qué mejor lugar para descansar que la iglesia? ¿Hay algún otro lugar en la tierra donde podría estar más a gusto? No lo creo.

—¿En casa? —sugirió la esposa del pastor.

Lucille no supo muy bien si lo decía como un insulto o si no era más que una pregunta genuina. Pero como la mujer del pastor era tan pequeña, Lucille decidió darle el beneficio de la duda.

—Ahora mismo, mi casa no es mi casa —replicó Lucille.

El pastor Peters le puso la mano en el brazo, junto a la de su mujer.

—He hablado con el agente Bellamy —la informó.

—Yo también —repuso Lucille. Su rostro se endureció—. Y apuesto a que le dijo lo mismo que a mí: «No está en mis manos». —Volvió a resoplar y se arregló el pelo—. ¿De qué sirve ser un hombre del Gobierno si no puedes hacer nada? ¿Si no tienes ningún poder, al igual que el resto de la gente?

—Bueno, en su defensa le diré que el Gobierno sigue siendo mucho más poderoso que ninguna de las personas que trabajan para él. Estoy seguro de que el agente Bellamy hace todo lo que puede por ayudar. Parece un hombre honesto. No es él quien tiene a Jacob y a Harold retenidos ahí, es la ley. Harold decidió quedarse con el chico.

—¿Y qué otra opción tenía? ¡Jacob es su hijo!

—Lo sé, pero hay quien ha hecho menos. Por lo que Bellamy me dijo, se suponía que sólo los Regresados iban a estar retenidos allí. Pero hubo gente como Harold que no quiso separarse de sus seres queridos, así que ahora... —La voz del pastor se extinguió. Luego retomó el discurso—: Me parece que eso es lo mejor. No podemos dejar que segreguen a la gente, al menos no del todo, no como algunos querrían haber hecho.

—Él decidió quedarse —musitó Lucille, como recordándose algo a sí misma.

—Así es —replicó el pastor Peters—. Y Bellamy cuidará de ambos. Como he dicho, es un buen hombre.

—Eso es lo que yo pensaba antes, cuando lo conocí. Parecía buena persona, aunque fuera de Nueva York. Ni siquiera lo juzgué por el hecho de ser negro. —Lucille puso un fuerte énfasis en ese punto. Sus padres habían sido los dos profundamente racistas, pero ella había aprendido del Evangelio que las personas sólo eran personas. El color de su piel quería decir tanto como el color de su ropa interior—. Pero cuando lo miro ahora —prosiguió—, me pregunto cómo es posible que cualquier hombre decente, independientemente de su color, pueda tener que ver con algo como secuestrar a la gente de sus hogares, niños, ni más ni menos, y encarcelarlos —la voz de Lucille era como un trueno.

—Vamos, Lucille —dijo el pastor.

—Vamos —repitió su esposa.

El pastor Peters se sentó junto a la anciana en el banco y la rodeó con su robusto brazo.

—No están secuestrando a la gente, aunque me doy cuenta de que puede parecer que es así. La Oficina sólo está tratando de..., bueno, véalo simplemente como que están echando una mano. Ahora hay muchísimos Regresados. Creo que sólo están tratando de que la gente se sienta segura.

—¿Hacen que la gente se sienta segura llevándose a un viejo y a su hijo a punta de pistola? —Lucille casi dejó caer la Biblia cuando sus manos de pronto cobraron vida frente a sí. Cuando estaba enojada hablaba siempre con las manos—. ¿Reteniéndolos durante semanas? Metiéndolos en la cárcel sin... sin..., diablos, no sé, sin presentar acusaciones ni hacer nada como en un Estado de derecho?

Dirigió la mirada hacia una de las ventanas de la iglesia. Incluso desde donde se hallaba sentada veía el pueblo a lo lejos, al pie de la colina donde se alzaba la iglesia. Veía la escuela y todos los edificios y las vallas recién levantados, a todos los soldados y a los Regresados yendo y viniendo, el puñado de casas que aún no estaba dentro del reino de las cercas. Algo en su corazón le dijo que aquello no iba a durar.

Lejos, en el otro extremo, oculta por los árboles y la distancia, fuera de los límites del pueblo y donde casi todo era campo, se encontraba su casa, oscura y vacía.

—Dios... —musitó.

—Vamos, vamos, Lucille —dijo la mujer del pastor, sin lograr nada.

—No hago más que hablar con ese Martin Bellamy —prosiguió

126

ella—. No hago más que decirle que esto no está bien y que la Oficina no tiene derecho a actuar así, pero lo único que dice es que no puede hacer nada. Afirma que ahora todo tiene que ver con el coronel Willis. Que ahora todo depende de él, dice Martin Bellamy. ¿Qué quiere decir con eso de que no puede hacer nada? Es un ser humano, ¿no? ¿Acaso no hay montones de cosas que un ser humano puede hacer?

Gotas de sudor se deslizaban por su frente. Tanto el pastor como su esposa habían retirado las manos que habían puesto en su brazo, como si la anciana fuera un fogón que alguien hubiera encendido sin avisar.

—Lucille —dijo el pastor Peters bajando la voz y hablando despacio, pues había aprendido que eso calmaba a la gente, lo quisieran o no. Lucille sólo miraba la Biblia que tenía en el regazo. Una gran pregunta sobre algo se instaló en las curvas de su rostro—. Dios tiene un plan —prosiguió el pastor—, aunque el agente Bellamy no lo tenga.

—Pero han pasado semanas —replicó ella.

—Y están los dos vivos y sanos, ¿verdad?

—Supongo que sí. —Abrió la Biblia por ninguna página en particular. La abrió sólo para ver que las palabras y el Evangelio seguían allí—. Pero están... —Trató de encontrar un término adecuado. Se sentiría mejor si pudiera encontrar enseguida una palabra de calidad—. Están... emparedados.

—Están en la misma escuela donde casi todos los niños del pueblo aprendieron a leer y a escribir —repuso el pastor. Había vuelto a rodear a Lucille con el brazo—. Sí, sé que ahora parece distinta, con todos esos soldados alrededor, pero sigue siendo nuestra escuela. Es el mismo edificio al que iba Jacob hace muchos años.

—Entonces era una escuela nueva —lo interrumpió Lucille, mientras su mente se sumergía en el recuerdo.

—Y estoy seguro de que era bonita.

—Oh, sí que lo era. Nueva y reluciente. Pero en aquella época era mucho más pequeña. Antes de los añadidos y las reformas realizadas después de que el pueblo se hizo más viejo y un poco más grande.

—¿Y no podemos pensar que siguen estando en esa versión de la escuela?

Lucille no respondió.

—Están calientitos y les dan de comer.

—¡Porque yo les llevo comida!

—¡La mejor comida del condado! —El pastor miró a su mujer de manera ostentosa—. No hago más que decirle a mi querida esposa que debería ir a pasar unas cuantas semanas con usted y sacarle el secreto de su tarta de durazno.

Lucille sonrió e hizo un gesto con la mano para quitarle importancia.

—No es nada especial —replicó—. Incluso le llevo comida a Martin Bellamy. —Hizo una pausa—. Como he dicho, le tengo simpatía. Parece un buen hombre.

El pastor Peters le palmeó la espalda.

—Claro que lo es. Y él, Harold y Jacob y toda la demás gente de la escuela que ha tenido ocasión de probar su tarta (porque me han dicho que ha estado usted llevándola a la escuela en grandes cantidades y compartiéndola) están en deuda con usted. Sé que se lo agradecen todos los días.

—Que sean prisioneros no significa que tengan que comer esa bazofia del Gobierno con que los soldados los alimentan.

—Creía que el servicio de catering de la señora Brown les suministraba la comida. ¿Cómo lo llama ahora? ¿«Comidas celestiales»?

—Como dije, bazofia...

Todos se echaron a reír.

—Estoy convencido de que las cosas se arreglarán —manifestó el pastor cuando las risas se hubieron extinguido—. Harold y Jacob estarán estupendamente.

—¿Ha estado usted allí?

—Claro.

—Que Dios lo bendiga —dijo Lucille. Le dio unas palmaditas al pastor en la mano—. Necesitan un pastor. Todos en ese edificio necesitan un pastor.

—Hago lo que puedo. Hablé con el agente Bellamy —de hecho, él y yo hablamos bastante—. Como le he dicho, parece un hombre decente. Creo que está intentando realmente hacer todo lo que está en su mano. Pero, tal como van las cosas, con el número exorbitante de Regresados con que la Oficina tiene que lidiar...

—Han puesto al mando a ese horrible coronel Willis.

—Eso tengo entendido.

Lucille apretó la boca.

—Alguien tiene que hacer algo —declaró. Hablaba en voz baja, como el susurro del agua al manar de una grieta profunda—. Es un hombre cruel —añadió—. Se le nota en los ojos. Unos ojos que parecen más y más distantes cuanto más los miras. Debería haberlo visto cuando me presenté allí a buscar a Harold y a Jacob. Frío como el mes de diciembre, eso es lo que es. Como una montaña de indiferencia.

—Dios encontrará un camino.

—Sí —repuso Lucille, a pesar de que desde hacía tres semanas lo ponía cada vez más en duda—. Dios encontrará un camino —repitió—. Pero, a pesar de todo, estoy preocupada.

—Todos tenemos nuestras preocupaciones —observó el pastor.

Hacía ya varias décadas que Fred Green regresaba a una casa vacía. Estaba acostumbrado al silencio. Y como no le gustaba lo que él mismo preparaba, hacía ya mucho que le había encontrado el gusto a la comida congelada y al ocasional filete demasiado hecho.

Siempre había cocinado Mary.

Cuando no estaba ocupándose de los campos, se encontraba en el aserradero, tratando de conseguir cualquier trabajo. Rara vez llegaba a casa hasta que era casi de noche, y tenía el cuerpo cada día un poco más cansado que el anterior. Pero últimamente le costaba cada vez más conseguir alguna tarea porque los trabajadores más jóvenes estaban siempre ahí, esperando bajo la tenue luz de la mañana a que el capataz eligiera a los hombres que quería para trabajar ese día.

Y aunque la experiencia tenía sus méritos, en lo tocante al trabajo manual es imposible vencer a la juventud. Se sentía como si estuviera comenzando a quedarse sin cuerda. Había demasiado que hacer.

De modo que, todas las noches, Fred Green llegaba a casa, cenaba comida congelada, se instalaba delante del televisor y ponía las noticias, que no hablaban más que de los Regresados.

Escuchaba sólo a medias lo que decían los locutores. Se pasaba la mayor parte del tiempo respondiéndoles, acusándolos de ser unos agitadores y unos estúpidos, pescando únicamente detalles fragmentados sobre la corriente de Regresados que se iba convirtiendo en un río con cada día que pasaba.

Todo eso no hacía más que ponerlo nervioso, presa de una fuerte corazonada.

Sin embargo, había algo más. Un sentimiento que no lograba comprender. Durante las últimas semanas había tenido problemas para dormir. Se acostaba todas las noches en su casa vacía y silenciosa —como llevaba haciendo varias décadas— y perseguía el sueño hasta pasada la medianoche. Y cuando por fin llegaba, era un descanso inquieto y superficial, sin sueños, pero no obstante irregular.

Algunas mañanas se despertaba con moretones en las manos que achacaba a la cabecera de madera. Una noche lo poseyó la sensación de estar cayendo y se despertó justo antes de aterrizar, en el suelo, junto a la cama, con las lágrimas deslizándose por sus mejillas y una profunda e indescifrable tristeza saturando el aire a su alrededor.

Permaneció allí, en el suelo, sollozando, furioso con cosas que no sabía expresar con palabras y la cabeza llena de frustración y de nostalgia.

Gritó el nombre de su mujer.

Era la primera vez que pronunciaba su nombre desde hacía más tiempo del que podía recordar. Compuso la palabra en su lengua, la lanzó al aire y escuchó su sonido resonar por la casa atestada de objetos que olía a humedad.

Se quedó en el suelo, esperando. Como si ella pudiera salir de pronto de su escondite y rodearlo con sus brazos, besarlo y cantarle una canción con aquella voz maravillosa y espléndida que tanto echaba de menos..., trayéndole la música después de tantos años de vacío.

Pero nadie respondió.

Al final se levantó del suelo. Se acercó al ropero y sacó de su interior un baúl que no había visto la luz del día en muchísimos años. Era negro, con una fina pátina que cubría las bisagras de latón. Cuando lo abrió, pareció suspirar.

Estaba lleno de libros, partituras, cajitas llenas de joyas sin importancia o baratijas de cerámica que en la casa ya no había nadie que apreciara. Hacia la mitad, medio enterrado bajo una blusita de seda con rosas delicadamente bordadas alrededor del cuello, había un álbum de fotos. Fred lo sacó, se sentó en la cama y le limpió el polvo. Se abrió con un crujido.

De pronto, ahí estaba ella, su mujer, que le sonreía.

Había olvidado lo redondo que era su rostro. Lo oscuro que era su cabello. Lo perpetuamente confusa que parecía siempre, y que eso era lo que más le encantaba de ella. Incluso cuando discutían parecía siempre confusa, como si ella viera el mundo de manera distinta de todos los demás y, por mucho que lo intentara, no lograra comprender por qué todos se comportaban como lo hacían.

Siguió pasando las páginas del álbum e intentó no pensar en el sonido de su voz, en la forma perfecta en que cantaba para él cuando las noches eran largas y no podía dormir. Abrió y cerró la boca, como intentando componer una pregunta que por tozudez no quería salir.

Y entonces tropezó con una fotografía que lo hizo detenerse. La sonrisa de Mary no era tan radiante. Su expresión no era ya confusa, sino decidida. Era de una tarde soleada, poco después de que perdió al bebé.

Aquella tragedia había sido su secreto. El médico acababa de anunciarles que ella estaba embarazada, cuando todo se derrumbó. Fred se despertó una noche y la oyó sollozar suavemente en el baño, abrumada ya por el peso de lo que había sucedido.

Siempre había tenido un sueño profundo. «Despertarte a ti es como despertar a un muerto», le había dicho ella en una ocasión. Desde entonces, se había preguntado si Mary había intentado despertarlo aquella noche, si le había pedido ayuda y él le había fallado. Sin duda podría haber hecho algo.

¿Cómo podía un marido seguir durmiendo mientras sucedía algo así?, se preguntaba. Estar tumbado soñando como un estúpido animal mientras la pequeña brasa de la vida del hijo de ambos se apagaba.

Tenían pensado anunciarles el embarazo a sus amigos con ocasión de la fiesta de cumpleaños de Mary, menos de un mes después. Pero ya no fue necesario. Tan sólo el médico supo lo que les había sucedido.

La única indicación de que algo había salido mal fue la levedad de su sonrisa después de aquel día, una levedad que Fred nunca podría olvidar.

Arrancó la fotografía de la película pegajosa, que olía a cola vieja y a moho. Y aquella noche, por vez primera desde la muerte de su esposa, lloró.

A la mañana siguiente Fred se presentó en el aserradero, pero el encargado no lo eligió para trabajar. Volvió a casa y verificó el estado de los campos, pero tampoco necesitaban su atención. De modo que se subió a su camioneta y se dirigió a casa de Marvin Parker.

Marvin vivía frente a la puerta principal de la escuela donde tenían encerrados a los Regresados. Podía sentarse en su jardín delantero y ver cómo hacían entrar autobuses enteros llenos de ellos. Y eso era exactamente lo que hacía numerosas mañanas desde que todo aquello había comenzado.

Por algún motivo, Fred tenía la impresión de que era allí donde tenía que estar. Tenía que ver por sí mismo qué le estaba pasando al mundo. Tenía que ver los rostros de los Regresados.

Era casi como si estuviera buscando a alguien.

Harold estaba sentado en silencio a los pies de la cama, en medio de lo que antes era el aula de arte de la señora Johnson. Deseaba que le doliera la espalda para, por lo menos, poder quejarse de ello. Siempre se había sentido más capaz de considerar temas extremadamente profundos o confusos después de haber estado lamentándose largo y tendido de su dolor de espalda. Se estremeció al pensar en lo que podría haber sucedido si, por algún motivo, no hubiera sido un quejumbroso. A esas alturas, Lucille tal vez lo habría santificado.

Jacob dormía en el catre situado junto al de Harold. La cobija del chiquillo se hallaba pulcramente doblada en la cabecera, sobre la almohada. La había confeccionado Lucille, y estaba llena de detalles intrincados, colores y bordados que nada de envergadura inferior a un ataque nuclear podría haber deshecho. Las esquinas de las sábanas estaban cuidadosamente remetidas. La almohada, perfectamente plana y lisa.

«Qué niño tan cuidadoso», pensó Harold, tratando de recordar si siempre había sido así.

—¿Charles?

Harold suspiró. En la puerta del aula-de-arte-dormitorio estaba la señora mayor, una de las Regresadas. La luz de la tarde entraba por la ventana y caía sobre su rostro, y en torno al marco de la puerta había pinceladas de pintura en varios colores y acabados, vestigios de años de trabajos de arte. Había amarillos intensos y rojos rabiosos, todos más brillantes de lo que Harold pensaba que deberían haber sido, teniendo en cuenta lo antiguos que probablemente eran.

Encuadraban a la anciana en un arcoíris de color, lo que le confería un aspecto mágico.

—¿Sí? —respondió Harold.

—Charles, ¿a qué hora nos vamos?

—Pronto —contestó él.

—Vamos a llegar tarde, Charles. Y no toleraré que lleguemos tarde. Es de mala educación.

—No pasa nada. Nos esperarán.

Harold se levantó, estiró los brazos y se acercó despacio a la viejecita, la señora Stone, y la ayudó a llegar hasta su lecho en la esquina. Era una voluminosa mujer de color, de ochenta y bastantes años, senil a más no poder. Pero, senil o no, cuidaba de sí misma y de su catre. Iba siempre limpia, con el cabello bien arreglado. La poca ropa que tenía estaba siempre inmaculada.

—No te preocupes en lo más mínimo —le dijo Harold—. No llegaremos tarde.

—Pero si ya llegamos tarde.

—Nos queda mucho tiempo.

—¿Estás seguro?

—Segurísimo, cariño. —Harold le sonrió y le palmeó la mano mientras ella se acomodaba en el catre con dificultad. Luego se sentó junto a ella mientras la mujer se tumbaba de costado y se iba quedando dormida. Siempre le sucedía lo mismo: una emoción repentina, un estrés inevitable, seguidos de un súbito sueño.

Permaneció con la señora Stone —se llamaba Patricia— hasta que el sueño se la llevó. Entonces, a pesar del calor del mes de junio, la cubrió con la cobija de la cama de Jacob. Ella murmuró algo acerca de no hacer esperar a la gente. Después, sus labios quedaron inmóviles, su respiración lenta y regular.

Harold regresó a su propio camastro y deseó haber tenido un libro. A lo mejor cuando Lucille fuera a visitarlos le pediría que le llevara uno, siempre y cuando no fuera una Biblia o alguna otra estupidez.

No, pensó restregándose la barbilla. Bellamy tenía algo que ver con todo aquello. A pesar de su pérdida de autoridad desde que la Oficina empezó a encerrar a los Regresados, el agente Martin Bellamy seguía siendo la persona más informada del lugar.

A su manera, Bellamy seguía moviendo los hilos. Estaba a cargo de la asignación de alimentos y habitaciones, del suministro de ropa, de hacer que todos tuvieran artículos de aseo y demás. Supervisaba el seguimiento tanto de los Auténticos Vivos como de los Regresados.

Se encargaba de todo, aunque en realidad otras personas hacían el trabajo preliminar. Y Harold estaba comenzando a descubrir, a través de soldados a los que les gustaba parlotear a gritos unos con otros mientras patrullaban la escuela que, últimamente, había cada vez menos trabajo preliminar que hacer.

La norma iba convirtiéndose poco a poco en una rutina de aprisionar a los muertos y almacenarlos como si fueran un excedente de comestibles. De vez en cuando, si encontraban a uno de particular valor o notoriedad, iban un poco más allá y le compraban un boleto de avión para que volviera a casa, pero, en la mayoría de los casos, a los Regresados simplemente los replantaban allí donde aparecían por casualidad.

Tal vez no fuera así en todas partes, se imaginaba Harold, pero pronto lo sería. Por regla general, se estaba volviendo mucho más fácil y barato asignarles a los Regresados un número y un expediente, pulsar unas cuantas teclas en una computadora, hacer unas pocas preguntas, pulsar unas cuantas teclas más y olvidarse de ellos. Si a alguien le apetecía ir más allá de su estricta obligación —cosa cada vez menos frecuente—, quizá llegaba al extremo de hacer una búsqueda en internet. Pero ahí terminaba todo. Cada vez más a menudo, cuatro palabras escritas en un teclado —un esfuerzo apenas superior a no hacer nada— constituían la norma.

Una vez que la viejecita se quedó dormida, Harold salió de la habitación y atravesó la vieja escuela abarrotada. La situación había empeorado desde el primer día en que empezaron a arrestar a los Regresados. Y, desde entonces, empeoraba aún más cada día que pasaba. Donde antes había sitio y espacio abierto para que la gente circulara por los pasillos, ahora sólo había catres y personas aferradas a ellos por miedo a que cualquier recién llegado que pasara por ahí se los llevara y los dejara sin ellos. Aunque la situación aún no se había deteriorado hasta el punto de que hubiera más gente que camas, estaba naciendo una jerarquía.

Los fijos tenían sus camas cómodamente instaladas dentro del edificio principal de la escuela, donde todo funcionaba y nada estaba demasiado lejos. Los nuevos —a excepción de los ancianos y/o los enfermos, para los que aún guardaban sitio en el interior— acababan fuera, en el estacionamiento y en pequeñas secciones de calle en torno a la escuela, en una zona a la que se referían como El Pueblo de las Tiendas.

El Pueblo de las Tiendas era una aglomeración verde y mustia. Estaba hecho de tiendas tan viejas que Harold no podía mirarlas sin arriesgarse a quedar sumergido de repente hasta la cintura en algún recuerdo de su infancia, un recuerdo tan distante que se proyectaba en blanco y negro en la pantalla de cine de su mente.

Hasta ahora, la gracia salvadora había sido que el tiempo era benévolo. Caluroso y húmedo, pero apenas sin lluvias.

Harold atravesó El Pueblo de las Tiendas rumbo hacia el otro extremo del campamento, cerca de la reja sur, donde vivía el amigo de Jacob, un niño llamado Max. Al otro lado de la cerca, los guardias hacían sus lentas rondas con el rifle apoyado en la cintura.

—Bastardos descerebrados —refunfuñó Harold, como de costumbre.

Miró el sol. Seguía ahí, obviamente, pero de pronto parecía calentar más. Un hilillo de sudor se deslizó por su frente y acabó goteando de la punta de su nariz.

De pronto, la temperatura pareció aumentar. Diez grados por lo menos, como si en ese preciso momento el sol hubiera bajado y se hubiera instalado sobre sus hombros con la intención de susurrarle algo muy importante al oído.

Se limpió el sudor de la cara y se secó la mano en la pernera de los pantalones.

—¿Jacob? —gritó. Un temblor partió de la base de su espina dorsal, empezó a extenderse por sus piernas y se concentró en las rodillas—. Jacob, ¿dónde estás?

Y entonces, de repente, la tierra subió a su encuentro.

Jeff Edgeson

Si había que dar crédito al reloj de pared, la hora que Jeff debía pasar con el coronel ya casi había terminado. El coronel se había pasado los últimos cincuenta y cinco minutos haciéndole las preguntas que, a esas alturas, ambos se sabían de memoria. Habría preferido estar leyendo. Una buena novela ciberpunk, o tal vez una fantasía urbana. Le encantaban los escritores con una gran imaginación. Era parcial. La imaginación era una cosa importante y poco habitual, pensaba.

—¿Qué cree usted que sucede cuando morimos? —le preguntó el coronel.

Esa pregunta era nueva, aunque no muy imaginativa. Jeff se quedó pensando unos instantes, sintiéndose un poco incómodo ante la perspectiva de hablar de religión con el coronel, que había llegado a gustarle. Le recordaba a su padre.

—El cielo o el infierno, supongo —respondió Jeff—. Me imagino que depende de lo bien que te lo hayas pasado. —Soltó una risita.

—¿Está seguro?

—No —contestó Jeff—. He sido ateo mucho tiempo. Nunca estuve seguro de gran cosa.

—¿Y ahora? —El coronel se sentó erguido en la silla y sus manos desaparecieron bajo la mesa, como si estuvieran buscando algo.

—Sigo sin estar seguro de gran cosa —repuso Jeff—. Es la historia de mi vida.

Entonces, el coronel Willis se sacó un paquete de cigarrillos del bolsillo y se lo ofreció al muchacho.

—Gracias —dijo Jeff, animándose.

—Esto no tiene por qué ser insoportable —terció el coronel—. Todos tenemos un papel que desempeñar..., los de mi clase y los de la suya.

Jeff asintió. Luego se reclinó en su asiento y expulsó una larga bocanada de humo blanco, y no le importó lo incómoda que era la silla ni lo insulsos que eran los muros ni el hecho de que tenía un hermano en algún lugar de este mundo y que el coronel y sus hombres no iban a dejar que lo encontrara.

—No soy un hombre cruel —afirmó entonces el coronel, como si supiera lo que Jeff estaba pensando—. Simplemente tengo una misión desagradable que llevar a cabo. —Se puso en pie—. Pero ahora debo irme. Esperamos otro camión cargado de otros como usted esta noche.

NUEVE

Harold despertó bajo un sol que le pareció más brillante e implacable que nunca. Todo era lejano y cuestionable, como cuando te da un bajón por haber tomado demasiados medicamentos. Un montón de gente había formado una rueda a su alrededor. Todos parecían más altos de lo normal, estirados hasta la exageración. Cerró los ojos y respiró hondo. Cuando volvió a abrirlos, Martin Bellamy se hallaba de pie a su lado, con expresión muy triste y formal. Aún llevaba aquel maldito traje, incluso con aquel espantoso calor, pensó Harold.

Se sentó. Le dolía la cabeza. Había tenido mucha suerte de caer en una zona herbosa y no sobre el asfalto. Tenía algo en los pulmones, algo denso y húmedo que lo hizo toser.

Una tos llevó a otra, y pronto dejó de toser, carraspeando nada más. Se dobló por la mitad, con el cuerpo vibrando contra sí mismo. Unos puntitos aparecieron ante sus ojos mientras entraba y salía de la existencia.

Cuando paró por fin de toser, estaba despatarrado sobre la hierba, con una manta bajo la cabeza, el sol en los ojos y el sudor bañándole el cuerpo.

—¿Qué pasó? —inquirió, notando algo áspero y húmedo en la garganta.

—Se desmayó —respondió Martin Bellamy—. ¿Cómo se encuentra?

—Tengo calor.

El agente Bellamy sonrió.

—Hoy hace calor.

Harold trató de sentarse pero el mundo lo traicionó y comenzó a dar vueltas. Cerró los ojos y volvió a recostarse. El olor de la hierba recalentada le recordó su niñez, cuando estar tendido en la hierba en una calurosa tarde de junio no se debía a un desmayo.

—¿Dónde está Jacob? —preguntó con los ojos aún cerrados.

—Estoy aquí —dijo el chico, surgiendo de entre la multitud que se había concentrado. Se aproximó corriendo con su amigo Max pisándole en silencio los talones. Jacob se arrodilló junto a su padre y le cogió la mano.

—No te asusté, ¿verdad, muchacho?

—No, señor.

Harold suspiró.

—Me alegro.

Max, el amigo de Jacob, que se había mostrado como un chico muy cariñoso y atento en general, se arrodilló junto a la cabeza de Harold, se quitó la camisa y la utilizó para enjugarle la frente.

—¿Se encuentra usted bien, señor Harold? —preguntó.

Max era un Regresado de la hornada británica. Típicamente inglés, con acento y modales incluidos. Lo habían encontrado en el condado de Bladen, no lejos de donde habían hallado a aquel japonés hacía un montón de semanas. Al parecer, dicho condado se estaba convirtiendo en un punto neurálgico para individuos exóticos previamente muertos.

—Sí, Max.

—Porque parecía usted muy enfermo y, si está enfermo, debería ir al hospital, señor Harold.

A pesar de su carácter de Regresado tranquilo y estoico y de su refinado acento británico, Max hablaba como una ametralladora.

—Mi tío se puso enfermo hace mucho, mucho tiempo —prosi-

142

guió—, y tuvo que ir al hospital. Después, su estado se agravó y tosía de una manera muy parecida a como tosía usted, sólo que sonaba aún peor y, bueno, señor Harold, se murió.

Harold asentía y aprobaba la historia del muchacho, aunque no había logrado entender nada más allá de la salva inicial de «Mi tío se puso enfermo...».

—Está bien, Max —replicó con los ojos aún cerrados—. Está muy bien.

Harold permaneció en el suelo durante largo tiempo con los ojos cerrados y el calor del sol extendiéndose por todo su cuerpo. Pequeñas conversaciones llegaban a sus oídos, incluso imponiéndose al ruido de los soldados que marchaban diligentemente alrededor de la cerca, fuera del campamento. Cuando el ataque de tos se había apoderado de su cuerpo, Harold no tenía la impresión de encontrarse tan próximo a la valla que rodeaba la escuela, pero ahora se percataba de lo cerca que estaba del límite.

Entonces, su mente comenzó a encadenar imágenes.

Se imaginó el terreno que se extendía al otro lado. Vio el asfalto del estacionamiento de la escuela. Dobló en Main Street y pasó de largo la gasolinera y las viejas tiendecitas que habían construido a lo largo de la calle hacía tantos, tantísimos años. Vio a amigos y rostros familiares, todos ocupándose de sus asuntos como siempre. A veces le sonreían y lo saludaban con la mano, y tal vez uno o dos de ellos le gritaron «hola».

Entonces, Harold se percató de que estaba al volante de la vieja pickup que tenía en 1966. Hacía años que no pensaba en aquella camioneta, pero ahora la recordaba con absoluta claridad. Los asientos blandos y amplios. La enorme fuerza que necesitabas simplemente para hacer que aquella condenada cosa girara. Harold se preguntó si la actual generación apreciaba el lujo que suponía la dirección asistida o si, de forma similar a como sucedía con las computadoras, se trataba ahora de algo tan corriente que había dejado de tener la magia de antaño.

En su pequeña fantasía, mientras Harold recorría en camioneta las distintas calles y avenidas, se apercibió de que no había ni un solo Regresado. Salió del pueblo y tomó la carretera en dirección a su casa con la camioneta ronroneando suavemente bajo su cuerpo.

Al llegar, giró con dificultad el volante para tomar el camino de acceso a la vivienda y encontró a Lucille, joven y hermosa. Estaba sentada en el porche bajo el resplandor del sol, con la espalda absolutamente erguida y un aspecto tan majestuoso e importante como Harold jamás había visto en toda su vida en ninguna otra mujer. El largo cabello de color azabache caía hasta más allá de sus hombros y refulgía a la cálida luz del sol. Era una criatura llena de gracia y distinción. Lo intimidaba, y ése era el motivo por el que la amaba tanto. Jacob corría describiendo pequeños círculos alrededor del roble situado frente al porche, gritando algo sobre héroes o villanos.

Así era como debían ser las cosas.

Y, en ese momento, el chiquillo rodeó el árbol y no volvió a emerger por el otro lado. Había desaparecido en un instante.

El agente Bellamy estaba de rodillas en la hierba junto a él. A su espalda, dos paramédicos con aire impaciente arrojaban una sombra sobre el rostro empapado en sudor de Harold.

—¿Le ha sucedido esto otras veces? —inquirió uno de los paramédicos.

—No —respondió él.

—¿Está seguro? ¿Voy a tener que buscar su historial médico?

—Puede hacer usted lo que quiera, me imagino —replicó Harold. Las fuerzas estaban volviendo a él, montadas en una ola de enojo—. Ésa es una de las ventajas de ser un hombre del Gobierno,

¿no? Tiene los datos de todo el mundo en un maldito archivo en alguna parte.

—Supongo que así es —intervino Bellamy—. Pero creo que todos preferiríamos hacerlo de la manera fácil. —Les hizo un gesto con la cabeza a los paramédicos—. Comprueben que está bien. Tal vez cooperará un poco más con ustedes de lo que cooperó conmigo.

—No esté usted tan seguro —musitó Harold. Detestaba mantener una conversación mientras estaba tumbado boca arriba, pero en esos momentos no parecía haber otra opción. Cada vez que tenía intención de sentarse, Jacob le presionaba suavemente el hombro con una expresión de ansiedad en su pequeño rostro.

Bellamy se puso en pie y se sacudió la hierba de las rodillas.

—Procuraré conseguir su historial médico. Anótenlo todo en el registro, por supuesto. —A continuación agitó la mano, llamando a alguien por señas.

Se acercaron un par de soldados.

—Tanto alboroto por un viejo cansado —dijo Harold en voz alta, sentándose por fin con un gruñido.

—Vamos, vamos —terció el paramédico, y lo agarró del brazo con una fuerza sorprendente—. Debería usted recostarse y darnos la oportunidad de asegurarnos de que se encuentra bien, señor.

—Relájate —dijo Jacob.

—Sí, señor Harold. Debería usted recostarse —intervino Max—. Es lo mismo que le contaba de mi tío. Un día se puso malo, no quería que ningún médico lo examinara y por ello les gritaba cada vez que se acercaban. Y se murió.

—De acuerdo, de acuerdo —repuso Harold. La velocidad con que hablaba el muchacho fue suficiente para sofocar la rebelión del anciano. Además, de pronto, estaba muy, pero muy cansado. De modo que tiró la toalla y decidió volver a acostarse sobre la hierba y dejar que los paramédicos hicieran su trabajo.

Si hacían algo mal, siempre podía demandarlos, supuso. Al fin y al cabo, estaban en Estados Unidos.

Entonces Max se apresuró a contarle otra historia sobre la muerte de su tío, y Harold se sumió en la inconsciencia, arrullado por el rápido redoble de la voz del muchacho.

—Vamos a llegar tarde —dijo la anciana negra que estaba senil.

Harold se sentó en su cama sin saber muy bien cómo había llegado hasta allí. Se hallaba en su habitación, hacía algo menos de calor que antes y ya no entraba luz por la ventana, de modo que se figuró que era el mismo día, sólo que más tarde. En el antebrazo llevaba una venda que le cubría un ardor allí donde Harold imaginó que le habían hincado una jeringa en algún momento.

—Malditos médicos.

—Ésa es una mala palabra —dijo Jacob. Max y él estaban sentados en el suelo, jugando. Se pusieron en pie de un salto y corrieron hasta la cama—. Antes no dije nada —prosiguió Jacob—, pero a mamá no le gustaría que dijeras «maldito».

—Es una palabra mala —admitió su padre—. ¿Qué te parece si no se lo decimos?

—Bueno —repuso Jacob con una sonrisa—. ¿Quieres que te cuente un chiste?

—Oh, sí —lo interrumpió Max—. Es un chiste fantástico, señor Harold. Uno de los chistes más graciosos que he oído en mucho tiempo. Mi tío...

El anciano levantó una mano para detener al muchacho.

—¿Cuál es el chiste, hijo?

—¿Qué es lo que más miedo le da a una oruga de polilla gato?

—No lo sé —respondió Harold, aunque recordaba perfectamente haberle contado a Jacob ese chiste poco antes de que el chiquillo muriera.

—¡Una oruga de polilla perro!

Todos se echaron a reír.

—No podemos estar aquí parados todo el día —insistió Patricia desde su catre—. Ya vamos tarde. Muy tarde, tardísimo. Hacer esperar a la gente es de mala educación. ¡Empezarán a preocuparse por nosotros! —Extendió su mano oscura y se la puso a Harold en la rodilla—. Por favor —dijo—, detesto ser grosera con la gente. Mi madre me enseñó que no había que llegar tarde. ¿Podemos irnos ahora? Ya estoy vestida.

—Enseguida —replicó él, aunque no sabía por qué.

—¿Esta señora no está bien? —inquirió Max.

El muchacho solía soltar parrafadas, así que Harold esperó a que llegara el resto. Sin embargo, no añadió ni media palabra. Patricia jugueteaba con su ropa mientras los observaba, pues no le parecía que estuvieran preparándose para salir. Eso la disgustó mucho.

—Sólo está un poco confusa —contestó Harold finalmente.

—¡No estoy confusa! —espetó ella al tiempo que retiraba bruscamente la mano.

—No —le dijo Harold, le cogió la mano y le dio unas suaves palmaditas sobre ella—. No estás confusa. Y no vamos a llegar tarde. Llamaron hace un rato y dijeron que han cambiado la hora. Han retrasado las cosas.

—¿Lo cancelaron?

—No, claro que no. Sólo han pospuesto un poco el acontecimiento.

—Lo cancelaron, ¿no es así? ¡Lo cancelaron porque ya llegamos tardísimo! ¡Están enojados con nosotros! Es terrible.

—Nada de eso —repuso Harold. Se trasladó a la cama de la mujer, alegrándose de ver que su organismo parecía estar volviendo a la normalidad. Tal vez aquellos malditos médicos no fueran todos malos. Rodeó el voluminoso cuerpo de ella con el brazo y le palmeó el hombro—. Simplemente han cambiado la hora, eso es todo. Hubo un problema con la comida, creo. El proveedor tuvo una especie de altercado en la cocina y todo se estropeó, así que quieren un poco más de tiempo, nada más.

—¿Estás seguro?

—Completamente. De hecho, tenemos tanto tiempo que creo que quizá podrías echarte una siesta. ¿Estás cansada?

—No. —La mujer frunció los labios y a continuación añadió—: Sí. —Rompió a llorar—. Estoy muy cansada.

—Sé cómo te sientes.

—Oh —replicó ella—, oh, Charles. ¿Qué me pasa?

—Nada —contestó Harold acariciándole el cabello—. Es que estás cansada. Eso es todo.

Entonces ella lo miró con un miedo grande y profundo instalado en el rostro, como si, por un instante, se diera cuenta de que él no era quien fingía ser, como si nada fuera tal como su mente le decía que era. Luego, el momento pasó y volvió a ser una anciana cansada y él su Charles. Descansó la cabeza sobre el hombro de Harold y lloró, aunque sólo porque parecía lo correcto.

La mujer no tardó en dormirse. Harold la hizo acostarse sobre la cama, le retiró el cabello suelto de la cara y la miró como si tuviera la cabeza llena de acertijos.

—Es una cosa terrible —manifestó.

—¿Qué? —inquirió Jacob con su voz monótona y uniforme.

Harold se sentó a los pies de su propia cama y se miró las manos.

Se quedó mirando fijamente sus dedos índice y corazón, como si estuviera sujetando uno de esos maravillosos pequeños cilindros de nicotina y carcinógeno. Se llevó los dedos vacíos a los labios. Inhaló. Contuvo el aliento. Lo expulsó todo, y tosió ligeramente cuando sus pulmones se quedaron sin aire.

—No debería hacer eso —observó Max.

Jacob asintió aprobando sus palabras.

—Me ayuda a pensar —replicó él.

—¿En qué está pensando? —le preguntó Max.

—En mi mujer.

—Mamá está bien —dijo Jacob.

—Claro que sí —repuso Harold.

—Jacob tiene razón —declaró Max—. Las madres siempre están bien porque el mundo no podría funcionar sin ellas. Eso es lo que dijo mi padre antes de morir. Dijo que las madres eran la razón por la que el mundo funcionaba tan bien, y que sin madres todos serían malos, estarían hambrientos y la gente no haría más que pelearse y a nadie le sucedería nunca nada bueno.

—Me parece acertado —manifestó Harold.

—Mi padre solía decir que mi mamá era la mejor del mundo. Decía que nunca la cambiaría por otra, pero creo que ése es el tipo de cosa que todo padre debe decir porque queda bien. Aunque apuesto a que Jacob también lo piensa de su madre, su mujer, porque eso es lo que se supone que uno debe pensar. Así es como son las cosas...

Entonces el chiquillo paró de hablar y se los quedó mirando con expresión vaga. Harold agradeció el silencio, aunque, al mismo tiempo, lo repentino de la pausa lo intranquilizó. Max parecía estar tremendamente distraído, como si un resorte hubiera saltado de pronto y se hubiera llevado de su mente todo lo que había en ella apenas segundos antes.

Los ojos del niño Regresado se pusieron en blanco, como si en su mente alguien hubiera pulsado un gran interruptor. Cayó al suelo y se quedó allí tumbado, como si estuviera durmiendo, con nada más que un fino hilo de sangre en el labio superior que demostraba que algo había salido mal.

Tatiana Rusesa

Eran blancos, así que sabía que no la iban a matar. Es más, eran norteamericanos, de modo que sabía que serían amables con ella. No le importó que no la dejaran irse. Sólo deseaba poder serles más útil.

Antes de que la llevaran a ese lugar —dondequiera que ahora se encontrara—, había estado en otro sitio. No era tan grande como ése, y los que estaban con ella ahora no eran los mismos, aunque no eran muy distintos. Todos decían trabajar para algo que llamaban la Oficina.

Le trajeron comida. Le dieron una cama donde dormir. Aún llevaba el vestido azul y blanco que la mujer le había dado en el otro sitio. Se llamaba Cara, recordó la muchacha, hablaba inglés y francés y había sido muy simpática con ella, pero Tatiana sabía que no les estaba siendo de gran ayuda, y eso le pesaba mucho.

Cada mañana a las diez en punto llegaba el hombre y la llevaba a la habitación sin ventanas y le hablaba, despacio y en tono uniforme, como si no estuviera seguro de que ella entendiera el inglés. No obstante, Tatiana había sacado muy buenas notas en el colegio y el inglés no suponía ningún problema para ella. El hombre tenía un acento extraño, y algo le decía que, para él, el suyo era posiblemente igual de raro. Así que respondía a sus preguntas con tanta lentitud y en un tono tan uniforme como él se las formulaba a ella, lo cual parecía complacerlo.

Creía que era importante complacerlo. Si no lo (o los) complacía, tal vez él les diría que la mandaran a casa.

De manera que todos los días durante mucho tiempo él fue a buscarla y la llevó allí, a esa habitación, donde le hizo preguntas, y ella procuró contestarlas lo mejor que pudo. Al principio le tenía miedo. Era grueso y tenía unos ojos duros y fríos, como la tierra en invierno, pero era siempre muy educado con ella, a pesar de que estaba convencida de que no le estaba siendo de gran utilidad.

De hecho, había empezado a encontrarlo guapo. A pesar de la dureza de su mirada, sus ojos eran de un tono de azul muy agradable y tenía el cabello del color de los campos de hierba alta y seca al anochecer, y parecía muy muy fuerte. Y, como ella sabía, la fuerza era algo que se suponía que tenía la gente guapa.

Ese día, cuando el hombre fue a buscarla, parecía más distante de lo habitual. A veces le llevaba caramelos, que se comían entre los dos de camino a la habitación sin ventanas. Ese día no le llevó caramelos, y aunque no era la primera vez que eso sucedía, ahora parecía distinto.

Mientras se dirigían a la habitación sin ventanas, no le hizo conversación como solía hacer. Caminaba en silencio y ella daba pasos rápidos para seguirlo, lo que le causaba la impresión de que las cosas eran diferentes esta vez. Más serias que en otras ocasiones, quizá.

Una vez dentro de la habitación, él cerró la puerta como hacía siempre. Hizo una breve pausa y miró a la cámara colgada en la esquina, encima de la puerta. Nunca había hecho eso antes. Después comenzó con sus preguntas, hablando despacio y en tono uniforme, como siempre.

—Antes de que te encontraran en Michigan, ¿qué es lo último que recuerdas?

—Soldados —respondió ella—. Y mi casa..., Sierra Leona.

—¿Qué hacían los soldados?

—Matar.

—¿Te mataron a ti?

—No.

—¿Estás segura?

—No.

Aunque habían pasado varios días desde que le había hecho esas mismas preguntas, se sabía las respuestas de memoria. Se las sabía tan bien como se sabía sus preguntas. Al principio le hacía esas mismas preguntas todos los días. Después dejó de hacerlo y comenzó a pedirle que le contara historias, y a ella eso le gustaba. Le dijo que todas las noches su madre le contaba cuentos de dioses y monstruos. «La gente y los hechos milagrosos y de magia son el alma del mundo», decía.

Durante casi una hora estuvo haciéndole las preguntas que ambos se sabían de memoria. Cuando terminó la hora, que era el tiempo que solían hablar, le hizo una pregunta nueva.

—¿Qué crees tú que pasa cuando morimos? —inquirió.

Ella se quedó pensativa unos instantes, de repente incómoda y un poco temerosa. Pero él era blanco, y era norteamericano, así que sabía que no iba a hacerle daño.

—No lo sé —contestó.

—¿Estás segura? —quiso saber él.

—Sí —afirmó.

Entonces pensó en lo que su madre le había dicho una vez sobre la muerte: «La muerte no es más que el principio de la reunión que no eras consciente de desear». Estaba a punto de contárselo al coronel Willis cuando éste sacó su pistola y le disparó.

Luego él se la quedó mirando y aguardó a ver qué pasaba. Sin saber qué esperaba, se encontró de pronto solo, con un cuerpo sangrante y sin vida que hacía apenas un instante había sido una muchacha que le tenía afecto y que lo consideraba un hombre decente.

El aire de la habitación le pareció irrespirable. Se puso en pie y se marchó, fingiendo todo el tiempo que no seguía oyendo la voz de Tatiana —todas las conversaciones que habían mantenido— reproduciéndose en su memoria, audible por encima del estampido del disparo que aún resonaba en sus oídos.

DIEZ

—Pobrecito, pobre pequeño —dijo Lucille estrechando a Jacob contra su pecho—. Pobrecito, pobre pequeño. —Era lo único que acertaba a decir sobre la muerte de Max, pero lo decía con frecuencia y lo decía llena de congoja.

¿Qué le pasaba al mundo que permitía que sucedieran esa clase de cosas?, se preguntó. ¿Qué era lo que hacía posible que un niño —cualquier niño— estuviera vivo y sano en un momento dado y muerto en el siguiente?

—Pobrecito, pobre pequeño —repitió.

Era por la mañana temprano y la sala de visitas que la Oficina había establecido en la escuela de Arcadia estaba prácticamente vacía. Aquí y allá pululaba un guardia, medio dormitando o hablando con alguien de algo sin importancia. Las idas y venidas del viejo que habían arrestado con su hijo Regresado y que no había querido separarse de él no parecían importarles gran cosa, como tampoco parecía interesarles la anciana de cabello plateado que iba a visitarlos.

Del mismo modo, no parecía importarles mucho el niño Regresado que había muerto pocos días antes y que tenía afligida a Lucille. La anciana no sabía expresar con exactitud lo que creía que deberían estar haciendo para indicar que se había perdido una vida, que había un luto que guardar y una tristeza sobre la que reflexionar. Llevar un brazalete negro o algo así. Eso parecía apropiado. Aunque la idea se le antojó estúpida de inmediato. La gente se moría, incluso los niños. Simplemente las cosas eran así.

La sala de visitas estaba hecha de planchas de acero corrugado sujetas a unos postes de metal, con unos grandes y chirriantes ventiladores en los puntos de entrada y de salida para hacer más soportable el aire saturado de humedad. Aquí y allá habían instalado mesas y bancos.

Jacob estaba sentado tranquilamente en el regazo de Lucille, con ese sentimiento de culpa que experimentan los niños cuando ven a su madre deshecha en lágrimas. Harold se hallaba en el banco contiguo al suyo, rodeándola con el brazo.

—Vamos, mi vieja némesis —dijo. Hablaba con voz suave, llena de gracia y seriedad, un tono que había olvidado que era capaz de adoptar después de tantos años de ser..., bueno, «desagradable» no es la palabra que él habría elegido, pero...—. Fue sólo, sólo una de esas cosas —explicó—. Los médicos dijeron que era un aneurisma.

—Los niños no sufren aneurismas —replicó Lucille.

—Sí que los sufren. A veces. Y quizá fue eso lo que le sucedió la primera vez. Quizá siempre sería así.

—Dicen que hay una especie de enfermedad. Yo no lo creo, pero eso es lo que dicen.

—No hay más enfermedad que la estupidez —manifestó Harold.

Lucille se secó las lágrimas de los ojos con unos ligeros toques y se arregló el cuello del vestido.

Jacob se liberó con delicadeza de los brazos de su madre. Llevaba la ropa nueva que ella le había traído. Tenía esa limpieza y suavidad especiales que sólo tiene la ropa nueva.

—¿Puedo contarte un chiste, mamá?

Ella asintió.

—Pero nada de chistes colorados, ¿sí?

—Ningún problema en ese sentido —intervino Harold—. Yo sólo le he enseñado chistes cristianos...

—¡Estoy a punto de tirar la toalla por lo que respecta a ustedes dos!

—No sufras por Max —le dijo Harold. Contempló la habitación—. Max se fue..., bueno, adondequiera que vaya la gente, hace mucho tiempo. Aquello era tan sólo una sombra que...

—No sigas —repuso Lucille en voz baja—. Max era un buen chico. Tú lo sabes.

—Sí —admitió él—. Max era un buen chico.

—¿Era distinto? —inquirió Jacob con una expresión tensa por el desconcierto.

—¿Qué quieres decir? —quiso saber su padre.

El muchacho nunca había estado más cerca de hablar de lo que todo el mundo en el planeta quería que hablaran los Regresados: de sí mismo.

—¿Era distinto de como era antes? —preguntó Jacob.

—No lo sé, cielo —respondió Lucille al tiempo que tomaba la mano de su hijo (del mismo modo en que había visto hacerlo en las películas, no pudo evitar pensar. Últimamente había estado viendo demasiada televisión)—. Yo no conocía mucho a Max —señaló—. Tu padre y tú pasaron mucho más tiempo con él que yo.

—Y casi no lo conocíamos —añadió Harold, con apenas una pizca de falta de consideración en la voz.

Jacob se volvió y miró el rostro arrugado de su padre.

—Pero ¿tú crees que era distinto?

—¿Distinto de qué? ¿De cuándo?

Harold dejó la pregunta suspendida entre ambos como si fuera niebla. Quería oír al muchacho decirlo. Quería oír admitir al chiquillo que Max era algo que había estado muerto. Quería oírlo decir que en el mundo estaba sucediendo algo excepcional, algo extraño y aterrador y, sobre todo, antinatural. Quería oír a Jacob reconocer que no era el niño que había muerto el 15 de agosto de 1966.

Necesitaba esas palabras.

—No lo sé —contestó Jacob, sin embargo.

—Claro que no lo sabes —los interrumpió Lucille—, porque estoy segura de que no había nada diferente en él. Del mismo modo que sé que no hay nada diferente en ti. No hay nada diferente en nadie, excepto porque forman parte de un milagro grande y hermoso. Eso es todo. Es la bendición de Dios, no Su ira, como dicen algunos. —Atrajo al chiquillo hacia sí y lo besó en la frente—. Tú eres mi hijo querido —le dijo mientras el cabello plateado le caía sobre la cara—. El Señor cuidará de ti y te llevará de nuevo a casa.

Lucille condujo de vuelta aturdida por las frustraciones, con la impresión de que el mundo estaba todo borroso, como si estuviera llorando. De hecho lloraba, aunque no se percató de ello hasta que entró en el jardín y el fuerte bramido de la camioneta calló y allí no hubo más que la alta casa de madera que brotaba del suelo y esperaba para engullirla. Se secó los ojos y se maldijo en silencio por llorar.

Cruzó el jardín cargada con los trastos de plástico que usaba para llevarles comida a Jacob, a Harold y al agente Bellamy. Estaba concentrada en la comida, en alimentar a esos tres hombres. A menudo reflexionaba sobre el hecho de que la comida ablandaba a la gente y la hacía más fuerte al mismo tiempo. «Si la gente cocinara y comiera más, el mundo quizá no sería un lugar tan desapacible», pensó.

A Lucille Abigail Daniels Hargrave no le había gustado nunca estar sola. Incluso cuando era niña, con lo que más disfrutaba era con una casa llena de gente. Ella era la más joven de una familia de diez, todos apiñados en poco más que una triste choza situada a las afueras de la pequeña ciudad de Lumberton, en Carolina del Norte. Su padre trabajaba para la compañía maderera, y su madre servía en casa de una de las familias más ricas y, siempre que se presentaba la oportunidad, cosía para cualquiera que tuviera algún arreglo que hacer.

Su padre nunca hablaba mal de su madre, y su madre nunca hablaba mal de su padre, por lo que Lucille había aprendido en su matrimonio con Harold que no hablar mal el uno del otro era la señal más inequívoca de que una relación a largo plazo funcionaba. Los besos, los ramos de flores y los regalos no significaban un carajo si un marido le hablaba a su mujer con altanería o una esposa se dedicaba a contar chismes sobre él.

Como mucha otra gente, se había pasado la mayor parte de su vida adulta tratando de recrear su infancia, intentando volver a ella, como si el tiempo no fuera todopoderoso. Pero Jacob había sido su única oportunidad de ser madre debido a diversas complicaciones surgidas durante su nacimiento, un hecho por el que Lucille no había derramado una sola lágrima. Ni siquiera el día en que los médicos le dieron la noticia. Simplemente asintió —porque lo sabía, aunque no tenía claro por qué— y dijo que Jacob sería suficiente.

Durante ocho años fue una madre con un hijo. Y, después, durante cincuenta años, fue esposa, baptista, amante de las palabras, pero no madre. Entre sus dos vidas había transcurrido demasiado tiempo.

No obstante, ahora Jacob era tiempo ganado a la derrota. Era tiempo desincronizado, tiempo más perfecto de lo que era antes. Era vida tal como debería haber sido hacía tantos años. En ese preciso instante se percató de que eso era lo que eran todos los Regresados. Sintió el corazón mucho más ligero, no volvió a llorar durante el resto de la noche, y cuando el sueño fue a buscarla la encontró con facilidad.

Esa noche soñó con niños. Y cuando se hizo de día tenía unas ganas tremendas de cocinar. El tocino y los huevos se estaban friendo en la cocina. Una cacerola de avena se cocía a fuego lento en uno de los fogones traseros. Echó un vistazo al jardín a través de la ventana, luchando contra la inquietante sensación de que la estaban observando. Pero, por supuesto, allí no había nadie. Volvió a fijar su atención en la cocina y en la cantidad excesiva de comida que estaba preparando.

Lo más frustrante de no tener a Harold consigo era que no sabía cómo cocinar para una sola persona. No es que no lo echara de menos —lo añoraba terriblemente—, pero el hecho de que últimamente estuviera siempre tirando comida le parecía una absoluta vergüenza. Incluso después de envolver la que iba a llevar a la escuela, el refrigerador seguía lleno de sobras hasta los topes, pero las sobras a ella nunca le sabían bien. Siempre había tenido un paladar delicado, y la comida que había pasado demasiado tiempo bajo el frío de un refrigrador tenía algo que hacía que todo supiera a cobre.

Todos los días llevaba la comida a la escuela/espantoso-campamento-para-presos-cascarrabias-o-Regresados. Y aunque fueran presos, Jacob y Harold Hargrave serían presos bien alimentados. No obstante, no podía ir hasta allí para llevarles el desayuno. Durante los últimos veinte años o más, había sido Harold quien conducía siempre, y ahora Lucille se sentía insegura detrás del volante y no tenía la suficiente confianza en sí misma para recorrer la carretera arriba y abajo para repartir tres comidas calientes al día. Así pues, desayunaba sola, sin más que la casa vacía que le hiciera compañía y la mirara. Sin más que el sonido de su propia voz que le respondiera.

—¿Adónde iremos a parar? —le preguntó a la casa vacía.

Y su voz se propagó por encima del suelo de madera, por delante de la puerta principal y del pequeño escritorio donde Harold guardaba sus cigarrillos, se introdujo en la cocina, con su refrigerador lleno de comida y una mesa donde no había nadie sentado. Su voz resonó por las demás habitaciones, en lo alto de la escalera, en los dormitorios donde nadie dormía.

Se aclaró la garganta como para atraer la atención de alguien, pero sólo el silencio le contestó.

«Tal vez la televisión sería de ayuda», pensó. Al menos, con la tele podía fingir. Habría risas, conversaciones y palabras que podía imaginar que procedían de una gran fiesta navideña que se estaba celebrando en la habitación de al lado, como las que solían celebrarse hacía tantos años, antes de que Jacob bajara hasta ese río y todo en su vida y en la de Harold se tornara frío.

Una parte de Lucille quería poner las noticias para ver si se sabía algo de aquel artista francés desaparecido, Jean no-sé-qué. Los presentadores del noticiero no podían parar de hablar de que había vuelto de entre los muertos, había empezado de nuevo a esculpir, había ganado todo el dinero que nunca había siquiera soñado en vida y luego había desaparecido con aquella mujer de cincuenta y tantos años que había contribuido a su «redescubrimiento».

Lucille nunca habría creído que la gente fuera a alborotarse por un artista desaparecido, pero lo cierto era que había habido disturbios. El Gobierno francés había tardado semanas en controlar la situación.

Sin embargo, el famoso artista francés Regresado seguía sin aparecer. Algunos decían que la fama había acabado pesándole demasiado. Otros, que un artista de éxito ya no es un artista, y que eso era lo que había ahuyentado a Jean: quería volver a estar famélico y hambriento para poder desarrollar plenamente su arte.

Lucille se echó a reír también al oír eso. La simple idea de que alguien pudiera desear pasar hambre era del todo absurda.

—Tal vez simplemente quería que lo dejaran en paz —manifestó con vehemencia.

Se quedó pensando en ello unos instantes pero, entonces, el silencio de la casa volvió a oprimirla como una pesada losa. De modo que se fue al salón, encendió el televisor y dejó que el mundo entrara en su casa.

—Las cosas parecen estar empeorando en todas partes —decía el presentador. Era un español de tez oscura vestido con un traje de color claro. Lucille tuvo la efímera impresión de que estaba hablando de algo que tenía que ver con las finanzas o la economía global o los precios de la gasolina, o cualquiera de las demás cosas que parecían empeorar perpetuamente de año en año. Pero no, estaba comentando la situación de los Regresados.

—¿Qué está pasando? —musitó Lucille, de pie delante del televisor con las manos entrelazadas frente a sí.

—Por si acaban de incorporarse ustedes —dijo el presentador—, hoy se está debatiendo mucho el papel y la autoridad de la todavía nueva, y sin embargo siempre creciente, Oficina Internacional para los Regresados. Según los últimos informes, la Oficina acaba de conseguir el respaldo económico de los países de la OTAN, así como el de otros varios países no afiliados a esta organización internacional. La naturaleza exacta de la financiación, o en realidad su importe exacto, aún no ha sido revelado.

Justo sobre el hombro del presentador apareció entonces un pequeño emblema, un simple estandarte dorado con las palabras «Oficina Internacional para los Regresados» en el centro. Acto seguido, el logotipo desapareció y unas imágenes de soldados montados en camiones y de hombres armados que corrían desde un lado de la pista de un aeropuerto y se introducían en la panza de unos enormes aviones grises que parecían poder contener una iglesia entera sin el más mínimo problema para que cupiera la torre del campanario invadieron la pantalla.

—Dios —exclamó Lucille, y apagó el televisor al tiempo que sacudía la cabeza—. Dios, Dios, Dios. Esto no puede ser real.

Se preguntó entonces cuánto sabía el mundo de lo que estaba sucediendo en Arcadia. Si estaban al corriente de que se habían apoderado de la escuela, de que la Oficina se había convertido ya en algo poderoso y aterrador.

Compuso mentalmente una imagen de la situación de Arcadia en esos momentos, y se percató de que había Regresados por todas partes. Había cientos de ellos, como si los estuvieran atrayendo a ese lugar, a esa comunidad. A pesar de que el presidente había ordenado que permanecieran confinados en sus casas, había demasiados cuyos hogares se hallaban a medio mundo de distancia. En ocasiones, Lucille veía cómo los soldados los arrestaban. El consuelo más ominoso de la historia.

Otras veces los entreveía mientras estaban escondidos. Tenían el suficiente sentido común para procurar no acercarse a los soldados y mantenerse alejados del centro del pueblo, donde se encontraba tras sus vallas la escuela-campamento. Pero algo más abajo, en la mismísima Main Street, uno podía verlos atisbando desde viejos edificios y casas en las que se suponía que no vivía nadie. Lucille los saludaba con la mano al pasar, porque eso era lo que le habían enseñado a hacer de pequeña, y ellos le devolvían el saludo, como si todos la conocieran y estuvieran intrínsecamente unidos a ella. Como si fuera un imán destinado a atraerlos, a socorrerlos.

Sin embargo, no era más que una anciana que vivía sola en una casa construida para tres. Se suponía que debía de haber alguien más que un día pondría fin a todo aquello. Así era como funcionaba el mundo. Las situaciones tan graves como ésa dependían siempre de los actos de personas importantes. Personas como las de las películas. Personas jóvenes, atléticas y elocuentes. No de gente que vivía en un lugar del que nadie había oído hablar.

No, se convenció a sí misma, su destino no era ayudar a los Regresados. Tal vez su destino no fuera siquiera ayudar a Jacob y a Harold. Otra persona lo haría. Quizá el pastor Peters. O probablemente el agente Bellamy.

Pero Bellamy no era un padre que soportaba una casa vacía. No era hacia Bellamy hacia quien los Regresados parecían gravitar, le parecía a Lucille. Era hacia ella. Siempre hacia ella.

—Hay que hacer algo —le dijo a la casa vacía.

Cuando la casa se hubo calmado y el eco de la televisión se extinguió, Lucille regresó a su vida a pesar de que más allá del reino de sus sentidos pocas cosas habían cambiado. Se lavó las manos en el fregadero de la cocina, se las secó, rompió más huevos dentro de la sartén y procedió a revolverlos ligeramente. La primera entrega de la enorme cantidad de tocino que estaba friendo estaba lista, de modo que la sacó de la sartén con una espátula y la dispuso sobre una hoja de papel de cocina y la comprimió con leves golpecitos para eliminar el exceso de grasa —su médico siempre insistía con la grasa—, y a continuación cogió un pedazo del platón y se lo comió entre crujidos mientras preparaba los huevos revueltos y removía de vez en cuando la avena.

Pensó en Harold y en Jacob, encerrados en las tripas de aquella escuela, tras los soldados, las cercas y el alambre de navajas y, lo peor de todo, la burocracia gubernamental. La enojó pensar en cómo los soldados habían ido y habían sacado a su hijo y a su marido del río, un río que era prácticamente de su propiedad, teniendo en cuenta la historia que ambos tenían allí.

Mientras se encontraba sentada a la mesa de la cocina comiendo y pensando, no oyó los pasos que avanzaban por el porche.

La avena que Lucille se había comido estaba caliente y delicada. Se deslizó en su estómago sin dejar atrás más que un levísimo sabor a mantequilla. Luego llegaron el tocino y los huevos, sabrosos y salados, suaves y dulces.

—Te construiré una iglesia —dijo la anciana en voz alta dirigiéndose a su plato de comida.

Entonces se echó a reír y se sintió culpable. Incluso un poco blasfema. Pero Lucille sabía que Dios tenía sentido del humor (aunque nunca dejaría que Harold supiera que lo pensaba). Y Dios comprendía que ella no era más que una mujer vieja y solitaria sola en una casa grande y solitaria.

Se había tomado ya la mitad del desayuno antes de darse cuenta de que la chiquilla estaba ahí. Cuando la vio por fin, rubia y de constitución delgada, despeinada y manchada de barro, de pie al otro lado de la puerta mosquitera de la cocina, casi saltó de la silla.

—¡Santo Dios, niña! —gritó, cubriéndose la boca con la mano.

Era uno de los niños Wilson, Hannah, si la memoria no le fallaba, cosa que sucedía escasas veces. No los había visto desde que se celebró la reunión municipal en la iglesia hacía ya muchas semanas.

—Lo siento —se disculpó la pequeña.

Lucille se limpió la boca.

—No —dijo—. No pasa nada. Es sólo que no me había dado cuenta de que hubiera alguien ahí.

Se acercó a la puerta.

—¿De dónde sales?

—Me llamo Hannah. Hannah Wilson.

—Sé quién eres, cariño. La hija de Jim Wilson. ¡Somos parientes!

—¿Ah, sí?

—Tu padre y yo somos primos lejanos. Compartimos una tía... Aunque no consigo recordar su nombre.

—Sí, señora —repuso Hannah con indecisión.

Lucille abrió la puerta y le hizo un gesto a la pequeña para que entrara.

—Pareces medio muerta de hambre, muchacha. ¿Cuándo comiste por última vez?

La chiquilla permaneció tranquilamente en la puerta. Olía a barro y a campo, como si hubiera caído del cielo y se hubiera levantado de la tierra esa misma mañana. Lucille le sonrió, pero la niña seguía dudando.

—No voy a hacerte daño, pequeña —le dijo—. Es decir, a menos que no entres y comas algo. ¡Si no lo haces, iré por la vara más grande que pueda encontrar y te azotaré hasta que te sientes y comas tanto que te entre pereza!

La chica Regresada le devolvió finalmente la sonrisa de aquel modo distraído y distante.

—Sí, señora —asintió.

La puerta mosquitera repiqueteó suavemente al entrar la niña en la casa, como aplaudiendo ese respiro en la soledad de Lucille.

La chiquilla comió cuanto la anciana le ofreció, que fue mucho, teniendo en cuenta la gran cantidad de comida que había preparado. Y cuando le pareció que la pequeña iba a terminarse todo lo que había preparado para desayunar, Lucille empezó a rebuscar en el refrigerador.

—No me gusta nada de esto. Sobras. No están buenas.

—Tranquila, señora Lucille —terció Hannah—. Estoy llena. Gracias en cualquier caso.

Lucille volvió a meter una mano hasta el fondo del refrigerador.

—No —objetó—. Aún no estás llena. Ni siquiera estoy segura de que ese estómago tuyo tenga fondo, aunque tengo la intención de averiguarlo. ¡Pienso darte de comer hasta que la tienda se quede sin existencias! —Se echó a reír al tiempo que su voz resonaba por la casa—. Pero yo no cocino gratis —le advirtió desenvolviendo una salchicha que había encontrado en las profundidades del refrigerador—. Para nadie. Incluso Jesús Nuestro Señor tendría que ganarse el sustento si quisiera que yo le preparara una comida. Así que hay unas cuantas cosas que necesito que hagas por aquí. —Lucille se llevó una mano a la espalda, adoptando de pronto la actitud de una mujer muy vieja y débil, y dejó escapar un gemido—. Ya no soy tan joven como antes.

—Mi mamá dijo que no debía mendigar —señaló la chiquilla.

—Y tu mamá tiene razón. Pero tú no estás mendigando. Yo te estoy pidiendo ayuda. Y, a cambio, te daré de comer. Es justo, ¿no te parece?

Hannah asintió. Balanceó los pies adelante y atrás mientras permanecía sentada a la mesa en una silla demasiado grande para ella.

—Hablando de tu madre —observó Lucille, aún pendiente de la salchicha—. Debe de estar preocupada por ti. Y tu padre también. ¿Saben dónde estás?

—Creo que sí —contestó la niña.

—¿Eso qué significa?

La pequeña se encogió de hombros, pero como le estaba dando la espalda y estaba ocupada desenvolviendo la salchicha, Lucille no lo vio. Al cabo de un momento, la niña se percató de ello y dijo:

—No lo sé.

—Vamos, chiquilla. —Lucille echó un poco de aceite en la sartén de hierro colado para freír la salchicha—. No te comportes así conmigo. Te conozco, a ti y a tu familia. Tu madre... regresó igual que tu padre. Tu hermano también. ¿Dónde están? Lo último que supe de ustedes es que habían desaparecido de la iglesia después de que esos soldados comenzaron a arrestar a la gente. —Puso la salchicha en la sartén y bajó el gas.

—No debo decirlo —contestó la niña.

—¡Dios mío! —exclamó Lucille—. Eso parece muy serio. Los secretos siempre son serios.

—Sí, señora.

—En general, no me interesan los secretos. Si no te andas con cuidado, pueden ocasionar todo tipo de problemas. En todo el tiempo que llevo casada nunca he tenido secretos para mi marido —declaró Lucille. A continuación se aproximó a la pequeña y le susurró suavemente—: Pero ¿sabes qué?

—¿Qué? —susurró Hannah a su vez.

—En el fondo, eso no es del todo cierto. Pero no se lo digas a nadie: es un secreto.

La niña sonrió, con una sonrisa amplia y radiante que se parecía mucho a la de Jacob.

—¿Te he hablado de mi hijo Jacob? Es igual que tú. Idéntico a ti y a toda tu familia.

—¿Dónde está? —inquirió la pequeña.

Lucille suspiró.

—Está en la escuela. Los soldados se lo llevaron.

El rostro de Hannah palideció.

—Lo sé —asintió Lucille—. Es algo aterrador. Se los llevaron a él y a mi marido. Estaban solos junto al río cuando los soldados fueron por ellos.

—¿Junto al río?

—Sí, pequeña —replicó la anciana. La salchicha ya estaba empezando a chisporrotear—. A los soldados les gusta el río —afirmó—. Saben que hay muchos lugares que pueden utilizarse como escondite, así que van a menudo por esa zona intentando encontrar gente. Oh, no son malas personas, esos soldados. Por lo menos espero que no lo sean. Nunca le hacen daño a nadie, aparte de encerrarlos lejos de sus familias. No, no te hacen daño. Sólo te llevan consigo. Te apartan de la gente que amas o que te importa y...

Cuando Lucille se volvió, la niña había desaparecido, dejando tan sólo el golpeteo de la puerta mosquitera a su espalda.

—Te veré cuando vuelvas —le dijo Lucille a la casa vacía, una casa que sabía que no iba a permanecer vacía por mucho más tiempo.

¿Acaso no había soñado con niños justo la noche anterior?

—«Lo que le sucedió al muchacho no fue más que una casualidad. No padecía ninguna enfermedad. Pero ha habido desapariciones.» —Mientras trasladaba el mensaje al hombre de piel oscura con el traje elegante sentado al otro lado del escritorio, la joven se sentía nerviosa—. No entiendo nada de esto —declaró—, pero no tiene buena pinta, ¿verdad?

—No pasa nada —replicó el agente Bellamy—. Es una situación extraña.

—¿Y qué sucederá ahora? No deseo estar aquí más de lo que quería estar en Utah.

—No permanecerás aquí mucho tiempo —repuso Bellamy—. Me ocuparé de ello, tal como te prometió la agente Mitchell.

Ella sonrió al recordar a la agente Mitchell.

—Es una buena mujer —dijo.

Martin Bellamy se levantó y rodeó el escritorio. Colocó una silla junto a la de ella y se sentó. Acto seguido se metió la mano en la manga y sacó un sobre.

—Su dirección —señaló tendiéndole el sobre a Alicia—. No saben nada de ti, pero por lo que he podido averiguar, desean saber. Desean fervientemente saber de ti.

Alicia cogió el sobre y lo abrió con manos temblorosas. Era una dirección de Kentucky.

—Papá es de Kentucky —dijo con la voz repentinamente quebrada—. *Siempre detestó Boston, pero mamá no quería irse. Supongo que al final la venció por cansancio.* —Le dio un abrazo al agente del bonito traje y lo besó en la mejilla—. *Gracias* —dijo.

—*Fuera hay un soldado que se llama Harris. Es joven, tendrá quizá dieciocho o diecinueve años, no mucho más joven que tú. No te apartes de él cuando abandones mi oficina. Haz lo que él te diga. Ve a donde él te diga que vayas. Él te sacará de aquí.* —Le dio unas palmaditas en la mano—. *Está bien que se fueran a Kentucky. La Oficina está ocupada en las zonas más pobladas. Allí hay muchos sitios donde esconderte.*

—*¿Y la agente Mitchell?* —inquirió ella—. *¿Va a mandarme usted de vuelta con otro mensaje?*

—*No* —respondió Bellamy—. *No sería seguro ni para ti ni para ella. No olvides que no debes separarte de Harris, haz lo que él te diga. Él te llevará con tus padres.*

—*De acuerdo* —repuso la chica poniéndose en pie. Al llegar a la puerta, titubeó, vencida por la curiosidad—. *Las desapariciones...* —dijo—. *¿Qué quería decir la agente Mitchell con eso?*

El agente del traje elegante suspiró.

—*Francamente* —contestó—, *no sé si es el principio o el fin.*

ONCE

Fred Green y un puñado de hombres más se reunían casi todos los días en el jardín de Marvin Parker bajo el sol abrasador, dejando hervir su ira mientras, uno tras otro, autobuses llenos de Regresados llegaban a Arcadia por Main Street.

Durante los primeros días, John Watkins llevó la cuenta de los Regresados en un pedazo de madera que encontró en su camioneta, en el que iba haciendo marcas agrupándolas de cinco en cinco. Aquella primera semana, su cómputo era bastante superior a los doscientos.

—Voy a quedarme sin lápiz antes de que ellos se queden sin Regresados —le comentó al grupo en un momento dado.

Nadie contestó.

De vez en cuando, Fred decía:

—No podemos tolerar esto. —Meneaba la cabeza y tomaba un sorbo de cerveza. Notaba sacudidas en las piernas, como si éstas tuvieran la necesidad de ir a alguna parte—. Está ocurriendo aquí mismo, en nuestro propio pueblo.

Nadie era capaz de precisar con exactitud a qué se refería Fred pero, de algún modo, todos comprendían lo que quería decir. Todos comprendían que algo más grave que cualquier cosa cuya posibilidad hubieran imaginado jamás estaba sucediendo justo delante de ellos.

—Uno no pensaría que un volcán pudiera brotar así como así,

¿verdad? —dijo Marvin Parker una tarde mientras todos observaban cómo descargaban otro autobús. Era alto y desgarbado, con la piel pálida y el cabello del color del óxido—. Pero es verdad —prosiguió—. Es la pura verdad. Una vez oí hablar de una mujer que tenía un volcán creciendo en el jardín trasero de su casa. Había empezado como un pequeño montículo en la tierra, como la madriguera de un topo o algo así. Al día siguiente era un poco más grande, y algo mayor al otro día. Y así sucesivamente.

Nadie dijo una palabra. Sólo escuchaban y construían en su mente el montículo mortal de tierra, rocas y fuego mientras, al otro lado de la calle, descargaban y contaban a los Regresados y tramitaban su entrada en Arcadia.

—Luego, un día después de que la colina hubiera alcanzado más o menos los tres metros de altura, la mujer se asustó. Uno no pensaría que una persona tardaría tanto en asustarse de algo así, ¿no les parece? Pero así es. Te lo tomas con calma, dejas que las cosas sucedan despacio y antes de que reacciones pasa un montón de tiempo.

—¿Qué podría haber hecho la mujer? —inquirió alguien.

La pregunta quedó sin respuesta. La historia continuó:

—Cuando por fin llamó a alguien, alrededor de su casa olía a azufre por todas partes. Entonces intervinieron los vecinos. Al final dejaron de mirarse el ombligo y decidieron ocuparse de la topera que se estaba convirtiendo en una montaña allí mismo, en el jardín trasero de su vecina. Pero entonces ya era demasiado tarde.

Alguien preguntó: «¿Qué podrían haber hecho ellos al respecto?»

Pero también esa pregunta quedó sin responder. La historia siguió adelante:

—Acudieron algunos científicos a echar un vistazo. Tomaron medidas, hicieron pruebas o lo que sea que hagan los científicos. ¿Y saben qué le dijeron? Le dijeron: «Creemos que es mejor que se mude». ¿No les parece increíble? Eso era cuanto tenían que decirle.

174

Ella se estaba quedando sin hogar, justo lo que toda persona se merece en este mundo, la única cosa de este mundo que uno posee de verdad, ¡el hogar que Dios le ha dado!, y ellos van y le dicen: «Mala suerte, encanto».

»Poco después, la mujer agarró y se marchó. Metió toda su vida en una maleta y se largó de allí. Entonces, otras personas del pueblo la imitaron. Todos huyendo de aquello que había empezado a crecer en su jardín, de la cosa que ella y todos y cada uno de ellos habían contemplado crecer. —Marvin Parker se terminó la cerveza, aplastó la lata y la arrojó al jardín con un gruñido—. Deberían haber hecho algo al principio. Deberían haberse preocupado más al ver aquel montículo contranatural en el jardín de la mujer, cuando sus entendederas les dijeron que aquello no era normal. Pero no, todos titubearon, la propietaria de la casa en particular titubeó, y ésa fue la perdición de todos y cada uno de ellos.

Los autobuses estuvieron yendo y viniendo el resto del día mientras los hombres observaban en silencio. Estaban todos tensos, con la sensación de que, en ese preciso momento, en el mundo había algo que los estaba traicionando y que tal vez llevara años traicionándolos.

Tenían la impresión de que el mundo había estado mintiéndoles toda la vida.

Fue justo al día siguiente cuando Fred Green se presentó con su pancarta. Era un cuadrado de triplay pintado de verde con el eslogan «Regresados fuera de Arcadia» en brillantes letras rojas.

Fred Green no tenía idea de qué iban a lograr protestando. No estaba seguro de si protestar tenía algún aspecto positivo, de qué tipo de resultado garantizaba. Pero era como entrar en acción. Era como si le estuviera dando forma a lo que fuera que lo mantenía despierto por la noche, a lo que fuera que le espantaba el sueño y lo dejaba con la sensación de estar hecho polvo cada mañana.

Ésa era la mejor idea que había tenido hasta el momento, pasara lo que pasase después.

El agente Bellamy estaba sentado a la mesa con las piernas cruzadas, el saco del traje abierto y la corbata de seda unos centímetros más floja de lo habitual. Tenía un aspecto lo más parecido a relajado de lo que Harold lo había visto nunca. No tenía muy clara su opinión sobre Bellamy, pero se figuraba que si a esas alturas no lo odiaba era que probablemente le gustaba mucho. Por lo general, las cosas funcionaban así.

Harold sorbió unos cacahuates hervidos al tiempo que sujetaba un cigarrillo entre los dedos y una columna de humo de color blanco gris se deslizaba sobre su rostro. Masticó y se limpió el jugo salado de los dedos en la pernera de los pantalones —puesto que Lucille no estaba allí para protestar— y, cuando le apeteció, le dio una fumada al cigarrillo y expulsó el humo sin toser (lo de no toser le costaba últimamente, pero iba aprendiendo).

Era una de las escasas oportunidades que el agente Bellamy había tenido de hablar con él desde que las cosas tomaron el giro que habían tomado en Arcadia. Harold no solía dejarse convencer de separarse de Jacob. «Si algo sucede, ella no me perdonará jamás», le había dicho.

Pero en ocasiones accedía a dejar que el chico se quedara con uno de los soldados en otra sala —siempre y cuando supiera en cuál— el tiempo suficiente para que Bellamy le hiciera unas cuantas de sus preguntas.

—¿Cómo se encuentra? —inquirió el agente, cuaderno en ristre.

—Estoy vivo, supongo. —Harold sacudió el extremo del cigarrillo, dejando caer la ceniza en un pequeño cenicero de metal—. Pero ¿quién no está vivo en estos tiempos? —Le dio una nueva chupada al cigarrillo—. ¿Elvis ha vuelto ya?

—Veré lo que puedo averiguar.

El anciano soltó una risita.

Bellamy se apoyó en el respaldo de su silla, cambió de posición y observó al viejo sureño con curiosidad.

—Bueno, ¿cómo se encuentra?

—¿Ha jugado alguna vez al juego de la herradura, Bellamy?

—No. Pero he jugado a la rayuela.

—¿Qué es eso exactamente?

—Es su versión italiana.

Harold asintió con la cabeza.

—Deberíamos jugar alguna vez a la herradura, en lugar de esto... —Abrió los brazos para indicar el cuarto pequeño y mal ventilado en el que se encontraban.

—Veré lo que puedo hacer —replicó Bellamy con una sonrisa—. ¿Cómo se encuentra?

—Ya me lo preguntó.

—No me ha contestado.

—Sí lo hice. —Harold volvió a contemplar la habitación.

Bellamy cerró entonces el cuaderno y lo dejó sobre la mesa, entre el viejo y él. Colocó el bolígrafo encima del mismo y les dio a ambos unos golpecitos de manera ostentosa como diciendo: «Aquí sólo estamos nosotros dos, Harold. Se lo prometo. Nada de grabadoras, ni de cámaras, ni de micrófonos ocultos, ni otras cosas por el estilo. Sólo un guardia al otro lado de la puerta que no puede oírlo y que tampoco querría oírlo si pudiera. Está ahí sólo a causa del coronel Willis».

Harold se acabó en silencio el tazón de cacahuates y luego se terminó el cigarrillo mientras Bellamy permanecía sentado al otro lado de la mesa sin decir nada, sólo esperando. El viejo encendió otro cigarrillo y le dio una larga y fortísima fumada. Retuvo el humo en los pulmones hasta que no aguantó más. Entonces lo expulsó con una tos, una tos que se prolongó en una retahíla de toses hasta que acabó jadeando y se le formaron gotas de sudor en la frente.

Cuando a Harold se le pasó la tos y recobró la compostura, Bellamy habló por fin.

—¿Cómo se encuentra?

—Simplemente sucede más a menudo.

—Pero no deja que le hagamos ninguna prueba.

—No, gracias, agente. Soy viejo, eso es todo lo que me pasa. Pero soy demasiado cabrón para padecer un aneurisma como aquel chiquillo. Y no soy tan estúpido como para creer en esa «enfermedad» de la que sus soldados hablan entre sí en susurros.

—Es usted un hombre listo.

Harold dio otra fumada al cigarrillo.

—Tengo mis sospechas sobre la causa de su tos —declaró Bellamy.

Harold expulsó una línea de humo larga y regular.

—Mi mujer las tiene igual que usted.

Apagó el cigarrillo y empujó a un lado el tazón de cáscaras de cacahuate. Juntó las manos sobre la mesa y se las miró, apercibiéndose entonces de lo viejas y arrugadas que se veían, más delgadas y de aspecto más frágil de lo que las recordaba.

—¿Podemos hablar, Martin Bellamy?

El agente se agitó en su silla y estiró la espalda como preparándose para hacer un gran esfuerzo.

—¿Qué quiere saber? Plantee usted las preguntas y yo contestaré lo mejor que sepa. No puedo hacer más. No puede usted pedir más.

—Me parece justo, agente. Pregunta número uno: ¿son los Regresados personas de verdad?

Bellamy hizo una pausa. Su atención pareció oscilar, como si alguna imagen hubiera brotado en su mente. Acto seguido respondió con tanta seguridad como pudo.

—Lo parecen. Comen... comen mucho, de hecho. Duermen... esporádicamente, pero duermen. Caminan. Hablan. Tienen recuerdos. Todas las cosas que hacen las personas las hacen ellos también.

—Pero de manera peculiar.

—Sí. Son un poco peculiares.

Harold soltó una carcajada.

—Un poco —dijo moviendo la cabeza arriba y abajo—. ¿Y desde cuándo ha sido sólo «peculiar» que la gente regrese de entre los muertos, agente?

—Desde hace algunos meses —respondió Bellamy en tono uniforme.

—Pregunta número dos, agente..., ¿o es la número tres?

—Es la número tres, creo.

Harold se rio con sequedad.

—Está usted despierto. Eso está bien.

—Lo intento.

—Bueno, pregunta número tres... Las personas, desde tiempos inmemoriales, no han tenido nunca la costumbre de regresar de entre los muertos. Teniendo en cuenta que eso es precisamente lo que hacen esos individuos, ¿podemos llamarlos «personas» a pesar de todo?

—¿Podemos ir al grano? —inquirió bruscamente Bellamy.

—Los yanquis —refunfuñó Harold. Se agitó en su asiento. Se le crispaba la pierna. Todo tipo de energía parecía surcar su cuerpo.

—Aquí sólo estamos nosotros dos —terció Bellamy. Se inclinó hacia adelante, como si tal vez fuera a alargar el brazo y tomar las viejas manos de Harold entre las suyas. Y, si en ese preciso momento hubiera sido necesario, tal vez lo habría hecho. Pero ahora Harold estaba listo.

—Él no debería estar aquí —dijo finalmente el viejo—. Murió. Mi hijo murió... en 1966. Ahogado en un río. ¿Y sabe qué pasó después?

—¿Qué pasó?

—Que lo enterramos, eso fue lo que pasó. Encontramos su cuerpo, porque Dios es cruel, y yo mismo lo saqué de aquel río. Estaba tan frío como el hielo, a pesar de que estábamos en pleno verano. He tocado peces más calientes que él. Estaba hinchado. Con muy mal color. —Le brillaron los ojos—. Pero lo saqué de aquellas aguas mientras todo el mundo a mi alrededor lloraba y me decía que no debía tocarlo yo. Todos se ofrecían a quitármelo de los brazos.

»Pero ellos no lo entendían. Tenía que ser yo quien lo sacara de aquel río. Tenía que ser yo quien sintiera lo frío y lo raro que estaba. Tenía que ser yo, para estar genuina y verdaderamente seguro, quien tomara conciencia de que estaba muerto. Y de que no iba a volver nunca. Lo enterramos. Porque eso es lo que uno hace con las personas cuando mueren. Haces un agujero en la tierra y las metes en él, y se supone que ahí acaba todo.

—¿No cree usted en la vida después de la muerte?

—No, no, no —replicó Harold—. No es de eso de lo que estoy hablando. ¡Me refiero al fin de todo esto! —Extendió los brazos por encima de la mesa, agarró las manos de Bellamy y se las oprimió con tanta fuerza que le hizo daño al agente del gobierno, quien trató de liberarse al darse cuenta de que el anciano era más fuerte de lo que parecía. No obstante, era inútil, el apretón de Harold no era negociable—. Se supone que todo esto se acaba y no vuelve a empezar jamás —prosiguió. Tenía los ojos dilatados y la mirada penetrante—. ¡Se supone que esto debería haber acabado! —gritó.

—Entiendo —dijo Bellamy con su suave y rápido acento de Nueva York, desenredando sus manos de las de Harold—. Esto es duro y complicado. Lo sé.

—Todo había cesado —explicó Harold al cabo de un rato—. Los sentimientos. Los recuerdos. Todo. —Hizo una pausa—. Ahora me despierto pensando en cómo eran antes las cosas. Pienso en los cumpleaños y en las Navidades. —Se echó a reír quedamente y miró a Bellamy con una luz en los ojos—. ¿Por casualidad ha perseguido alguna vez a una vaca, agente Bellamy? —preguntó con una sonrisa.

Martin Bellamy soltó una carcajada.

—No. No puedo decir que lo haya hecho.

—Cuando Jacob tenía seis años, tuvimos una Navidad enlodada. Había estado lloviendo durante tres días. El día de Navidad, las carreteras estaban tan mal que casi nadie pudo salir e ir de visita como había planeado, de modo que todo el mundo pasó las fiestas en solitario y deseó «Feliz Navidad» por teléfono. —Se reclinó en la silla y gesticuló mientras hablaba—. Al lado de donde vivo ahora había antes una granja. Pertenecía al viejo Robinson. Le compré la tierra a su hijo cuando murió, pero por aquel entonces, en esa Navidad, tenía allí unos pastos para las vacas. No es que tuviera muchas, sólo un puñado. Llevaba una a matar quizá una vez cada dos años. Pero, en general, simplemente las tenía; por ninguna razón en particular, creo. Por lo que me han contado, su padre siempre había tenido vacas y, francamente, me parece que no sabía vivir de otra manera.

Bellamy asintió. No estaba seguro de adónde iría a parar aquella historia, pero no le importaba seguir el hilo.

—Y entonces llegó esa lodosa Navidad —prosiguió Harold—. Caía el agua como si Dios estuviera enojado por algo. Llovía a cántaros. Y en aquel preciso momento, en medio de lo peor de la tormenta, alguien llama a la puerta y... ¿quién es? Nada más y nada menos que el mismísimo viejo Robinson. Era un cabrón. Calvo como un recién nacido, con el corpachón de un leñador y un pecho como un galón de petróleo. Y ahí está, de pie en la entrada, cubierto de barro. «¿Qué pasa?», le pregunté. «Se me escaparon las vacas», contestó, y apuntó hacia un tramo de cercado. Vi el lugar donde las vacas habían destrozado el terreno al salir.

»Antes de que pudiera abrir la boca, antes de que pudiera incluso ofrecerme a ayudarlo, algo pasó por mi lado a toda velocidad. Salió disparado por la puerta principal, cruzó el porche y se zambulló en todo aquel maldito mar de lluvia y barro. —Harold exhibía una amplia sonrisa.

—¿Jacob? —inquirió Bellamy.

—Pensé en soltarle un grito, en llamarlo para que volviera a entrar en casa. Pero entonces pensé: «¿Qué diablos?». Y antes de que pudiera llegar siquiera a la puerta, Lucille ya estaba pasando junto a mí casi tan deprisa como lo había hecho Jacob, aún ataviada con uno de sus mejores vestidos. Quedó cubierta de barro antes de alejarse ni diez pasos del porche..., y cuanto hicimos todos, incluido el viejo Robinson, fue reírnos. —Las manos de Harold se habían quedado quietas por fin—. Quizá todo el mundo estuviera harto de estar encerrado en casa —concluyó.

—¿Y? —preguntó Bellamy.

—¿Y, qué?

—¿Lograron llevar a las vacas de vuelta?

Harold soltó una risita.

—Sí. —Entonces su sonrisa se desvaneció y volvió a hablar con voz apesadumbrada, seria y llena de sentimientos encontrados—. Y luego todo eso terminó. Y, al final, acabó desapareciendo. Pero ahora, ahora aquí estoy, a horcajadas sobre el abismo. —Se miró las manos. Cuando hablaba, había una leve nota delirante en su voz—. ¿Qué debo hacer? La mente me dice que Jacob murió, que murió ahogado, maldita sea, un agradable día de agosto de 1966.

»Pero cuando habla, los oídos me dicen que es mío. Los ojos me dicen que es mío, tal como lo era hace tantos años. —Harold golpeó la mesa con el puño—. ¿Y qué hago yo con eso? Algunas noches, cuando allí todo está oscuro y en silencio, cuando todo el mundo se ha acostado, a veces se levanta, se acerca y se acuesta a mi lado en la cama, igual que hacía antes, como si hubiera tenido una pesadilla o algo así. O, aún peor, a veces da la impresión de que lo hace porque me echa de menos.

»Viene a mi cama y se acurruca junto a mí y..., que Dios me maldiga..., no puedo evitar abrazarlo como hacía antes. ¿Y sabe usted una cosa, Bellamy?

—¿Qué, Harold?

—Me siento mejor de lo que me he sentido en años. Me siento entero, completo. Como si todo en mi vida fuera como debe ser. —El viejo comenzó a toser—. ¿Qué hago yo con eso?

—Hay quien se aferra a ello —contestó Bellamy.

Harold hizo una pausa, genuinamente sorprendido por la respuesta.

—Me está cambiando —dijo al cabo de un instante—. Maldita sea, me está cambiando.

Bobby Wiles

A Bobby se le había dado siempre bien meterse en sitios en los que no debía. Su padre había pronosticado que de mayor sería mago por las mil formas en que el chiquillo podía desaparecer cuando quería. Ahora estaba escondido en la oficina del coronel, en el mismísimo respiradero de la escuela, espiándolo a través de la rejilla.

En ese sitio nunca había nada que hacer. Nada salvo sentarse a esperar y no ir a ninguna parte. Pero introducirse en lugares a hurtadillas hace las cosas más interesantes. La escuela tenía muchos rincones que investigar. Ya había logrado llegar a lo que era antes la cocina. Pensaba que allí encontraría un cuchillo para jugar, pero habían desaparecido todos. Se había escurrido en el cuarto de la caldera a través del tubo de ventilación que entraba en el edificio desde el exterior. Allí dentro todo estaba herrumbroso y rígido, y era divertido.

El coronel estaba sentado ante su escritorio mirando un gran panel de pantallas de computadora. Estaba harto de Arcadia. Estaba harto de los Regresados. Estaba harto de todo ese estado de cosas absolutamente inusual que había llegado y se había establecido en el mundo. Se daba cuenta mejor que nadie de la dirección que todo eso había tomado. La histeria, los disturbios, todo lo demás. La gente ya tenía bastantes problemas para llegar al final del día cuando el mundo giraba normalmente y las personas se morían y permanecían enterradas para siempre en su tumba.

El coronel sabía que la situación que se había planteado con los Regresados era una realidad que nunca podría frenarse a sí misma pacíficamente. De modo que hacía lo que le mandaban porque era la única forma de ayudar a la gente, mantener el orden y la confianza en la manera en que tenían que ser las cosas.

A diferencia de tantísima gente en aquellos tiempos, el coronel no temía a los Regresados. Por el contrario, les tenía miedo a todos los demás y a cómo podían reaccionar al ver a sus seres queridos —tanto si los creían vivos como si no— de pie a su lado, respirando aire, pidiendo que los recordaran.

El coronel había tenido suerte. Cuando encontraron a su padre después de que regresó de la muerte, le informaron de ello y le permitieron decidir si quería verlo. Concluyó que no, pero sólo porque era lo mejor para todos. No habría sido conveniente para él mostrarse parcial, dejarse influenciar por un recuerdo y unas presunciones acerca de un futuro junto a alguien cuyo futuro había terminado hacía años.

La situación que se había planteado con los Regresados era antinatural, y la gente pronto se daría cuenta de ello. Hasta entonces, hacían falta hombres como él para sujetar las riendas lo mejor que pudieran.

Así pues, informó a la Oficina de que no deseaba tener contacto con su padre, aunque se aseguró de que lo trasladaran a uno de los mejores centros. Esa parte de sí mismo, ese pequeño gesto por esa persona que podía ser su padre, no pudo negárselo.

A pesar de lo fuerte que tenía que ser, a pesar de lo que había que hacer, no pudo evitar ese acto concreto. Al fin y al cabo, era posible que fuera su padre.

Todas las pantallas de computadora que tenía delante mostraban la misma imagen: una mujer negra, vieja y voluminosa, sentada ante una mesa de despacho frente a un acicalado agente con la cabeza cuadrada llamado Jenkins. En una ocasión, Jenkins había entrevistado a Bobby. Pero el coronel era otra cosa.

Bobby respiraba despacio, haciendo el menor ruido posible mientras cambiaba de postura, trasladando su peso corporal de una cadera a la otra. Las paredes del conducto de ventilación eran delgadas y estaban cubiertas de suciedad.

El coronel tomó un sorbo de café de un tazón y observó a Jenkins y a la anciana negra mientras conversaban. Oyó que la mujer pronunciaba varias veces el nombre de «Charles» y que ello parecía frustrar a Jenkins.

Probablemente se trataba de su marido, pensó el chico. El coronel seguía mirando las pantallas. De vez en cuando cambiaba la imagen por la de un hombre negro de piel oscura ataviado con un traje elegante que estaba sentado a su escritorio, trabajando. El coronel lo observaba y luego volvía a la pantalla con la anciana.

Pronto, el agente Jenkins se puso en pie y llamó a la puerta de la sala de entrevistas. Un soldado entró y ayudó amablemente a la mujer a abandonar la habitación. Jenkins miró entonces a la cámara, como si supiera que el coronel había estado observando, y meneó la cabeza para mostrar su frustración.

—Nada —lo oyó decir Bobby.

El coronel no pronunció ni una palabra. Sólo pulsó un botón y, de pronto, todas las pantallas se llenaron con la imagen del agente de piel oscura y el traje elegante que trabajaba en su escritorio. El coronel lo observó en silencio con expresión muy seria y severa hasta que Bobby se quedó dormido deseando algo distinto.

Despertó cuando unos soldados lo sacaban a rastras del conducto de ventilación, al tiempo que le hacían preguntas a gritos y lo zarandeaban. Lo último que vio del coronel fue su imagen señalando con el dedo a un joven soldado mientras a él lo encerraban en una habitación sin ventanas.

—Ven aquí, chico —le ordenó uno de los soldados.

—Lo siento —articuló Bobby—. No volveré a hacerlo.

—Vamos, ven aquí —replicó el soldado. Era joven y rubio y tenía la piel llena de marcas de acné y, a pesar del obvio enojo del coronel, mientras se llevaba a Jacob de la sala sonreía—. Me recuerdas a mi hermano —dijo en voz baja cuando salieron de la oficina.

—¿Cómo se llama? —inquirió Bobby al cabo de un instante. La curiosidad siempre había sido su fuerte.

—Se llamaba Randy —respondió el joven soldado—. No te preocupes. Yo cuidaré de ti.

Y Bobby dejó de tener tanto miedo como al principio.

DOCE

En otra vida, Lucille sería chef. Iría a trabajar todos los días con una sonrisa en la cara y volvería a casa por la noche oliendo a grasa y a todo tipo de especias y condimentos. Le dolerían los pies, tendría las piernas cansadas, pero estaría encantada con sus tareas.

Se encontraba en una cocina llena hasta los topes, aunque limpia, con la segunda ronda de pollo frito rugiendo como el océano sobre los escollos. En el salón, la familia Wilson hablaba y reía, tratando de no encender la televisión mientras tomaban la comida. Estaban sentados en círculo en el suelo —aunque Lucille no tenía la menor idea de por qué se sentaban en el suelo cuando tenían una estupenda mesa de comedor a menos de tres metros— con el plato en el regazo, llevándose montones de arroz con salsa, maíz, ejotes verdes, pollo frito y galletas a la boca. De vez en cuando se oían unas carcajadas seguidas de un largo silencio mientras comían.

Así transcurrieron las cosas hasta que toda la familia se hubo hartado y sólo unos pocos pedazos de pollo aislados quedaron sin comer en un platito junto a los fogones. Lucille los metió en el horno por si alguien tenía hambre más tarde y luego hizo inventario de la cocina.

Las existencias parecían estar disminuyendo, y eso le gustaba.

—¿Hay algo que yo pueda hacer? —inquirió Jim Wilson al entrar procedente del salón. En algún lugar del piso de arriba, su mujer corría detrás de los hijos de ambos, riendo.

—No, gracias —respondió Lucille con la cabeza metida en uno de los armarios de la cocina. Luego garabateó a ciegas unas notas en una lista de la compra—. Lo tengo todo controlado —añadió.

Jim se acercó, echó un vistazo a un montón de platos y se arremangó la camisa.

—Pero ¿qué haces? —preguntó Lucille cuando por fin sacó la cabeza del armario.

—Ayudar.

—Déjalos ahora mismo donde estaban. Para eso están los niños —replicó la anciana al tiempo que le propinaba un brusco golpetazo en la mano.

—Están jugando —repuso Jim.

—Bueno, tienen todo el día para jugar, ¿no? Debes enseñarles a ser responsables.

—Sí, señora —repuso Jim.

Lucille iba zumbando de un lado a otro de la cocina, sorteando al hombre que se había anclado frente al fregadero. En lugar de coincidir con ella en la correcta educación de los hijos, lavó, enjuagó y colocó despacio los cacharros en el escurridor.

Uno a uno.

Lava. Enjuaga. Escurridor.

—Cariño —comenzó Lucille—, ¿por qué no los metes todos a la vez en el fregadero? —Nunca había visto a nadie lavar los platos uno por uno de ese modo.

Jim no contestó, sino que simplemente continuó con su tarea.

Uno a uno.

Lava. Enjuaga. Escurridor.

—Bueno, como quieras —dijo Lucille.

Trató de no achacar la peculiaridad de Jim a lo que lo había traído de vuelta de la tumba. A pesar de que eran primos —hasta donde ella sabía—, no había pasado con él y su familia tanto tiempo como debería haberlo hecho. Y ése era un gran motivo de congoja para Lucille.

Prácticamente sólo recordaba a Jim como una persona muy trabajadora, que era por lo que la mayoría de la gente en Arcadia lo conocía hasta que él y su familia fueron asesinados.

Aquel asesinato fue una cosa horrenda. A veces Lucille casi conseguía olvidar que había ocurrido. Casi... En cambio, en otras ocasiones no veía otra cosa cuando miraba a cualquiera de ellos. Ésa era la razón por la que el pueblo había reaccionado hacia los Wilson como lo había hecho. A nadie le gusta que le recuerden dónde ha fallado, dónde se equivocó y nunca fue capaz de subsanar su error. Y eso es lo que era esa familia.

Sucedió en el invierno de 1963, si a Lucille no le fallaba la memoria. Lo recordaba de ese modo en que una persona recuerda todas las noticias trágicas: en escena.

Se encontraba en la cocina batallando con los platos. En el exterior hacía un frío que pelaba. Miró por la ventana y observó el roble —desnudo como el día en que nació— mecerse adelante y atrás cuando el viento arreciaba. «Dios mío», exclamó.

Harold estaba en algún sitio allí afuera, en medio de todo aquel frío, de aquella oscuridad, pues había ido a la tienda a aquella tardía hora de la noche, lo cual no tenía ni pies ni cabeza, pensó Lucille. Entonces, como si Harold hubiera oído sus pensamientos, vio de pronto los faros de la camioneta rebotando por el camino sin asfaltar en dirección a la casa.

—Tendrás que sentarte —dijo él nada más entrar.

—¿Qué pasa? —inquirió ella, notando que el corazón le daba de pronto un vuelco. La voz de Harold lo decía todo.

—¿Quieres hacer el favor de sentarte? —le gritó.

Se restregaba la boca una y otra vez. Sus labios se movían adelante y atrás formando pequeños círculos del diámetro de un cigarrillo. Se sentó a la mesa de la cocina. Se puso en pie. Volvió a sentarse.

—Muertos a tiros —dijo por fin, casi en un susurro—. Todos. Los mataron a tiros. A Jim lo encontraron muerto en el pasillo, a escasa distancia de su escopeta, como si estuviera yendo por ella y no hubiera llegado a tiempo. Sin embargo, según me han dicho, estaba descargada, de modo que dudo que hubiera tenido tiempo siquiera de utilizarla. Nunca le gustó tener esa arma cargada con los niños allí. —Harold se frotó un ojo—. A Hannah... la encontraron debajo de la cama. Supongo que fue la última.

—Dios mío —musitó Lucille mirándose las manos aún llenas de jabón—. Dios mío, Dios mío, Dios mío.

Harold gruñó algún tipo de afirmación.

—Deberíamos haber ido a visitarlos más a menudo —declaró Lucille, llorando.

—¿Qué?

—Deberíamos haber ido a visitarlos más a menudo. Deberíamos haber pasado más tiempo con ellos. Eran familia. Ya te dije que Jim y yo estábamos emparentados. Eran familia.

Harold nunca había estado seguro de que la afirmación de su esposa de que ella y Jim eran parientes fuera cierta. Pero era una de esas cosas que no tenían importancia, lo sabía. Si ella lo creía, era verdad, lo que hizo que lo que les había sucedido fuera aún más doloroso.

—¿Quién fue? —preguntó Lucille.

Harold sólo meneó la cabeza al tiempo que intentaba no llorar.

—Nadie lo sabe.

Aquello daría mucho que hablar en Arcadia no sólo aquella noche, sino en los años que estaban por venir. La muerte de los Wilson, a pesar de ser trágica y horrible en sí misma, tendría una influencia secreta en el pueblo de Arcadia y en su sentido general de lugar en el mundo.

Fue después del asesinato de los Wilson cuando la gente comenzó a darse cuenta de pequeños robos que se producían de vez en cuando. O quizá se percataban de que fulanito o menganito tenían problemas matrimoniales, o de que tal vez estuvieran teniendo una aventura. Una sensación general de violencia surgió en torno a los cimientos de Arcadia después de la tragedia. Crecía como una plaga, extendiéndose un poco más cada año que pasaba.

Cuando Jim Wilson acabó de lavar los platos a su peculiar manera, Lucille ya había terminado su lista. Subió al piso de arriba, se aseó en el lavabo, se vistió, cogió la lista y el bolso y se detuvo en la puerta. Cuando tuvo la seguridad de estar preparada, con las llaves de la camioneta en la mano y la vieja Ford azul de Harold devolviéndole la mirada, respiró hondo y pensó en lo mucho que detestaba conducir. Y para empeorar las cosas, la maldita vieja camioneta de Harold era el animal más parcial y temperamental que había visto nunca. Arrancaba cuando le daba la gana. Los frenos chirriaban. Aquella cosa estaba viva, le había dicho Lucille a su marido más de una vez. Viva y llena de desprecio hacia las mujeres..., tal vez incluso hacia la humanidad en su conjunto, al igual que su propietario.

—Siento mucho todo esto —dijo Jim Wilson sobresaltando a Lucille, que aún no se había acostumbrado a lo callado y sigiloso que podía llegar a ser.

La anciana rebuscó entonces en su bolso. Allí estaba la lista. Allí estaba el dinero. Allí estaba la foto de Jacob. Pero siguió revolviendo entre sus pertenencias y se dirigió a toda la familia Wilson sin volver la vista atrás. Estaban todos allí, los percibía, juntos a su espalda, como en la foto de una tarjeta de Navidad.

—Hablas igual que toda tu familia —declaró—. Resulta bastante fácil saber de dónde les viene a ellos..., todo eso de disculparse sin motivo. No quiero oír ni una palabra más. —Y, acto seguido, cerró el bolso sintiéndose aún intranquila.

Era como si se estuviera avecinando una tormenta.

—Desde luego —replicó Jim—. Trato de no ser una molestia. Sólo quería que comprendieras lo mucho que apreciamos tu ayuda, eso es todo. Únicamente quiero que sepas lo agradecidos que estamos por todo lo que estás haciendo por nosotros.

Lucille se volvió con una sonrisa.

—Cierra con llave cuando me haya ido. Dile a Connie que hablaré con ella cuando vuelva. Tengo una receta de tarta que me gustaría darle. Era de la tía abuela Gertrude... creo. —Se detuvo a pensar. Y añadió—: Mantén a esos benditos hijos tuyos arriba. No debería venir nadie por aquí, pero si así fuera...

—Estaremos arriba.

—Y recuerda...

—La comida está en el horno —la interrumpió Jim dirigiéndole un saludo militar.

—Bueno, bueno —replicó ella, y partió con paso decidido hacia el lugar donde estaba parada la vieja Ford azul de Harold, rehusando mirar atrás y dejarles entrever el miedo que le había entrado de repente.

La tienda era uno de los últimos edificios que quedaban de la época del proyecto de renovación y reciclaje de 1974, la última ocasión en que el pueblo había recibido una inyección sustancial de dinero. La vieja construcción de ladrillo era una de las postreras paradas en el extremo occidental de la población antes de que terminara el pueblo propiamente dicho y desembocara en una carretera de dos carriles y campos, árboles y casas que salpicaban el terreno aquí y allá. Se hallaba al final de Main Street, cuadrado y de aspecto imponente, igual que en el pasado, cuando era el ayuntamiento.

De hecho, todo lo que uno tenía que hacer era arrancar los carteles y anuncios estratégicamente colocados y la palabra *Ayuntamiento*, descolorida y deteriorada por el paso del tiempo, seguía siendo visible en relieve sobre las viejas piedras. En un buen día —antes de que los militares establecieran campamento en el lugar—, el establecimiento tenía suerte si llegaba a los treinta clientes. E incluso esa cifra era optimista, hasta contando a los viejos que a veces holgazaneaban sin hacer otra cosa más que estar sentados en la puerta de la tienda en sus mecedoras intercambiando fantasías.

Un joven soldado le ofreció el brazo a Lucille cuando ella subía la escalera. La llamó «señora» y se mostró amable y paciente, incluso mientras muchísimos otros jóvenes pasaban zumbando junto a ellos como si la comida pudiera acabarse de pronto.

En el interior, un grupo de hombres chismosos se oponían a que les negaran un lugar para sentarse. Se trataba de Fred Green, Marvin Parker, John Watkins y algunos otros. En las últimas dos semanas habían estado protestando —si era así como querían llamarlo— en el jardín de Marvin Parker. A Lucille le parecía un triste grupo de protesta. Eran apenas media docena y aún no se les había ocurrido ningún eslogan decente. Un día, cuando iba a ver a Harold y a Jacob, los había oído gritar: «¡Arcadia para los vivos! ¡No para los desprendidos!».

Lucille no tenía la menor idea de qué demonios se suponía que querían decir con eso, y se figuraba que ellos tampoco. Era muy probable que simplemente lo dijeran porque rimaba y, que ellos supieran, si uno iba a protestar, tenía que hacer una rima.

Cuando el joven soldado la escoltaba mientras franqueaba la puerta, la anciana se detuvo frente a ellos.

—Deberían avergonzarse de ustedes mismos —los regañó. Le dio al soldado unas palmaditas en la mano para indicarle que no tenía problema en continuar sola—. Es una vergüenza —afirmó.

Los hombres mascullaron algo entre sí y, luego, Fred Green —¡ese maldito instigador de Fred Green!— habló:

—Éste es un país libre.

Lucille hizo chasquear la lengua.

—¿Y qué tiene eso que ver con nada de todo esto?

—Sólo estamos aquí sentados, ocupándonos de nuestros asuntos.

—¿No deberían estar ahí, en el jardín, gritando ese estúpido eslogan suyo?

—Estamos descansando —replicó Fred.

Lucille tuvo dificultad en determinar el tono de Fred. No estaba segura de si estaba siendo irónico o si realmente estaban todos descansando. Parecían muy en su papel..., medio quemados por el sol, ojerosos y agotados.

—Entonces, supongo que están haciendo una sentada, como hacía la gente cuando los negros querían la igualdad de derechos, ¿no?

Los hombres se miraron unos a otros, percatándose de que les habían tendido una trampa, pero no del todo capaces de verla.

—¿A qué te refieres? —inquirió Fred, deslizándose del lado de la prudencia.

—Sólo quiero saber cuáles son sus reivindicaciones, eso es todo. ¡Toda sentada conlleva unas reivindicaciones! Cuando se organizan así, tienen que pedir algo. —Un soldado chocó accidentalmente con ella. Se detuvo a pedirle disculpas y luego continuó su camino—. Han conseguido perturbar las cosas —prosiguió Lucille dirigiéndose a Fred—. Eso está claro. Pero ¿ahora qué? ¿Cuál es su plataforma? ¿Qué es lo que defienden?

Los ojos de Fred se llenaron de luz. Se sentó, se retrepó en su asiento y respiró hondo con exagerado ademán. Los demás hombres siguieron su ejemplo y se sentaron tiesos como lápidas.

—Defendemos a los vivos —respondió Fred con voz monótona y uniforme.

Se trataba del eslogan del Movimiento por los Auténticos Vivos de Montana, esos locos que Lucille había visto en televisión aquel día, hacía tanto tiempo. Esos que habían pasado de promesas de guerras raciales a la integración racial total desde que habían aparecido los Regresados. Y ahora allí estaba Fred Green, citándolos.

Sin lugar a dudas, estaba chiflado, pensó Lucille.

Los otros hombres tomaron aliento del mismo modo en que lo había hecho Fred, dando la impresión de que engordaban al hacerlo. Luego todos repitieron:

—Defendemos a los vivos.

—No era consciente de que los vivos necesitaran que alguien los defendiera —observó Lucille—. Pero, bueno, podrían tratar de corear eso en lugar de esa estupidez de «¡Arcadia para los vivos! ¡No para los desprendidos». ¿De qué se desprenden? ¿A quién se lo dan? —dijo agitando una mano en ademán despectivo.

Fred la miró con atención mientras los engranajes de su cabeza giraban.

—¿Cómo está tu hijo? —inquirió.

—Muy bien.

—¿Sigue en la escuela, entonces?

—¿En la cárcel, quieres decir? Sí —respondió ella.

—¿Y Harold? Me han dicho que también él sigue en la escuela.

—¿En la cárcel? —repitió Lucille—. Pues sí. Está allí.

Se acomodó el bolso sobre el hombro, acomodando también así de algún modo sus pensamientos.

—¿Qué vas a comprar hoy? —le preguntó entonces Fred.

Los hombres que lo rodeaban asintieron con la cabeza, dignándose dar su aprobación. Se encontraban todos en la entrada, en el reducido espacio que había antes de entrar en la tienda propiamente dicha. El dueño había tratado de utilizarlo como un lugar para recibir a los clientes, como hacían en los almacenes Wal-Mart, pero poco después los viejos adoptaron la costumbre de plantarse allí a ver a la gente entrar y salir. Más adelante, el estar de pie se convirtió en estar sentados cuando alguien cometió el error de dejar una mecedora cerca de la puerta.

Ahora ya no tenía remedio. La parte delantera del almacén —a pesar de lo pequeño que era— pertenecía a los chismosos. Si se conseguía pasar frente a ellos sin ser blanco de sus comentarios, el edificio tenía encanto sólo para quien no quisiera gran cosa. En las escasas estanterías que la tienda contenía, había comida enlatada y servilletas de papel, papel higiénico y un puñado de productos de limpieza. En las paredes, cerca de las ventanas, había artículos de ferretería que se balanceaban colgados de ganchos pendiendo de las vigas, como si un cobertizo lleno de herramientas hubiera explotado en algún lugar y los hubiera diseminado por el establecimiento. El propietario, un hombre gordo al que llamaban *Papa* por algún motivo que Lucille nunca acabó de entender, trataba de cubrir todas las necesidades en un espacio muy reducido.

La mayoría de las veces no lo conseguía, pero estaba bien que lo intentara, pensaba ella. El almacén no era un buen sitio para encontrar lo que uno quería, pero, por lo general, podías encontrar lo que necesitabas de verdad.

—Voy a comprar lo que me hace falta —contestó la anciana—. ¿Te parece bien?

Fred sonrió.

—Ay, Lucille. —Se reclinó en la silla—. Sólo estaba haciéndote una pregunta amistosa, eso es todo. No pretendía nada malo.

—¿En serio?

—En serio. —Descansó el codo en el brazo de su silla y apoyó la barbilla en el puño—. ¿Por qué una pregunta tan simple habría de poner a una mujer como tú tan nerviosa? —Fred se echó a reír—. No estarás escondiendo a nadie allá arriba en tu casa ni nada por el estilo, ¿verdad, Lucille? Quiero decir que hace ya mucho que los Wilson desaparecieron de la iglesia. Por lo que me han dicho, los soldados fueron a buscarlos y el pastor los había soltado.

—¿Soltado? —bufó ella—. ¡Son personas, no animales!

—¿Personas? —Fred entornó los ojos, como si de pronto Lucille se hubiera desenfocado—. No —dijo finalmente—. Y siento que tú lo creas así. *Fueron* personas. Antes. Pero eso fue hace mucho tiempo. —Sacudió la cabeza—. No, no son personas.

—¿Quieres decir desde que los asesinaron?

—Me imagino que los soldados se alegrarían mucho de conseguir una pista sobre dónde se esconden los Wilson.

—Me imagino que sí —replicó ella, dispuesta a entrar en el almacén—. Pero yo no sé nada al respecto. —Estaba a punto de irse, a punto de dejar a Fred Green y sus despreciables maneras, pero se detuvo—. ¿Qué pasó? —quiso saber.

Fred miró a los otros hombres.

—¿A qué te refieres? —repuso—. ¿Qué le pasó a quién?

—A ti, Fred. ¿Qué te pasó a ti después de que Mary murió? ¿Cómo te convertiste en esto? Ella y tú solían venir a casa todos los domingos. Tú ayudaste a Harold a encontrar a Jacob aquel día, por el amor de Dios. Cuando los Wilson murieron, Mary y tú asistieron a su funeral como todo el mundo. Después, cuando ella se fue, también te fuiste tú. ¿Qué te pasó? ¿Por qué les tienes tanta inquina... a todos ellos? ¿A quién culpas? ¿A Dios? ¿A ti mismo?

Al ver que Fred se negaba a contestar, Lucille echó a andar y entró en la tienda propiamente dicha para perderse rápidamente entre los estrechos pasillos, dejando así a los hombres chismorrear o planear o hacer suposiciones entre ellos. Fred Green la observó mientras se alejaba. Después se puso en pie, despacio, y se marchó de allí. Tenía una cosa muy importante que hacer.

De camino a casa, Lucille tenía la cabeza llena de todas las maneras en que la gente rechazaba a los Regresados. Le dio gracias a Dios por haberle concedido la disposición y la paciencia necesarias para soportar todo aquello. Le dio gracias por haber llevado a la pequeña familia de Regresados a la puerta de su casa en su momento de necesidad, que era también el suyo propio, porque ahora la casa no estaba ni mucho menos tan vacía y el corazón no le dolía tanto cuando regresaba en la vieja camioneta de Harold con el asiento del acompañante lleno de comida y una vivienda cálida llena de personas vivas esperándola en el hogar... tal como siempre debería haber sido.

La camioneta abandonó el pueblo a buen paso y dejó atrás los campos y los árboles. En una ocasión, Harold y ella habían hablado de vivir dentro de la población, pero habían decidido no hacerlo antes de que Jacob naciera. Había algo en la idea de vivir los tres apartados del mundo —en pequeña medida, por lo menos—, ocultos por el bosque y el campo, que la tenía cautivada.

Al llegar a casa vio con claridad las rodaduras del camión profundamente marcadas en el jardín. Las huellas de las botas de los soldados estaban aún bien visibles. La puerta principal colgaba de sus bisagras y un rastro de barro cruzaba el porche frontal y se internaba en la casa.

Lucille detuvo la vieja camioneta bajo el roble y se quedó sentada tras el volante con el motor en marcha, la cabina llena de comida y las lágrimas asomándole a los ojos.

—¿Dónde estabas Tú? —inquirió con voz quebrada, sabiendo de sobra que en ese preciso instante sólo Dios podía oírla.

Samuel Daniels

Samuel Daniels había nacido, se había criado y le habían enseña-do a rezar, allí, en Arcadia. Luego murió. Y ahora volvía a estar en Arcadia. Pero Arcadia había cambiado. Ya no era el pueblo pe-queño y eludible que era antes. El pueblo a través del que los viaje-ros iban y venían sin pausa ni titubeos, dedicando unos pocos mo-mentos de reflexión a considerar qué era lo que la gente hacía con su vida en un sitio semejante. Un lugar de casas todas uniformes y de aspecto cansado. Un lugar con dos gasolineras y sólo dos semá-foros. Un lugar de madera, tierra y hojalata. Un lugar donde la gente parecía haber nacido de los bosques que lindaban con los campos.

Ahora Arcadia no era ya la desviación, sino el destino, pensó Samuel mirando a través del cercado, contemplando el lento desple-garse del pueblo hacia el este. A lo lejos se levantaba la iglesia, silen-ciosa y tranquila bajo el firmamento. La carretera de dos carriles que conducía al pueblo estaba llena de baches y protuberancias allí donde no hacía tanto tiempo era lisa y regular. Cada día eran más los vehículos que llegaban. Menos los que salían.

La gente de Arcadia ya no era originaria del pueblo, meditó. Ése no era su pueblo. Eran visitantes, turistas en su propia tierra. Vi-vían su vida cotidiana inseguros de dónde se encontraban. Cuando podían, se arracimaban —de manera muy parecida a como se ru-moreaba que hacían en ocasiones los Regresados— y se quedaban

allí parados, contemplando el mundo que los rodeaba con una ex-
presión de lúgubre desconcierto en el rostro.

Ni siquiera el pastor, con toda su fe y su conocimiento de Dios,
era inmune. Samuel había acudido a él buscando la Palabra, bus-
cando consuelo y una explicación a lo que estaba sucediendo en este
mundo, en ese pueblo. Pero el pastor era distinto de como lo recor-
daba. Sí, seguía siendo corpulento y cuadrado, un armario de hom-
bre, pero se comportaba de un modo distante. Ambos habían estado
en la puerta de la iglesia hablando de que traían a los Regresados a
Arcadia y los llevaban a la escuela, que ya se estaba quedando pe-
queña para albergarlos. Y mientras los camiones pasaban y de vez
en cuando se veía a los Regresados atisbar al exterior, estudiando el
lugar en que se encontraban, el pastor Peters los examinaba con
atención, como si estuviera buscando a alguien.

—¿Crees que está viva? —inquirió el pastor al cabo de un rato,
ignorando por completo la conversación que él y Samuel mante-
nían.

—¿Quién? —preguntó Samuel.

Pero el pastor Peters no respondió, como si no fuera él con quien
estaba hablando.

Arcadia había cambiado, pensó Samuel. El pueblo estaba rodea-
do de cercas y muros, enjaulado y apartado del mundo como un
castillo. Había soldados por todas partes. Ése no era el pueblo en el
que había crecido, no era el pueblecito agazapado en el campo,
abierto en todas direcciones.

Se alejó de la cerca al tiempo que agarraba su Biblia con fuerza.
Habían cambiado a Arcadia y todo lo que contenían sus muros, y
nunca volvería a ser como antes.

TRECE

Los medios informaron de que cierto artista francés antes muerto había sido hallado tres semanas después de que la comunidad mundial comenzó a buscarlo. Se había casado con la cincuentona que le había procurado un alojamiento barato donde vivir y se había asegurado de que el mundo conociera su nombre.

Cuando lo descubrieron, Jean Rideau no hizo declaraciones a la prensa en relación con los motivos de su desaparición, pero eso no impidió que los medios de comunicación lo intentaran. La pequeña construcción, casi una cabaña, a las afueras de Río en la que había logrado escapar del mundo se había visto invadida por reporteros e investigadores y, no mucho después, por los soldados enviados a mantener la paz. Jean y su esposa lograron permanecer allí durante casi una semana, protegidos del gentío que se congregaba todos los días sin falta por un cerco policial.

No obstante, la multitud no tardó en ser demasiado numerosa y los policías demasiado pocos, y tuvieron que sacar al famoso artista francés y a su mujer de la ciudad. Fue entonces cuando comenzaron los disturbios. Ese día murieron casi tantos Regresados como Auténticos Vivos. El encanto de Jean Rideau y el potencial de su arte post mórtem los arrastraron a todos.

Si uno da crédito a los reportajes de las noticias, los desórdenes acontecidos a las afueras de Río cobraron una cuota de cientos de muertos. La mayoría fallecieron cuando la inmensa estampida de personas trataba de escapar del fuego de la policía. A los demás simplemente los mataron las balas de los agentes.

Y cuando todo se hubo calmado, después de que sacaron a Jean Rideau y a su mujer de Río —al tiempo que el Gobierno francés rugía por su regreso—, no se sabía cómo, en algún momento, en medio de toda aquella locura, la mujer de Jean había recibido un golpe en la cabeza y ahora estaba en coma, mientras el mundo seguía gritando porque ella y su marido hicieran algo desconocido, asumieran cierto papel sin revelar, dijeran algo secreto acerca de la vida después de la muerte a través de su arte.

Sin embargo, todo cuanto Jean quería era estar con la mujer que amaba.

El pastor y su diminuta esposa estaban en el sofá viendo la televisión con espacio suficiente para otra persona adulta entre ambos. Él sorbía su café y lo removía de vez en cuando sólo para oír el sonido del tintineo de la cuchara contra la cerámica.

Su mujer estaba sentada con los piececitos recogidos bajo su cuerpo, las manos en el regazo y el cuerpo erguido. Tenía un aspecto muy formal y gatuno. Ocasionalmente levantaba la mano y se la pasaba por el pelo, sin saber realmente por qué.

En el televisor, una presentadora de programas de entrevistas muy famosa hablaba con un ministro de la Iglesia y un científico. La disciplina específica a la que este último se dedicaba no quedó en ningún momento muy definida, pero al parecer el hombre era célebre por un libro que había escrito sobre los Regresados en los primeros tiempos de su aparición.

—¿Cuándo terminará esto? —inquirió la presentadora, aunque no estaba claro a quién dirigía la pregunta.

Tal vez por modestia o tal vez porque simplemente estaba dispuesto a admitir que no sabía la respuesta —por lo menos eso fue lo que pensó el pastor Peters—, el reverendo guardó silencio.

—Pronto —contestó el científico (su nombre había aparecido en la parte inferior de la pantalla, pero el pastor no se molestó en recordarlo). Luego calló, como si una sola palabra fuera suficiente.

—¿Y qué le dice usted a la gente que afirma necesitar una respuesta más específica que ésa? —preguntó a continuación la presentadora, mirando al público del foro y luego a las cámaras con el fin de transmitir la idea de que era una persona cualquiera con la que todos podían identificarse.

—Esta situación no puede durar eternamente —declaró el científico—. En pocas palabras, el número de personas que puede regresar tiene un límite.

—Qué tontería —comentó la mujer del pastor señalando el televisor—. ¿Cómo podemos saber cuánta gente puede volver? —añadió, y sus manos se movieron inquietas en su regazo—. ¿Cómo puede pretender saber algo acerca de esto? Esto es obra de Dios. ¡Y Dios no tiene por qué darnos explicaciones de nada de lo que hace!

El pastor permanecía sentado mirando la pantalla. Su esposa lo miró atentamente, pero no pronunció palabra.

—Esto es ridículo —declaró finalmente.

En el televisor, el reverendo intervino por fin en la conversación, pero lo hizo con cautela.

—Yo creo que lo mejor sería que todos tuviéramos paciencia en estos momentos. Nadie debería pretender nada, pues eso entraña un gran peligro.

—Amén —dijo la mujer del pastor.

—Lo que el reverendo quiere decir —terció el científico, arreglándose la corbata mientras hablaba— es que estos sucesos están más allá del reino de la religión. Tal vez en el pasado, cuando aún soñábamos con espectros y fantasmas, la Iglesia habría tenido poder sobre este asunto. Pero no es ése el caso de los Regresados. Son personas de verdad. Son seres físicos, no fantasmas. Podemos tocarlos. Podemos hablar con ellos. Y ellos, a su vez, pueden tocarnos y contestarnos. —Sacudió la cabeza y se apoyó en el respaldo de la silla con aires de confianza, como si todo aquello fuera parte de un gran plan—. Ahora se trata de una cuestión científica.

La esposa del pastor se sentó más derecha en su extremo del sofá.

—Sólo está intentando alterar a la gente —dijo su marido.

—Eso es precisamente lo que está haciendo —repuso ella—. No entiendo por qué permiten que personas como él salgan en televisión.

—¿Qué tiene usted que decir a eso, reverendo? —inquirió la presentadora.

Se hallaba ahora entre el público, con un micrófono en una mano y un montoncito de tarjetas color azul celeste en la otra. Estaba de pie junto a un hombre alto y corpulento vestido como si acabara de llegar de un viaje muy largo a través de un país muy frío y duro.

—Bueno —replicó el reverendo con calma—, yo objetaría que, en los últimos tiempos, todo lo del mundo físico está enraizado en lo espiritual. Dios y lo sobrenatural son las raíces de las que nace el mundo físico. A pesar de todos sus avances, a pesar de sus muchas disciplinas y teorías, de las alarmas y las luces destellantes y los pitidos de su ejército de tecnología, hoy la ciencia sigue sin dar respuesta a las preguntas más fundamentales: cómo se creó el universo, cuáles son el destino y el objetivo últimos de la humanidad..., como siempre.

—Bueno, ¿y qué tiene Dios que decir al respecto? —gritó el hombre fornido del público antes de que la multitud tuviera tiempo de empezar a aplaudir al reverendo. Agarró la mano de la presentadora y el micrófono al mismo tiempo con una mano grande y rolliza y vociferó su pregunta—: Si está usted diciendo que los malditos científicos no saben nada, ¿qué es lo que sabe usted entonces, reverendo?

El pastor Peters suspiró. Se llevó una mano a la sien y empezó a frotarse la cabeza.

—Ahora se ha metido en un buen embrollo —observó—. Uno y otro se han metido en un lío.

—¿Qué quieres decir? —inquirió su mujer.

No tuvo que esperar mucho para obtener su respuesta.

En el televisor, el foro se había vuelto de repente muy ruidoso. El hombre corpulento le había arrebatado el micrófono a la presentadora y aullaba que ni el reverendo ni el famoso científico valían un rábano porque todo cuanto hacían era prometer respuestas sin aportar nada.

—Cuando llega realmente el momento —bramó el hombre—, ustedes dos no sirven de nada.

El público estalló en un clamor de vítores y aplausos, a los que el tipo robusto respondió lanzando a pleno pulmón una diatriba acerca de que nadie —ni las mentes científicas, ni las iglesias, ni el Gobierno— tenía una respuesta para la marea de Regresados en la que pronto iban a ahogarse los Auténticos Vivos.

—¡Están todos bastante satisfechos quedándose de brazos cruzados y diciéndonos sin cesar que esperemos pacientemente como niños mientras los muertos vivientes nos arrastran a la tumba uno a uno!

—Apágalo —dijo el pastor.

—¿Por qué? —preguntó su esposa.

—Entonces déjalo. —Se puso en pie—. Me voy a mi despacho. Tengo que escribir un sermón.

—Creí que ya lo habías terminado.

—Siempre hay otro que escribir.

—Tal vez podría ayudarte —sugirió su mujer apagando el televisor—. No es necesario que vea esto. Prefiero echarte una mano.

El pastor cogió su café y limpió la mesa allí donde había estado la taza. Movía su gran corpulencia despacio y con gran precisión, como siempre. Su esposa se levantó y se tomó lo que quedaba de su propia taza de café.

—Ese programa me ha dado una idea para un sermón que tú podrías dar advirtiendo a la gente de que no debe dejarse arrastrar al mal camino por falsos profetas. —El pastor gruñó una respuesta evasiva—. Creo que todo el mundo tiene que comprender que esto no está sucediendo de manera accidental —prosiguió su esposa—. Tienen que saber que es parte de un plan. La gente necesita pensar que su vida responde a un proyecto.

—¿Y si me preguntan cuál es ese proyecto? —respondió el pastor sin mirar a su mujer.

Entró en silencio en la cocina. Ella siguió sus pasos.

—Les dices la verdad..., que no lo sabes, pero que estás seguro de que ese plan existe. Eso es lo importante, es lo que la gente necesita.

—La gente está cansada de esperar. Ése es el problema al que todo pastor, ministro, predicador, chamán, sacerdote vudú o comoquiera que lo llames se enfrenta. La gente está cansada de que le digan que hay un plan pero que nadie les diga realmente cuál es.

Se volvió a mirarla. De pronto parecía más pequeña de lo habitual, pequeña y llena de defectos. «Siempre será la viva imagen del fracaso», dijo de pronto la mente del pastor. Esa idea lo paralizó, rompió el hilo de sus pensamientos y lo dejó mudo.

Ella permaneció igualmente callada. Desde que todo ese asunto había empezado, su marido no era el mismo. Algo se interponía últimamente entre ambos. Algo de lo que él no quería hablarle. Algo de lo que no se atrevía a hablar en sus sermones.

—Tengo que poner manos a la obra —dijo el pastor, e hizo ademán de salir de la cocina. Ella se plantó frente a él, una flor frente a una montaña. La montaña se detuvo a sus pies, como había hecho siempre.

—¿Aún me quieres? —preguntó ella.

Él le cogió la mano. Luego se agachó y la besó con dulzura. Tomó el rostro de ella entre sus manos, le acarició los labios con el pulgar y volvió a besarla con un beso largo y profundo.

—Por supuesto que sí —musitó. Y decía la verdad.

Entonces la levantó del suelo con gran ternura y afecto y la apartó a un lado.

Ese día, Harold estaba particularmente malhumorado. Hacía demasiado calor para hacer nada que no fuera morirse, pensó, aunque una muerte no valiera gran cosa en esos tiempos.

Se sentó en la cama con los pies recogidos contra el cuerpo, un cigarrillo sin encender colgando de los labios y una capa absolutamente regular de sudor brillando en la frente. Fuera, en el pasillo, los ventiladores zumbaban, moviendo apenas el aire suficiente para de vez en cuando arrastrar entre crujidos una hoja de papel perdida.

Jacob volvería pronto del aseo y entonces él podría ir al baño. Ya no era seguro dejar las camas sin protección. Sencillamente había demasiada gente que no tenía un lugar donde dormir, y cuando alguien dejaba una cama sin vigilar, aunque no fuera más que un momento, al volver descubría invariablemente que esa noche tendría que dormir en el duro suelo bajo las estrellas.

Las únicas pertenencias que uno tenía eran aquellas a las que podría aferrarse. Harold había tenido suerte porque se había casado con una mujer que iba a visitarlo y que le llevaba una muda de ropa cuando la necesitaba y comida cuando tenía hambre, pero incluso eso estaba comenzando a declinar. Los militares ya no permitían visitas como antes. «Demasiada gente», afirmaban.

No se daban abasto con el número de personas —Regresados o Auténticos Vivos— y, más que eso, tenían miedo de que gente desaprensiva se colara en el interior de la escuela e iniciara una revuelta, como ya había sucedido en Utah. Todavía ahora continuaban refugiados en medio del desierto, con sus armas y sus exigencias de que los pusieran en libertad.

Pero el Gobierno seguía sin tener claro lo que quería hacer con la gente, así que los mantenían allí, rodeados de más soldados de los que el pequeño grupo de rebeldes podía jamás esperar vencer. La situación hacía ya una semana que duraba, y lo único que mantenía a los soldados a raya era la cobertura de la prensa y el recuerdo del incidente de Rochester.

Así que los hombres armados distribuían comida, y los rebeldes —liderados exclusivamente por Auténticos Vivos— seguían la pauta de gritar exigencias de libertad e igualdad de derechos para los Regresados cada vez que salían vacilantes del recinto en que se encontraban para tomar la comida que les llevaban los soldados. Luego volvían tras sus barricadas y retornaban a la vida que ellos y las circunstancias habían fabricado.

Pero a pesar del hecho de que, en comparación con Rochester y la muerte de los soldados alemanes y de aquella familia judía, todo iba como la seda, la Oficina no estaba dispuesta a dejar que las cosas se fueran a pique. Así pues, los niveles de seguridad aumentaron en todo el lugar, y una mano de hierro se abatió sobre ellos y ahora Lucille sólo podía ir a visitar a su marido y a su hijo una vez por semana. Ahora había demasiada gente hacinada en un espacio que nunca había estado pensado para albergarlos, y por el campamento corría el rumor de que se estaban implementando planes para darles a todos más espacio, lo que significaba que, de un modo u otro, iban a trasladar a mucha gente, y Harold no podía ignorar hasta qué punto eso era un mal presagio.

Arcadia se estaba quedando sin agua, aunque no se había agotado aún por completo. Todo estaba racionado. Y aunque tener la comida racionada ya era bastante malo, tener el agua racionada parecía un destino innecesariamente draconiano.

A pesar de que nadie se moría de sed, podían considerarse afortunados si conseguían bañarse cada tres o cuatro días, por lo que aprendieron a mantener la ropa tan limpia como eran capaces.

Al principio, todo les había parecido trivial, divertido incluso. Todos sonreían y comían con los meñiques estirados y servilletas de papel extendidas en el regazo y remetidas en el cuello de la camisa, y siempre que algo se derramaba, todos se ponían a limpiarlo con afectación e importancia. Al principio, todo el mundo temía ser incorrecto, dejar que la situación provocara cambios en quienes eran y en la imagen que daban de sí mismos.

Al principio tenían dignidad. Como si todo aquello fuera a acabar de pronto y fueran a volver a casa al final del día para instalarse cómodamente en el sofá y ver su *reality show* favorito.

Luego, las semanas se alargaron hasta convertirse en un mes entero —ahora ya más de uno— y, sin embargo, nadie estaba en casa tumbado en el sofá viendo la televisión. Y cuando el primer mes pasó y los prisioneros más antiguos asumieron la verdad de que no iban a volver a casa y de que las cosas empeoraban día tras día, todos comenzaron a preocuparse cada vez menos por su apariencia y por cómo los veían los demás.

La Oficina hacía un pésimo trabajo limpiando lo que tanta gente ensuciaba, del mismo modo que no despuntaba en la distribución de la comida y del agua. En la mejor ala de la escuela, los aseos se habían averiado por exceso de uso, pero no por ello la gente había dejado de necesitar ir al baño. A algunos les pareció que era mejor seguir usando los escusados fuera de servicio mientras pudieran soportarlos. Otros simplemente dejaron de preocuparse, y meaban o cagaban dondequiera que podían tener un momento de intimidad. Y había otros que ni siquiera necesitaban intimidad.

Entre todas esas cosas, la frustración estaba apoderándose de las personas. Los Regresados, como el resto de la gente, no tenían gran interés en que los retuvieran contra su voluntad. Se pasaban la vida añorando, deseando volver junto a quienes habían amado o, por lo menos, deseando regresar al mundo de la vida. Y aunque algunos de ellos no tenían exactamente idea de lo que querían o de dónde querían estar, sí sabían que estar retenidos como prisioneros en Arcadia no era lo que deseaban.

Los Regresados estaban empezando a quejarse en el campamento. Estaban comenzando a perder la paciencia.

Si uno observaba con atención, podía prever lo que acabaría sucediendo.

Durante las últimas semanas, todos los días, un poco después de las cinco de la mañana, alrededor de media docena de hombres del pueblo de Arcadia recibían una llamada telefónica de Fred Green. No había cháchara, ni introducción, ni disculpas por despertarlos tan temprano, sólo la voz áspera y desagradable de Fred, que gritaba: «¡Nos vemos allí dentro de una hora! Lleva comida suficiente para resistir toda la jornada. ¡Arcadia nos necesita!».

En los primeros días de protesta, Fred y su equipo se habían mantenido a distancia de los soldados y de la puerta por donde entraban los autobuses cargados de Regresados. Inicialmente no estaban seguros de con quién se suponía que estaban furiosos, si con el Gobierno o con los Regresados.

Sí, los Regresados eran unas cosas horribles, antinaturales, pero ¿acaso no lo era también el Gobierno? Al fin y al cabo, era el Gobierno el que había asumido el control en el pueblo. Era el Gobierno el que había llevado allí a los soldados y a los hombres con traje y a los obreros y a todos los demás.

Protestar era un duro trabajo. Más duro de lo que esperaban. Atravesaban momentos de agotamiento y les dolía la garganta casi constantemente. Pero siempre que un autobús de Regresados llegaba resoplando por la calle de camino a la escuela, Fred y los demás sentían que se les levantaban los decaídos ánimos. Enarbolaban sus pancartas, subían el volumen de sus cansadas voces, agitaban sus carteles y cerraban y blandían los puños.

Cuando llegaban los autobuses, gritaban los eslóganes por la ventana. Cada rebelde iba a lo suyo. «¡Fuera!», chillaban. Y: «¡No los queremos aquí! Váyanse de Arcadia!».

Con el paso de los días, Fred y su equipo se cansaron de gritar desde lejos, de modo que empezaron a salir al paso de los autobuses. Sin embargo, tenían cuidado. Se trataba de manifestar su derecho a la libertad de expresión, de hacer saber al mundo que seguían siendo personas buenas y decentes que no iban a quedarse de brazos cruzados mientras todo se hacía pedazos. No era cuestión de hacerse atropellar y convertirse en mártires. Así que se controlaban hasta el momento en que los autobuses se detenían en la puerta para obtener la autorización antes de entrar en el centro de reclusión. Entonces cruzaban rápidamente la calle con las pancartas en alto, gritando furiosos y esgrimiendo los puños. En una ocasión, alguien llegó incluso a agarrar una piedra y lanzarla, aunque, todo hay que decirlo, tuvo cuidado en no arrojarla donde podía realmente herir a alguien.

No obstante, cada día se volvían un poco más atrevidos.

La segunda semana había cuatro soldados en vez de uno en el puesto de guardia próximo al lugar donde se apostaban Fred y sus seguidores. Estaban ahí, con las armas a la espalda, la expresión adusta, sin perder de vista a los manifestantes pero sin hacer nada para provocarlos.

Cuando llegaban los autobuses cargados de Regresados, los soldados salían de la caseta y formaban una línea frente al lugar donde se hallaban los manifestantes.

Fred Green y los demás se mostraban respetuosos con esa

muestra de autoridad, por lo que gritaban sus eslóganes y aullaban sus condenas desde detrás de los soldados y no los amenazaban en modo alguno. Era una desobediencia civil disciplinada.

Eran justo después de las seis —del día que resultaría ser extraordinario— cuando Fred Green estacionó la camioneta en la entrada para vehículos de la casa de Marvin Parker. El sol apenas acababa de salir.

—Un día más en la brega —le gritó John Watkins. Estaba sentado en su camioneta con la puerta abierta y una pierna colgando fuera de la cabina. Tenía la radio encendida y la música brotaba distorsionada y con un timbre metálico de unos altavoces estropeados. Sonaba una canción sobre una exmujer que no era buena para nada.

—¿Cuántos me he perdido? —inquirió Fred en tono duro y cortante.

Luego bajó de la camioneta agarrando su pancarta. Empezaba el día de mal humor. Ésa había sido para él otra noche agitada, y como sucede a menudo con cierto tipo de hombres, había decidido que estar enojado en general era la mejor manera de lidiar con lo que fuera que sucedía en su corazón y que él no entendía.

—¿Qué pasa contigo? —le preguntó John—. ¿Te encuentras bien?

—Estoy estupendamente —respondió Fred. Adoptó una expresión tensa y se secó el sudor de la frente, sin saber con exactitud cuándo había empezado a sudar—. ¿Han venido muchos autobuses esta mañana?

—Hasta ahora, ninguno —contestó Marvin, acercándose por detrás de él.

Entonces Fred se volvió de golpe, con el rostro colorado.

—Fred, ¿estás bien? —inquirió Marvin.

—Estoy de maravilla —espetó él.

—Yo le pregunté lo mismo —señaló John—. Parece indispuesto, ¿verdad?

—¡Maldita sea! —gritó Fred—. Empecemos de una vez.

Salieron a la calle como todas las mañanas. Ahora no se dedicaban a otra cosa, sólo a esa desobediencia civil de poca monta. Los campos de Fred se estaban llenando de vegetación y el maíz empezaba a pudrirse en la planta. Hacía semanas que no se acercaba al aserradero. Pero nada de eso parecía tener ya importancia. La normalidad que había caracterizado su vida durante años había desaparecido, y él le echaba la culpa a sus malas noches, y achacaba éstas a los Regresados.

Al final llegaron los autobuses y, cada vez que pasaba uno, Fred gritaba: «¡Vuelvan al infierno, monstruos!». Todos los demás siguieron su ejemplo. Ese día, Fred estaba un poco más alterado de lo habitual, con lo cual también ellos se pusieron nerviosos. Gritaban aún más fuerte y hacían ondear los carteles con mucho más fervor, y algunos comenzaron a buscar algo más que piedrecitas que tirar.

Al final, los soldados que estaban de guardia pidieron refuerzos, pues empezaron a tener la impresión de que las cosas se estaban poniendo feas. Uno de los soldados advirtió a Fred y a los demás que se calmaran.

—¡Al diablo con los Regresados! —gritó Fred como respuesta.

El soldado repitió su advertencia, esta vez con voz más severa.

—¡Al diablo con la Oficina! —bramó Fred.

—Es la última vez que se lo digo —amenazó el soldado al tiempo que le mostraba una lata de gas pimienta.

—¡Al diablo contigo! —chilló Fred. A continuación, le escupió al hombre en la cara y la diplomacia se hizo añicos.

Todo empezó cuando Marvin Parker echó a correr y se plantó delante de uno de los autobuses que avanzaban por la calle. Era tal vez la cosa más condenadamente estúpida que había hecho en su vida, pero ahí estaba, en medio de la calle, gritando y agitando su pancarta al tiempo que se negaba a quitarse de en medio. Dos soldados saltaron sobre Marvin y forcejearon con él hasta derribarlo al suelo, pero el hombre era sorprendentemente ágil para su edad y se levantó a toda prisa. El autobús cargado de Regresados frenó con un chirrido frente a la pelea.

Fred y los demás —casi una docena de hombres— cargaron entonces contra el autobús y empezaron a aporrearlo, esgrimiendo sus carteles y gritando y lanzando insultos. Los soldados los agarraban y los jalaban, pero se sentían aún incómodos con la idea de emplear el gas pimienta y asestarle a alguien un puñetazo de verdad. Al fin y al cabo, Fred y su camarilla habían sido inofensivos durante semanas. Los soldados aún estaban tratando de entender qué era lo que había cambiado ese día.

Pero, entonces, Marvin Parker asestó un gancho con la derecha directo a la mandíbula a uno de los soldados y lo dejó inconsciente. Marvin era flaco y desgarbado, pero había boxeado bastante cuando tenía edad para ese tipo de cosas.

Después, todo se convirtió en una confusión de golpes y gritos.

Un par de fuertes brazos rodearon a Fred por la cintura y lo levantaron del suelo. Él trató de rechazar al hombre que lo sujetaba, pero era demasiado fuerte. Se puso a dar patadas como un loco y alcanzó la parte posterior de la cabeza de alguien. La tenaza que le rodeaba la cintura se soltó y Fred fue a parar entre las piernas de un soldado que lo hizo caer de espaldas.

Alguien gritaba «¡Fascistas!» una y otra vez, lo que hacía que toda la bronca resultara aún más surrealista. Los Regresados del autobús miraban por la ventana sin saber exactamente cuánto debía asustarlos todo aquello. Para la mayoría no era la primera vez que se tropezaban con ese tipo de protestas, pero ello no contribuía gran cosa a hacerlo más soportable.

—No se preocupen —les dijo el conductor del autobús—. Llevo semanas viendo a esos tipos ahí fuera. —Frunció el entrecejo—. Son en su mayoría inofensivos —concluyó.

Fred estaba profiriendo insultos y peleando con uno de los jóvenes soldados con el que se había tropezado en un momento dado cuando otras manos comenzaron a jalarlo, acompañadas de la voz de Marvin Parker, que gritaba:

—¡Anda, Fred! ¡Mueve el culo! —A pesar de su pasión, Fred Green y el resto de sus compañeros carecían del entrenamiento y, lo que era más importante, de la juventud de los soldados.

Fred se puso en pie trastabillando y echó a correr. Incluso con toda la adrenalina, estaba agotado. Era demasiado viejo para eso, y no había sido el tipo de confrontación que él pensaba. No se había decidido nada. No se había resuelto nada.

Las cosas habían sucedido muy deprisa y, al no haberse logrado nada, todo parecía decepcionante.

Marvin reía mientras corrían. Obviamente no compartía el agotamiento y la frustración de Fred. Un hilillo de sudor se deslizaba por su sien, pero su rostro largo y delgado estaba radiante de excitación.

—¡Carajo! —gritó—. ¡Fue genial!

Fred miró a su espalda para ver si los soldados los estaban persiguiendo. No era así. Habían tirado al suelo a un par de sus compañeros y los tenían inmovilizados sobre el asfalto. Todos los demás miembros del grupo de Fred corrían detrás de él. Algunos empezaban a mostrar pequeños moretones en la cara pero, dadas las circunstancias, no habían salido malparados.

Volvieron a sus vehículos, todos en desbandada, y arrancaron los motores a toda prisa. Marvin se subió a la camioneta de Fred y ambos abandonaron volando el acceso a la casa de él con un gran chirrido de llantas.

—Probablemente pensarán que hemos aprendido la lección —observó Fred al tiempo que miraba por el retrovisor. Nadie los seguía.

Marvin se echó a reír.

—Bueno, entonces es que no nos conocen, ¿verdad? ¡Mañana volveremos a hacerlo!

—Ya veremos —fue todo lo que dijo Fred. Su mente estaba trabajando—. Creo que se me ha ocurrido algo mejor —declaró—. Algo que quizá te guste incluso más, dado que tú pareces ser el que en mejor forma está de todos nosotros.

—¡Yuju! —gritó Marvin.

—¿Qué tal se te da cortar cercas? —le preguntó Fred a continuación.

A Harold le dolían los pies. Aún sentado en su catre, se quitó los zapatos y los calcetines y se miró los dedos. Algo parecía no ir bien. Los pies le picaban y olían mal, en particular entre los dedos. Pie de atleta, lo más probable. Se los restregó, introdujo entre ellos un dedo de la mano y se rascó y se rascó hasta que empezaron a arderle y notó que entre dedo y dedo había un punto en carne viva.

Pie de atleta, sin lugar a dudas.

—¿Charles? —llamó Patricia al despertar de su sueño desde la cama que había junto a la suya.

—¿Sí? —replicó Harold. Volvió a ponerse los calcetines, pero decidió no calzarse los zapatos.

—Charles, ¿eres tú?

—Soy yo —contestó Harold. Se desplazó hasta el borde del catre y le dio unas palmaditas en el hombro para despertarla del todo—. Levántate —le dijo—. Estás soñando.

—Oh, Charles —se lamentó ella, con una única lágrima rodando por el rostro mientras se sentaba—. Ha sido terrible. Absolutamente terrible. Todo el mundo estaba muerto.

—Bueno, bueno —dijo Harold. Se levantó de la cama y se acomodó a su lado. Un chiquillo de aspecto desaliñado que pasaba frente a la puerta por casualidad echó un vistazo al interior, vio la cama vacía de Harold e hizo ademán de ir hacia ella—. Es mía —saltó él—. Y la de al lado también lo es.

—No puede tener usted dos camas, señor —protestó el muchacho.

—Y no las tengo —contestó Harold—. Pero estas tres camas pertenecen a mi familia. Ésa es mía y la de al lado es la de mi hijo.

El chico miró a Harold y a la anciana negra con desconfianza.

—Entonces, ¿ésa es su mujer?

—Sí —respondió Harold.

El muchacho permaneció allí plantado.

—Charles, Charles, Charles —terció Patricia, palmoteando el muslo de Harold—. Tú sabes lo mucho que te quiero, ¿verdad? Claro que lo sabes. ¿Cómo está Martin? —Miró al chiquillo de pie en la puerta—. Martin, cielo, ¿dónde has estado? Ven aquí, cariño, y deja que te dé un abrazo. Has estado fuera mucho tiempo. Ven a darle un beso a tu madre. —Hablaba despacio y sin expresión, sin la más mínima inflexión, lo que hacía sus palabras aún más inquietantes.

Harold sonrió y le cogió la mano. No sabía con seguridad hasta qué punto estaba lúcida en ese preciso momento, pero no tenía importancia.

—Estoy aquí, tesoro —dijo, y le besó tiernamente la mano. Luego miró al muchacho—. Ahora vete —le ordenó—. ¡Que nos tengan aquí encerrados como animales no significa que tengamos que comportarnos de ese modo!

El chico dio media vuelta y salió a toda prisa por la puerta, volviendo la cabeza a derecha e izquierda mientras andaba, buscando ya otra cama vacía de la que apropiarse.

Harold soltó un bufido.

—¿Qué tal lo hice? —inquirió Patricia con una suave risita.

Él le oprimió la mano.

—De maravilla.

Harold regresó a su catre, aún vigilando de vez en cuando por encima del hombro para asegurarse de que nadie se acercaba sigilosamente para llevarse la cama de Jacob.

—No tienes por qué darme las gracias, Charles.

Él trató de sonreír.

—¿Quieres un caramelo? —le preguntó ella de pronto, palpándose los bolsillos del vestido—. Veré si puedo encontrarte uno aquí —dijo.

—No te preocupes —replicó Harold—. No tienes ninguno.

—A lo mejor sí —insistió ella, adoptando una expresión decepcionada al comprobar que se había equivocado. Sólo estaba rodeada de bolsillos vacíos.

Harold se tumbó en su cama y se secó el sudor de la frente. Era el mes de agosto más espantoso de los últimos tiempos.

—Nunca tienes caramelos —señaló.

La mujer se acercó y se sentó a su lado en la cama con un gemido.

—Ahora vuelvo a ser Marty —dijo Harold.

—No empieces a lloriquear. Te compraré unos cuantos cuando vuelva a ir al pueblo. Pero no puedes portarte así de mal. Tu padre y yo te hemos educado mejor. Te comportas como un chiquillo malcriado, y no te lo consentiré.

Harold se había acostumbrado a esa reciente senilidad suya. La mayoría de las veces era Jacob quien representaba el papel de su Marty. Pero, de vez en cuando, a la mujer se le cruzaban los cables un poco más de lo habitual y, sin previo aviso, Harold se descubría de pronto en el escenario teatral de su mente haciendo de su hijo, el cual, calculaba él, debía de tener alrededor de siete años más o menos.

No obstante, eso no le hacía mal a nadie, ni había alternativa. De modo que Harold simplemente cerraba los ojos —incluso con su desagradable temperamento— y dejaba que la mujer lo arrullara cariñosamente diciéndole que debía aprender a comportarse mejor.

Trató de permanecer tranquilo durante un tiempo, pero le resultaba difícil porque no podía dejar de pensar en Jacob. El pequeño se había marchado para ir al baño hacía ya un rato y aún no había regresado. Harold se dijo que no había nada de que preocuparse, y luego enumeró todas las razones por las que no debía ponerse furioso.

Razones como el hecho de que probablemente no se había ido hacía tanto tiempo como él creía. El tiempo era algo difícil de apreciar por aquel entonces y, como hacía años que no llevaba reloj —rara vez tenía que ir a algún sitio—, no estaba bien preparado para medir cuánto hacía que su hijo se había ido, así que su mente se había puesto a decidir, motu proprio, cuánto era demasiado tiempo.

Se incorporó en la cama y miró en dirección a la puerta, como si mirándola con la intensidad suficiente Jacob fuera a entrar por ella. Continuó mirando unos instantes, pero el chiquillo siguió sin aparecer.

A pesar de que llevaba cincuenta años sin practicar, Harold seguía siendo un padre. Su mente recorrió todos los lugares que pasan por la mente de un padre.

Su imaginación comenzó con que Jacob usaba el baño —aunque la mayoría de los escusados estaban averiados, la gente seguía yendo allí cuando tenía necesidad— y se entretenía por el camino a hablar con alguien. Luego la situación hipotética de la mente de Harold se reinició y Jacob abandonó el baño y uno de los soldados le marcó el alto. El soldado le pidió al chiquillo que lo acompañara. Jacob protestó y el soldado lo agarró por la cintura y se lo cargó sobre los hombros... mientras Jacob no paraba de chillar y llamar a su padre.

«No», se dijo. Sacudió la cabeza y se recordó que no era ése el caso. No era posible, ¿verdad?

Salió al pasillo, mirando a derecha e izquierda a la gente que iba y venía. Había más que el día anterior, pensó. Volvió la vista atrás para mirar a la señora Stone, aún dormida en el camastro. Luego miró los dos colchones vacíos.

Si se marchaba, quizá no seguirían ahí cuando volviera.

Pero, entonces, la imagen del soldado que se llevaba a Jacob cargado sobre los hombros asaltó su mente y Harold decidió que era un riesgo que valía la pena correr.

Se internó rápidamente en el pasillo, esperando que nadie hubiera visto exactamente de qué habitación había salido. Se tropezó con gente aquí y allá a lo largo del camino y no pudo evitar admirarse de la enorme diversidad que reinaba en el campamento en esos momentos. Aunque todos eran norteamericanos, parecían proceder de todas partes. Harold no lograba recordar la última vez que había recorrido una distancia tan corta y se había topado con tantos acentos distintos.

Cuando se aproximaba al baño, vio a un soldado que caminaba con la espalda erguida y los ojos atentamente concentrados en lo que tenía delante, como si algo importante estuviera sucediendo frente a él.

—¡Eh! —lo llamó Harold—. ¡Eh!

El soldado, un muchacho pelirrojo con un grave caso de acné, no lo oyó. El anciano logró agarrarlo del brazo antes de que pasara.

—¿En qué puedo ayudarlo? —preguntó el chico en tono apurado. El nombre que constaba en su uniforme era «Smith».

—Eh, Smith —dijo Harold, tratando de parecer a la vez simpático y preocupado. No había necesidad de ponerse desagradable en ese preciso momento—. Perdone —se disculpó—, no quería agarrarlo de ese modo.

—Llego tarde a una reunión, señor —explicó Smith—. ¿Qué puedo hacer por usted?

—Estoy buscando a mi hijo.

—Y probablemente no sea usted el único —replicó el joven con idéntico tono de crispación en la voz—. Hable con la policía militar. Tal vez ellos puedan echarle una mano.

—Maldita sea, ¿por qué no puede ayudarme? —enderezó la espalda. Smith era alto y musculoso, la juventud en su estado más refinado y viril.

El joven soldado miró al viejo con los ojos entornados, examinándolo de la cabeza a los pies.

—Sólo necesito un poco de ayuda para encontrarlo —terció Harold—. Se fue al baño hace un rato y...

—¿Y no estaba en el baño?

—Bueno. —Harold hizo una pausa, percatándose de que hacía mucho que no actuaba de una manera tan irracional—. De hecho, no he llegado hasta allí —repuso por fin.

Smith dejó escapar un suspiro de irritación.

—Siga con lo suyo —dijo Harold—. Lo encontraré.

El soldado no esperó a que Harold cambiara de opinión. Se volvió y echó a andar a toda prisa por el pasillo avanzando con rapidez entre la multitud, como si no estuviera ahí.

—Cabrón —dijo Harold para sí. Aunque sabía que Smith no había hecho nada malo, insultarlo le hacía sentirse mejor.

Justo en el momento en que llegaba al baño, Jacob salía de él. Tenía el pelo y la ropa algo desordenados y la cara colorada.

—Jacob, ¿qué pasó? —quiso saber su padre.

El chico abrió unos ojos como platos. Empezó a meterse la camisa por dentro de los pantalones y a tratar de arreglarse el pelo.

—Nada —respondió.

Harold se puso en cuclillas y le levantó la barbilla, inspeccionando atentamente su rostro.

—Te has estado peleando —observó.

—Empezaron ellos.

—¿Quiénes?

Jacob se encogió de hombros.

—¿Siguen ahí dentro? —preguntó Harold mirando hacia el baño.

—No —contestó el muchacho—. Se fueron.

Harold suspiró.

—¿Qué pasó?

—Fue porque nosotros tenemos nuestra propia habitación.

Harold se levantó y miró a su alrededor, esperando que los chicos implicados, cualesquiera que fueran, estuvieran aún por allí. Estaba furioso consigo mismo por habérselo perdido, aunque una parte de él estaba curiosamente orgullosa de que su hijo hubiera estado envuelto en una pelea. (Ya había sucedido una vez en el pasado, cuando Jacob acababa de cumplir los siete y se había peleado a puñetazo limpio con el chico de los Adams. En aquella ocasión, Harold había estado presente. Incluso había sido quien había puesto fin a la riña. Y hasta el día de hoy sentía una leve punzada de culpa por que Jacob hubiera salido vencedor.)

—Gané yo —señaló Jacob con una sonrisa.

Harold se volvió para evitar que su hijo lo viera sonreír.

—Vamos —dijo—. Ya hemos tenido bastantes aventuras por hoy.

Por suerte, cuando llegaron al aula de arte, nadie les había quitado los colchones. La anciana dormía en su camastro.

—¿Va a venir hoy mamá?

—No —respondió Harold.

—¿Y mañana?

—Probablemente no.

—¿Pasado mañana?

—Sí.

—¿Dentro de dos días, entonces?

—Sí.

—Bueno —asintió Jacob. Se puso de pie en la cama, se sacó un trocito de lápiz del bolsillo e hizo dos marcas sobre su catre.

—¿Hay algo que quieras que te traiga?

—¿Te refieres a comida?

—Me refiero a cualquier cosa.

El chiquillo se quedó un momento pensativo.

—Otro lápiz. Y un poco de papel.

—De acuerdo, parece razonable. Quieres dibujar algo, me imagino.

—Quiero escribir unos cuantos chistes.

—¿Qué?

—Ya le conté los que sé a todo el mundo.

—Ah. Bueno —suspiró Harold con suavidad—, eso nos pasa a los mejores de nosotros.

—¿Tienes chistes nuevos que puedas enseñarme?

Harold negó con la cabeza. Era como la octava vez que el chico le pedía esa nimiedad, y era como la octava vez que Harold se la negaba.

—¿Marty? —dijo la anciana, que volvía a soñar.

—¿Qué le pasa? —preguntó Jacob, observando a Patricia.

—Está un poco confusa. Sucede a veces cuando la gente se hace vieja.

Jacob miró a la mujer, luego a su padre, y de nuevo a la mujer.

—A mí no me pasará —le aseguró Harold.

Eso era lo que el chiquillo quería oír. Se acercó al extremo de su cama y se sentó con los pies colgando fuera del borde, casi tocando el suelo. Se tumbó sobre su espalda y se quedó mirando al pasillo mientras la aglomeración de gente iba y venía como una gran masa desaliñada.

En las últimas semanas, el agente Bellamy parecía cada vez más abrumado por su situación en la vida, fuera cual fuese exactamente esa situación. Harold y él habían dejado de celebrar sus entrevistas bajo el calor sofocante del edificio de la escuela, donde no había aire acondicionado ni brisa alguna, sino sólo el hedor que emanaba un número excesivo de personas confinado en un espacio demasiado reducido.

Ahora las celebraban al aire libre, jugando a la herradura bajo el calor insoportable de agosto, donde no había aire acondicionado ni brisa alguna, sino sólo el peso de la humedad, que era como un puño que te oprimía los pulmones.

Un gran paso adelante.

Harold se había percatado de que Bellamy estaba cambiando. Una barba dispersa estaba tratando de establecerse en su rostro y tenía los ojos desacostumbradamente cansados y enrojecidos, como los de alguien que acaba de llorar o que, por lo menos, no ha dormido durante largos períodos de tiempo. Sin embargo, Harold no era uno de esos hombres que le preguntan a otro hombre ese tipo de cosas.

—Bueno, ¿qué tal va todo entre Jacob y usted últimamente? —inquirió Bellamy. La pregunta concluyó con un pequeño gruñido, y el agente de la Oficina balanceó el brazo y dejó volar la herradura. Ésta quedó suspendida en el aire y luego golpeó el suelo con un ruido sordo, errando la estaca y sin merecerle ningún punto.

No era un mal campo para jugar a la herradura, simplemente un área despejada situada en la parte posterior de la escuela entre los senderos que la Oficina había trazado para facilitar la entrada en el campamento a los recién llegados.

El lugar volvía a estar abarrotado y el campamento incluso se estaba extendiendo fuera de la escuela e invadiendo el propio pueblo. Justo cuando la gente lograba adaptarse al ritmo de vida, justo cuando conseguían su propio sitio para vivir en la ciudad, ya fuera una tienda plantada en uno de los jardines, ya, si tenían suerte, refugiados en una de las casas del pueblo que la Oficina estaba utilizando para hacer frente a la necesidad, llegaba más gente. La situación se volvió más tensa. Más complicada.

Hacía tan sólo una semana, uno de los soldados se había visto implicado en una pelea con uno de los Regresados, aunque nadie logró saber con exactitud por qué había sido. Lo único en lo que todo el mundo estaba de acuerdo era que había sido por un motivo trivial, pero el soldado había acabado con la nariz ensangrentada y el Regresado con un ojo morado.

Algunos estaban seguros de que aquello no era más que el comienzo.

Pero Harold y el agente Bellamy se mantenían al margen de esa clase de cosas. Sólo las veían suceder a su alrededor e intentaban no verse arrastrados por ellas. Y jugar a la herradura ayudaba.

A menudo, mientras estaban los dos solos jugando a su juego, veían pasar a Regresados y Auténticos Vivos escoltados por soldados, uno detrás de otro, con aire sombrío y asustado.

—Vamos bien —manifestó Harold. Le dio una fumada al cigarrillo, plantó los pies y tiró. La herradura tintineó contra la estaca de metal.

En lo alto, brillaba el sol y el cielo estaba azul y despejado. Era muy bonito, pensaba a veces Harold, creer que el joven de la Oficina y él no eran más que un par de amigos que hacían pasar una tarde de verano. Entonces cambiaba el viento y el hedor del campamento los envolvía y traía consigo pensamientos sobre el triste estado de su entorno, pensamientos sobre el triste estado del mundo.

Ahora le tocaba el turno a Bellamy. Volvió a errar el tiro y no consiguió ningún punto. Se quitó la corbata justo cuando escoltaban a un pequeño grupo de Regresados por el sendero que unía la oficina de procesamiento con la parte principal de la escuela.

—No creería usted algunas de las cosas que suceden ahí fuera —comentó una vez el desfile hubo pasado.

—Apenas si puedo creer lo que sucede aquí dentro —repuso Harold—. En cuanto a lo que sucede ahí fuera, quizá lo creería más si tuviéramos un televisor y nos permitieran verlo. —Harold le dio una chupada al cigarrillo—. Dedicar la vida a chismes y rumores no es una manera de estar informado. —Lanzó su herradura, que aterrizó a la perfección.

—Eso no lo decidí yo —replicó Bellamy con ese acento neoyorquino suyo. Los dos hombres echaron a andar para ir a recoger sus herraduras. Harold llevaba siete puntos de ventaja—. Fue el coronel quien lo dispuso —añadió Bellamy—. Y, con bastante franqueza, no puedo asegurar siquiera que fuera decisión suya. Fueron esos funcionarios electos de Washington quienes determinaron quitar los televisores y los periódicos de los centros. A mí no me pagan lo bastante para eso.

—Bueno —replicó Harold. Recogió sus herraduras, dio media vuelta y efectuó su lanzamiento. Acertó el tiro—. Qué práctico resulta eso, ¿no? —observó—. Y ahora me imagino que a continuación me dirá que ni siquiera fue culpa de los políticos. Fue el pueblo norteamericano. Al fin y al cabo, fueron ellos quienes los votaron. Fueron ellos quienes los pusieron ahí para que tomaran ese tipo de decisiones. No supone ninguna responsabilidad por su parte, ¿verdad? Usted sólo es una pieza de una máquina mucho mayor.

—Sí —respondió Bellamy sin comprometerse—, algo así. —Lanzó y ensartó por fin la herradura en la estaca. Gruñó una modesta celebración.

Harold meneó la cabeza.

—Todo esto va encaminado a causar conflictos —declaró.

Bellamy no contestó.

—¿Y cómo sigue ese coronel?

—Muy bien. Estupendamente.

—Qué lástima tan grande lo que le pasó. Lo que casi le pasó, quiero decir. —Le tocó el turno a Harold. Otro lanzamiento perfecto. Más puntos.

—Sí —coincidió Bellamy—. Aún no puedo comprender cómo llegó esa serpiente a su habitación. —Lanzó y falló, aunque en parte porque le había entrado la risa.

Siguieron jugando en silencio durante un rato, simplemente

viviendo bajo el sol como el resto del mundo. A pesar de que ahora había en Arcadia más gente de la que debería, más gente de la que el agente Bellamy podría jamás esperar entrevistar o aconsejar —cosa que se había convertido en su tarea principal ahora que el coronel estaba a cargo de la seguridad y del funcionamiento general del campamento—, nunca faltaba a sus citas con Harold. Había dejado de entrevistar a Jacob.

—Hábleme de la mujer —le pidió Harold al cabo de un rato. Lanzó. No estuvo mal, pero tampoco fue un lanzamiento perfecto.

—Me temo que tendrá que ser más específico.

—De la anciana.

—Aún no tengo del todo claro de quién me está usted hablando. —Bellamy lanzó y erró la estaca por kilómetros—. Resulta que hay muchas mujeres ancianas en este mundo. Circula por ahí una teoría que dice que después de una existencia lo suficientemente larga todas las mujeres se convierten en ancianas. Es un pensamiento realmente revolucionario.

Harold se echó a reír.

Bellamy tiró y soltó un silbido al ver que la herradura se desviaba esta vez muchísimo más que la anterior. Acto seguido echó a andar hacia el otro extremo del campo de juego sin esperar a su oponente. Se dobló las mangas de la camisa. Sin embargo, de un modo u otro, a pesar de todo el calor y de la humedad, no sudaba.

Tras quedarse mirándolo unos instantes, Harold acabó yendo tras él.

—De acuerdo —dijo Bellamy—. ¿Qué le gustaría saber?

—Bueno, me dijo usted que una vez tuvo una madre. Hábleme de ella.

—Era una mujer muy buena. Yo la quería. ¿Qué más hay que decir?

—Creía que había dicho usted que no había regresado.

—Exacto. Mi madre sigue muerta.

Bellamy se miró las piernas. Se sacudió una mancha de polvo de los pantalones y miró las pesadas herraduras que sujetaba fuertemente en la mano. Estaban asquerosas. Sus manos estaban asquerosas. Entonces vio que no sólo tenía una mancha de polvo en el pantalón del traje. El pantalón estaba enteramente cubierto de polvo y suciedad. ¿Cómo no se había dado cuenta?

—Murió despacio —dijo al cabo de un instante.

Harold le dio en silencio una fumada a su cigarrillo. Los soldados acompañaban a otro grupo de Regresados por el pasillo próximo al lugar donde ambos hombres seguían jugando. Los Regresados miraron al viejo y al agente.

—¿Alguna otra pregunta? —inquirió Bellamy al final.

Enderezó la espalda ignorando el estado mugriento de su traje, alargó el brazo, se balanceó y lanzó la herradura. Erró por completo el tiro.

John Hamilton

John permaneció esposado entre un par de imponentes soldados todo el tiempo que los dos hombres que había en la oficina estuvieron discutiendo.

El hombre negro del traje elegante —Bellamy, se llamaba, recordó de pronto— estaba terminando su entrevista cuando el coronel Willis entró en la estancia con los dos corpulentos soldados, que esposaron a John de inmediato. Luego el grupo atravesó a buen paso el edificio de camino a la oficina del coronel, como si acabaran de atrapar a alguien copiando en el examen de matemáticas.

—¿Qué pasa? —le preguntó John a uno de los soldados. Ellos lo ignoraron cortésmente.

Bellamy entró entonces en la oficina del coronel andando deprisa y sacando mucho pecho.

—Suéltenlo —les gritó a los soldados, quienes se miraron el uno al otro—. De inmediato —añadió.

—Hagan lo que dice —les indicó el coronel.

Cuando le hubieron quitado a John las esposas, Bellamy lo ayudó a ponerse en pie y lo condujo fuera de la oficina.

—Asegúrese de que nos entendemos —advirtió el coronel antes de que volvieran la esquina.

Bellamy dijo algo en voz baja.

—¿Hice algo malo? —inquirió John.

—No. Venga conmigo.

Abandonaron el edificio y salieron a la luz del sol. La gente iba y venía como hormigas bajo las nubes y el viento.

—¿Qué pasa? ¿Qué hice? —preguntó John.

Al cabo de poco tiempo llegaron hasta un soldado alto y desgarbado con el cabello rojo y pecas.

—¡No! —prorrumpió el hombre con voz dura y ronca al ver a Bellamy y a John acercarse.

—El último —dijo Bellamy—. Tienes mi palabra, Harris.

—Su palabra no me importa una mierda —replicó el soldado—. No podemos seguir haciendo esto. Nos van a pescar.

—Ya lo hicieron.

—¿Qué?

—Nos pescaron, pero no pueden probar nada. Así que éste es el último —dijo Bellamy señalando a John.

—¿Puedo preguntar de qué están hablando? —inquirió éste.

—Vaya con Harris —contestó el agente Bellamy—. Él lo sacará de aquí.

Se metió la mano en el bolsillo y sacó un montón de billetes doblados.

—Es todo lo que me queda, de todos modos —señaló—. Éste es el último, me guste o no.

—Mierda —dijo Harris. Era evidente que no quería hacerlo, pero obviamente tampoco quería rechazar el sudado montón de dinero. Miró a John—. ¿El último?

—El último —repuso Bellamy, embutiendo el dinero en la mano del soldado. Luego le dio una palmadita a John en el hombro—. Vaya con él —le dijo—. Habría hecho más si hubiera tenido más tiempo —añadió—. Por ahora, todo cuanto puedo hacer es sacarlo de aquí. Trate de ir a Kentucky. Es más seguro que la mayoría de los lugares. —Entonces se fue, y la luz del sol veraniego lo envolvió.

—¿Qué pasó? —le preguntó John a Harris.

232

—*Probablemente acabe de salvarle la vida —respondió el solda-do—. El coronel cree que estaban a punto de proponerle un trato.*

—*¿Quién iba a proponerme un trato? ¿Para hacer qué?*

—*Al menos, de este modo —replicó Harris mientras contaba el fajo de billetes que tenía en la mano—, no estará usted aquí, pero seguirá con vida.*

CATORCE

Harold estaba sentado en su cama mirándose los pies y mostrándose cascarrabias en general.

Maldito agosto.

Maldita tos.

Jacob y Patricia Stone dormían en sus respectivos catres. La frente de Jacob brillaba a causa del sudor; la de la anciana, en cambio, estaba seca (por algún motivo, siempre se quejaba de que tenía frío, a pesar del modo en que la humedad lo empapaba todo como una toalla mojada).

Por la ventana situada encima de su cama, Harold oía a la gente hablar e ir de un sitio a otro. Algunos eran soldados, pero la mayoría no. Los internos de esa prisión habían rebasado hacía tiempo el número de cuidadores. En esos momentos, probablemente había en la escuela miles de personas, pensó. Era difícil llevar la cuenta.

Al otro lado de la ventana, un par de hombres hablaban en voz queda. Harold contuvo el aliento y pensó en ponerse en pie para oír mejor, pero finalmente decidió no hacerlo, recelando de la robustez de la cama. De modo que simplemente escuchó sin captar gran cosa aparte de los sonidos de frustración y los murmullos.

Harold se movió sobre el lecho. Se puso en pie y levantó la vista hacia la ventana con la esperanza de oír un poco más de la conversación, pero aquellos malditos ventiladores seguían zumbando en el pasillo como un millón de abejas gigantes.

Deslizó en los zapatos sus pies atormentados por el picor y se dispuso a entrar en la escuela.

—¿Qué pasa? —inquirió a su espalda una voz desde la penumbra. Era Jacob.

—Sólo voy a dar una vuelta —respondió su padre en voz baja—. Acuéstate y descansa un poco.

—¿Puedo ir contigo?

—Volveré enseguida —contestó Harold—. Además, necesito que cuides de nuestra amiga. —Señaló con la cabeza a Patricia—. No se le puede dejar sola. Y a ti tampoco.

—No se enterará —insistió Jacob.

—¿Y si se despierta?

—¿Puedo ir contigo? —repitió el chiquillo.

—No —dijo Harold—. Necesito que te quedes aquí.

—Pero ¿por qué?

Desde el exterior de la escuela llegaba el ruido de unos vehículos pesados que avanzaban por la carretera, el sonido de los soldados, del tintineo de sus armas.

—¿Marty? —llamó la anciana, tanteando el aire con las manos al despertarse—. Marty, ¿dónde estás? —gritó.

Jacob la miró. Luego volvió a mirar a su padre. Harold se pasó la mano por la boca y se lamió los labios. Se palpó el bolsillo pero no encontró ningún cigarrillo.

—Bueno —dijo, tosiendo ligeramente—. Me imagino que si estamos todos destinados a estar levantados podemos muy bien irnos como un equipo. Traigan lo que no quieran que les roben —indicó—. Es más que probable que ésta sea la última vez que podamos dormir aquí dentro. Cuando volvamos, seremos unos sin techo. O sin cama, supongo.

—Oh, Charles —dijo la anciana. Se sentó sobre su catre y deslizó los brazos en un saco de escaso grosor.

Antes de que volvieran la primera esquina, un grupo de gente entró en la ahora desocupada aula de arte y comenzó a instalarse.

Lograr que vivieran en el aula de arte y no estuvieran tan apretados como los demás era lo mejor que Bellamy había podido hacer por Harold, Jacob y la señora Stone. Bellamy y Harold no habían hablado nunca de ello, pero Harold era lo bastante listo como para saber a quién tenía que agradecérselo.

Ahora que se alejaban de allí, que se dirigían a lo desconocido, no pudo evitar preguntarse si no estaría cometiendo algún tipo de traición.

Pero ya no tenía remedio.

En el exterior, el aire era denso y húmedo. Por el este, el cielo comenzaba a teñirse con la luz del amanecer. Harold se dio cuenta de que ya era el día siguiente. Había estado despierto toda la noche.

Por todas partes había camiones y soldados que gritaban instrucciones. Jacob alargó el brazo y se agarró a la mano de su padre. La anciana se acercó también más a ellos.

—¿Qué está pasando, Marty?

—No lo sé, cariño —respondió Harold. Ella ensartó su brazo en el de él con un ligero temblor—. No te preocupes —la tranquilizó él—. Yo cuidaré de ustedes dos.

Cuando el soldado se acercó, Harold se fijó en lo joven que era, incluso a la primera luz del día. Apenas habría cumplido los dieciocho.

—Vengan conmigo —les ordenó el muchacho.

—¿Por qué? ¿Qué pasa?

Harold estaba preocupado por si estallaba una revuelta. En las últimas semanas una presión había estado germinando en Arcadia. Demasiada gente retenida en un espacio demasiado pequeño. Demasiados de los Regresados querían volver a sus vidas de antes. Demasiados de los Auténticos Vivos estaban hartos de ver que a los Regresados los trataban como criaturas en lugar de como personas. Demasiados soldados atrapados en medio de algo que los superaba. Que aquello podía terminar mal de repente le parecía a Harold una conclusión inevitable.

Sólo se puede confiar en que la gente soporte una sola cosa durante tanto tiempo.

—Por favor —dijo el soldado—, vengan conmigo. Estamos trasladando a todo el mundo.

—¿Adónde nos trasladan?

—A pastos más verdes —respondió.

En ese preciso momento, de la puerta por la que se accedía a la escuela llegó el sonido de alguien que gritaba. Harold creyó reconocer la voz. Todos se volvieron y, a pesar de que estaba algo lejos y de que la luz de la mañana era aún escasa, Harold distinguió a Fred Green encarado a uno de los guardias de la puerta principal. Estaba gritando y apuntaba con el dedo como un demente, obteniendo, al parecer, toda la atención que podía.

—¿Quién demonios es? —quiso saber el soldado que estaba con Harold.

El anciano suspiró.

—Fred Green —dijo—. Problemas a la vista.

Apenas acababa de pronunciar esas palabras cuando lo que parecía una turba salió disparada del edificio de la escuela.

Eran entre veinticinco y treinta personas, calculó Harold, que corrían y gritaban, algunas dando empujones para apartar a los soldados de su camino. Tosían y gritaban. Una humareda densa y blanca comenzaba a brotar como una nube por la puerta y algunas de las ventanas.

Al final de la multitud, en la dirección de la que procedían el humo y los gritos, aproximándose a la puerta de la que todo el mundo salía en desbandada, una voz amortiguada gritaba: «¡Defendemos a los vivos!».

—Diablos —dijo Harold, volviendo a mirar hacia la puerta de acceso. Los soldados corrían mientras todo el mundo intentaba comprender qué estaba pasando.

Fred Green había desaparecido.

Probablemente todo aquello era obra suya, pensó Harold.

De pronto, Marvin Parker surgió de la escuela entre la nube de humo. Llevaba botas de trabajo, máscara antigás y una camiseta que decía Váyanse de Arcadia escrito con lo que parecía tinta de rotulador. Lanzó una pequeña lata de metal verde al suelo en dirección a la puerta de la escuela. Al cabo de un segundo, la lata emitió un estallido y empezó a desprender un humo blanco. «¡Defendemos a los vivos!», gritó una vez más, con la voz algo distorsionada por la máscara antigás.

—¿Qué pasa? —preguntó la señora Stone.

—Ven por aquí —respondió Harold, apartándola de la masa de gente.

El joven soldado que acababa de hablar con ellos ya había salido corriendo en dirección a la multitud con el fusil en ristre, gritándoles a todos que volvieran.

Un par de soldados derribaron a Marvin Parker. Toda la consideración que normalmente podrían haber mostrado hacia el viejo había desaparecido. Él trató de golpearlos, incluso le encajó un fuerte puñetazo a uno de ellos, pero ahí quedó todo. Lo agarraron por las piernas y aterrizó en el suelo con un espantoso crujido, seguido de un grito sofocado de dolor.

No obstante, ya era demasiado tarde para detener lo que estaba sucediendo. Estaban ya todos encendidos. Los Regresados habían estado soportando la presión en la escuela durante demasiado tiempo. Estaban hartos de que los retuvieran allí, lejos de sus seres queridos. Estaban hartos de que los trataran como Regresados y no como personas.

Empezaron a volar piedras y lo que parecían botellas de cristal.

Harold vio una silla —probablemente procedente de una de las aulas— surcar el cielo matutino y aterrizar violentamente contra la cabeza de un soldado, que se precipitó al suelo mientras se agarraba el casco con las manos.

—¡Santo Dios!—exclamó la señora Stone.

Finalmente los tres lograron refugiarse detrás de uno de los camiones al otro lado del patio. Mientras corrían, Harold sólo oía chillidos e insultos a su espalda. Esperaba el sonido de los disparos, esperaba que estallaran los gritos.

Levantó a Jacob del suelo y lo rodeó firmemente con un brazo. Con el otro, atrajo a la señora Stone junto a su cuerpo. La anciana lloraba quedamente y repetía «Santo Dios» una y otra vez.

—¿Qué pasa? —preguntó Jacob, lanzando su cálido aliento contra el cuello de Harold. Su voz estaba impregnada de terror.

—No pasa nada —lo tranquilizó su padre—. Pronto habrá terminado. La gente sólo está asustada. Asustada y frustrada. —Empezaron a arderle los ojos y sintió un cosquilleo en la garganta—. Cierren los ojos y contengan el aliento —les dijo.

—¿Por qué? —inquirió Jacob.

—Haz lo que te digo, hijo —repuso él con voz enojada sólo para disimular el miedo que sentía.

Buscó a su alrededor un lugar donde pudiera llevarlos, un lugar donde estuvieran a salvo, pero temía lo que podía suceder si uno de los soldados los tomaba por algunos de los amotinados. Algo que nunca habría creído que pudiera suceder allí, algo que sólo pasaba en la televisión, en las ciudades superpobladas donde habían tratado de manera injusta a demasiada gente.

El olor a gas lacrimógeno se hizo más fuerte. Olía fatal. Harold estaba empezando a moquear y no podía dejar de toser.

—¿Papá? —dijo Jacob, asustado.

—No pasa nada —lo tranquilizó él—. No hay nada que temer.

Todo estará bien. —El anciano miró desde la esquina del camión tras el que se ocultaban.

Una gruesa columna de humo de color blanco malvavisco brotaba de la escuela, hinchándose y ascendiendo hacia el cielo matutino. Sin embargo, el ruido de la lucha había empezado a amainar. Se oía mayormente sólo el sonido de docenas de personas que tosían. De vez en cuando, se oía llorar a alguien en el interior de la nube.

La gente emergía de la humareda caminando a ciegas, con los brazos extendidos al frente mientras tosían. Los soldados permanecían donde el humo no podía alcanzarlos, aparentemente satisfechos con dejar que éste hiciera el trabajo preliminar de tranquilizar a todo el mundo.

—Casi ha terminado —señaló Harold.

Entonces divisó a Marvin Parker. Estaba en el suelo, boca abajo. Le habían quitado la máscara antigás. No se parecía en nada a como lo recordaba. Sí, seguía siendo alto, pálido y delgado, con profundas arrugas alrededor de los ojos y aquel cabello rojo fuego suyo, pero parecía más duro, más frío. Incluso sonreía mientras lo esposaban con las manos a la espalda.

—Esto no ha terminado —gritó con expresión tensa y cruel y los ojos lacrimosos a causa del gas.

—Santo Dios —repitió la señora Stone una vez más. Se agarró con fuerza al brazo de Harold—. ¿Qué le ha pasado a la gente? —preguntó.

—Todo estará bien —repuso él—. Yo me encargaré de que estemos a salvo.

Buscó en su memoria, revisó todo cuanto sabía —o creía saber— sobre Marvin Parker. Pero nada de ello —aparte del hecho de que antiguamente Marvin practicaba el boxeo— hacía comprensible ese momento.

—¿Adónde ha ido a parar Fred Green? —se preguntó entonces Harold en voz alta buscándolo con la mirada. Pero no lo encontró.

La esposa del pastor Peters lo interrumpía en raras ocasiones una vez éste se encerraba en su despacho. A menos que la invitara a echarle una mano con un punto concreto de lo que estaba escribiendo, se mantenía a distancia y lo dejaba hacer lo que tuviera que hacer para crear sus sermones. No obstante, ahora había en la puerta una anciana muy disgustada que rogaba que le permitiera hablar con él.

La mujer del pastor condujo a Lucille a través de la casa despacio, llevándola de la mano, mientras la mujer apoyaba su peso en su menuda persona.

—Es usted un encanto —le dijo Lucille, moviéndose más despacio de lo que deseaba.

En su mano libre llevaba su desgastada Biblia encuadernada en cuero. Las páginas estaban comenzando a rasgarse. El lomo estaba roto. La cubierta delantera estaba arrancada y manchada. Parecía estar exhausta, al igual que su propietaria.

—Necesito una bendición —declaró cuando se hubo acomodado en el despacho del pastor y su pequeña esposa sin nombre se hubo marchado.

A continuación se secó la frente a golpecitos con un pañuelo y tocó la cubierta de la Biblia, como si ello pudiera darle suerte.

—Estoy perdida —afirmó—. ¡Perdida y vagando por la tierra inhóspita de un alma confundida!

El pastor sonrió.

—Qué elocuente —dijo esperando no parecer tan condescendiente como pensaba.

—No es más que la verdad —repuso ella. Se secó las esquinas de los ojos con el pañuelo y sorbió por la nariz. Pronto llegarían las lágrimas.

—¿Cuál es el problema, Lucille?

—Todo —contestó ella. La voz se le quebró en la garganta y carraspeó para aclarársela—. El mundo entero ha perdido la cabeza. La gente no puede ir y llevarse presas a unas personas de una casa. Incluso arrancaron la maldita puerta de sus bisagras. Tardé una hora en arreglarla. ¿Quién hace algo así? ¡Es el fin de los tiempos, pastor! Que Dios nos ayude a todos.

—Vamos, Lucille. Nunca la consideré del tipo apocalíptico.

—Ni yo creía serlo, pero mire a su alrededor. Mire lo que está pasando. Es horrible. Me hace creer que tal vez Satán no sea el responsable de nuestra actual situación, al menos no como dicen. Quizá ni siquiera entrara nunca en el jardín. Quizá Adán y Eva cogieran la fruta por iniciativa propia y luego decidieran echarle la culpa al diablo. Antes nunca se me habría ocurrido siquiera que algo así fuera posible. Pero ahora, después de ver cómo están las cosas...

Dejó que la frase se desvaneciera en el aire.

—¿Puedo traerle algo de beber, Lucille?

—¿Quién puede beber en un momento como éste? —replicó ella. Pero de inmediato cambió de opinión y añadió—: Bueno, supongo que no me vendría mal un poco de té.

El pastor juntó sus enormes manos dando una fuerte palmada.

—Así me gusta.

Cuando regresó con el té, Lucille estaba mucho más tranquila. Había soltado por fin la Biblia y la había dejado sobre la mesa que había junto a su silla. Tenía las manos en el regazo y los ojos hinchados, aunque menos enrojecidos que antes.

—Aquí tiene —dijo el pastor.

—Gracias. —Tomó un sorbo—. ¿Cómo está su señora? Parece distraída.

—Sólo está un poco preocupada por las cosas, eso es todo.

—Bueno, hay muchas cosas por las que preocuparse.

—¿Como el fin de los tiempos? —el pastor sonrió.

Ella lanzó un suspiro.

—Ya llevan semanas encerrados en ese lugar.

Él asintió.

—Usted ha podido visitarlos, ¿verdad?

—Al principio podía visitarlos todos los días. Les llevaba comida y les lavaba la ropa y me aseguraba de que mi hijo supiera que su madre lo quería y que no lo había olvidado. No era una situación ni mucho menos ideal, pero al menos entonces se podía soportar. Pero ahora... ahora se ha vuelto abominable.

—Me han dicho que ya no permiten visitas —repuso el pastor Peters.

—Así es. Desde antes incluso de que se hicieran con el control del pueblo. Nunca habría imaginado que pudieran aislar así a toda una población. Nunca en la vida lo habría imaginado. Pero supongo que el hecho de que no pueda imaginarme algo no significa que no pueda suceder. ¡Ése es el problema de los solipsistas! La verdad de las cosas está justo ahí fuera. Todo cuanto tienes que hacer es abrir la puerta y ahí está, toda la verdad, todo lo que no puedes imaginar, ahí mismo, para que uno le estreche la mano. —Se le quebró la voz.

El pastor se echó entonces hacia adelante en su silla.

—Tal como lo dice parece que todo es culpa suya, Lucille.

—¿Cómo podría ser culpa mía? —replicó ella—. ¿Qué podría haber hecho para hacer nada de esto posible? ¿Acaso hice yo el mundo tal como es? ¿Acaso hice yo a las personas pequeñas y tímidas como son? ¿Acaso hice yo a la gente celosa, violenta y envidiosa? ¿Hice yo nada de todo eso? —Volvían a temblarle las manos—. ¿Lo hice?

El pastor Peters le cogió la mano y le dio unas palmaditas.

—Por supuesto que no. Bueno, ¿cuándo habló usted por última vez con Harold y Jacob? ¿Cómo están?

—¿Que cómo están? Están presos, ¿cómo deberían estar? —Se

secó los ojos, tiró la Biblia al suelo, se levantó y echó a andar de un lado a otro frente al pastor—. Esto tiene que responder a un proyecto. Tiene que haber una especie de plan. ¿No es así, pastor?

—Espero que sí —respondió él con cautela.

La anciana resopló.

—A ustedes, los predicadores jóvenes, ¿no les enseñó nadie a darle a su rebaño la ilusión de que ustedes tenían todas las respuestas?

El pastor se echó a reír.

—Últimamente he perdido la fe en las ilusiones —contestó.

—Es que no sé qué hacer en ningún sentido.

—Las cosas cambiarán —sostuvo él—. Es lo único de lo que estoy genuinamente seguro. Pero cómo se producirá ese cambio y en qué consistirá se me escapa.

Lucille recogió su Biblia.

—Entonces ¿qué hacemos? —preguntó.

—Hacemos lo que podemos.

Lucille permaneció sentada sin decir nada durante largo tiempo. Sólo miraba su Biblia y pensaba para sí en lo que el pastor había dicho y en qué significaba para ella «hacer lo que podía». Siempre había sido de esas personas que hacían lo que les decían, y la Biblia había sido la que mejor la había aconsejado qué hacer en las diversas situaciones de su vida. Le había dicho cómo comportarse de niña. Le había dicho cómo comportarse cuando dejó de ser una chiquilla y floreció en la adolescencia. Era cierto que le había costado escuchar ciertas cosas y había adoptado determinados comportamientos que si la Biblia no prohibía explícitamente, sin duda alguna no veía con buenos ojos. Pero habían sido buenos tiempos y, en términos generales, no le habían causado a nadie ningún daño duradero, incluida ella misma.

Después de casarse, su Biblia había seguido acompañándola, puesto que estaba llena de respuestas. Respuestas sobre cómo ser una buena esposa, aunque había tenido que ser selectiva. Había algunos puntos de las reglas que debía respetar una esposa que no tenían sentido en aquella época. A decir verdad, había pensado Lucille, probablemente tampoco tenían mucho sentido en tiempos bíblicos. Y si hubiera actuado del modo en que lo hacían las mujeres de la Biblia..., bueno, digamos sencillamente que el mundo habría sido un lugar muy distinto, y lo más probable es que Harold hubiera bebido, fumado y comido hasta provocarse una muerte prematura y no hubiera estado ahí para ver el milagro de que su hijo volviera de entre los muertos.

Jacob. Ése era el centro de todo. Ése era el motivo de todas sus lágrimas. Ahora estaban matando a los Regresados. Los mataban para deshacerse de ellos.

No sucedía en todas partes, pero sucedía.

Hacía ya más de una semana que emitían reportajes sobre ello en la televisión. Algunos países —países famosos por su brutalidad— habían empezado a matarlos nada más verlos. A matarlos y a quemar los cadáveres como si estuvieran enfermos, como si padecieran algo contagioso. Últimamente eran cada vez más los reportajes, fotografías, videos y emisiones por internet que llegaban todas las noches.

Esa misma mañana, Lucille había bajado a la planta baja, mientras sus solitarios pasos se propagaban a través de la casa vacía y oscura, y se había encontrado el televisor de la sala de estar encendido, susurrándole a la habitación desierta. No sabía muy bien cómo era que se había quedado encendido. Estaba segura de haberlo apagado antes de acostarse, aunque no tenía inconveniente en admitir que podría estar equivocada. Era ya una vieja de setenta y tres años, y cosas como pensar que has apagado algo cuando en realidad no lo has hecho no dejaban de ser posibles.

Era aún temprano, y un hombre negro y calvo con un bigote fino y perfectamente arreglado musitaba algo con voz grave. Por encima de su hombro, en el estudio que había a su espalda, Lucille distinguía gente que caminaba arriba y abajo. Parecían todos jóvenes, todos vestidos con camisas blancas y corbatas de tonos poco llamativos. Probablemente fueran las jóvenes promesas, pensó. Todos esperando salir un día del segundo plano para quedarse con el asiento del hombre calvo.

Subió el volumen del televisor, se sentó en el sofá y escuchó lo que el hombre tenía que decir, a pesar de que sabía que no le iba a gustar.

—Buenos días —dijo el presentador, regresando al parecer al principio del ciclo en el que estaba atrapado—. Hoy, nuestra noticia de primera plana nos llega desde Rumania, donde el Gobierno ha establecido que a los Regresados no se les reconocen derechos civiles inherentes y ha declarado que son simplemente «distintos» y, por consiguiente, no están sujetos a la misma protección que los demás.

Lucille suspiró. No se le ocurría qué más podía hacer.

La televisión cambió de plano y la imagen del presentador negro calvo cedió el paso a lo que la anciana asumió que era Rumania. Unos soldados sacaban de su casa a un Regresado pálido y de aspecto demacrado. Los soldados eran delgados y barbilampiños, con facciones pequeñas y una forma de andar algo torpe, como si fueran aún demasiado jóvenes para comprender cómo funcionaba la mecánica de su cuerpo.

—El destino de los niños... —le dijo Lucille a la casa vacía.

El corazón le dio un vuelco cuando el recuerdo de los Wilson y de Jacob y Harold acudió en tromba a llenar el vacío de la casa. Le temblaron las manos y la imagen del televisor se convirtió en una neblina borrosa. Eso la confundió momentáneamente y luego notó las lágrimas rodar por sus mejillas y acumularse en las comisuras de su boca.

En algún momento —aunque no estaba segura de cuándo exactamente— se había prometido a sí misma que no iba a permitirse llorar por nada de eso. Era demasiado vieja para las lágrimas, pensaba. Había un punto de la vida en el que todo cuanto podía hacer llorar a una persona debería haber sucedido ya. Y a pesar de que aún sentía cosas, no tenía ganas de llorar. Quizá hubiera pasado demasiados años con Harold, a quien no había visto llorar nunca, ni una sola vez siquiera.

Pero ahora ya era tarde. Estaba llorando y no podía remediarlo y, por primera vez en muchísimos años, se sintió viva.

El presentador de las noticias siguió comentando las imágenes que mostraban cómo esposaban al hombre y lo hacían colocarse al fondo de un gran camión militar junto con otros Regresados.

—La OTAN, la ONU y la Oficina Internacional para los Regresados no se han pronunciado aún acerca de la decisión de Rumania, pero aunque los comentarios oficiales de otros Gobiernos han sido escasos, se dividen a partes iguales entre quienes están a favor de la iniciativa rumana y los que creen que las acciones del Gobierno violan los derechos humanos fundamentales.

Lucille meneó la cabeza, con el rostro aún bañado en lágrimas.

—El destino de los niños... —repitió.

Aquello no se limitaba tan sólo a «esos otros países», ni mucho menos. Estaba sucediendo allí mismo, en Estados Unidos. Esos malditos locos del Movimiento por los Auténticos Vivos se habían extendido, la corriente había germinado con ramificaciones de todo tipo de un extremo al otro del país. En su mayoría no hacían más que quejarse de las cosas. Pero, de vez en cuando, alguien aparecía muerto o un grupo que afirmaba estar «defendiendo a los vivos» reivindicaba la autoría del crimen.

Había sucedido en Arcadia, aunque nadie hablaba de ello. Algún Regresado extranjero había sido hallado muerto en la cuneta que flanqueaba la carretera. Muerto de un disparo de rifle del calibre 30-06.

Todo parecía estar viniéndose abajo con cada día que pasaba. Y lo único en lo que ella podía pensar era en Jacob.

Pobre, pobrecito Jacob.

Después de que Lucille se marchó y de que su esposa se hubo dormido al fin, el pastor Peters se quedó a solas en su despacho releyendo la carta que había recibido de la Oficina para los Regresados.

En interés de la seguridad pública, Elizabeth Pinch, junto con los demás Regresados de esa área concreta de Mississippi, estaba recluida en el centro de detención de Meridian. Aparte de esto, la carta facilitaba muy pocos detalles. Proseguía asegurándole tan sólo al pastor que se trataba a los Regresados de la manera que más convenía a la situación, y que todos los derechos humanos estaban siendo expresamente defendidos. Todo parecía muy formal y correcto en un sentido burocrático.

Al otro lado de la puerta de su despacho, la casa estaba en completo silencio. Sólo se oía el tictac del reloj del abuelo de su mujer al final del pasillo. Había sido un regalo de su padre, un regalo que les había hecho sólo unos meses antes de que el cáncer que padecía se lo llevara. Su esposa había crecido con el sonido de ese grande y viejo reloj percutiendo rítmicamente durante todas las noches de su infancia. Cuando ella y su marido se casaron, se sentía tan desasosegada por la ausencia del tamborileo del reloj que se habían visto obligados a comprar un metrónomo para contar el paso del tiempo, pues de lo contrario no conseguía dormir.

El pastor salió al pasillo y se detuvo frente al reloj. Medía poco más de un metro ochenta de alto y tenía tallados unos floridos adornos. El péndulo era tan grande como un puño. Oscilaba a un lado y a otro chasqueando con tanta suavidad como si lo acabaran de fabricar y no tuviera, en realidad, más de cien años.

Era lo más parecido a una reliquia que tenía su familia. Cuando su padre murió, ella se había enfrentado con saña a sus hermanas y a su hermano; no por el coste del funeral o por qué hacer con la casa, las tierras o los magros ahorros de su padre, sino por el reloj del abuelo. Desde entonces, la relación entre los hermanos se había visto deteriorada a causa de aquel reloj.

Pero ¿dónde estaba el difunto ahora?, se preguntó el pastor Peters.

Se había fijado en que su esposa cuidaba muchísimo más el reloj del abuelo desde que los Regresados habían empezado a aparecer. Olía a aceite de limpieza y a abrillantador.

El pastor se alejó del viejo reloj y siguió vagando por la casa. Entró en el salón y se quedó un rato mirando los objetos que allí había, catalogándolos en su memoria.

La mesa del centro de la habitación la habían encontrado durante su largo traslado desde Mississippi. El sofá lo habían comprado en una visita religiosa a Wilmington. Wilmington no estaba ni mucho menos tan lejos como Tennessee, pero era una de las pocas adquisiciones en las que ambos habían estado de acuerdo. Tenía un estampado en azul y blanco —«¡azul Carolina!»,* había dicho el vendedor con orgullo—, con ribetes asimismo azules y blancos alternados en los cojines. Los brazos se curvaban hacia afuera y los almohadones eran grandes, mullidos y bien rellenos.

Era completamente lo opuesto a la mesa que habían comprado en Tennessee. Él había odiado aquella mesa desde el primer instante. Era demasiado enclenque, la madera demasiado oscura y los adornos insípidos. Simplemente no llamaba la atención, pensó.

El pastor Peters recorrió el salón, recogiendo aquellos de sus

---

* Se trata del tono de azul del anagrama de la Universidad de Carolina del Norte. *(N. de la t.)*

libros que estaban apilados en lugares que no les correspondían. Procedía despacio y con cuidado, limpiando cada volumen mientras lo manipulaba. Luego lo colocaba en su sitio en el librero. Ocasionalmente, entreabría uno de ellos, deslizaba un dedo entre sus páginas y lo movía adelante y atrás, impregnándose de su aroma y de su textura como si no fuera a volver a ver un libro nunca más, como si la inevitable marcha del tiempo hubiera acabado por ganar.

Su limpieza se prolongó durante largo tiempo, aunque el pastor no se dio cuenta. Sólo reparó en ello cuando los grillos empezaron a callar en el exterior y el sonido de un perro que le ladraba al sol naciente sonó en algún lugar remoto del mundo.

Había esperado demasiado.

Pero a pesar de su error —a pesar de su miedo—, avanzó despacio y en silencio por la casa.

Primero entró en su despacho y buscó la carta de la Oficina para los Regresados. A continuación, cogió su cuaderno y, sí, también su Biblia, y lo metió todo en el maletín que su mujer le había regalado la pasada Navidad.

Luego fue a rescatar su bolsa de ropa de detrás de la mesa de la computadora. La había preparado el mismísimo día anterior (su esposa lavaba la ropa todos los días). Si hubiera preparado la bolsa demasiado pronto, ella se habría dado cuenta de que faltaba ropa en su armario. Y el pastor quería irse con la menor molestia posible, a pesar de que fuera una cobardía.

Atravesó sigilosamente la casa, salió por la puerta principal y dejó la ropa y el maletín en el asiento trasero del coche. El sol estaba ya ocupando su lugar en el cielo. Se hallaba justo detrás de los árboles, pero desde luego había salido ya, y ascendía por segundos.

Regresó a la casa y entró despacio en su habitación. Su esposa yacía dormida hecha una bolita en medio de la cama.

«Esto le dolerá muchísimo», pensó.

Pronto se despertaría. Siempre se despertaba temprano. Dejó una pequeña nota en la mesilla de noche y por un instante pensó en darle un beso.

Decidió no hacerlo y se marchó.

La mujer del pastor despertó en una casa vacía. Fuera, en el pasillo, el reloj del abuelo marcaba la hora. El sol se filtraba a través de las persianas. Era ya una mañana cálida. Iba a hacer calor, pensó.

Llamó a su marido y no obtuvo respuesta.

«Debe de haberse vuelto a quedar dormido en el despacho», pensó. Últimamente se quedaba muchas veces dormido allí, y eso la preocupaba. Estaba a punto de volver a llamarlo cuando vio la nota sobre la mesilla de noche. Escrito de manera muy simple, con su caligrafía irregular, estaba su nombre.

Él no era de los que dejan notas.

Cuando la leyó no derramó ni una lágrima. Tan sólo se aclaró la garganta, como si pudiera contestarles algo a las palabras. Luego permaneció allí sentada, escuchando sólo el sonido de su propia respiración y el latido mecánico del reloj del abuelo en el pasillo. Pensó en su padre. Tenía los ojos anegados en lágrimas pero, a pesar de ello, no lloró.

Las palabras parecían borrosas y lejanas y daban la impresión de que brotaban de una densa niebla. No obstante, volvió a leerlas:

«Te quiero», decía la carta. Debajo, el pastor había escrito: «Pero tengo que saber».

Jim Wilson

Jim no entendía nada. Ni la llegada de los soldados, ni el papel que Fred Green había desempeñado en todo aquello. Tal como él lo recordaba, Fred Green había sido siempre un tipo bastante agradable. No habían sido amigos per se, pero sólo porque nunca habían trabajado juntos y pasaban el tiempo en círculos distintos. Simplemente nunca habían tenido tiempo de hacerse amigos, pensó Jim. Pero ¿cómo había podido aquello provocar la actual situación?, se preguntó.

Ahora estaba preso. Los soldados habían ido a buscarlo y se los habían llevado a él y a su familia a punta de pistola y, por algún motivo, Fred Green estaba allí, mirando. Apareció detrás de los soldados, en su camioneta, y permaneció en la cabina mientras lo sacaban a él, a Connie y a los niños esposados de la casa.

¿Qué había cambiado en Fred? La pregunta no le permitió a Jim conciliar el sueño por la noche. Si se le hubiera ocurrido contestarla mucho antes, quizá ahora no estarían todos encarcelados.

Jim se hallaba de pie en la escuela abarrotada con su familia apiñada a su alrededor, todos esperando en fila la comida que no los saciaría, como siempre.

—¿Qué le pasó? —le preguntó a su mujer. Era una pregunta que ya le había hecho con anterioridad, pero ninguna de las respuestas que le había dado hasta el momento había contribuido gran cosa a solucionar el acertijo. Y Jim se había percatado de que un acertijo,

incluso uno lúgubre como Fred Green, era una buena manera de no pensar en lo que le estaba sucediendo a su familia—. Antes no era así.

—¿A quién? —replicó Connie. Le limpió la boca a Hannah, que desde que los habían arrestado..., detenido..., o cualquiera que fuera la palabra oportuna, estaba perpetuamente masticando cosas. Sabía que el miedo se manifestaba de formas extrañas—. Eres demasiado grande para portarte como una niña de dos años —la regaño.

Por suerte, Tommy no daba tantos problemas. Seguía asustado por el modo en que se los habían llevado de la casa de los Hargrave, por lo que no tenía la energía suficiente para portarse mal. La mayor parte del tiempo permanecía en silencio, sin hablar mucho, y con aire de estar muy lejos de allí.

—Creo que antes no era así —insistió Jim—. ¿Qué es lo que ha cambiado? ¿Ha sido él quien ha cambiado? ¿Hemos sido nosotros? Parece peligroso.

—Pero ¿de quién estás hablando? —preguntó Connie, frustrada.

—De Fred. De Fred Green.

—Me dijeron que su mujer había muerto —señaló Connie en tono inexpresivo—. Tengo entendido que después de eso no volvió a ser el mismo.

Jim hizo una pausa. Esforzándose por pensar, logró encontrar un puñado de recuerdos sobre la mujer de Fred. Era cantante, y muy buena. La recordaba alta y delgada, como un ave bella y majestuosa.

Luego consideró a su familia. Los miró con atención, repentinamente consciente de todo lo que eran, repentinamente consciente de todo lo que significaban, de todo lo que una persona podía significar para otra.

—Me imagino que eso es posible —replicó. Luego se inclinó hacia su mujer y la besó, reteniendo el aliento como si pudiera retener también el instante, como si ese beso pudiera proteger para siempre *a su mujer y a su familia y a todo lo que amaba de todo peligro, como si pudiera evitar que lo dejaran solo.*

—¿Y eso por qué? —inquirió Connie cuando sus labios se separaron por fin. Se había sonrojado y se sentía un poco aturdida, como cuando eran jóvenes y besarse era aún nuevo para ellos.

—Por todo lo que no sé expresar con palabras.

QUINCE

Harold no se atrevía a decir que el joven soldado le cayera bien, pero estaba dispuesto a reconocer que veía en el muchacho algunas cualidades, o tal vez algo familiar. Y en un mundo en el que los muertos no estaban muertos para siempre, cualquier forma de familiaridad era una bendición.

Se trataba del joven que había conocido la mañana de la revuelta —hacía más de una semana—, y aquello los había unido.

Cuando el polvo se posó de nuevo sobre el suelo aquel día, no se sabe cómo, nadie había resultado seriamente herido. Tan sólo una cantidad considerable de arañazos y moretones causados por los soldados cuando entraron y derribaron a la gente. Alguien, había oído Harold, había tenido que ser trasladado al hospital debido a una reacción alérgica al gas lacrimógeno. Pero incluso esa persona se había recuperado.

Ahora todo parecía distante, como si hubiera sucedido hacía años. Pero como muchas cosas que sucedían en el sur, Harold sabía que las heridas no habían sanado realmente. Tan sólo estaban cubiertas por el calor y los perpetuos «Ay, Señor» de los lugareños.

La gente estaba aún demasiado tensa.

Harold se encontraba sentado en un taburete de madera junto a la cerca adornada con alambre de navajas conocida como «la Barricada». La cerca había crecido a una velocidad vertiginosa y aterradora. Avanzaba serpenteando desde el extremo sur del pueblo, donde se encontraba la gasolinera Long's Gas y la armería Guns and Gear, ambas viejas y decrépitas, y proseguía atravesando jardines y topándose de vez en cuando con casas que no eran ya casas, sino destacamentos para soldados. Rodeaba toda la población, incluida la escuela maloliente y destartalada, circundando muchas casas y tiendas, encapsulando el edificio del cuartel de bomberos y la oficina del sheriff, que eran una misma cosa. La Barricada, defendida por los soldados y sus armas, lo abarcaba todo.

Sólo las casas situadas fuera del pueblo propiamente dicho —esa gente que eran granjeros o que simplemente recelaban de vivir dentro de una población como Harold y Lucille, el pastor y unos pocos más— se hallaban fuera de los límites de las cercas. En el pueblo, la gente vivía en las casas como si se tratara de residencias de estudiantes. La escuela ya no daba más de sí, de modo que habían forzado a los habitantes de Arcadia a abandonar sus casas y los habían instalado en hoteles en Whiteville. A continuación, los soldados habían entrado en sus casas, las habían llenado de camas y las habían hecho habitables en general para los Regresados que fueran a vivir en ellas. Había habido todo tipo de protestas por parte de los lugareños a los que habían obligado a irse, pero Arcadia no era el único pueblo donde eso estaba sucediendo, ni Estados Unidos el único país.

De pronto, había demasiada gente en el mundo.

Había que hacer concesiones para la vida.

Así que ahora el pueblo y las casas de Arcadia estaban completamente consumidos por los acontecimientos, los cercados, los soldados, los Regresados y toda la complejidad y la promesa de tensión que todo ello suponía.

No obstante, el pueblo de Arcadia no estaba pensado para albergar a mucha gente. Cualquier pequeña mejoría favorecida por la expansión de la escuela hacia el exterior se disipaba tan deprisa como se materializaba. Incluso con todo el pueblo ocupado, no había paz.

Harold, por su parte, estaba encantado de que él y Lucille hubieran decidido vivir fuera del núcleo urbano tantos años antes. No podía imaginarse que le quitaran la casa y se la dieran a unos extraños, aunque eso fuera lo más indicado.

Al otro lado de la Barricada que rodeaba el pueblo propiamente dicho había una franja de alrededor de seis metros de espacio abierto que terminaba en el exterior del cercado. Allí había soldados apostados a intervalos de unos noventa metros que en ocasiones se dedicaban a patrullar tanto la valla como Arcadia. Las veces que recorrían efectivamente el pueblo, iban en grupos, avanzando con sus armas por las mismas calles donde antaño jugaban los niños. La gente los paraba y les preguntaba por el estado general de las cosas —no sólo en Arcadia, sino en el mundo entero— y sobre cuándo era posible que éstas cambiaran.

Sin embargo, los soldados no solían responder a sus preguntas.

Por lo general, simplemente permanecían de pie —o a veces incluso se sentaban— junto a la Barricada, con aire o muy indiferente o muy aburrido, según el día.

El joven soldado que había despertado el interés de Harold se llamaba Junior. El nombre, como era de esperar, constituía un misterio, pues por lo que le había contado, no había conocido nunca a su padre, y ambos no llevaban el mismo nombre. En realidad se llamaba Quinton, le dijo a Harold, pero no recordaba que le hubieran llamado nunca nada que no fuera Junior, y ése le parecía un nombre tan bueno como cualquier otro.

Era un chico pulcro y deseoso de complacer, todo cuanto el ejército podía querer de un recluta. Había llegado al final de la adolescencia y se había puesto el uniforme de soldado sin haberse perforado jamás la oreja, ni hecho un tatuaje, ni nada particularmente subversivo en toda su vida. Se había unido al ejército a instancias de su madre. Ella le había dicho que el ejército era donde acababan yendo todos los hombres de verdad. De modo que cuando tenía diecisiete años y medio, y tras terminar la preparatoria sin pena ni gloria, su madre lo llevó a la oficina de reclutamiento y lo inscribió.

Los resultados de sus exámenes no habían impresionado a nadie. Pero podía estar de pie sujetando un fusil y hacer lo que le decían, que es lo que hacía en la actualidad la mayor parte del día mientras montaba guardia en un pueblo lleno de Regresados hasta los topes. Ahora, en los últimos tiempos, se sorprendía a sí mismo cada vez más a menudo en compañía de un viejo sureño amargado y de su hijo antes difunto. Al sureño lo toleraba. A quien Junior no podía soportar era al chiquillo, siempre pegado a su padre.

—¿Cuánto tiempo más van a tenerte aquí? —le preguntó Harold desde su taburete de madera, detrás de la Barricada. Le hablaba a la espalda de Junior, pues así era como se desarrollaban la mayoría de sus conversaciones. A cierta distancia detrás del anciano pero apenas lo bastante lejos como para no oír lo que hablaban, Jacob estaba sentado observando a su padre charlar con el soldado.

—No estoy seguro —respondió Junior—. Supongo que mientras ustedes sigan aquí.

—Bueno —repuso Harold con voz cansada, arrastrando las palabras—, calculo que no será tanto como llevamos ya. Este tipo de condiciones no pueden mantenerse eternamente. Alguien ideará un plan, aunque sólo sea por la gracia de los gallos.

Harold llevaba días inventando expresiones por Junior, cuanto más estrambóticas mejor. Era sorprendentemente fácil, tan sólo había que introducir alguna referencia a los animales de granja, al tiempo o al paisaje en una expresión enigmática. Y si Junior preguntaba alguna vez qué significaba aquella expresión tan extraña,

Harold se inventaba el significado en el momento. Para el viejo, el juego consistía en recordar qué expresiones había inventado ya y qué significaban y luego tratar de no repetirlas.

—¿Qué diablos significa eso, señor?

—¡Santo Dios! Pero ¿es que no has oído nunca la expresión «por la gracia de los gallos»?

Junior se volvió a mirarlo.

—No, señor, no la he oído nunca.

—Vaya, ¡no lo puedo creer! ¡No lo podré creer ni aunque me broten raíces de papa de los pies, hijo!

—Sí, señor —dijo Junior.

Harold apagó el cigarrillo con el tacón del zapato y le dio una palmada al paquete medio vacío para sacar otro. Junior lo miraba.

—¿Tú fumas, hijo?

—No cuando estoy de guardia, señor.

—Guardaré uno para ti —repuso Harold en un susurro. Encendió el cigarrillo con estilo y le dio una larga fumada. A pesar del dolor, hizo que pareciera fácil.

Junior miró hacia el sol. Allí hacía más calor de lo que esperaba cuando le llegaron las órdenes. Había oído todas las historias que hablaban del sur y sabía con seguridad que en Topeka hacía bastante calor. Pero allí, en ese pueblo, en ese lugar, el calor parecía bien instalado. Hacía calor todos los días.

—¿Puedo hacerte una pregunta? —inquirió Harold.

Harold odiaba estar allí, Junior estaba seguro de ello, pero por lo menos el viejo era divertido.

—Pregunte —contestó.

—¿Cómo son las cosas ahí afuera?

—Hace calor. Igual que aquí.

Harold sonrió.

—No es a eso a lo que me refiero —repuso—. Aquí ya no hay ni televisores ni computadoras. ¿Cómo son las cosas ahí afuera?

—Eso no es culpa nuestra —saltó Junior antes de que pudieran acusarlo siquiera—. Son órdenes —dijo.

Llegaba una patrulla. Tan sólo un par de soldados de California que parecían estar siempre de guardia al mismo tiempo. Llegaron caminando con paso firme, como hacían siempre, saludaron con un gesto de la cabeza y pasaron de largo sin reparar mucho en Junior y el viejo.

—Es extraño —observó el muchacho.

—¿Qué es extraño?

—Las cosas.

Harold sonrió.

—Tenemos que trabajar el lenguaje, hijo.

—Es sólo que... es sólo que todo el mundo está confundido.

Harold asintió.

—Confundido y asustado.

—Imagínate cómo se vive aquí dentro.

—Es distinto —repuso Junior—. Aquí, las cosas están más controladas. A la gente le dan de comer. Tienen ustedes agua limpia.

—Por fin —señaló Harold.

—De acuerdo —replicó Junior—. Admito que hemos tardado un poco, pero hemos resuelto los problemas de logística. Sin embargo, las cosas siguen siendo mejores aquí que fuera. Al fin y al cabo, todos los que están ahí dentro decidieron estar en el establecimiento.

—Yo no.

—Usted decidió quedarse con eso —declaró Junior, señalando a Jacob con la cabeza.

El chico seguía sentado en silencio donde no podía oír la conversación, tal como Harold le había ordenado. Llevaba una camisa de algodón de rayas y unos *jeans* que Lucille le había llevado hacía varias semanas. No hacía más que observar a su padre, apartando de vez en cuando los ojos para mirar el acero reluciente de la barricada. Sus ojos la repasaban, como si no fueran capaces de comprender del todo cómo había llegado a estar allí y qué significaba exactamente.

Junior miró a Jacob.

—Le ofrecieron llevárselo —murmuró—, pero usted decidió quedarse con esa cosa, como el resto de los Auténticos Vivos que hay ahí dentro. Fue una decisión que todos ustedes tomaron, de modo que no tienen ningún motivo para tener miedo o estar nerviosos o confundidos. Todos ustedes lo han tenido fácil.

—No debes de haber visto los baños.

—Ahí dentro hay todo un pueblo —prosiguió Junior al tiempo que volvía a fijar la atención en Harold—. Montones de comida, agua..., todo lo que puedan necesitar. Incluso hay un campo de beisbol.

—El campo de beisbol está lleno a rebosar de gente. Acampada en tiendas. Son casuchas.

—Y luego están los sanitarios portátiles de alquiler. —Señaló un punto a espaldas de Harold, en dirección a una hilera de rectángulos verticales azules y blancos.

El viejo suspiró.

—Usted piensa que esto es penoso —terció Junior—. Esto no es nada en comparación con lo que está sucediendo en otros lugares. Un amigo mío está destinado en Corea. Es en los países pequeños donde la situación es más dramática. Los países grandes tienen sitios donde meterlos. Pero Corea y Japón lo tienen difícil. No hay espacio suficiente para instalarlos a todos.

»Allí tienen unos barcos cisterna —prosiguió Junior con voz grave. Abrió mucho los brazos para indicar algo de un enorme tamaño—. Son casi tan grandes como petroleros, y están llenos de Regresados. —Apartó la mirada—. Hay muchísimos.

Harold observó consumirse su cigarrillo.

—Hay demasiados, y a todo el mundo le echan la bronca por

ello —añadió Junior—. Nadie está a la altura de las circunstancias. Nadie los quiere de vuelta. Muchas veces, nadie llama siquiera para decir que han encontrado a otro. La gente simplemente los deja vagar por las calles. —Junior hablaba a través de la cerca. A pesar de la gravedad de lo que estaba diciendo, parecía indiferente a todo el problema—. Los llamamos «barcazas de muertos». En los noticieros los llaman de otra manera, pero son en verdad barcazas de muertos. La carga está íntegramente compuesta de muertos.

Junior continuó hablando, pero Harold ya no lo escuchaba. Visualizó en su mente un barco grande y oscuro que se deslizaba a la deriva por un mar liso y sin reflejos. El casco brotaba del agua, constituido tanto de líquido como de acero, remaches y soldaduras. Aquel barco maldito que atravesaba aquel océano maldito parecía sacado de una película de terror. A bordo de la nave, amontonados unos encima de otros, cada uno más oscuro y pesado que el que tenía debajo, todos presionando el uno sobre el otro como yunques, había contenedores de mercancías abarrotados de Regresados. A veces el barco se movía, un invisible mar agitado lo inclinaba hacia adelante o hacia atrás. Sin embargo, los Regresados permanecían impasibles y despreocupados. Harold vio miles de ellos, decenas de miles, apiñados en aquellos lúgubres y duros contenedores de mercancías, empujados de un extremo al otro de la tierra.

Mentalmente, los observaba desde lo alto a considerable distancia, por lo que podía distinguirlos a todos y cada uno de ellos de ese modo tan total y completo que sólo el mundo de los sueños puede ofrecer. En uno u otro lugar de esa Flota de los Muertos vio a todos los Regresados que había conocido en su vida, incluido a su hijo.

Un escalofrío le recorrió el cuerpo.

—Debería usted verlos —señaló Junior.

Antes de poder responder, Harold comenzó a toser de nuevo. Después de eso, no recordaba gran cosa. Lo único que sabía es que había sentido un dolor muy intenso y que de pronto —al igual que la vez anterior— el sol estaba parado sobre su rostro y la tierra se había acercado a él y se había apoyado suavemente contra su espalda.

Despertó con la misma sensación de distancia y malestar que la última vez que le había sucedido aquello. Sentía algo húmedo y pesado en el pecho. Trató de inspirar aire, pero los pulmones no funcionaban como era debido. Jacob estaba junto a él. Junior también.

—¿Señor Harold? —dijo Junior, arrodillándose.

—Estoy bien —repuso él—. Sólo necesito un minuto, eso es todo. —Se preguntó cuánto tiempo había estado inconsciente. Lo bastante como para que Junior hubiera tenido tiempo de llegar a una de las puertas y entrar en el recinto cercado para tratar de ayudarlo. Llevaba el fusil colgado del hombro.

—¿Papá? —preguntó Jacob con el rostro tenso de ansiedad.

—¿Sí? —contestó Harold con un graznido exhausto.

—No te mueras, papá —dijo el chiquillo.

Por aquel entonces había pesadillas para dar y regalar. Lucille ya prácticamente había perdido la esperanza de dormir. Llevaba tanto tiempo sin pasar una noche como era debido que casi no las echaba de menos. Recordaba el sueño de una manera vaga y distante, del mismo modo que uno echa de menos el sonido del coche en el que viajaba cuando era pequeño y a veces oye su timbre en el murmullo de una autopista lejana.

Cuando dormía, era sólo por accidente. Se despertaba de pronto con el cuerpo en posiciones incómodas. La mayor parte de las veces había un libro en su regazo, mirándola, ocupando diligentemente su sitio, esperando su regreso. A veces, sus lentes estaban sepultados entre las páginas del libro, pues se le habían caído de la nariz mientras dormía.

Algunas noches entraba en la cocina y simplemente se quedaba allí de pie, escuchando el vacío que la rodeaba. En su mente, los recuerdos brotaban humeando de la oscuridad. Recordaba a Jacob y a Harold en todos los lugares de la casa. Recordaba casi siempre una noche de octubre, cuando Jacob era un niño, una noche que no había sido nada especial pero que, por ese mismo motivo, había llegado a ser muy especial para ella.

Cuando el mundo estaba lleno de magia como lo estaba en aquellos tiempos, le recordaba a Lucille que eran los momentos normales los que habían tenido importancia a lo largo de la vida.

Recordaba a Harold en la sala de estar, pulsando con torpeza las cuerdas de su guitarra. Era un músico espantoso, pero tenía muchísima energía y pasión por la música —al menos así era antes, cuando era padre—, y practicaba siempre que no estaba en el trabajo o arreglando algo en casa o pasando tiempo con Jacob.

Lucille recordaba a su hijo en su habitación, dando golpes, sacando juguetes de la caja donde los guardaban y dejándolos sin mucha delicadeza sobre el suelo de madera. Recordaba que cambiaba los muebles de sitio en su habitación, cosa que, por mucho que le advirtieran que no lo hiciera, hacía igualmente. Cuando Harold y ella le preguntaban por qué lo hacía, Jacob simplemente contestaba: «A veces los juguetes lo exigen».

En su recuerdo, mientras Harold destrozaba la música con su guitarra y Jacob se dedicaba a jugar, ella estaba en la cocina, entregada a la dura tarea de preparar una comida de fiesta. Había un jamón en el horno. Brotes de mostaza y pollo guisándose en los fogones. Salsa, puré de papas, arroz blanco aromatizado con tomillo, alubias blancas, ejotes verdes, pastel de chocolate, bizcocho, galletas de jengibre y pavo asado.

—¡No pongas tu cuarto patas arriba, Jacob! —chilló Lucille—. Pronto será la hora de cenar.

—Sí, señora —respondió el pequeño. Y añadió después a gritos desde su habitación—: Quiero construir una cosa.

—¿Qué quieres construir? —preguntó ella, también a gritos.

Harold seguía en el salón tocando la guitarra, masacrando la canción de Hank Williams que llevaba semanas intentando aprender por sí solo.

—No lo sé —repuso Jacob.

—Bueno, pues eso es lo primero que tienes que averiguar.

Lucille echó un vistazo por la ventana y contempló las nubes pasar por delante de la luna pálida y perfecta.

—¿Sabes construir una casa?

—¿Una casa? —replicó el chiquillo, pensativo.

—Una casa grande, enorme, con techos abovedados y docenas de dormitorios.

—Pero es que sólo somos tres. Y papá y tú duermen en la misma cama. Así que sólo necesitamos dos dormitorios.

—¿Y qué haremos cuando venga gente a visitarnos?

—Entonces pueden usar mi cama. —Algo en la habitación de Jacob cayó y se estrelló contra el suelo.

—¿Qué fue eso?

—Nada.

Sonaron los acordes distorsionados de Harold maltratando la guitarra.

—Parecía un mucho de algo.

—No pasa nada —terció Jacob.

Lucille comprobó el punto de la comida. Todo estaba saliendo a la perfección.

El aroma de los distintos platos flotaba por toda la casa. Se colaba entre los huecos de las paredes y se esparcía por el mundo.

Satisfecha, abandonó la cocina y fue a ver qué hacía Jacob.

Su habitación estaba tal como había imaginado. Había colocado la cama sobre un costado y la había arrinconado contra la pared de manera que el colchón sobresalía como una barricada y la cabecera y el tablero de los pies constituían magníficos contrafuertes. Detrás de la improvisada barrera había un sinfín de bloques de madera Lincoln desperdigados por el suelo.

Lucille se detuvo en el umbral, secándose las manos con un paño de cocina. De vez en cuando, el chiquillo se estiraba desde detrás del fuerte y cogía un bloque concreto para utilizarlo en un invisible proyecto de construcción.

Lucille suspiró, aunque no de frustración.

—Va a ser arquitecto —dijo entrando en el salón y dejándose caer con gesto exhausto en el sofá. Luego se secó la frente con el paño de cocina.

Harold atacó la guitarra.

—Quizá —logró articular, aunque la ruptura de su concentración provocó en sus dedos un desconcierto aún mayor. Flexionó las falanges y volvió a comenzar la canción.

Lucille se desperezó. Se volvió de lado, recogió las piernas contra su cuerpo, deslizó las manos bajo la barbilla y se quedó observando, con aire somnoliento, mientras su marido seguía batallando con su ineptitud para la música.

Era guapo, pensó ella, sobre todo cuando no le salía bien.

Sus manos, aunque no disfrutaban de la guitarra, eran gruesas y ligeras. Sus dedos, delicados y curiosamente rechonchos. Llevaba puesta la camisa de franela que Lucille le había comprado cuando heló por primera vez aquel año. Era roja y azul, y Harold había protestado por lo estrecha que le quedaba, pero aquel mismo día se la puso para ir a trabajar y volvió a casa diciendo lo mucho que le gustaba. «No me ha estorbado para nada», dijo. Era una pequeñez, pero las pequeñeces eran importantes.

Harold usaba *jeans* —desteñidos pero limpios—, cosa que a

ella le gustaba. Lucille había crecido con un padre que se había pasado la mayor parte de su vida predicando sermones a unas personas que apenas se molestaban en escucharlo. Vestía trajes extravagantes que él y su familia no podían permitirse, pero para la madre de Lucille era terriblemente importante que su marido diera la imagen adecuada para un miembro del Ejército de Salvación, costara lo que costase.

Así que cuando Harold apareció, hacía ya muchos años, vestido con *jeans* y una camisa manchada, con esa sonrisa indefinida de aspecto sospechoso, Lucille se enamoró de su guardarropa y, al final, acabó enamorándose del hombre que lo llevaba.

—Me estás distrayendo —observó él, ajustando la sexta cuerda de la guitarra.

Lucille bostezó mientras la modorra se abatía sobre ella como un martillo.

—No era mi intención —señaló.

—Estoy mejorando —declaró Harold.

Ella soltó una leve carcajada.

—Sigue practicando. Tienes los dedos gruesos. Así el desafío es siempre un poco mayor.

—¿Es ése el problema? ¿Que tengo los dedos gruesos?

—Sí —respondió ella, con aire muy, pero muy adormilado—. Pero a mí me gustan los dedos gruesos.

Harold alzó una ceja.

—¿Papá? —gritó Jacob desde el dormitorio—. ¿De qué están hechos los puentes?

—Va a ser arquitecto —susurró Lucille.

—Están hechos de material —aulló Harold.

—¿De qué clase de material?

—Depende de la clase de material que tengas.

—Oh, Harold —protestó Lucille.

Ambos se quedaron esperando la pregunta siguiente, pero ésta

269

no llegó. Sólo se oyó el estrépito de unos cuantos bloques de madera que caían sobre el suelo mientras un proyecto de construcción quedaba incompleto y empezaba otro nuevo.

—Un día construirá casas —declaró Lucille.

—Podría cambiar de opinión dentro de una semana.

—No lo hará —sostuvo ella.

—¿Cómo lo sabes?

—Porque una madre sabe esas cosas.

Él dejó la guitarra en el suelo junto a su pierna. Lucille estaba prácticamente dormida, y Harold fue por una cobija al armario de la entrada y la cubrió con ella.

—¿Tengo que hacerle algo a la comida? —inquirió.

Su mujer sólo contestó:

—Construirá cosas. —Y se quedó dormida, tanto en el recuerdo como en la casa solitaria y vacía.

Lucille despertó en el sofá del salón, tumbada de costado con las manos bajo la cabeza y las piernas encogidas contra el cuerpo. En la silla, donde Harold debería haber estado sentado tocando la guitarra, sólo había vacío. Escuchó, esperando oír el sonido de Jacob jugando con sus bloques en su habitación.

Más vacío.

Se sentó en el sofá aún soñolienta, con los ojos doloridos por el agotamiento. No recordaba haberse acostado en el sofá ni haberse quedado dormida. Lo último que recordaba era haber estado de pie junto al fregadero de la cocina mirando por la ventana y disponiéndose a lavar los platos.

Ahora era o muy tarde o muy temprano. El aire era fresco, como cuando el otoño empieza a despertar. Los grillos cantaban en el exterior de la casa. Arriba, uno de ellos había conseguido entrar y estaba escondido en algún rincón polvoriento, cantando.

Le dolía el cuerpo pero, más que nada, estaba muy asustada.

No era el realismo del sueño lo que la había asustado. Ni tampoco el hecho de que se tratara del primer sueño que había tenido en semanas y que su mente le dijera que eso no era para nada saludable. Lo que más la asustaba de todo era haberse visto arrojada de nuevo tan de improviso en su cuerpo viejo y cansado.

En el sueño tenía las piernas fuertes. Ahora le dolían las rodillas y tenía los tobillos hinchados. En el sueño, todo en ella transmitía firmeza, la impresión de que, con el tiempo, podía superar cualquier tarea. Y eso había hecho más soportable el presagio que había intuido en él. A pesar de que se había convertido en una pesadilla, habría sido capaz de gestionarlo siempre y cuando hubiera tenido la juventud, que en su sueño estaba garantizada.

Ahora volvía a ser una vieja. Peor que eso. Era una vieja sola. La soledad la aterrorizaba. Siempre había sido así, y lo más probable es que siempre lo fuera.

—Iba a ser arquitecto —le dijo a nadie. Y se echó a llorar.

No paró de llorar hasta un poco después. Se sentía mejor, como si en algún sitio hubieran abierto una válvula y una presión invisible se hubiera liberado. Cuando iba a ponerse en pie, el dolor de la artritis acometió contra sus huesos. Respiró hondo y volvió a caer en el sofá.

—Santo Dios —dijo.

La vez siguiente no le costó tanto levantarse. El dolor seguía allí, pero el hecho de esperarlo lo atenuó. Mientras caminaba, arrastraba los pies, produciendo un leve sonido sibilante mientras recorría la casa. Se dirigió a la cocina.

Se preparó una taza de café y se quedó en la puerta del porche escuchando a los grillos. Pronto el sonido disminuyó suavemente y la pregunta de si era muy tarde o muy temprano obtuvo respuesta. Al este apuntaba el tenue resplandor de lo que, al final, se convertiría en el sol.

—Alabado sea el Señor —dijo.

Había cosas que tenía que hacer, planes que tenía que hacer si iba a llevar eso realmente a cabo. Y si iba a emprender la ardua tarea de hacer planes, no debía ponerse a pensar en lo silenciosa y vacía que estaba la casa. Así que la televisión, a pesar de sus balbuceos acerca de nada, se convirtió en un grato amigo.

—Todo saldrá bien —se dijo mientras escribía en un pequeño cuaderno.

Al principio sólo escribía cosas sencillas, las cosas que sabía, las cosas que eran indudables. «El mundo es un lugar extraño», anotó. Esa frase era la primera de la lista. Se echó a reír de aquella trivialidad. «He estado casada demasiado tiempo contigo», le dijo a su marido ausente. El televisor masculló alguna respuesta sobre los peligros de las erecciones que duraban cuatro horas o más.

Entonces escribió: «Hemos sido encarcelados injustamente».

Y a continuación: «Mi marido y mi hijo están presos».

Miró el papel. Todo parecía tan sencillo como impresionante. Estaba muy bien tener los hechos, pero los hechos rara vez apuntaban a la salvación, pensó. Los hechos no hacían más que estar ahí y mirar al exterior desde las tinieblas de la posibilidad y atisbar en el alma para ver qué haría cuando se enfrentara a ellos.

«¿Debería hacer esto? —escribió—. ¿Intenta realmente alguien en este mundo salvar a la gente? ¿Sucede realmente así? ¿Presentarme allí va a lograr algo más que hacerme parecer una vieja loca y conseguir que me arresten, o quizá algo peor? ¿Me matarán? ¿Matarán a Harold? ¿Y a Jacob?»

—Oh, Dios mío —musitó.

La televisión se rio de ella. Pero Lucille continuó a pesar de todo.

Escribió que el pueblo era un horror, que se violaba todo civismo.

Escribió que la Oficina era un demonio tiránico, luego lo borró y escribió en su lugar que el Gobierno estaba equivocado. La rebelión era algo nuevo para ella, nuevo y lo bastante caliente como para escaldarla si se lo permitía. Tenía que empezar con suavidad.

Pensó en David y Goliat y en todas las demás historias bíblicas que había oído alguna vez en las que el pueblo elegido de Dios luchaba contra un opresor poderoso. Pensó en los judíos y en Egipto y los faraones.

—Deja ir a mi pueblo —dijo.

Y soltó una leve carcajada cuando el televisor le respondió con una voz infantil: «De acuerdo».

—Es una señal —exclamó—. ¿Verdad?

Estuvo escribiendo durante mucho tiempo. Escribió hasta que la lista no le cupo en una única hoja de papel y el sol estuvo muy alto por encima del horizonte y la televisión empezó a hablar de la actualidad del día.

Escuchó a medias mientras continuaba escribiendo. No sucedía nada nuevo en ningún sitio. Más Regresados estaban volviendo de entre los muertos. Nadie sabía cómo ni por qué. Los centros de detención eran cada vez más grandes. Poblaciones enteras estaban siendo ocupadas, y ya no sólo en zonas rurales como Arcadia, sino en ciudades más grandes. Estaban suplantando a los Auténticos Vivos, o al menos eso dijo uno de los presentadores.

Lucille pensó que el locutor estaba reaccionando de una manera exagerada.

Cuando hubo terminado su lista, se la quedó mirando. La mayor parte de las cosas que había consignado no tenían importancia, decidió al revisarla, pero las primeras cosas, las cosas del principio de la lista, seguían siendo importantes, incluso a la luz del día. Había que hacer algo para remediarlas y, a pesar de todos sus rezos, tenía que admitir que no se había hecho nada al respecto.

—Dios mío —dijo.

Entonces se levantó y se dirigió al dormitorio. Ahora sus pies no se arrastraban, sino que caminaban con decisión. En el armario de su habitación, muy al fondo, bajo una pila de cajas y zapatos viejos que ni ella ni Harold podían ponerse ya, debajo de un montón de impresos de la declaración de impuestos, libros sin leer, polvo, moho y telarañas, estaba la pistola de Harold.

La última vez que recordaba haber visto esa pistola había sido cincuenta años antes, la noche en que Harold había atropellado a aquel perro en la carretera y se lo habían llevado a casa y, al final, habían tenido que sacrificarlo. El recuerdo acudió a su cabeza como un flash y luego volvió a desaparecer, como si una parte de ella no quisiera que la asociaran en esos momentos con los detalles de lo sucedido.

La pistola pesaba más de lo que Lucille recordaba. Sólo la había tenido en la mano una vez en toda su vida, el día en que Harold la había llevado a casa. Por algún motivo, estaba muy orgulloso de ella, pero por aquel entonces a Lucille le había costado comprender exactamente qué tenían las pistolas para ser motivo de orgullo para nadie.

El cañón era un rectángulo liso de color negro azulado que combinaba a la perfección con la empuñadura. Ésta era de acero macizo en el centro —Lucille lo sabía por su volumen y su peso—, pero con secciones de madera en cada lado que encajaban cómodamente en su mano. Era una pistola como las de las películas.

La anciana pensó en todas las películas que había visto y en todas las cosas que las pistolas habían hecho en esas películas. Matar, hacer explotar cosas, amenazar, matar, salvar, dar confianza y sensación de seguridad, matar...

Era como la muerte, pensó. Fría. Dura. Inmutable.

¿Era de eso de lo que se trataba?, meditó.

El Movimiento por los Auténticos Vivos era todo cuanto le quedaba a Fred Green.

Los campos estaban llenos de malas hierbas. La casa estaba sucia. No había ido al aserradero a buscar trabajo en semanas.

Después del alboroto de la escuela, Marvin Parker estaba detenido sin fianza, acusado de delito grave. Había salido del lío con un hombro dislocado y una costilla rota y, aunque ambos eran conscientes de los riesgos, Fred seguía sintiéndose mal por ello. Había sido una idea absurda, pensaba ahora, volviendo la vista atrás. Entonces le había dicho a Marvin: «Esto les dará una lección. Hará que se planteen trasladar a todos esos Regresados a otro sitio, apoderarse del pueblo de otra gente». Y Marvin había convenido en ello con entusiasmo. Pero actualmente estaba herido y entre rejas, y eso no le permitía tener la conciencia tranquila a Fred.

Ahora mismo, sin embargo, no podía hacer nada por él. Es más, creía que tal vez lo que había sucedido —incluso con todas sus consecuencias— no fuera suficiente. Quizá ambos hubieran estado planteándose un objetivo demasiado modesto. Aún había muchísimo por hacer.

Otros hombres habían ido a buscarlo después de aquella noche. Lugareños que comprendían lo que Fred y Marvin habían tratado de hacer y que estaban deseosos de echar una mano. No eran muchos —y la mayoría sólo sabían hablar—, pero había dos o tres que Fred confiaba en que harían lo que fuera preciso cuando llegara el momento.

Y el momento se estaba acercando a pasos agigantados. Se habían adueñado de todo el pueblo. Habían obligado a todo el mundo a abandonar sus casas o a vivir con los Regresados. ¡Carajo, la propia casa de Marvin Parker formaba ahora parte de ello! La habían tomado la Oficina y los malditos Regresados.

Fred sabía que estaba sucediendo lo mismo en otros lugares: la Oficina y los Regresados estaban presionando demasiado a la gente. Alguien tenía que poner fin a todo aquello. Alguien tenía que dar una señal por el bien de Arcadia, por el bien de los vivos. Si la gente del pueblo se hubiera preocupado, si se hubieran unido como deberían haberlo hecho al principio, las cosas no habrían llegado tan lejos. Era como había dicho Marvin al hablar del volcán que había brotado en el jardín de aquella mujer. Demasiada gente se había quedado sentada sin hacer nada mirando cómo sucedía. Fred no podía consentirlo. Ahora dependía de él.

Más tarde, esa noche, después de planear lo que iba a hacer a continuación, Fred Green se acostó y, por vez primera en varios meses, tuvo un sueño. Cuando despertó, era aún muy tarde por la noche, tenía la voz ronca y le dolía la garganta. No sabía por qué. Recordaba escasos detalles del sueño..., recordaba básicamente que estaba solo en una casa oscura. Recordaba una música, el sonido de la voz de una mujer que cantaba.

Fred extendió la mano hacia el espacio vacío que había junto a él en la cama, el espacio donde nadie dormía.

—¿Mary? —llamó.

La casa no contestó.

Se levantó de la cama y entró en el baño. Encendió la luz y se demoró allí, mirando los azulejos desnudos de las paredes donde una vez su esposa había llorado por la pérdida del hijo de ambos, preguntándose qué pensaría de él si estuviera allí en ese momento.

Al final, apagó la luz y salió del baño. Se encaminó a lo que, con los años, había acabado llamando la «habitación de los proyectos». Era una estancia grande que olía a moho y a polvo, llena hasta los topes de herramientas y trabajos de carpintería sin terminar, todo tipo de tentativas insatisfechas. Se detuvo en la puerta de la habitación, contemplando todas las cosas que había empezado y no había acabado: un juego de ajedrez hecho de madera de secuoya (nunca había aprendido a jugar, pero respetaba la complejidad de las piezas), un podio muy recargado hecho de roble podrido (no había pronunciado un discurso en toda su vida, pero admiraba la imagen de un orador en un podio bien hecho), un caballo mecedor a medio terminar. En ese preciso instante no recordaba por qué había comenzado a hacerlo, ni tampoco por qué lo había dejado. Pero allí estaba, en la esquina de su habitación de los proyectos, sepultado bajo cajas y colchas de parches guardadas hasta el invierno.

¿Por qué habría comenzado a hacer algo tan absurdo?

Se acercó al rincón desordenado y lleno de polvo donde se encontraba el caballo y pasó la mano por la madera áspera. Era rugosa y estaba sin lijar pero, no sabía por qué, la encontró agradable al tacto. Los años de abandono habían suavizado los bordes.

Aunque no era el objeto más logrado de los que había empezado, no le pareció horrendo, sino quizá tan sólo un poco chapucero. La boca no estaba bien hecha —había algo discordante en el tamaño de los dientes del caballo—, pero le gustaba el aspecto de las orejas del animal. De pronto recordó cuánta atención les había dedicado cuando trabajaba en ellas. Eran la única parte de la criatura que creyó que podía tener una auténtica posibilidad de salir bien. No habían sido fáciles de hacer y le habían dejado las manos llenas de ampollas y provocado calambres durante varios días. Pero, al mirarlas ahora, el esfuerzo parecía haber valido la pena.

Fue justo detrás de las orejas, por encima del lugar donde comenzaban las crines, donde sólo el jinete podía verlas —por pequeño que tuviera que ser para montarse en el animal—, donde Fred reparó en las letras grabadas en la madera.

H-E-A-T-H-E-R.

¿No era ése el nombre que él y Mary habían elegido para su bebé?

—Mary —llamó Fred una vez más.

Al no responderle nadie, fue como si el universo hubiera confirmado con carácter definitivo todo lo que estaba planeando hacer, lo que sabía que tenía que pasar. Le había dado al universo una oportunidad de cambiar de opinión y el universo sólo le había devuelto silencio y una casa vacía.

Nathaniel Schumacher

Hacía ya dos meses que había regresado y su familia lo amaba tanto como lo había amado durante los largos y radiantes días de su vida. Su mujer, aunque ahora era más vieja, lo acogió lanzándole los brazos al cuello y llorando y apretándolo contra sí. Sus hijos, a pesar de no ser ya unos niños, se apiñaron a su alrededor como habían hecho durante todos los días de su vida. Eran aún unos hermanos de esos que se disputan la atención de sus padres y nada de ello había cambiado en los veinte años transcurridos entre la muerte de su padre y el día en que se había convertido en uno de los Regresados.

Bill, el mayor, a pesar de tener ahora su propia familia, seguía yendo detrás de su padre y tildaba a su hermana Helen de «tonta» e «imposible», tal como lo había hecho durante toda su infancia.

Ambos se mudaron al hogar de su niñez, como intuyendo que el tiempo sería frágil y efímero, y se pasaban los días orbitando alrededor de su padre y de todo lo que él suponía para ellos. Su fuerza de gravedad los atraía. A veces se quedaban levantados por la noche hasta tarde, hablándole de todos los hilos de la vida que se habían ramificado hacia afuera desde que él se había ido. Él sonreía ante sus noticias y de vez en cuando había discusiones cuando no las aprobaba, pero incluso las discusiones eran acogidas con una sensación de pertinencia, una especie de reconfirmación de que, en efecto, él era quien parecía ser.

Era su padre, y era un Regresado.

Y después, un buen día, se fue de nuevo.

Nadie sabía con exactitud cuándo había desaparecido, sólo sabían que no estaba. Lo buscaron, confusos, pues no podían sino admitir que su regreso de la tumba había sido algo incierto e inesperado para empezar, de modo que, ¿por qué había de ser diferente su desaparición?

Durante un breve período de tiempo lo lamentaron. Lloraban y montaban un gran drama, y Bill y Helen se peleaban diciendo uno que el otro había hecho esto y aquello para provocar su partida, y su madre tenía que interceder en nombre del decoro. Se pedían perdón sin realmente quererlo y se decían el uno al otro rezongando lo que había que hacer. Fueron a denunciar su desaparición. Incluso fueron a ver a los soldados de la Oficina y les contaron que su padre se había ido. «Simplemente ha desaparecido», les dijeron.

Lo único que hicieron los soldados fue tomar notas, sin parecer sorprenderse.

Al final no hubo nada que hacer. Simplemente ya no estaba. Pensaron en ir a visitar su tumba, sacar el ataúd de su sagrada cripta, sólo para asegurarse de que todo volvía a ser como debía y que no estaba en algún lugar del mundo sin ellos.

Pero su madre no lo aprobó, y simplemente dijo: «Ya tuvimos nuestro tiempo».

DIECISÉIS

Estaba más delgada. Aparte de eso, no había cambiado en nada.

—¿Cómo estás? —le preguntó. Ella le acarició la mano y se acurrucó contra su hombro.

—Bien.

—¿Has comido? Quiero decir que si te dan de comer.

Ella asintió y le arañó suavemente el antebrazo con las uñas.

—Te he echado de menos —dijo.

El centro de detención de Meridian, Mississippi, permitía una cierta relación entre Auténticos Vivos y Regresados. Las circunstancias eran lamentables, pero ni mucho menos tanto como en Arcadia. Los vivos y los Regresados se reunían en un patio cercado situado entre el edificio más grande del complejo y la zona de seguridad donde registraban a los vivos en busca de armas y malas intenciones en general.

—Yo también te he echado de menos —repuso él finalmente.

—Traté de encontrarte —señaló ella.

—Me mandaron una carta.

—¿Qué clase de carta?

—Sólo decía que me estabas buscando.

Ella asintió.

—Fue antes de que empezaran a encerrar a todo el mundo.

—¿Cómo está tu madre?

—Muerta —respondió él en un tono más inexpresivo de lo

281

que pretendía—. O quizá no. Es difícil estar seguro en estos tiempos.

Ella seguía acariciándole la mano de esa manera lenta e hipnótica en que lo hace a veces un amor familiar. Sentado tan cerca de ella —oliéndola, sintiendo su mano, oyendo el sonido de la vida entrar y salir de sus pulmones—, el pastor Robert Peters olvidó todos los años, todos los errores, todos los fracasos, todo el dolor y toda la soledad.

Ella se inclinó hacia él.

—Podemos irnos —dijo en voz baja.

—No, no podemos.

—Sí, sí podemos. Nos iremos juntos, como hicimos la última vez.

Él le dio una palmadita en la mano con ternura casi paternal.

—Aquello fue un error —declaró—. Deberíamos haber esperado.

—¿Esperado a qué?

—No lo sé. Deberíamos haber esperado. El tiempo tiene su manera de arreglar las cosas. Lo he aprendido. Ahora soy un viejo. —Se quedó pensativo por unos instantes y luego se corrigió a sí mismo—: Bueno, tal vez no sea un viejo, pero desde luego no soy joven. Y si una cosa he aprendido es que nada es insoportable si se tiene tiempo suficiente.

Pero ¿no era ésa su mayor mentira? ¿Acaso no había sido precisamente lo insoportable de no estar con ella todos los días lo que lo había llevado hasta allí? No había superado nunca su pérdida, no se había perdonado nunca lo que le había hecho. Se había casado y había vivido y había entregado su vida a Dios y hecho todas las demás cosas que debe hacer una persona y, a pesar de todo, no había superado su pérdida. La había amado más de lo que había amado a su padre, más de lo que había amado a su madre, más de lo que había amado a Dios. Y sin embargo la había abandonado. Y después ella se había ido. Se había ido y había hecho lo que había prometido: se había matado.

Y él lo recordaba todos los días.

Casarse con su mujer no había sido más que una concesión de su alma. Era lo que parecía lógico. Así que se había casado, con todo el entusiasmo y el sentido común de comprar una casa o invertir en un plan de pensiones. E incluso el hecho de que más adelante su mujer y él acabaran descubriendo que los hijos no iban a ser parte de su vida le había parecido oportuno.

Lo cierto era que nunca había imaginado tener hijos con ella. Lo cierto era que, por mucho que creyera en la institución del matrimonio, por muchos sermones que hubiera predicado en relación con ese tema a lo largo de los años, por muchos matrimonios que hubiera ayudado personalmente a reparar, por muchas veces que les hubiera dicho a parejas de ojos sombríos en su despacho «Dios y el divorcio no se llevan bien», por mucho que hubiera hecho todas esas cosas, siempre había estado buscando una salida.

Sólo había necesitado que los muertos empezaran a volver de la tumba para encontrar la motivación que necesitaba.

Ahora estaba con ella y, aunque no era todo perfecto, se sentía mejor de lo que se había sentido en muchos años. Tenía la mano de ella en la suya. Podía sentirla, tocarla, percibir su familiar olor, un olor que no había cambiado en todos esos años. Sí, era así como tenía que ser.

En el área de visitas, aquí y allá, los guardias separaban a los muertos de los vivos. La hora de visita había terminado.

—No pueden retenerte aquí de este modo. Es inhumano. —Le cogió la mano.

—Estoy bien —replicó ella.

—No, no lo estás.

La rodeó con el brazo, respiró hondo y su olor lo llenó por completo.

—¿Vienen a visitarte? —le preguntó.

—No.

—Lo siento.

—No lo sientas.

—Ellos te quieren.

—Lo sé.

—Sigues siendo su hija. Lo saben. Tienen que saberlo.

Ella asintió con la cabeza.

Los guardias hacían su ronda. Cuando era preciso, intervenían y separaban a la gente. «Hora de irse», era todo lo que decían.

—Te sacaré de aquí —prometió él.

—De acuerdo —repuso ella—. Pero si no lo haces, tampoco importa. Lo entiendo.

Entonces se presentaron los guardias y pusieron fin a su tiempo.

Esa noche, el pastor no durmió bien. Tuvo el mismo sueño una y otra vez.

Tenía dieciséis años y estaba solo en su habitación. En algún lugar de la casa, su padre y su madre dormían. El silencio reinante estaba lleno de pesadumbre. El calor de la discusión seguía suspendido en las esquinas, como una nevada nocturna.

Se levantó y se vistió tan sigilosa y secretamente como pudo, y anduvo despacio, descalzo, sobre el suelo de madera. Era verano y el canto de los grillos saturaba la noche húmeda.

Había creído que su partida sería muy dramática. Había creído que su padre o su madre se despertarían justo cuando él salía de la casa y que se produciría un enfrentamiento de algún tipo, pero no pasó nada. Tal vez hubiera leído demasiadas malas novelas o visto demasiadas películas. En el cine, la partida de alguien a menudo estaba adornada por alguna clase de espectáculo. Siempre había alguien que gritaba. A veces había violencia. Siempre había una declaración final de mal agüero en el momento de la separación

—«¡Espero no volver a verte nunca más!», o algo así— que acababa sellando el destino de todos los personajes implicados.

Pero en su propia vida se había fugado mientras todos dormían, y lo único que iba a suceder es que se despertarían y descubrirían que se había ausentado y punto. Sabrían adónde había ido y por qué. No irían tras él porque ése no era el estilo de su padre. El amor de su padre era una puerta abierta. No se cerraba nunca, ni para dejarte fuera ni para retenerte dentro.

Tuvo que caminar casi una hora antes de encontrarse con ella. La luz de la luna volvía su cara pálida y le confería un aspecto cadavérico. Siempre había sido una chica muy delgada, pero ahora, bajo esa luz, parecía moribunda.

—Espero que se muera —dijo.

El pastor —que aún no era pastor, sino tan sólo un muchacho— la miró de hito en hito. Tenía un ojo hinchado y una línea oscura de sangre cruzaba el espacio comprendido entre el labio y la nariz. Era difícil saber por dónde sangraba.

Ella había vivido la partida dramática que Robert había imaginado para sí mismo.

—No digas esas cosas —le advirtió.

—¡Que se vaya al diablo! ¡Espero que lo atropelle un maldito autobús! ¡Espero que un perro le destroce la garganta! Espero que pesque una enfermedad que tarde semanas en matarlo y que cada día sea peor que el anterior. —Hablaba apretando los dientes y sus manos eran puños que oscilaban al final de sus brazos.

—Lizzy —dijo él.

Ella gritó. Furia, dolor y miedo.

—¡Liz, por favor!

Más gritos.

En los años de recuerdos que se habían instalado entre la persona que Elizabeth Pinch era realmente y la que él recordaba, Robert Peters había olvidado la mayoría de las cosas.

El pastor se despertó con el bramido de un enorme camión que pasaba por la autopista. El motel tenía las paredes delgadas y siempre había camiones circulando en una y otra dirección, yendo y viniendo del centro de detención. Camiones grandes y oscuros que parecían exagerados escarabajos prehistóricos. A veces iban tan llenos que los soldados viajaban colgados de los costados.

El pastor se preguntó si habían ido así todo el camino por la autopista, colgando de los camiones. Era un modo peligroso de viajar. Pero, pensándolo bien, teniendo en cuenta que la muerte era un poco ambivalente en esos tiempos, tal vez no fuera tan peligroso como en el pasado.

Cuando volvía del centro de detención, la radio anunció que habían matado a un grupo de Regresados a las afueras de Atlanta. Estaban ocultos en una casita de un pueblo pequeño —todas las cosas malas parecían suceder primero en un pueblo pequeño— cuando un grupo de partidarios del Movimiento por los Auténticos Vivos los descubrieron y se presentaron en el lugar exigiendo que se rindieran y se marcharan pacíficamente.

Algunos simpatizantes se habían visto asimismo atrapados en medio del altercado: los habían sorprendido escondiendo a los Regresados. El incidente de Rochester parecía ahora muy lejano.

Cuando los fanáticos de los Auténticos Vivos aparecieron en la puerta principal, las cosas se pusieron feas enseguida. Habían acabado prendiendo fuego a la casa y todos los que estaban dentro, tanto vivos como Regresados, habían resultado muertos.

La radio dijo que se habían practicado detenciones, pero que aún no se habían presentado cargos.

El pastor Peters permaneció largo tiempo en la ventana del motel, observando las cosas pasar a su alrededor y pensando en Elizabeth.

Mentalmente la llamaba *Elizabeth*.

Liz era como la llamaba antes.

Volvería a verla al día siguiente, siempre y cuando los soldados no pusieran trabas. Hablaría con quien tuviera que hablar para que la dejaran en libertad bajo su custodia. Podía hacer uso de su peso espiritual cuando lo necesitaba, aplicar un leve sentimiento de culpa, como les enseñaban a hacer a todos los clérigos.

Sería difícil, pero funcionaría. Volvería a tenerla consigo por fin.

Por la gracia de Dios, todo saldría bien. Lo único que el pastor Robert Peters tenía que hacer era ponerlo en práctica con convencimiento.

—Por la gracia de Dios, todo saldrá bien —dijo Robert—. Lo único que tenemos que hacer es ponerlo en práctica con convencimiento.

Ella soltó una carcajada.

—¿Cuándo te volviste tan religioso, Bertie?

Él le oprimió la mano. Hacía años que nadie lo llamaba así. Nadie aparte de ella lo había llamado nunca *Bertie*.

Elizabeth había vuelto a reclinar su cabeza sobre su hombro, como si estuvieran sentados en aquel viejo roble de la granja del padre de ella hacía tantos años, y no en la sala de visitas del centro de detención de Meridian. El pastor le acarició el pelo. Había olvidado su color tan parecido a la miel y cómo se escurría como el agua entre sus dedos. Cada día que pasaba con ella volvía a descubrirla.

—Sólo necesitan que los convenzan un poco más —dijo.

—Harás todo lo posible —repuso ella.

—Sí.

—Todo saldrá bien —manifestó Elizabeth.

Él le dio un beso en la frente, lo que le mereció miradas de reprobación por parte de quienes los rodeaban. Al fin y al cabo, ella sólo tenía dieciséis años. Tenía dieciséis años y era pequeña para su edad. Y él era enorme y mucho mayor de dieciséis. Aunque fuera una Regresada, seguía siendo una niña.

—¿Cuándo te volviste tan paciente? —le preguntó.

—¿A qué te refieres?

—Tu mal genio ha desaparecido.

Ella se encogió de hombros.

—¿Qué sentido tiene? La rabia contra el mundo y el mundo en sí mismo siguen ahí.

Él la miró con los ojos abiertos de par en par.

—Eso es muy profundo —declaró.

Ella se echó a reír.

—¿Qué te parece tan gracioso?

—¡Tú! ¡Eres tan serio!

—Supongo que sí —replicó el pastor—. Me he hecho viejo.

Ella devolvió su cabeza al hombro de él.

—¿Adónde iremos? —inquirió—. Una vez estemos fuera de aquí, quiero decir.

—Me he hecho viejo —repitió él.

—Podríamos ir a Nueva York —sugirió ella—. A Broadway. Siempre he querido ver Broadway.

Él asintió y miró la mano pequeña y joven que sostenía en la suya. El tiempo no había pasado por esa mano. Seguía siendo tan pequeña y suave como antes. Esa circunstancia no debería haber sorprendido a Robert Peters. Al fin y al cabo, eso era lo que los Regresados habían sido siempre: una negación de las leyes de la naturaleza. De modo que, ¿por qué su mano, por pulcra y suave que fuera, había de perturbarlo tanto?

—¿Te parezco viejo? —le preguntó.

—O quizá podríamos ir a Nueva Orleans —prosiguió ella. Se incorporó llena de entusiasmo—. ¡Oh, sí! ¡A Nueva Orleans!

—Quizá —terció él.

Elizabeth se puso en pie y lo miró, con las esquinas de los ojos curvadas hacia arriba de felicidad.

—¿Te lo imaginas? —continuó—. Tú y yo en Bourbon Street. Música de jazz por todas partes. ¡Y la comida! ¡Mejor no empiezo a hablar de la comida!

—Parece un plan estupendo —replicó él.

Ella le cogió las manos y atrajo su enorme corpachón contra su cuerpo.

—Baila conmigo —dijo.

El pastor accedió, a pesar de las miradas y de los susurros que eso provocó.

Giraron despacio. La cabeza de ella apenas le llegaba a la altura del pecho. Era muy menuda, casi tanto como la esposa del pastor.

—Todo saldrá bien —dijo con la cabeza apoyada en su amplio pecho.

—Pero ¿y si se niegan a dejarte ir?

—Saldrá bien —repitió ella.

Continuaron meciéndose en silencio. Los soldados los observaban. «Así es como será todo de ahora en adelante», pensó el pastor Peters.

—¿Recuerdas que te dejé? —le preguntó.

—Oigo el latido de tu corazón —manifestó ella como respuesta.

—De acuerdo —dijo él. Y al cabo de un instante repitió—: De acuerdo.

Ésa no era la conversación que había imaginado que tendrían. La Elizabeth Pinch de sus recuerdos —la que había planeado sobre el altar de su matrimonio todos esos años— no era una persona que evitara discutir. No. Era una luchadora, incluso en los lugares y en los momentos que no justificaban ni admitían una pelea. Maldecía, decía palabrotas, lanzaba cosas. Era como su padre: una criatura de la ira. Y ése era el motivo por el que la había amado tanto.

—Te sacaré de aquí como sea —afirmó el pastor, aunque, mentalmente, ya la había dejado bailando sola en aquella prisión.

Robert Peters ya sabía lo que iba a hacer: la dejaría y no volvería, igual que había hecho en el pasado. Aquélla no era su Elizabeth. Y eso haría que esa vez fuera más fácil.

Pero aunque hubiera sido ella —aunque hubiera sido su *Liz*—, no habría habido diferencia. La habría dejado en cualquier caso porque sabía, porque había sabido siempre, que ella lo dejaría a él. Que se cansaría de él, de su religión, de su cuerpo grande y lento, de su absoluta normalidad.

Liz había sido de esas personas que bailaban sin música, y él era de los que bailaban sólo por la fuerza. Muchos años antes, si él no la hubiera dejado y hubiera vuelto a casa, ella lo habría dejado a él y se habría ido a Nueva Orleans, igual que ese espectro de Liz quería hacer ahora.

Ese rasgo suyo persistía en aquella jovencita Regresada, lo bastante de Lizzy como para recordarle a Robert todo lo grande y terrible que había en sí mismo. Era suficiente para hacerle ver la verdad: que por mucho que la hubiera amado, por mucho que la hubiera deseado, su historia no habría funcionado. Y, a pesar del modo en que todo había acabado para ella, aunque él hubiera permanecido a su lado todos esos años, aunque hubiera huido con ella y quizá hubiera podido evitar su muerte, nada habría cambiado. Cuanto más tiempo hubieran permanecido juntos, más se habría ido desvaneciendo lo que amaba de ella, hasta que, al final, Elizabeth habría desaparecido. Tal vez no físicamente, pero todo lo que amaba de ella habría desaparecido.

Y ambos lo habrían lamentado.

Así que el pastor Robert Peters permaneció en el centro de detención de Meridian y bailó con la chica de dieciséis años a la que una vez había amado, y le mintió y le dijo que se la llevaría de allí. Y ella le mintió a su vez y le dijo que lo estaría esperando y que nunca lo abandonaría.

Bailaron juntos esa última vez y se dijeron el uno al otro todas esas cosas.

Así sucedía en todas partes.

Connie Wilson

Todo avanzaba hacia el terror que se avecinaba. Lo presentía. Era inevitable, como cuando la tierra está seca y yerma, los árboles grises y quebradizos, la hierba parda y llena de claros... Algo tenía que cambiar. Creía que todos los que vivían en Arcadia lo intuían, aunque nadie sabía con exactitud qué era lo que sentían. Trató de ignorar sus miedos, de enterrarlos en el día a día de cuidar de su marido y mantener a los niños limpios y bien alimentados, pero estaba preocupada por la señora Lucille. Desde que habían llegado a ese lugar, se habían tropezado con su marido Harold en una ocasión, y Connie había tratado de permanecer con él y con Jacob con el fin de averiguar acerca de la señora Lucille.

Pero, después, las cosas se le habían ido de las manos y ahora no sabía dónde se encontraba ninguno de los dos.

—Todo estará bien —solía decir.

Los Regresados eran aún prisioneros del pequeño pueblo, prisioneros de la Oficina y de un mundo inseguro. Y los Auténticos Vivos de Arcadia eran víctimas por derecho propio, pues les habían robado el pueblo entero, cuya mismísima identidad había huido.

—Nada de esto saldrá bien —dijo entonces Connie, viendo lo que tenía ante sus ojos.

Cogió a sus hijos en brazos pero, aun así, no logró librarse del miedo que la atenazaba.

DIECISIETE

Harold y el agente Bellamy se habían reunido bajo el opresivo calor veraniego de Arcadia para lo que sería su última entrevista, cosa que al anciano no le molestaba particularmente. El neoyorquino era cada vez mejor en el juego de la herradura. Estaba volviéndose demasiado bueno.

Al final, a pesar de sus muchas protestas, iban a trasladarlo. El coronel se había encargado de ello, aduciendo que en el centro de detención de Arcadia había demasiada aglomeración y falta de tiempo en general para que Bellamy pudiera llevar a cabo sus entrevistas. Había otros trabajos que los agentes de la Oficina podían hacer, trabajos mucho más urgentes, pero no eran el tipo de tarea en la que Bellamy hubiera querido involucrarse, de modo que el coronel iba a mandarlo a otro lugar.

Bellamy procuraba no pensar en ello. Procuraba no pensar en lo que ello significaría para su madre. Lanzó su herradura y esperó lo mejor. Aterrizó con firmeza.

Cling.

—Supongo que sabe usted que me voy —dijo con su estilo directo y tranquilo.

—Algo he oído —replicó Harold—. O, mejor dicho, me lo he figurado.

Procedió a lanzar.

Cling.

Ninguno de los dos llevaba ya la cuenta de los puntos.

Seguían jugando en la pequeña franja de hierba situada en mitad de la escuela, como si no hubiera otros lugares para elegir. No obstante, ese lugar concreto tenía algo a lo que ambos se habían acostumbrado. Era ligeramente más privado ahora que todo el pueblo estaba al alcance del resto de los prisioneros. La gente se había extendido hacia afuera, emigrando fuera de la escuela y de las demás escasas construcciones provisionales que la Oficina había establecido. Ahora, el pueblo de Arcadia estaba lleno. Todos los edificios que se habían quedado vacíos por años de existencia y fracaso de un pueblo y la emigración de sus habitantes habían sido transformados en lugares donde la gente podía vivir. Incluso las calles —por pocas que hubiera en Arcadia— se habían convertido en lugares donde la gente podía plantar tiendas y establecer zonas donde la Oficina pudiera distribuir artículos de primera necesidad. Ahora, la ocupación de Arcadia era total.

Pero incluso sin todo eso, ese lugar, ese pedacito de pueblo, era donde habían pasado las dos últimas semanas forcejeando el uno con el otro.

Bellamy sonrió.

—Por supuesto que sí.

Miró a su alrededor. Arriba, sobre sus cabezas, el cielo era de un azul fuerte e intenso, salpicado aquí y allá de nubes blancas que no portaban lluvia. A lo lejos soplaba el viento, susurrando entre los árboles en los bosques, volviendo atrás entre el calor y la humedad y azotando los edificios de la población.

Cuando la brisa alcanzó a Harold y a Bellamy, no era más que una exhalación de calor y tremenda humedad. Olía a orina y a sudor y a demasiada gente mantenida durante demasiado tiempo en condiciones deplorables. Por aquel entonces, casi todo en Arcadia olía así. El olor lo impregnaba absolutamente todo, hasta tal punto que nadie, incluido el agente Bellamy, reparaba ya apenas en él.

—¿Va a preguntármelo o no? —inquirió Harold.

Bellamy y él caminaban el uno al lado del otro entre la canícula y el hedor para ir a recoger sus herraduras. Jacob no estaba lejos, en el edificio de la escuela, con la señora Stone, una persona que ocupaba los pensamientos de Harold desde hacía bastante tiempo.

—Y antes de que pasemos demasiado tiempo jugando a jueguecitos —añadió con intención—, decidamos de común acuerdo saltarnos el baile, si no le importa. Ambos sabemos quién es.

—¿Cuándo lo supo?

—Poco después de su llegada. Pensé que el hecho de que acabara en nuestra habitación no era pura coincidencia.

—Supongo que no soy tan listo como creo, ¿eh? —replicó Bellamy.

—Nada de eso. No podía usted pensar con claridad, eso es todo. Trato de no guardarle rencor por ello.

Ambos lanzaron la herradura. Cling. Cling. El viento arreció de nuevo y por unos instantes el aire olió a fresco, como estuviera avecinándose lentamente algún cambio. Luego desapareció, y el calor volvió a saturar el ambiente y el sol cruzó el cielo.

—¿Cómo está? —quiso saber el agente Bellamy.

Cling.

—Está bien. Ya lo sabe usted.

—¿Pregunta por mí?

—Constantemente.

Cling.

Bellamy se quedó un momento pensativo, pero Harold no había terminado.

—Si se plantara usted frente a ella y le diera un beso en la frente, no lo reconocería. La mitad del tiempo cree que yo soy usted. El resto del tiempo piensa que soy su padre.

—Lo siento —se disculpó el agente.

—¿Por qué?

—Por implicarlo a usted en todo esto.

Harold enderezó la espalda, asentó bien los pies y apuntó.

Luego lanzó con fuerza y erró completamente el tiro. Sonrió.

—Yo habría hecho lo mismo. De hecho —prosiguió—, ésa es mi intención.

—Quid pro quo, supongo.

—Ojo por ojo suena mejor.

—Lo que usted diga.

—¿Cómo está Lucille?

Bellamy suspiró y se rascó la coronilla.

—Bien, por lo que me han dicho. No sale mucho de casa pero, francamente, en este sitio no hay mucho por lo que salir.

—Hacen de nosotros lo que quieren —replicó Harold.

Bellamy lanzó su herradura, que aterrizó a la perfección.

—Ha empezado a llevar encima una pistola —lo informó.

—¿Qué? —La imagen de su vieja pistola destelló en su mente seguida del recuerdo de la noche previa a la muerte de Jacob y del perro que se había visto obligado a matar.

—Por lo menos eso es lo que me han dicho. Se detuvo en uno de los puestos de control de la carretera. La tenía en el asiento de la camioneta. Cuando le preguntaron por qué la llevaba, les soltó un discurso sobre el «derecho a preservar su seguridad» o algo así. Luego amenazó con disparar. Aunque no estoy seguro de que lo dijera realmente en serio.

Mientras Bellamy se dirigía al otro extremo del camino levantando una polvareda bajo sus pies, Harold permaneció allí, miró al cielo y se enjugó el sudor de la cara.

—Ésa no parece la mujer con la que me casé —dijo—. La mujer con la que me casé habría disparado primero y después habría soltado su discurso.

—Siempre pensé que era más del tipo «Deja que Dios se ocupe de ello» —intervino Bellamy.

—Eso vino más tarde —repuso Harold—. Al principio era una rebelde. No podría creer usted algunos de los berenjenales en los que nos metimos cuando éramos jóvenes.

—Nada que se refleje en su historial. He hecho investigaciones sobre ustedes dos.

—Que no te atrapen no significa que no estés quebrantando la ley.

Bellamy sonrió.

Cling.

—Ya me preguntó usted por mi madre una vez —comenzó.

—Sí —replicó Harold.

—Mi madre acabó muriendo de neumonía. Pero eso fue al final. Fue la demencia lo que en verdad se la llevó, pedazo a pedazo.

—Y regresó igual.

Bellamy asintió.

—Y ahora va usted a abandonarla.

—No es mi madre —repuso Bellamy, sacudiendo la cabeza—. Es una fotocopia de alguien, nada más. Lo sabe usted tan bien como yo.

—Ah —repuso Harold con frialdad—. Se refiere usted al chiquillo.

—En ese aspecto, usted y yo somos iguales —manifestó Bellamy—. Ambos sabemos que los muertos están muertos y que ahí acaba todo.

—En tal caso, ¿por qué me la trajo? ¿Por qué se tomó usted tantas molestias?

—Por el mismo motivo por el que usted está con su hijo.

El aire se mantuvo tórrido y el cielo siguió siendo de un azul intenso e impenetrable durante el resto del día. Los dos hombres continuaron jugando sin parar, una partida tras otra, sin anotar los puntos, sin saber muy bien ninguno de los dos cuántas partidas habían jugado ni qué sentido tenía todo aquello. Simplemente orbitaban el uno alrededor del otro en medio de un pueblo que no era el que había sido, en una tierra que no era como había sido, y dejaban girar al mundo, mientras todas sus palabras zumbaban en el aire a su alrededor.

La noche encontró a Lucille encorvada sobre su escritorio y la casa de los Hargrave impregnada de un olor a aceite para limpiar armas. El sonido de un cepillo metálico que rascaba un objeto de acero resonaba en todas las estancias.

Debajo de la pistola, Lucille había encontrado el pequeño equipo de limpieza que sólo se había utilizado de manera ocasional desde que la compraron tantos años antes. Junto a los productos de limpieza había unas instrucciones. La única parte difícil había sido desarmar la pistola.

Era enervante, puesto que había que apuntar el cañón en una dirección mientras se introducía un instrumento para hacer girar unos bujes. Cuando llegó la hora de volver a montarla, Lucille se encontró con que había unos muelles a los que poner cuidado y una serie de piezas pequeñas y duras que no podían perderse. Luchó con todas esas cosas mientras se recordaba a sí misma cada segundo que pasaba que el arma no estaba cargada y que, por tanto, no iba a hacer ninguna estupidez como dispararse a sí misma sin querer.

Había quitado las balas, que estaban ahora dispuestas formando una hilera al otro extremo del escritorio. Las limpió también, utilizando tan sólo el cepillo metálico, evitando el solvente limpiador por miedo a que se produjera alguna misteriosa reacción química si el producto con olor a aguarrás se mezclaba con la pólvora del interior.

Tal vez estuviera siendo excesivamente precavida, pero no le importaba.

Mientras extraía las balas, encontró algo armónico en el sonido que producían, una tras otra, al emerger del fino tambor de acero.

Clic.

Clic.

Clic.

Clic.

Clic.

Clic.

Clic.

Sostenía siete vidas en la mano. Entonces la asaltó una imagen de sí misma, Harold, Jacob y la familia Wilson todos muertos. Siete muertes.

Hizo rodar los pequeños y pesados proyectiles en la palma. Cerró el puño y se concentró en la sensación que le causaban en la mano las puntas redondas y suaves al hincársele en la carne. Las apretó con tanta fuerza que por un momento pensó que podía hacerse daño.

Después las puso en fila a lo largo del escritorio con delicadeza y cuidado, como si fueran pequeños misterios. Dejó la pistola en su regazo y leyó las instrucciones.

El papel mostraba la imagen de la parte superior del arma deslizándose hacia atrás para descubrir el interior del tambor. Cogió la pistola y la examinó. Colocó las manos cerca de la parte posterior de la corredera tal como indicaba la imagen y apretó. No sucedió nada. Apretó más fuerte. Aún nada. Volvió a examinar la fotografía. Parecía estar haciéndolo todo correctamente.

Lo intentó por última vez, apretando con tanta fuerza que notó que se le hinchaban las venas del cuerpo. Apretó los dientes y emitió un leve gemido y, de pronto, la corredera retrocedió y una bala saltó de la pistola y cayó tintineando al suelo.

—Dios mío —exclamó al tiempo que sus manos empezaban a temblar. Durante largo rato dejó la bala descansar en el suelo y no hizo más que mirarla, pensando en lo que podría haber pasado—. Puede que tenga que estar preparada para eso —dijo.

Entonces recogió la bala, la dejó sobre el escritorio y se dedicó a limpiar el arma y a pensar en qué le tendría reservado exactamente la noche.

Cuando llegó la hora de dejar la casa, Lucille salió por la puerta principal, se detuvo junto a la cansada y vieja camioneta y miró atrás, y durante largo rato guardó silencio. Imaginó que, desde la distancia suficiente, se veía girando alrededor de la casa vieja y estropeada por el tiempo que ahora, mientras anochecía a su alrededor, abandonaba. Allí había estado casada, la habían amado, había criado a un hijo y había peleado con un marido, un marido que, ahora que estaba separada de él, se daba cuenta de que no era tan gruñón y ruin como a menudo pensaba.

Por su parte, Lucille tomó aliento y retuvo la imagen de la casa y todo lo que significaba para ella en el universo de sus pulmones hasta que creyó que se iba a desmayar. Luego lo retuvo por más tiempo aún, aferrándose a ese momento, a esa imagen, a esa vida, al aire que había inspirado, a pesar de saber que tendría que soltarlo.

El soldado que estaba de guardia esa noche era un muchacho joven e inquieto de Kansas. Se llamaba Junior, y vigilar el pueblo había acabado resultándole algo más agradable gracias al hombre chistoso y malhumorado con el que había trabado amistad.

Como todos aquellos que se ven envueltos en una tragedia, Junior tenía la impresión de que estaba cociéndose alguna desgracia. Se había pasado la noche verificando compulsivamente su teléfono por si tenía mensajes nuevos, preocupado por la sensación de que estaba destinado a decirle a alguien algo importante.

En el interior de la caseta, se aclaró la garganta al oír a lo lejos el sonido de una vieja camioneta Ford que se acercaba. A veces le parecía extraña la manera en que el cercado que rodeaba el pueblo acababa tan de repente en la única carretera de dos direcciones que desembocaba tan de improviso en el campo. Era como si todo lo que estaba sucediendo dentro del cercado, dentro de la Barricada, dentro del conjunto del pueblo ahora contenido, tuviera que terminar de pronto.

El motor traqueteaba y resoplaba y los faros daban ligeros bandazos sobre la carretera como si quien fuera que se hallaba al volante estuviera teniendo problemas. Junior pensó que quizá fuese algún chico dando una vuelta en un coche robado (recordaba haber robado la vieja camioneta de su padre una noche, cuando tenía la edad en que lo que hace una persona son este tipo de cosas).

Kansas y Carolina del Norte no eran tan diferentes, pensó el muchacho. Por lo menos esa parte de Carolina del Norte no era tan diferente. Llanuras. Granjas. Gente normal y trabajadora. Si no fuera por la maldita humedad suspendida en el aire como un espectro, tal vez, sólo tal vez, podría considerar establecerse allí. Casi nunca había tornados, y la gente, con toda esa hospitalidad sureña de la que había oído hablar, era bastante amigable.

El chirrido de los frenos de la camioneta devolvió la atención de Junior al lugar que le correspondía. El vehículo azul traqueteó por un momento y luego el motor calló. Las luces seguían encendidas, fuertes y brillantes. Recordó que una vez lo habían instruido sobre ese tipo de cosas. Los faros debían cegar a todo el mundo de manera que el ocupante del vehículo pudiera salir y disparar sin ser visto.

A Junior no le habían interesado nunca las armas, lo cual era una buena cosa porque resultó ser un tirador malísimo. En ese

303

preciso momento, las luces largas cambiaron a cortas y por fin pudo distinguir a la mujer de setenta y tantos años sentada detrás del volante —con el rostro tenso y lleno de rabia—, al tiempo que lo asaltaba la impresión de que, ante todo, en esos instantes no debería haber ninguna pistola en las proximidades. Pero él era un guardia, de modo que tenía su arma. Y cuando Lucille salió por fin de la camioneta vio que también ella iba armada.

—¡Señora! —gritó Junior, acercándose rápidamente desde la improvisada caseta—. ¡Señora, va a tener que dejar el arma! —Le temblaba la voz, pero él siempre tenía la voz temblorosa.

—Esto no tiene nada que ver contigo, muchacho —replicó ella, deteniéndose frente a la camioneta, que aún tenía las luces encendidas brillando a su espalda. Llevaba un viejo vestido de algodón azul, liso, sin vuelo y sin florituras, que le llegaba casi hasta los tobillos. Era el vestido que se ponía para acudir a las citas médicas cuando quería dejarle claro al doctor, desde el principio, que no estaba dispuesta a aceptar ninguna noticia que no le gustara particularmente.

Un grupo de Regresados salió entonces en fila de la caja de carga del vehículo y de la cabina. Tantos que a Junior le recordaron al circo que solía visitar su pueblo todos los años en otoño. Los Regresados se apiñaron detrás de la anciana formando una pequeña multitud silenciosa.

—Es una cuestión de decencia y de comportamiento adecuado —manifestó Lucille, sin hablarle necesariamente al joven soldado—. Simplemente decencia humana básica.

—¡Señor! —gritó Junior, sin saber exactamente a quién estaba llamando, sabiendo tan sólo que lo que estaba sucediendo en esos momentos, fuera lo que fuese, no era algo en lo que le interesara participar—. ¡Señor! ¡Aquí tenemos un problema! ¡Señor!

Se oyó el plaf, plaf, plaf de unos pies calzados con botas que se acercaban.

—La pipa y el personal me reconfortan —declaró Lucille.

—Señora —dijo Junior—, va a tener que soltar esa pistola, por favor.

—No he venido hasta aquí para tener problemas contigo, muchacho —repuso ella, asegurándose de mantener la pistola apuntando al suelo.

—Sí, señora —terció él—, pero va a tener que dejar la pistola antes de que podamos hablar de lo que sea de lo que ha venido usted a hablar.

Los demás guardias nocturnos se encontraban allí ahora, con las pistolas desenfundadas, aunque algo en ellos, tal vez alguna vieja lección de educación, les impedía apuntar sus armas directamente a Lucille.

—¿Qué demonios está pasando, Junior? —susurró uno de los soldados.

—Ni puta idea—susurró él a su vez—. Se ha presentado aquí con ellos, un grupo entero de Regresados, y esa maldita pistola. Al principio, ahí fuera sólo estaban ella y esa camioneta llena de Regresados, pero...

Como todos podían ver claramente, ahora había más. Muchos más.

Aunque el grupito de soldados no sabían exactamente cuántos eran, sí sabían que los superaban ampliamente en número. De eso estaban seguros.

—Estoy aquí para encargarme de liberar a todos los que están encerrados ahí dentro —gritó Lucille—. No tengo nada en particular contra ustedes, chicos. Supongo que tan sólo están haciendo lo que les han ordenado. Y eso es lo que les han enseñado a hacer. Así que por ese motivo no experimento ningún tipo de sentimiento hacia ustedes. Sin embargo, les diré que deberían recordar que tienen la responsabilidad moral de hacer el bien, de ser individuos honestos y justos, aunque tengan que obedecer órdenes.

Deseaba ponerse a caminar de un lado a otro, como hacía a veces el pastor cuando necesitaba poner en orden sus pensamientos. Durante el trayecto, lo tenía todo planeado en la cabeza, pero ahora que se encontraba allí, haciendo realmente lo que estaba haciendo —con todas esas armas—, tenía miedo.

Pero no era momento de tener miedo.

—Ni siquiera debería estar hablando con ustedes —aulló Lucille—. Ustedes no son la causa, ninguno de ustedes lo es. La mayoría sólo son el síntoma. Tengo que llegar a la causa. Quiero ver al coronel Willis.

—Señora —dijo Junior—, por favor, suelte el arma. Si quiere ver al coronel, la dejaré ver al coronel, pero va a tener que soltar esa arma. —El soldado que se hallaba junto a él murmuró algo—. Suelte el arma y entregue a esos individuos para su procesamiento.

—No haré nada de eso —chilló Lucille, agarrando con más fuerza la pistola—. Procesamiento... —gruñó.

Los soldados aún no se atrevían a dirigir sus armas contra ella, así que apuntaban a quienes la acompañaban. Los Regresados que estaban reunidos a su espalda y alrededor de ella no realizaban movimientos bruscos; simplemente estaban allí y dejaban que ella y su pistola actuaran en su nombre.

—Quiero ver al coronel —repitió la anciana.

Aunque de pronto se sentía culpable por lo que estaba haciendo, no estaba dispuesta a que la disuadieran de hacer nada. Sabía que Satán tenía un carácter sutil, que realizaba sus perversas obras convenciéndonos de hacer esas pequeñas concesiones que al final daban lugar a grandes pecados. Y ella estaba harta de permanecer de brazos cruzados.

—¡Coronel Willis! —dijo Lucille, gritando su nombre como si llamara a un inspector fiscal—. ¡Quiero ver al coronel Willis!

Junior no estaba hecho para semejantes niveles de tensión.

—Vayan a buscar a alguien —dijo en voz baja al soldado que tenía a su lado.

—¿Qué? No es más que una anciana. No va a hacer nada.

Lucille los oyó y, para demostrar que se equivocaban por completo al juzgar la situación, levantó la pistola y disparó al aire.

Todos dieron un salto.

—Exijo verlo de inmediato —declaró con un leve zumbido en los oídos.

—¡Vayan a buscar a alguien!—dijo Junior.

—Vayan a buscar a alguien —dijo el soldado que estaba junto a él.

—Vayan a buscar a alguien —dijo el soldado siguiente.

Y así una y otra vez hasta llegar al final de la fila.

Por fin acudió alguien y, como Lucille esperaba, no se trataba del coronel Willis, sino del agente Martin Bellamy. Éste cruzó la puerta a media carrera. Llevaba el traje de siempre pero le faltaba la corbata, señal inequívoca, pensó la anciana mujer, de que toda la situación estaba condenada al fracaso.

—Bonita noche para dar un paseo —observó Bellamy pasando junto a los soldados, en parte para que Lucille fijara su atención en él, y en parte para interponerse tanto como pudiera entre ella y todos los cañones de pistola que estuvieran apuntándola—. ¿Qué pasa, señora Lucille?

—No he mandado a buscarlo a usted, agente Martin Bellamy.

—No, señora, desde luego que no. Pero han venido a avisarme y aquí estoy, a pesar de todo. Bueno, ¿qué sucede?

—Ya sabe lo que sucede. Lo sabe tan bien como cualquiera.

—La mano que sujetaba la pistola temblaba—. Estoy enojada —dijo sin expresión—. Y no seguiré tolerando esta situación.

—Sí, señora —replicó Bellamy—. Tiene derecho a estar enojada. Si alguien lo tiene, ésa es usted.

—No haga eso, agente Martin Bellamy. No trate de hacer de esto un asunto únicamente mío, porque no lo es. Sólo quiero hablar con el coronel Willis. Ahora vaya a buscarlo o mande a otra persona por él. No me importa mucho quién sea.

—Mi mente no alberga la más mínima duda de que ahora mismo el coronel está dirigiéndose hacia aquí —repuso Bellamy—. Y, para serle franco, es eso precisamente lo que me da miedo.

—Bueno, yo no tengo miedo.

—Esa pistola no hace más que empeorar las cosas.

—¿La pistola? ¿Piensa usted que no tengo miedo porque empuño una pistola? —Lucille suspiró—. No tengo miedo porque he decidido mi camino. —Se mantenía erguida, como una flor dura hincada en un suelo duro—. En este mundo hay demasiada gente que tiene miedo de cosas, yo incluida. Gran parte de lo que veo en la televisión me aterroriza. Incluso antes de que todo esto comenzara, e incluso después de que todo termine, tendré miedo de cosas.

»Pero no es esto lo que me da miedo. No me da miedo lo que está pasando aquí mismo en este momento ni lo que pueda pasar dentro de poco. No me importa porque es lo correcto. La buena gente tiene que dejar de tener miedo de hacer lo correcto.

—Pero habrá consecuencias —intervino Bellamy, tratando de hacer que no pareciera una amenaza—. Es así como funciona el mundo. Cada cosa tiene su consecuencia, y no siempre es la consecuencia que anticipamos. A veces son cosas que ni siquiera podemos imaginar. Termine como termine todo esta noche, y espero, mucho más de lo que usted pueda suponer, que termine de un modo pacífico, habrá consecuencias de verdad.

Dio un pequeño paso en dirección a Lucille. En el cielo, como si no hubiera ningún problema en el mundo, las estrellas brillaban y las nubes avanzaban siguiendo sus complejos y silenciosos patrones.

Bellamy plantó firmemente los pies en el suelo y prosiguió:

—Sé lo que trata de hacer. Está intentando dejar las cosas claras. No le gusta cómo se han desarrollado los acontecimientos, y la comprendo. Tampoco a mí me gusta la actual situación. ¿Piensa usted que yo me habría apoderado de todo un pueblo y lo habría llenado de gente como si de mercancías se tratara si mi opinión al respecto contara en lo más mínimo?

—Precisamente por eso no quiero hablar con usted, agente Martin Bellamy. Usted ya no está al mando. Esto no tiene que ver con usted. Tiene que ver con ese coronel Willis.

—Sí, señora —repuso Bellamy—. Pero el coronel Willis tampoco está al mando de nada. Sólo hace lo que le han ordenado hacer. Está a las órdenes de otra persona, al igual que estos jóvenes soldados.

—Basta ya —replicó Lucille.

—Si quiere obtener algo, tiene que llegar por encima de él, señora Lucille. Tiene que ir al principio de la cadena.

—No me trate como si fuera estúpida, agente Martin Bellamy.

—Después del coronel hay un general o algo así que está por encima de él. No estoy seguro de la cadena de mando al cien por cien. Yo no he servido nunca en el ejército, de modo que gran parte de mis conocimientos proceden de lo que he visto en televisión. Pero sí sé que ningún soldado hace nada que no le hayan ordenado o de lo que no se le considere responsable. Es tan sólo una gran cadena que, al final, lleva al presidente y, señora Lucille, sé que usted sabe muy bien que el presidente no manda. Son los votantes, los grupos de presión de la industria privada, y así sucesivamente. No tiene fin.

Dio un paso más hacia adelante. Casi estaba lo bastante cerca como para tocarla, sólo a unos pocos metros de distancia.

—No dé un paso más —le ordenó ella.

—¿Acaso el coronel Willis es el hombre al que yo habría puesto al mando de todo esto? —inquirió Bellamy, volviéndose ligeramente al decir *todo esto* para indicar con sus palabras la población oscura y soñolienta que no era ya una población, sino un enorme y abotagado gulag—. No, señora. Nunca lo habría puesto a él a cargo de nada tan importante como esto, de nada tan delicado. Porque ésta es, sin lugar a dudas, una situación delicada.

Otro paso hacia adelante.

—¿Martin Bellamy?

—Pero aquí estamos..., usted, yo, el coronel Willis, Harold, Jacob... Entonces sonó un disparo.

Y luego, un disparo más al aire procedente de la pesada y oscura pistola que Lucille sostenía en la mano. Acto seguido, bajó el arma y apuntó a Bellamy con ella.

—No tengo nada contra usted, agente Martin Bellamy —señaló—. Usted lo sabe. Pero no voy a permitir que me aleje del camino trazado. Quiero a mi hijo.

—No, señora —dijo una voz desde detrás del agente Bellamy, que iba retrocediendo, paso a paso. Era el coronel. Lo acompañaban Harold y Jacob—. Nadie la va a alejar del camino para nada —declaró el coronel Willis—. Estoy dispuesto a decir que vamos a procurar que las cosas vuelvan a él.

La imagen de Harold y Jacob junto al coronel tomó a Lucille por sorpresa, aunque ahora que los veía, se daba cuenta de que eso era exactamente lo que debería haber esperado. Apuntó de inmediato al coronel con la pistola. Los soldados se pusieron en guardia, pero el coronel les indicó con un gesto que permanecieran tranquilos.

Jacob tenía los ojos como platos. Jamás había visto a su madre con una pistola.

—Lucille —gritó Harold.

—No me hables en ese tono, Harold Hargrave.

—¿Qué demonios estás haciendo, mujer?

—Estoy haciendo lo que hay que hacer. Ni más ni menos.

—¡Lucille!

—¡Cállate! Estoy haciendo lo mismo que tú habrías hecho si las cosas fueran al revés. ¿O acaso vas a decirme que me equivoco?

Harold miró el arma que sostenía su esposa.

—Quizá tengas razón —replicó—, pero eso sólo significa que ahora yo tengo que hacer lo que habrías hecho tú si las cosas fueran al revés como has dicho. ¡Llevas una puta pistola!

—¡No digas palabrotas!

—Escuche a su marido, señora Hargrave —intervino el coronel Willis con aire muy distinguido y relajado, a pesar de que ella le apuntaba con el arma—. Esto no va a acabar bien si termina de cualquier otro modo que no sea que usted y esas cosas se rindan pacíficamente.

—¡Cierre el pico! —chilló ella.

—Escúchalo, Lucille —terció Harold—. Mira a todos estos muchachos armados.

Había por lo menos veinte; no sabía por qué, a la vez más y menos de los que esperaba. Todos parecían nerviosos, fusiles y soldados, con una elevada probabilidad de que todo concluyera de la peor manera. Y allí estaba ella: tan sólo una vieja con un vestido viejo de pie en la calle intentando no tener miedo.

Entonces recordó que no estaba sola. Volvió la cabeza y miró a su espalda. Lo que vio fue una masa inmensa de ellos, de Regresados, uno al lado del otro, observándola, esperando a que ella decidiera su destino.

No había planeado que las cosas sucedieran de ese modo. En absoluto. Su intención era tan sólo acercarse en la camioneta hasta las puertas, ponerle al coronel los puntos sobre las íes y que éste, de un modo u otro, los dejara a todos en libertad.

Pero mientras se dirigía hacia la escuela, los había visto dispersos por las afueras de la ciudad. Unas veces medio escondidos, con aspecto sombrío y asustado. Otras, apiñados formando un grupo, sin apartar los ojos de ella. Tal vez ya no temieran a la Oficina. Tal vez se hubieran resignado a que los hicieran prisioneros. O tal vez los hubiera enviado Dios.

Se detuvo y les pidió que fueran a ayudarla. Y ellos se subieron a la camioneta, uno a uno. Pero entonces no había tantos..., sólo una camioneta llena. Ahora parecía haber docenas, como si hubieran lanzado un gran llamamiento, como si lo hubieran ido transmitiendo de uno a otro en secreto y en silencio y todos hubieran respondido a la llamada.

«Debían de estar todos escondidos», pensó. O quizá fuera realmente un milagro.

—Lucille.

Era Harold.

La anciana abandonó sus cavilaciones sobre milagros y miró a su marido.

—¿Te acuerdas de aquella vez en..., bueno, allá en el 66, el día antes del cumpleaños de Jacob, el día antes de su muerte, cuando volvíamos de Charlotte en la camioneta? Era de noche y estaba lloviendo, diluviando, tanto que hablamos de pararnos en la cuneta y esperar a que amainara. ¿Te acuerdas?

—Sí —asintió ella—. Me acuerdo.

—Aquel maldito perro salió disparado y se nos puso delante —prosiguió Harold—. ¿Lo recuerdas? Ni siquiera tuve tiempo de esquivarlo. Simplemente, ¡bummm!, el estruendo del metal golpeando a aquel maldito animal.

—Eso no tiene nada que ver con esto —protestó Lucille.

—Te echaste a llorar apenas sucedió, antes incluso de que yo pudiera atar cabos y hacerme una idea de qué demonios había ocurrido. Te quedaste allí, llorando como si hubiera atropellado a un niño, mientras repetías «Dios mío, Dios mío, Dios mío», una y otra vez. Me diste un susto de muerte. Creí que quizá hubiera atropellado de verdad al hijo de alguien, a pesar de que no tenía el menor sentido que un niño estuviera al aire libre con semejante tiempo a aquellas horas de la noche. Pero en lo único que podía pensar era en Jacob tirado allí afuera, muerto atropellado.

—Calla —dijo Lucille. La voz le flaqueaba.

—Pero allí estaba..., aquel maldito perro. El perro cabrón de alguien, probablemente tras la pista de algo y confundido por la lluvia. Salí afuera en medio de aquella cortina de agua y lo encontré, todo hecho polvo como estaba. Lo subí a la camioneta y nos lo llevamos a casa.

—Harold...

—Nos lo llevamos a casa y lo metimos dentro y, bueno, allí estaba... No tenía remedio. Ya estaba muerto. Pero su cuerpo todavía no se había percatado de ello. Así que fui a la habitación y cogí esa pistola, la misma jodida pistola que tienes en la mano en este momento. Te dije que te quedaras en casa pero no quisiste, sólo Dios sabe por qué. —Harold hizo una pausa y carraspeó para librarse de algo que se le había quedado encallado en la garganta—. Fue la última vez que usé esa pistola —dijo—. Tú te acuerdas de lo que pasó cuando la usé, Lucille, sé que te acuerdas.

El viejo miró entonces a los soldados, a los soldados y a sus armas. Luego cogió a Jacob en brazos y se quedó abrazado a él.

Entonces, la pistola asumió un peso nuevo en la mano de su esposa. Un temblor partió de su hombro y se propagó por su brazo, pasando por el codo y alcanzando la muñeca y el puño, de manera que, al no poder hacer otra cosa, Lucille bajó el arma.

—Eso está muy bien —dijo el coronel Willis—. Muy, pero muy bien.

—Tenemos que hablar acerca de la situación —manifestó Lucille, sintiéndose de pronto muy cansada.

—Podemos hablar de todo cuanto desee.

—Las cosas tienen que cambiar —sostuvo ella—. No pueden seguir como hasta ahora. No pueden. —A pesar de que había bajado la pistola, seguía con ella en la mano.

—Tal vez tenga usted razón —replicó el coronel Willis. Lanzó una mirada al grupo de soldados, entre los que se encontraba el muchacho de Topeka, y les hizo un gesto con la cabeza indicando a Lucille. Luego se volvió hacia ella—. No voy a fingir que todo es como debería. Las cosas no están conformes, está más que claro.

—No están conformes —repitió Lucille, como un eco.

Siempre le había gustado esa palabra, «conforme». Volvió la vista atrás. Seguían allí, la enorme y extensa masa de Regresados. Seguían mirándola a ella: lo único que se interponía entre ellos y los soldados.

—¿Qué será de ellos? —preguntó, volviéndose justo a tiempo para ver a Junior casi lo bastante cerca como para estirar el brazo y arrebatarle la pistola.

El muchacho se quedó inmóvil, con su propia arma aún enfundada. Aquel chico aborrecía la violencia. Lo único que realmente quería era volver a casa sano y salvo, como el resto del mundo.

—¿Qué dijo, señora Hargrave? —inquirió el coronel Willis, con el resplandor de los focos luciendo a su espalda.

—Le he preguntado qué será de ellos. —Los dedos de Lucille se doblaron alrededor de la pistola—. Asumiendo que capitulen...

—Carajo —exclamó Harold. Dejó a Jacob en el suelo y lo cogió de la mano.

Su mujer hablaba con voz dura y controlada.

—¿Qué será de ellos? —repitió señalando a los Regresados con un gesto de la mano.

Junior no había oído nunca antes la palabra «capitular», pero tenía la impresión de que era el prólogo de algo no muy agradable, de modo que se alejó un paso de la mujer armada.

—¡No se mueva! —aulló el coronel Willis.

Junior hizo lo que le ordenaban.

—No me ha contestado usted —dijo Lucille, pronunciando cada palabra a la perfección. Dio un pequeño paso hacia la izquierda, claramente sólo para no ver al joven soldado al que habían mandado a quitarle la pistola.

—Pasarán todos por procesamiento —explicó el coronel. Se enderezó y cruzó las manos a la espalda en un gesto muy militar.

—Eso es inaceptable —replicó Lucille, con voz aún más dura.

—Carajo —profirió Harold en voz baja. Jacob levantó la vista con el terror instalado en sus ojos. Había comprendido lo mismo que su padre. Harold miró a Bellamy tratando de establecer contacto visual. El agente tenía que saber que ya no había forma de calmar a Lucille.

Pero Martin Bellamy estaba tan absorto en lo que estaba sucediendo como todos los demás.

—Es abominable —declaró Lucille—. Irresoluble.

Harold se echó a temblar. La peor pelea que Lucille y él habían tenido jamás se había producido poco después de que ella había pronunciado la palabra «irresoluble». Era su grito de guerra. Comenzó a retroceder en dirección a la puerta abierta, alejándose así de las balas que pudieran volar si las cosas se ponían feas, lo que estaba absolutamente seguro que estaba a punto de suceder.

—Nos vamos —dijo Lucille con voz firme e implacable—. Mi familia y los Wilson vienen conmigo.

La expresión del coronel Willis no había variado en absoluto. Tenía un aire duro y severo.

—No creo que eso vaya a ser posible —replicó.

—Me llevaré a los Wilson —declaró Lucille—. Los recuperaré.

—Señora Hargrave...

—Comprendo que usted tiene unas apariencias que guardar. Sus hombres han de respetarlo como líder, y el hecho de que una mujer de setenta y tres años se presente aquí con una pistolita y su grupo de gentuza y se vaya con la totalidad de los que se hallan presos tras los muros de todo este pueblo..., bueno, no es preciso ser un estratega militar para saber que no es ésa la luz bajo la que usted quiere que lo vean.

—Señora Hargrave... —repitió el coronel Willis.

—Sólo reclamo lo que se me debe, nada más ni nada menos que lo que es mío..., mi familia y los que se hallan bajo mi protección. Tengo que hacer la obra de Dios.

—¿La obra de Dios?

Harold atrajo a Jacob más cerca. Parecía como si todos los prisioneros del pueblo de Arcadia se hubieran dado cita en el cercado. Buscó entre la multitud con la esperanza de divisar a los Wilson. Sería tarea suya cuidar de ellos una vez las cosas anduvieran como era obvio que iban a ir.

—La obra de Dios —repitió Lucille—. No del Dios del Antiguo Testamento que dividió el mar para Moisés y aplastó a los ejércitos del faraón. No, ese Dios ya no. A ese Dios quizá lo hayamos ahuyentado.

Junior dio otro paso atrás.

—¡Quédese donde está, soldado! —gritó el coronel.

—Harold, lleva a Jacob a un lugar seguro —dijo Lucille. Luego prosiguió con su discurso dirigiéndose al coronel Willis—: Esto tiene que cesar. Tenemos que dejar de esperar a que alguien, incluso Dios, nos arregle siempre los problemas.

—¡No dé ni un paso más, soldado! —bramó el coronel—. Va a quitarle usted esa arma a la señora Hargrave para que todos podamos afrontar la noche pacíficamente.

Junior temblaba. Miró a Lucille a los ojos, preguntándole qué debía hacer.

—Huye, muchacho —lo animó ella, en un tono de voz que normalmente reservaba para Jacob.

—¡Soldado!

Junior hizo ademán de desenfundar su pistola.

Y entonces Lucille le disparó.

El ejército no tan pequeño de Regresados de Lucille no estaba tan asustado por los disparos como los soldados esperaban. Tal vez fuera porque la inmensa mayoría de ellos ya habían muerto una vez en la vida y habían demostrado que en los últimos tiempos la muerte no podía contenerlos para siempre.

Ésa era una posibilidad, aunque no muy probable.

Al fin y al cabo, seguían siendo personas.

Cuando Junior cayó desplomado al suelo agarrándose la pierna y gimiendo de dolor, Lucille no se paró a ayudarlo como habría hecho antes. En su lugar, pasó por encima de él y echó a andar directamente hacia el coronel Willis. Willis les gritó a los soldados en sus puestos que abrieran fuego. Colocó la mano sobre la pistola que llevaba en la cadera pero, al igual que Junior, era reacio a apuntar su pistola contra la anciana. Lucille no era como los Regresados. Ella estaba viva.

De modo que los disparos partieron de los soldados. Algunas de las balas se alojaron en los cuerpos de la gente, pero la mayoría sólo incidieron en el aire vacío y la tierra que el verano había calentado. Lucille avanzó con paso decidido hacia el coronel, apuntándolo con el arma.

Antes de que la mujer le disparara a Junior, Harold había tomado a Jacob de nuevo en brazos y había salido disparado alejándose del tiroteo. Bellamy lo seguía a escasa distancia. Alcanzó a Harold y al niño al cabo de poco tiempo y, sin mediar palabra, le quitó al chiquillo de los brazos.

—Vayamos con su madre —dijo Harold.

—Sí, señor —repuso Jacob.

—No estaba hablando contigo, hijo.

—Sí, señor —replicó Bellamy.

Y los tres entraron corriendo en el pueblo cercado.

Lo que a los Regresados les faltaba en términos de artillería lo compensaban en número. Incluso sin contar a los que habían acudido en ayuda de Lucille, había aún miles en el otro extremo de la cerca sur, retenidos todavía dentro de Arcadia. Había demasiados observando cómo se desarrollaban los acontecimientos como para poder contarlos.

Los soldados parecían pocos.

Los Regresados atacaron —en silencio, como si todo aquello no fuera su objetivo último, sino sólo una escena que representar—, y los soldados sabían que sus armas suponían básicamente poco más que una pose frente a semejante multitud. Como consecuencia, el tiroteo no duró mucho. Los Regresados rodearon al grupo de guardias, engulléndolos como una ola.

El ejército de Lucille avanzó en tropel, acrecentando rápidamente la distancia que los separaba de donde se encontraba ella apuntando al coronel con la pistola.

Se oían gritos, el ruido de personas que peleaban y luchaban unas contra otras. Era una orquesta caótica..., pasión por la vida a ambos lados de la división.

Las ventanas de los edificios se rompieron. Los combates eran cada vez más numerosos en los jardines y en las puertas mientras los soldados se retiraban en pequeños grupos. A veces, estos últimos lograban tal vez una reducida ventaja por el hecho de que los Regresados no eran militares, sino tan sólo personas corrientes y, por tanto, tenían miedo, como suele sucederle a la gente cuando se enfrenta a hombres armados.

Pero la vida los motivaba, y se lanzaron hacia adelante.

—Podría haber matado usted a ese chico —espetó el coronel

Willis, ignorando a Lucille y mirando a Junior. Éste había dejado de gritar, resignado al hecho de que le habían disparado pero seguía vivo y en general estaba bien. Sólo gemía y se agarraba la pierna.

—Se pondrá bien —replicó ella—. Mi padre me enseñó a disparar un fusil casi antes de enseñarme a andar. Sé cómo dispararle a aquello a lo que apunto.

—Esto no saldrá bien.

—Creo que ya ha salido bien.

—Mandarán más soldados.

—Eso no quita que hoy hayamos hecho lo correcto. —Lucille bajó por fin la pistola—. Vendrán tras usted —dijo—. Son personas, y saben lo que usted ha hecho. Vendrán por usted.

El coronel Willis se limpió las manos. Acto seguido, dio media vuelta y se marchó sin decir nada en dirección al pueblo, donde los soldados estaban desperdigados y donde, aquí y allá, disparaban todavía tratando de volver a retomar el control incluso mientras no lo lograban.

No podrían contener mucho más a los Regresados.

El coronel Willis guardó silencio.

Fue poco antes de que llegaran los Wilson. Se presentaron como debería presentarse una familia: Jim y Connie a uno y otro lado, como sujetalibros, con sus hermosos hijos entre ambos, protegidos del mundo. Jim le dirigió un saludo con la cabeza.

—Espero que todo esto no fuera por nosotros —dijo.

Entonces Lucille le dio un fuerte abrazo. Olía a humedad, como si necesitara un baño, y la anciana consideró apropiado el olor. Ese olor la respaldaba. De hecho, a él y a su familia los habían maltratado.

—Era lo que había que hacer —dijo casi para sí.

Jim Wilson estaba a punto de preguntarle qué quería decir. Y ella sólo le habría quitado importancia agitando una mano y habría bromeado acerca de los platos que iba a tener que lavar cuando regresaran a casa. Tal vez le habría soltado un discurso sobre la educación infantil, alegremente, claro está, sin pretender ofender, sólo como el comienzo de una broma habitual.

Pero entonces un disparo sonó a lo lejos y, de pronto, Jim Wilson comenzó a temblar.

A continuación cayó al suelo, muerto.

Chris Davis

Lo encontraron en su oficina, mirando un muro recubierto de pantallas. No dijo una sola palabra. No salió corriendo, como Chris había pensado. Sólo enderezó la espalda cuando entraron en la habitación, les sostuvo a todos la mirada y dijo:

—Hice la parte que me correspondía, nada más.

Chris no entendió si les estaba pidiendo perdón o se trataba de alguna clase de disculpa. Pero el coronel no parecía ser de los que se disculpaban.

—No tengo más idea que ustedes de lo que son —declaró el coronel—. Quizá, como los de Rochester, estén dispuestos a luchar hasta morir por segunda vez. Pero no lo creo. —Meneó la cabeza—. Ustedes son diferentes. Esto no puede durar. Nada de esto puede durar. —Y añadió—: Yo hice la parte que me correspondía. Nada más.

Por un instante, Chris creyó que el coronel Willis iba a quitarse la vida. Parecía un gesto lo bastante dramático para el momento. Pero cuando lo atraparon, hallaron su pistola vacía, inocentemente colocada encima de su escritorio. Las pantallas de la pared, donde durante tantísimas semanas había observado las vidas y en ocasiones las muertes de los Regresados, sólo mostraban la imagen de una anciana negra sentada sola en su cama.

El coronel respiró hondo cuando lo levantaron de la silla y echaron a andar con él por los pasillos de la escuela. Chris se preguntó qué estaría haciéndole al hombre su imaginación.

Cuando la puerta del cuarto se abrió, el chiquillo que había dentro —vestido con ropa sucia y manchada— se cubrió los ojos con una mano temblorosa para protegerse de la luz.

—Tengo hambre —dijo con voz débil.

Dos de ellos entraron en el cuarto y lo ayudaron a salir. Lo cogieron en brazos y lo sacaron de su prisión. Luego metieron al coronel Willis en la habitación en la que habían tenido al chiquillo encerrado durante días. Antes de cerrar la puerta y echar la llave, Chris vio al coronel observando a la masa de Regresados por la ventana. Los miraba con unos ojos como platos, como si los Regresados que tenía ante su vista se estuvieran extendiendo hasta cubrir el mundo entero, llenando sus espacios vacíos, anclados para siempre en este mundo, en esta vida, incluso después de su muerte.

—Muy bien, pues —oyó Chris que decía, aunque no estaba claro con quién estaba hablando.

Después cerraron la puerta con llave.

DIECIOCHO

—Tenemos que parar —resopló Harold con los pulmones ardiendo.

A pesar de que su instinto le decía que debían seguir adelante —su madre estaba allí fuera en alguna parte, en medio de toda aquella locura—, Bellamy no protestó. No tenía más que ver el estado en que se encontraba Harold para saber que no tenía elección. Dejó a Jacob en el suelo y el chiquillo corrió de inmediato hacia su padre.

—¿Estás bien? —le preguntó.

Entre toses, Harold jadeó en busca de aire.

—Siéntese —le dijo Bellamy al tiempo que lo rodeaba con un brazo.

Se hallaban junto a una pequeña casa en Third Street, lo bastante lejos de la puerta de la cerca como para mantenerse a distancia de cualquier problema. Esa parte concreta del pueblo estaba tranquila, pues mucha otra gente se había trasladado hasta la puerta donde estaba sucediendo todo. Era muy probable que a esas alturas todos los que podían escapar de Arcadia lo estuvieran haciendo, supuso Bellamy. «Al final, esto podría quedar completamente vacío», se dijo.

Si no recordaba mal, la casa pertenecía a la familia Daniels. Había procurado recordar tantas cosas del pueblo como le era posible, no porque hubiera pensado nunca que nada de eso fuera a suceder, sino porque su madre le había enseñado siempre a ser un hombre de detalles.

Desde la puerta llegó el estallido de un único disparo.

—Gracias por ayudarme a sacarlo de allí —manifestó Harold. Se miró las manos—. Yo no soy lo bastante rápido.

—No deberíamos haber dejado sola a Lucille —señaló Bellamy.

—¿Cuál era la alternativa? ¿Quedarnos y que le pegaran un tiro a Jacob? —Gimió y se aclaró la garganta.

Bellamy asintió.

—Buena lógica, supongo. Aunque pronto habrá terminado. —Le puso a Harold una mano en el hombro.

—¿Se pondrá bien? —quiso saber Jacob, secándole la frente a su padre mientras Harold seguía tosiendo y jadeando.

—No te preocupes por él —le contestó Bellamy—. Es uno de los hombres más mezquinos que he conocido en mi vida. ¿Tú no sabes eso de que mala hierba nunca muere?

Bellamy y Jacob ayudaron a Harold a subir la escalera del porche de la casa de los Daniels. La construcción tenía un aspecto solitario y se erguía bajo una luminaria rota próxima a un terreno abandonado.

Harold tosió hasta que sus manos se convirtieron en puños.

Jacob le acarició la espalda.

Bellamy se hallaba de pie con los ojos vueltos hacia el corazón de la ciudad, hacia la escuela.

—Debería ir a ocuparse de ella —le dijo Harold—. Nadie va a molestarnos. Los únicos que tenían armas eran los guardias y, bueno, estaban en ligera inferioridad numérica —declaró, y enfatizó su promesa carraspeando.

Bellamy siguió mirando hacia la escuela.

—Ahora mismo a nadie le preocupan un viejo y un niño. No es preciso que nos proteja. —Alargó el brazo y rodeó a Jacob con él—. ¿No es así, hijo? Tú me protegerás, ¿verdad?

—Sí, señor —respondió el muchacho con seriedad.

—Ya sabe dónde vivimos —dijo Harold—. Creo que regresaremos allí en busca de Lucille. Ahora las cosas parecen tranquilas por esa zona. Todo se ha trasladado más allá de la puerta, pero supongo que Lucille se quedará allí esperando a que volvamos por ella.

Bellamy volvió rápidamente la cabeza y miró en dirección a la puerta sur con los ojos entornados.

—No se preocupe por Lucille. A esa mujer no le pasará nada. —Harold rio, aunque era una risa apesadumbrada y llena de tensión.

—La abandonamos —dijo Bellamy.

—No la abandonamos. Pusimos a Jacob a salvo. Y si no lo hubiéramos hecho, ella misma nos habría pegado un tiro. Se lo garantizo. —Abrazó más estrechamente a Jacob.

A lo lejos se oyeron unos gritos. Después, silencio.

Bellamy se pasó la mano por la frente. Entonces, Harold observó que, por primera vez desde que se conocían, Bellamy estaba sudando.

—No le pasará nada —aseguró.

—Lo sé —replicó Bellamy.

—Está viva —afirmó Harold.

El agente soltó una risita.

—Ése sigue siendo el tema, ¿verdad?

Harold le estrechó la mano al agente Bellamy.

—Gracias —le dijo, tosiendo ligeramente.

El hombre negro sonrió.

—No me diga que va a ponerse sentimental conmigo ahora...

—Sólo diga «de nada», agente.

—Ni hablar —repuso Bellamy—. Voy a hacerme del rogar. Si va a ponerse todo mimoso conmigo, quiero sacarle una foto. ¿Dónde está mi celular?

—Es usted un cretino —repuso Harold, sofocando la risa.

—De nada —dijo Bellamy alegremente tras una pausa.

Entonces, los dos hombres se separaron.

Harold permaneció con los ojos cerrados, concentrándose en aumentar la distancia entre él y aquella maldita tos que no parecía querer soltarlo. Tenía que decidir qué hacer a continuación. Presentía que había alguna otra cosa de la que ocuparse antes de que todo terminara, una cosa horrible.

Toda esa palabrería sobre que sabía que Lucille estaba bien no era más que eso: palabrería. Deseaba enormemente ver por sí mismo que estaba bien. Se sentía más culpable aún que Bellamy por haberla dejado allí. Al fin y al cabo, era su marido. Pero se recordó a sí mismo que lo había hecho por la seguridad de Jacob. La propia Lucille le había dicho que lo hiciera. Era lógico. Con todas esas armas, toda esa gente y todo ese miedo, no había forma de saber lo que podría haber pasado. No era un lugar para estar con tu hijo en brazos.

Si las cosas hubieran sido al revés, si hubiera sido él el que hubiera estado allí fuera y Lucille la que hubiera estado al otro lado de aquellos soldados, habría querido que ella agarrara al chico y saliera corriendo.

—¿Papá?

—¿Sí, Jacob? ¿Qué quieres? —Harold aún se moría por un cigarrillo, pero sus bolsillos estaban vacíos. Cruzó las manos entre las rodillas y contempló el pueblo de Arcadia, en el que ahora reinaba un silencio sepulcral.

—Tú me quieres, ¿verdad?

Harold se encogió.

—¿Qué clase de pregunta estúpida es ésa, hijo?

Jacob atrajo sus rodillas contra su pecho, se rodeó las piernas con los brazos y guardó silencio.

Atravesaron el pueblo con cautela, regresando despacio a la puerta. De vez en cuando se cruzaban con otros Regresados. Aún había mucha gente dentro de la valla que rodeaba la ciudad, a pesar de que muchos habían escapado al campo.

Harold trataba de moverse con seguridad, intentando que a sus pulmones no les entrara el pánico. Ocasionalmente hablaba de cualquier cosa suelta que le pasaba por la cabeza. Sobre todo hablaba de Arcadia. De cómo era «entonces», cuando Jacob vivía. En esos momentos, fijarse en lo mucho que las cosas habían cambiado con los años le parecía de suma importancia.

El terreno vacío próximo a la casa de los Daniels no siempre había estado vacío. Entonces, cuando Jacob estaba vivo, era allí donde se encontraba la vieja heladería, hasta algún momento de los sesenta, cuando acabó yéndose a pique en torno a la época de la crisis del petróleo.

—Cuéntame un chiste —dijo Harold, oprimiendo la mano de su hijo.

—Ya los oíste todos —replicó el chiquillo.

—¿Cómo lo sabes?

—Porque eras tú quien me los contaba a mí.

Ahora Harold ya no se ahogaba y empezaba a encontrarse mejor.

—Pero estoy seguro de que sabes unos cuantos nuevos.

Jacob negó con la cabeza.

—¿Qué me dices de alguno que hayas visto en la tele? ¿No le has oído contar chistes a otra persona?

Jacob volvió a negar con la cabeza.

—¿Y los niños, cuando estábamos en aquella aula de arte con la señora Stone? Los chicos siempre tienen chistes que contar. Debieron de contarte algunos antes de que comenzara a haber tantísima gente y eso..., y antes de que tuvieras que darles una paliza. —Sonrió con aire de superioridad.

—Nadie me ha contado ningún chiste nuevo —replicó Jacob con desánimo—. Ni siquiera tú.

Su padre le soltó la mano y siguieron andando, ambos balanceando los brazos.

—Muy bien, pues —dijo Harold—. Supongo que tenemos que intentarlo.

Jacob sonrió.

—Bueno, ¿de qué debería ser nuestro chiste?

—De animales. Me gustan los chistes de animales.

—¿Tienes en mente algún animal en particular?

Jacob se quedó un momento pensativo.

—Un pollo.

Harold asintió.

—Bueno, bueno. Hay mucho terreno fértil por lo que respecta a chistes de pollos. Sobre todo de hembras de pollo, pero que no se entere tu madre.

Jacob se echó a reír.

—¿Qué le dice un poste a otro poste?

—¿Qué?

—*Póstate* bien.

Para cuando se aproximaban ya a la puerta sur de Arcadia, el padre y su hijo habían elaborado juntos su propio chiste, así como una filosofía básica de cómo contarlo.

—Bueno, ¿cuál es el secreto? —quiso saber Jacob.

—La forma de contarlo —respondió Harold.

—¿Qué pasa con la forma de contarlo?

—Tienes que contar el chiste tal como te lo han contado a ti.

—¿Por qué?

—Porque si parece que lo estás inventando nadie quiere oírlo. Porque la gente siempre piensa que un chiste es más gracioso si cree que ya ha sido contado antes. La gente quiere ser parte de algo —concluyó Harold—. Cuando oye un chiste, y estamos hablando de chistes preparados, quiere tener la impresión de que la están introduciendo en algo que los supera. Quieren poder llevárselo consigo a casa y hablarles de él a sus amigos e introducirlos también a ellos en la broma. Quieren hacer a quienes los rodean partícipes de ella.

—Sí, señor —terció Jacob alegremente.

—¿Y si es bueno de verdad? —inquirió Harold.

—Si es bueno de verdad, puede seguir circulando.

—Eso es —aprobó su padre—. Las cosas buenas nunca mueren.

Entonces, de pronto, sin tener tiempo siquiera de volver a contar el chiste, se encontraron en la puerta sur, como si hubieran estado vagando sin rumbo, como si hubieran sido simplemente un padre y un hijo que pasaban un rato juntos a solas en vez de estar regresando al lugar donde había sucedido todo, al lugar donde se hallaba Lucille, y donde Jim Wilson estaba caído en el suelo.

Harold avanzó entre la multitud de Regresados que rodeaba a Jim Wilson, con Jacob a la zaga.

En la muerte, Jim parecía tranquilo.

Lucille estaba de rodillas a su lado, llorando con desconsuelo. Alguien le había metido un saco o algo parecido bajo la cabeza a Jim y le había echado otro sobre el pecho. Lucille sostenía una de sus manos. Su mujer, Connie, la otra. Por suerte, alguien se había llevado a los niños.

Aquí y allá, había pequeños grupos de soldados juntos, desarmados y rodeados de Regresados. A algunos los habían atado con sogas improvisadas. Otros, reconociendo una causa perdida cuando la veían, estaban sin atar y no hacían más que observar en silencio, sin ofrecer mayor resistencia.

—¿Lucille? —la llamó Harold, agachándose a su lado con un gruñido.

—Era familia —declaró ella—. Todo ha sido culpa mía.

Por algún motivo, Harold no vio la sangre hasta que se encontró de rodillas sobre ella.

—Harold Hargrave —dijo Lucille en un tono casi inaudible—. ¿Dónde está mi chico?

—Aquí —contestó su marido.

Jacob se colocó detrás de Lucille y la rodeó con los brazos.

—Estoy aquí, mamá —dijo.

—Bien —replicó ella, pero Harold no estaba seguro de que se hubiera percatado realmente de que el muchacho estaba allí. Entonces, ella agarró al chiquillo y lo atrajo contra su pecho—. He hecho algo terrible —dijo aferrándose a él—. Que Dios me perdone.

—¿Qué pasó? —inquirió Harold.

—Había alguien detrás de nosotros —respondió Connie Wilson, haciendo una pausa para secarse las lágrimas de la cara.

Harold se levantó, despacio. Le dolían muchísimo las piernas.

—¿Fue uno de los soldados? ¿Fue ese maldito coronel?

—No —contestó Connie con calma—. Ya se había ido. No fue él.

—¿Hacia adónde miraba Jim? ¿Hacia el pueblo o en esa dirección? —Apuntó hacia la carretera que conducía fuera de Arcadia. Podía ver dónde acababa la población y dónde comenzaban los campos y los árboles.

—Hacia el pueblo —afirmó Connie.

Harold se volvió en la otra dirección, pero no distinguió más que la larga y oscura carretera que discurría fuera de Arcadia, entre los maizales vacíos. Los campos estaban flanqueados de grandes pinos oscuros que se erguían contra el cielo estrellado.

—Maldito seas —masculló Harold.

—¿Qué sucede? —preguntó Connie, percibiendo cierto reconocimiento en su voz.

—Maldito hijo de puta —espetó él con los puños apretados como bolas.

—¿Qué pasa? —repitió Connie, esperando de pronto que le

dispararan también a ella. Miró en dirección al bosque, pero allí sólo vio árboles y oscuridad.

—Vayan por los niños —dijo Harold. Luego señaló su vieja camioneta—. Metan a Jim en la parte de atrás. Tú también, Connie. ¡Sube ahí y acuéstate, y no vuelvas a incorporarte hasta que yo te lo diga!

—¿Qué pasa, papá? —quiso saber Jacob.

—No importa —le respondió Harold. Y añadió, dirigiéndose a Lucille—: ¿Dónde está la pistola?

—Aquí —contestó ella, pasándosela con repugnancia—. Tírala.

Harold se remetió el arma en el cinturón y rodeó el vehículo para instalarse en el asiento del conductor.

—Papá, ¿qué está pasando? —inquirió Jacob. Aún estaba abrazado a su madre. Ahora ella le daba palmaditas en la mano, como admitiendo por fin que se encontraba allí.

—Cállate —le dijo Harold con dureza—. Ven aquí y métete en la camioneta. Entra y pega la cabeza al asiento.

—Pero ¿y mamá?

—Jacob, hijo, ¡haz lo que te digo! —aulló Harold—. Tenemos que salir de aquí. Volver a casa, donde Connie y los niños estarán a salvo.

Jacob se tumbó en el asiento de la camioneta y Harold, para hacerle saber que era por su propio bien, alargó el brazo y le acarició la cabeza. No se disculpó, porque sabía que no había hecho mal gritándole al chiquillo en ese momento y siempre había creído que alguien no debía disculparse cuando no había hecho nada malo. Sin embargo, no había nada en sus principios que prohibiera a una persona acariciar con afecto la cabeza de un niño.

Cuando el pequeño se hubo instalado, Harold fue a echar una mano con el cuerpo de Jim Wilson. Lucille los observó levantar al hombre y una cita de las Sagradas Escrituras acudió de pronto a su mente.

—«Mi Dios envió a su ángel, que cerró la boca de los leones para que no me hiciesen daño, porque ante él fui hallado inocente; y aun delante de ti, oh, rey, yo no he hecho nada malo.»

Harold no protestó. Las palabras le parecían adecuadas.

—Con cuidado —dijo mientras trasladaban el cuerpo, sin dirigirse a nadie en particular.

—Con arrepentimiento —terció Lucille, aún de rodillas—. Con arrepentimiento —repitió—. Es todo culpa mía.

Cuando hubieron depositado el cuerpo en la caja de la camioneta sin incidentes, Harold le dijo a Connie que subiera ella también.

—Pon a los niños delante, si es necesario —le indicó. Luego se disculpó, aunque no sabía por qué.

—¿Qué pasa? —preguntó ella—. No entiendo nada. ¿Adónde vamos?

—Preferiría que los niños se sentaran en la cabina —replicó Harold.

Connie siguió las instrucciones del anciano. Los niños se apretujaron en la cabina junto a Lucille, Jacob y Harold, quien les dijo a los tres pequeños que bajaran la cabeza. Los chiquillos hicieron lo que les mandaba, lloriqueando mientras la camioneta cobraba vida con un rugido y se encaminaba a las afueras del pueblo.

Lucille miraba a lo lejos, con la cabeza en otra parte.

En la caja del vehículo, Connie iba tumbada junto al cuerpo de su marido —de manera muy parecida a como debía de haber dormido junto a él durante todos esos años de vida y matrimonio. Le cogió la mano. No parecía tener miedo ni sentirse incómoda por estar tan cerca de su esposo muerto, o tal vez simplemente no quería abandonarlo.

Mientras avanzaban, los ojos de Harold escrutaban la penumbra que se extendía a lo largo del margen de la luz de los faros, alerta al cañón de un rifle que pudiera asomarse, disparar y mandarlo a la tumba. Cuando no estaban ya muy lejos de casa, cuando el pueblo se perdía de vista a sus espaldas en la oscuridad, Harold estiró el brazo y colocó su mano sobre la de Lucille.

—¿Por qué vamos a casa? —inquirió Jacob.

—Cuando estabas solo y asustado en China, ¿qué era lo que querías hacer?

—Quería irme a casa —respondió el chico.

—Eso es lo que hacen las personas —prosiguió Harold—, incluso sabiendo que allí podrían vivir un infierno.

Al abandonar la carretera y tomar el camino de tierra que conducía a su casa, el anciano le dijo a su mujer:

—Lo primero que haremos será hacer entrar a Connie y a los niños en casa. Sin preguntas. No te preocupes por Jim. Simplemente mételes prisa a esos niños para que se metan dentro, ¿me oyes?

—Sí —contestó Lucille.

—Una vez hayan entrado, suban al piso de arriba. No se entretengan para nada.

Harold detuvo la camioneta al inicio de la entrada de vehículos, encendió las luces largas y dejó que el resplandor lo despojara todo de su color. La casa estaba a oscuras y tenía un aire vacío que no recordaba haber observado en ella casi nunca.

Pisó el acelerador y el vehículo avanzó hacia adelante, cobrando velocidad mientras subía por el camino de acceso a la casa. Luego hizo girar la camioneta en el jardín y la acercó marcha atrás a la escalera del porche, como si tuviera la intención de descargar un árbol de Navidad o una caja llena de leña y no el cuerpo de Jim Wilson.

Una sensación de que lo venían siguiendo lo poseía, una sensación de que las cosas aún no estaban tranquilas, de modo que lo hacía todo deprisa. Al escuchar, percibió en el aire el sordo rumor del motor de unas camionetas que se encontraban probablemente al final del camino de tierra, según supuso por el sonido.

Abrió la puerta de la camioneta y salió al exterior.

—Entren a la casa —ordenó. Sacó a los niños de la cabina, los dejó caer sobre sus pies como si fueran potrillos y les indicó el porche—. Vamos —dijo—. Dense prisa y métanse a la casa.

—Fue divertido —terció Jacob.

—Métete en casa —insistió su padre.

De pronto, el resplandor de unos faros rebotó camino arriba. Harold se puso una mano a modo de visera para protegerse los ojos y se sacó la pistola del cinturón.

Jacob, Lucille y los Wilson se escabullían por la puerta cuando la primera camioneta se detuvo en el jardín justo debajo del viejo roble. Las otras tres que la seguían estacionaron una al lado de otra, con las luces largas encendidas.

Pero Harold ya sabía quiénes eran.

Se volvió y subió al porche mientras las puertas de los vehículos se abrían y sus conductores salían al exterior.

—¡Harold! —gritó una voz desde detrás del muro de luces—. ¡Vamos, Harold! —dijo la voz.

—¡Apaga esas jodidas luces, Fred! —gritó él como respuesta—. Y puedes decirles a tus amigos que hagan lo mismo. —Se colocó frente a la puerta y le quitó el seguro a la pistola. En el interior de la casa, oía el ruido que hacían todos al subir corriendo la escalera, tal como les había dicho—. Por el ruido sé que Clarence aún no ha hecho reparar la banda de esa camioneta suya.

—No te preocupes por eso —replicó Fred.

Entonces, las luces de su camioneta se apagaron. Poco después, los faros de los demás vehículos se apagaron también.

—Me imagino que aún llevas contigo ese rifle —dijo Harold.

Fred se colocó delante de su camioneta mientras los ojos de Harold se adaptaban a la oscuridad. Fred llevaba el arma entre los brazos, sujeta contra el pecho.

—No quería hacerlo —declaró—. Tienes que saberlo, Harold.

—Vamos, Fred —repuso él—. Viste la oportunidad de hacer algo que siempre habías querido hacer y lo hiciste. Has sido siempre un exaltado y, con el mundo tal como está, puedes ser el exaltado que siempre has querido ser.

Harold dio un paso más en dirección a la puerta y levantó la pistola. Los viejos que acompañaban a Fred levantaron sus escopetas y sus rifles, pero Fred no levantó el suyo.

—Harold —dijo meneando la cabeza—, hazlos salir y pongamos fin a todo esto.

—¿Matándolos?

—¡Harold!

—¿Por qué es tan importante que sigan muertos? —Volvió a retroceder. Detestaba dejar el cuerpo de Jim en la caja de la camioneta, pero no tenía más remedio—. ¿Cómo te volviste así? —inquirió—. Creí que te conocía mejor. —Ya casi estaba dentro de la casa.

—No es cierto —protestó Fred—. Nada de eso es cierto.

Harold entró entonces en la vivienda y cerró la puerta de golpe. Por unos instantes, el silencio se instaló alrededor de todos ellos. El roble que se erguía frente a la casa susurró bajo una súbita ráfaga de aire llegado del sur, como una promesa de desgracia.

—Traigan las latas de gasolina —ordenó Fred.

Patricia Bellamy

Encontró a su madre sola en el aula, sentada a los pies de la cama, esperando, esperando y esperando, con las manos sobre el regazo y la mirada perdida. Cuando lo vio en la puerta, una repentina luz de reconocimiento apareció en sus ojos.

—Oh, Charles —exclamó.

—Sí —replicó él—. Aquí estoy.

Entonces, ella sonrió, con más alegría y vitalidad de la que exhibía en los recuerdos que Martin Bellamy tenía de ella.

—Estaba preocupadísima —señaló—. Creí que te habías olvidado de mí. Tenemos que llegar a esa fiesta a tiempo. No toleraré que lleguemos tarde. Es de mala educación. Es del todo incorrecto.

—Sí —repuso él, sentándose en la cama a su lado. Se quedó con ella y tomó sus manos entre las suyas. Ella volvió a sonreír y descansó la cabeza en su hombro.

—Te he echado de menos —declaró.

—Yo también te he echado de menos —dijo él.

—Pensé que te habías olvidado de mí —repitió ella—. ¿No es una completa sandez?

—Sí, lo es.

—Pero sabía que volverías conmigo —añadió.

—Claro que lo sabías —respondió Bellamy con los ojos anegados en lágrimas—. Sabes que no puedo separarme de ti.

—Oh, Charles —dijo la anciana—. Estoy muy orgullosa de él.

—Lo sé —replicó Bellamy.

—Por eso precisamente no podemos llegar tarde. Hoy es su gran noche. La noche en que se convierte en un alto hombre del Gobierno..., nuestro hijo. Tiene que saber que estamos orgullosos de él. Tiene que saber que lo queremos y que siempre estaremos a su lado.

—Estoy seguro de que lo sabe —señaló él, con las palabras encalladas en la garganta.

Permanecieron así largo tiempo. De vez en cuando llegaba procedente de fuera el ruido de alguna conmoción, de pequeñas batallas que se libraban aquí y allá. Como era natural, algunos soldados seguían siendo leales al coronel Willis o, por lo menos, aún leales a lo que él representaba. No eran capaces de pensar y concluir que todo cuanto había dicho y hecho, que todas sus opiniones acerca de los Regresados podían haber estado equivocadas. De modo que luchaban un poco más que los demás, pero los combates iban perdiendo fuerza y pronto todo habría terminado. Pronto sólo estarían Martin Bellamy y su madre, tratando de sobrevivir una vez más hasta que la muerte —o lo que fuera que se llevaba a los Regresados como un susurro en mitad de la noche— fuera por ella, o por él.

Bellamy no iba a repetir sus errores.

—Oh, Marty —exclamó entonces su madre—. Te quiero muchísimo, hijo. —Empezó a rebuscar en sus bolsillos, como hacía cuando trataba de encontrar caramelos para él cuando era pequeño.

Martin Bellamy oprimió la mano de la anciana.

—Yo también te quiero —dijo—. No volveré a olvidarlo.

DIECINUEVE

—No supondrás que soy lo bastante tonto como para entrar ahí, ¿verdad? —aulló Fred mientras su voz atravesaba la endeble puerta principal y las finas paredes de la casa como el sonido de un timbre.

—Eso esperaba —replicó Harold. Acababa de terminar de arrastrar el sofá para bloquear la puerta de entrada.

—Vamos, Harold. No compliquemos las cosas. Los chicos y yo le prenderemos fuego a la casa si es preciso.

—Podrías probar —repuso él, apagando las luces—, pero eso supondría tener que acercarte, y no estoy muy seguro de que quieras hacerlo, teniendo en cuenta que tengo una pistola.

Cuando todas las luces estuvieron apagadas y todas las puertas cerradas, Harold se instaló tras el sofá, que ahora se encontraba bloqueando la puerta. Oyó que algunos hombres se hallaban ya en la parte posterior de la casa, vertiendo gasolina contra las paredes. Pensó en volver atrás en esa dirección, tal vez disparando unas cuantas veces, pero si las cosas salían tan mal como pensaba que podían salir, se detestaría a sí mismo por haber desperdiciado la oportunidad de acertarle a uno de ellos.

—No quiero hacer esto, Harold.

Por mucho que tratara de ignorarlo, Harold no podía evitar oír algo que parecía sinceridad en la voz de Fred, aunque no estaba seguro de hasta qué punto podía confiar en ello.

—Es sólo algo que hay que hacer.

—Me imagino que todos tenemos cosas que hacer, ¿no?

Harold miró en dirección a la escalera. Sobre su cabeza oyó el ruido de alguien que caminaba por el piso de arriba.

—Manténganse alejados de las jodidas ventanas! —bramó. Lucille se acercó a la escalera y comenzó a bajar arrastrando los pies, con el cuerpo doblado en una postura incómoda y de aspecto ligeramente artrítico—. Vuelve arriba, maldita sea —gritó Harold.

—Tengo que hacer algo —replicó ella—. Esto es culpa mía. ¡Yo soy la responsable!

—¡Por el amor de Dios, mujer! —resopló Harold—. ¿No dice ese libro tuyo que la avaricia es un pecado? Deja de ser avara y comparte la culpa. Imagínate cómo habría sido nuestro matrimonio si tú te hubieras mostrado tan propensa como ahora a cargar con toda la responsabilidad. ¡Me habrías aburrido mortalmente! —Sacó pecho y le ordenó—: ¡Ahora vuelve escaleras arriba!

—¿Por qué? ¿Porque soy una mujer?

—No. ¡Porque lo digo yo!

A su pesar, Lucille se echó a reír.

—Eso va también por mí —dijo Connie, bajando la escalera.

—Ay, diablos —gruñó Harold.

—¿Qué haces aquí abajo, Connie? —inquirió Lucille—. Vuelve arriba.

—¿Ves lo que se siente? —le dijo Harold a su esposa.

—¿Qué vamos a hacer? —preguntó Lucille.

—Estoy pensándolo —respondió su marido—. No te preocupes.

Connie entró medio agachada en la cocina, evitando las ventanas lo mejor que podía, y agarró el cuchillo más grande que encontró del bloque de madera que había sobre la barra.

—Pero ¿qué les pasa a las mujeres con los cuchillos? —preguntó Harold—. ¿Te acuerdas de Lorena Bobbitt? —Meneó la cabeza—. Vamos a ponerle punto final a todo esto, Fred.

—Esto no puede acabar bien —señaló Lucille.

—Eso es justo lo que yo iba a decir —gritó Fred. Por el sonido de su voz, estaba casi en el porche—. ¡Harold! —chilló—. Harold, acércate a la ventana.

El viejo se puso en pie con un gemido.

—Por favor, Harold —dijo Lucille, haciendo ademán de agarrarlo.

—No pasa nada.

—Hablemos de esto —dijo Fred Green.

Se encontraba en el porche, delante de la ventana. Harold podría haberle descerrajado un tiro limpio en la barriga si hubiera querido. Y, ante la vista del cadáver de Jim Wilson tendido en la caja de la camioneta —ejecutando su representación de la muerte con tanta perfección—, sentía un fuerte e innegable impulso de apretar el gatillo. Pero Fred estaba desarmado, con un aire genuinamente disgustado.

—Harold —dijo—. Lo siento de verdad.

—Quiero creerlo, Fred.

—¿Lo dices en serio?

—Sí.

—Entonces tienes que entender que no quiero más derramamiento de sangre.

—No por parte de los Auténticos Vivos, ¿no es así?

—Exacto —respondió Fred.

—Sólo quieres que te entregue esa familia, a esos niños.

—Eso es, pero tienes que comprender que no queremos una matanza. No es nada de eso.

—Entonces, ¿qué supones tú que es?

—Es un ajuste de cuentas, una reparación.

—¿Una reparación?

—Sólo estamos devolviendo las cosas al estado en que deberían estar.

—¿Al estado en que deberían estar? ¿Desde cuándo matarse los unos a los otros es el estado en que las cosas deberían estar? ¿No es bastante espantoso que los mataran ya una vez? ¿Tienen que volver a morir ahora?

—¡No los matamos nosotros! —aulló Fred.

—¿Quién es «nosotros»?

—Yo no sé quién lo hizo —prosiguió Fred—. Algún extraño. Algún loco que estaba de paso por el pueblo. Resulta que, aquel día, los desafortunados fueron ellos. Eso es todo. No fuimos nosotros. No fue Arcadia. ¡Aquí no matamos a la gente!

—Yo no dije que los hubieran matado ustedes —repuso Harold.

—Pero sucedió —continuó Fred—. Y este pueblo nunca volvió a ser el mismo. —Hizo una pausa—. Éste no es su sitio —dijo—. Y si no hay más remedio que desarraigarlos familia a familia, eso es lo que haremos.

Ni Harold ni Fred tuvieron que mirar el cuerpo de Jim Wilson. Simplemente estando allí y estando muerto, Jim Wilson parecía decir demasiado sobre el estado de Arcadia, sobre el estado tanto de la vida de Harold como de la de Fred.

—¿Recuerdas cómo eran las cosas antes de que todo esto comenzara? —preguntó Harold finalmente—. ¿Te acuerdas de la fiesta de cumpleaños de Jacob? El resplandor del sol. La gente que iba y venía, sonriendo y demás. Mary iba a cantar aquella noche —suspiró—. Entonces, bueno..., entonces todo cambió de dirección, supongo. Todos cambiamos de dirección.

—Es de eso de lo que estoy hablando —terció Fred—. Se supone que ciertas cosas suceden en ciertos lugares. Atracos, violaciones, gente muerta a tiros, gente muerta antes de tiempo. Esas cosas aquí no pasan —declaró.

—Pero pasaron —observó Harold—. Les pasó a los Wilson, a Mary. Y, más tarde, teniendo en cuenta cómo estamos ahora, supongo que nos pasó también a nosotros. El mundo nos encontró, Fred. Encontró Arcadia. Y ver a Jim y a Connie muertos por segunda vez no lo cambiará.

Entonces se produjo un silencio, un silencio lleno de potencial. Fred Green meneó la cabeza, como rechazando algún argumento que circulaba por su mente.

—Tenemos que acabar con esto —añadió Harold al cabo de unos instantes—. Ellos no han hecho nada malo —observó—. Jim nació y creció aquí. Connie también. Sus viejos eran del condado de Bladen, no lejos de donde vivía la familia de Lucille. No es que sea una maldita yanqui ni nada por el estilo. ¡Sabe Dios que si fuera de Nueva York yo mismo le habría pegado un tiro!

Sin saber muy bien por qué, ambos hombres se echaron a reír.

Luego Fred miró por encima de su hombro el cadáver de Jim.

—Puede que arda por esto —declaró—. Lo sé. Pero había que hacerlo. Traté de hacer lo correcto la primera vez, intenté respetar las normas. Les dije a los soldados que los Wilson estaban refugiados aquí y ellos vinieron y se los llevaron pacíficamente. Se había acabado. Estaba dispuesto a dejar que ése fuera el final, pero...

—No ha hecho otra cosa más que tratar de vivir. Vivir y proteger a su familia como nadie en este mundo.

Fred asintió con la cabeza.

—Ahora, Lucille, Jacob y yo los protegemos.

—No dejes que esto suceda, Harold —dijo Fred—. Te lo ruego.

—No creo que yo tenga realmente un papel en nada de esto —repuso él. Entonces, también él miró el cadáver de Jim—. ¿Te imaginas la explicación que tendría que darle si de pronto se incorporara y me preguntara por qué diablos te los entregué? Me imagino qué pasaría si fuera Lucille quien estuviera tumbada ahí... —Miró a su esposa—. No —dijo sacudiendo la cabeza. A continuación le hizo un gesto con la pistola a Fred indicándole que abandonara el porche—. Sea lo que sea —prosiguió—, preferiría que continuáramos con ello.

Fred levantó las manos y bajó lentamente del porche.

—¿Tienes un extintor? —inquirió.

—Sí —contestó Harold.

—Yo no te dispararé siempre y cuando tú no nos dispares ni a mí ni a los hombres que me acompañan —manifestó Fred—. Puedes hacerlos salir y poner fin a esta situación cuando quieras. Tú decides. Juro que haremos todo lo posible para salvar la casa. Hazlos salir y lo dejaremos pasar.

Entonces, desapareció de su vista. Harold llamó a los niños, que se hallaban en el piso de arriba. Al mismo tiempo, oyeron a Fred Green gritando algo en el exterior. A continuación se oyó un sonido amortiguado de combustión en la parte posterior de la casa, seguido de un suave chisporroteo.

—¿Cómo hemos llegado a esto? —dijo Harold, sin saber exactamente a quién dirigía su pregunta.

Le pareció que la habitación daba vueltas a su alrededor. Nada tenía sentido.

Miró a Connie.

—¿Connie? —llamó.

—¿Sí? —respondió ella, abrazando a sus hijos.

Harold hizo una pausa. Tenía la cabeza llena de preguntas.

—Harold... —lo interrumpió Lucille.

Dos personas no podían vivir juntas toda la vida y no conocer el uno la mente del otro. Sabía lo que Harold estaba a punto de preguntar. Le parecía que no estaba bien que preguntara y, sin embargo, no pudo forzarse a detenerlo. Tenía el mismo deseo de saber que todo el mundo.

—¿Qué sucedió? —inquirió Harold.

—¿Qué? —replicó Connie, con el rostro envuelto en confusión.

—Hace tantos años. —Harold hablaba mirando al suelo—. Este pueblo... no volvió a ser el mismo después de aquello. Y mira dónde estamos ahora. Todos estos años sin saber, todos estos años haciéndonos preguntas, temiendo que alguien de nuestro propio pueblo, uno de nuestros propios vecinos, hubiera podido hacerlo. —Meneó la cabeza—. No puedo evitar pensar que si la gente hubiera podido irse a la cama sabiendo lo que había pasado realmente aquella noche, tal vez las cosas no habrían llegado a ponerse tan feas. —Miró finalmente a Connie a los ojos—. ¿Quién fue?

Connie permaneció largo tiempo sin responder. Miró a sus hijos, que tenían miedo y se sentían inseguros. Los estrechó contra su pecho y les cubrió los oídos.

—Yo... —comenzó—. No sé quién fue. —Tragó saliva con fuerza, como si algo se le hubiera quedado de pronto bloqueado en la garganta.

Harold, Lucille y Jacob guardaron silencio.

—En realidad no lo recuerdo —prosiguió en un tono de voz distante—. Era tarde. Me desperté de pronto, creyendo haber oído algo. Ya saben lo que pasa a veces, cuando uno no está seguro de si lo que ha oído era parte de un sueño o algo del mundo real.

Lucille hizo un gesto con la cabeza en señal de afirmación, pero no se atrevió a hablar.

—Estaba a punto de volver a dormirme cuando oí pasos en la cocina. —Miró a Harold y a Lucille. Sonrió—. Quien tiene hijos conoce el sonido de sus pasos. —Su sonrisa se desvaneció—. Sabía que no eran ellos. Fue entonces cuando me asusté. Desperté a Jim. Al principio estaba aturdido, pero después también él los oyó.

»Buscó algo que pudiera utilizar, pero sólo encontró mi vieja guitarra junto a la cama. Pensó en agarrarla, pero creo que tenía miedo de que se rompiera. Mi padre me la había regalado justo antes de que Jim y yo nos casáramos.

345

»Fue una tontería por su parte pensar algo semejante, pero así es como era él.

Connie se secó una lágrima. Luego prosiguió:

—Yo corrí a la habitación de los niños y Jim corrió a la cocina. Le gritó a quienquiera que fuese que saliera de la casa. Hubo una refriega. Parecía que estuvieran echando toda la cocina abajo. Entonces sonó el disparo. Luego, todo quedó en silencio. Fue el silencio más largo de mi vida. Seguí esperando a que Jim dijera algo. Que chillara o gritara, algo. Pero no lo hizo. Oí a quienquiera que fuese recorrer la casa, como si estuviera buscando algo. Cogiendo todo lo que tuviera algún valor, probablemente. Luego oí pasos que se dirigían a la habitación de los niños.

»Tomé a mis hijos y nos escondimos debajo de la cama. Sólo podía mirar la puerta. Todo lo que vi de quienquiera que fuese fue un par de viejas botas de trabajo. Estaban manchadas de pintura. —Connie se detuvo a pensar, sorbiendo por la nariz mientras hablaba—. Recuerdo que por aquella época había en el pueblo unos pintores. Estaban trabajando en la granja Johnson. No los veíamos a menudo, pero Jim había ido a echar una mano con la pintura, puesto que siempre necesitábamos algunos dólares extras. Le llevé un día la comida y creo recordar haber visto a un hombre con unas botas como las que vi aquella noche en la habitación de los niños.

»No recuerdo gran cosa del hombre que las llevaba: pelirrojo, pálido... Nada más. No era más que un extraño. Alguien a quien nunca pensé volver a ver. —Se quedó un momento pensativa. Luego añadió—: Tenía mala facha —dijo meneando la cabeza—. O quizá me lo esté imaginando porque quiero creer que era así.

»Aunque lo cierto es que no sé quién lo hizo. Nosotros no hicimos nada para merecer lo que pasó. Pero, claro, no puedo imaginar que ninguna familia merezca que le suceda algo así. —Retiró por fin las manos de los oídos de los niños. Ya no le temblaba la voz—. El mundo es cruel a veces —dijo—. Sólo tienes que ver las noticias un día cualquiera de la semana para darte cuenta. Pero los miembros de mi familia nos quisimos los unos a los otros hasta el último momento. Eso es lo único que de verdad importa.

Lucille estaba llorando. Tomó a Jacob entre sus brazos, lo besó y musitó que lo quería. Harold los abrazó a ambos. A continuación, le dijo a Connie:

—Yo cuidaré de ustedes. Lo prometo.

—¿Qué vamos a hacer? —preguntó Jacob.

—Vamos a hacer lo que hay que hacer, hijo.

—¿Vas a hacerlos salir, papá?

—No —intervino Lucille.

—Vamos a hacer lo que hay que hacer —repitió Harold.

El fuego avanzaba más deprisa de lo que Harold esperaba.

Tal vez porque era una casa vieja y siempre la había visto toda la vida así, se imaginaba que no podía ser destruida o que, por lo menos, sería una cosa difícil de eliminar de este mundo. Pero el fuego le demostró que era simplemente una casa, nada más que un montón de madera y recuerdos ensamblados, ambas cosas muy fáciles de destruir.

Así que cuando el fuego trepó por el muro posterior, el humo avanzó a grandes y repentinas oleadas, obligando a los Hargrave y a los Wilson a cruzar el salón en dirección a la puerta principal de la casa, hacia Fred Green y su rifle.

—Debería haberlo entretenido más —manifestó Harold, tosiendo, rogando por que ése no fuera uno de aquellos ataques de tos que acababan haciéndole perder el sentido—. Debería haberlo entretenido más y haber conseguido más balas —dijo.

—Dios mío, Dios mío, Dios mío —terció Lucille. Se retorció las manos y contó mentalmente todas las maneras en que aquello era todo culpa suya. Vio a Jim Wilson. Alto, guapo y vivo, con una mujer, una hija y un hijo rodeándolo, abrazándolo, aferrándose a él. Después lo vio recibir un disparo en las calles de Arcadia, recibir un disparo y desplomarse rígido y sin vida.

—¿Papá? —dijo Jacob.

—Todo estará bien —replicó Harold.

—Esto está mal —declaró Lucille.

Connie abrazó a sus hijos contra su pecho, agarrando aquel cuchillo de carnicero con la mano derecha.

—¿Qué hicimos nosotros? —inquirió.

—Esto está realmente mal —insistió Lucille.

Los niños lloraban.

Harold volvió a sacar el cargador de la pistola, comprobó por seguridad que las cuatro balas seguían ahí y lo colocó de nuevo en el arma.

—Ven aquí, Jacob —llamó.

El muchacho se acercó —tosiendo a través del humo— y Harold lo cogió del brazo y comenzó a empujar el sofá para despejar la puerta principal. Lucille se le quedó mirando unos instantes y luego, sin hacer preguntas, se puso a ayudarlo y confió en que aquello respondiera a un plan, confió del mismo modo en que confiaba en todos los planes de Dios.

—¿Qué vamos a hacer? —le preguntó Jacob a su padre.

—Vamos a salir de aquí —contestó Harold.

—Pero ¿y ellos?

—Haz lo que se te dice, hijo. No voy a dejar que mueras.

—Pero ¿y ellos? —inquirió el chiquillo.

—Tengo balas suficientes —respondió Harold.

Los disparos sonaron claros y a intervalos regulares sobre el oscuro paisaje campestre.

A continuación, abrieron la puerta principal y la pistola saltó al exterior, dando volteretas en el aire. Cayó en la caja de la camioneta, junto al cuerpo de Jim.

—¡Muy bien! —gritó Harold, saliendo al exterior con las dos manos en alto.

Lucille lo siguió con Jacob prudentemente resguardado tras ella.

—Ganaste, maldita sea —chilló Harold. Su rostro tenía una expresión triste y sombría—. Al menos no tendrás la satisfacción. Les he ahorrado el sufrimiento que tú les habrías provocado, hijo de puta.

Tosió.

—Dios mío, Dios mío, Dios mío —repetía Lucille en voz baja.

—Me parece que tengo que verlo —dijo Fred Green—. Los muchachos están aún en la parte de atrás de la casa, sólo para asegurarnos de que no nos la estás jugando, Harold.

Harold bajó la escalera del porche y se apoyó en la camioneta.

—¿Qué hay de mi casa?

—Todo llegará. Sólo tengo que hacer una comprobación para estar seguro de que has hecho lo que dices haber hecho.

Harold estaba tosiendo otra vez. Un ataque de tos largo, despiadado y continuo que lo hizo doblarse por la mitad y caer al suelo junto a su vehículo. Lucille le cogió la mano, agachándose junto a él.

—¿Qué has hecho, Fred Green? —preguntó con la cara resplandeciendo bajo las llamaradas que ascendían hacia el cielo.

—Lo siento, Lucille —replicó él.

—Está ardiendo —resolló Harold.

—Y voy a ocuparme de ella —dijo Fred. Anduvo desde su camioneta hasta donde se encontraba Harold con el rifle bajo sobre la cadera, apuntando a la puerta por si los muertos no estaban muertos.

Harold tosió hasta ver pequeños puntitos de luz centelleando ante sus ojos. Lucille le enjugó el sudor de la cara.

—¡Maldito seas, Fred Green! ¡Haz algo! —aulló.

—Por lo menos aleja mi maldita camioneta de la casa —logró articular Harold—. ¡Si algo le sucede al cuerpo de Jim, los mataré del primero al último!

Jacob se arrodilló entonces y le cogió la mano, en parte para ayudarlo a superar su ataque de tos y en parte para estar seguro de que sus padres permanecían entre él y el rifle de Fred Green.

Fred pasó frente a Harold y Lucille e incluso frente a Jacob y subió los escalones en dirección a la puerta abierta. El humo salía al exterior en grandes penachos blancos. Desde donde se encontraba, veía el resplandor de las llamas que avanzaban desde la parte posterior de la casa quemando cuanto encontraban a su paso. Al no ver los cadáveres de los Wilson, no se decidió a entrar.

—¿Dónde están?

—En el cielo, espero —respondió Harold, y se echó a reír, pero sólo levemente.

El ataque de tos había pasado, aunque aún se sentía mareado y los puntitos de luz estaban empeñados en permanecer delante de sus ojos por mucho que los apartara con las manos. Oprimió la mano de Lucille.

—Todo saldrá bien —le dijo—. No pierdas de vista a Jacob.

—No juegues conmigo, Harold —gritó Fred, aún en el porche—. Dejaré que la casa arda por completo si es preciso. —Echó una ojeada al interior de la vivienda, escuchando por si percibía el sonido de alguna tos, de algún gemido o algún grito, pero sólo oía el crepitar de las llamas—. Si los hiciste salir por la parte de atrás, me imagino que los chicos los atraparán. Y si salen por delante, los atraparé yo. Y, bueno, también está el fuego. —Retrocedió, alejándose del creciente calor—. Tienes un seguro, Harold. Sacarás un abultado cheque de todo esto. Lo siento.

—Y yo también —repuso él, levantándose.

Con una rapidez que lo sorprendió incluso a sí mismo, se puso en pie y subió la escalera del porche mientras Fred Green seguía allí, mirando hacia el interior de la casa en llamas. Fred no oyó a Harold subir los peldaños a saltos y, cuando lo hizo, el cuchillo de carnicero ya estaba hincándose en su riñón derecho.

El rostro de Harold se encontraba a la altura de la cintura de Fred Green cuando el cuchillo se clavó y el hombre giró sobre sí mismo lleno de dolor y su dedo apretó el gatillo. La culata del rifle saltó hacia atrás y el tabique nasal de Harold se partió en dos.

Por lo menos, Fred ya no estaba en condiciones de matar a los Wilson.

—¡Salgan de aquí! —tosió Harold—. ¡Corran! —El arma yacía a su lado en el porche, pues ninguno de los dos hombres pensaba en esos momentos con la claridad suficiente para lanzarse a agarrarla—. ¿Lucille? —gritó—. ¡Ayúdalos! —Jadeó, falto de aire—. Ayúda... los.

Ella no le contestó.

Connie y los niños, que apenas si podían oír a Harold por encima del rugido del fuego, salieron de la casa bajo la manta que habían conseguido mojar y echarse encima a toda prisa cuando la vivienda había empezado a arder. En cuanto salieron al aire fresco, los chiquillos comenzaron a toser, pero Connie los hizo pasar al lado opuesto al lugar donde Fred Green se hallaba tendido en el suelo con el cuchillo clavado en el cuerpo.

—¡Suban a la camioneta! —bramó Harold—. Esos otros cabrones estarán aquí en cualquier momento.

La familia bajó en desbandada la escalera del porche pasando por delante de Harold y de Fred y se lanzó hacia el vehículo por el lado del conductor. Connie comprobó si las llaves seguían en el contacto. Ahí estaban.

Fue mayormente una cuestión de suerte que estuvieran donde

351

estaban cuando sonó el primer disparo de escopeta. La vieja camioneta resultó ser una barrera extraordinaria contra los perdigones. A fin de cuentas era una Ford del 72, fabricada en aquella era pasada anterior al momento en que la fibra de vidrio se consideró digna de transportar a un hombre y a su familia de un punto del universo a otro. Ése era precisamente el motivo por el que Harold se había aferrado a esa vieja pickup durante todos esos años, porque ya no se fabricaban camionetas que resistieran una perdigonada doble cero.

No obstante, a diferencia de Connie y de sus hijos, los Hargrave se encontraban en el lado mortal de la camioneta. Lucille estaba en el suelo, con el cuerpo echado sobre Jacob bajo el tembloroso resplandor de la casa en llamas. El muchacho se cubría los oídos con las manos.

—¡Dejen de disparar, malditos! —bramó Harold.

Les estaba dando la espalda a los hombres armados, de modo que sabía que la probabilidad de que no lo oyeran era bastante elevada. Y, aunque lo oyeran, era muy probable que no lo escucharan. Cubrió a su mujer y a su hijo y esperó.

—Que Dios nos ayude —dijo por primera vez en cincuenta años.

Entonces encontró el rifle de Fred. Aún no había logrado ponerse en pie, pero aquello no significaba que no pudiera desviar un poco la atención. Se hallaba sentado sobre el trasero con las piernas extendidas frente a sí, el dolor latiéndole en la cabeza y la nariz sangrante, pero logró quitar el seguro del rifle, metió las balas del calibre 30-06 en la recámara y disparó un tiro al aire, haciendo que todo se interrumpiera de pronto.

Bajo la claridad que arrojaba su casa en llamas, mientras Fred Green estaba allí mismo, a su lado, en el porche, taponándose con la camisa la herida de cuchillo, Harold trató de controlar la situación.

—Me parece que esto ya ha durado bastante —dijo cuando el rumor del rifle se hubo extinguido.

—¿Fred? Fred, ¿estás bien? —gritó uno de los pistoleros. Parecía Clarence Brown.

—¡No, no estoy bien! —aulló Fred—. ¡Me han acuchillado!

—Se lo clavó él mismo —objetó Harold. La sangre de la nariz le cubría la boca, pero no podía limpiársela porque necesitaba tener las manos lo más secas posible para manejar el rifle y ya las tenía manchadas de la sangre de Fred—. Bueno, ¿por qué no se van todos a casa?

—¿Fred? —gritó Clarence. Era difícil oír nada por encima del ruido de la casa en llamas. El humo brotaba de cada grieta del edificio y ascendía hacia el cielo en grandes penachos oscuros —. ¡Dinos qué tenemos que hacer, Fred!

—¿Connie? —llamó Harold.

—¿Sí? —la respuesta llegó desde la cabina de la camioneta. Su voz sonaba apagada, como si estuviera hablando a través de los cojines de los asientos del vehículo.

—Arranca esa camioneta y vete de aquí —le dijo Harold sin apartar la mirada de los hombres armados.

Al cabo de un instante, la camioneta se puso en marcha con un rugido.

—¿Y ustedes? —repuso Connie.

—No nos pasará nada.

Connie Wilson cogió a sus hijos y a su marido muerto y se perdió en la noche sin decir una palabra más, sin volver siquiera la vista atrás, que Harold supiera.

—Bien —dijo entonces Harold en voz baja—. Bien.

Quería decirles algo acerca de que cuidaran de Jim, pero parecía implícito. Además, la nariz rota le dolía a más no poder y el calor que desprendía la casa en llamas se estaba volviendo insoportable. Así que simplemente resopló y se limpió la sangre de la boca con el dorso de la mano.

Clarence y los demás hombres armados observaron irse la camioneta pero mantuvieron las armas dirigidas hacia Harold. Si

Fred les hubiera dicho que actuaran de otro modo, lo habrían hecho, pero mientras se ponía en pie temblando, su líder guardaba silencio.

Harold le apuntó con el rifle.

—Maldito seas —espetó Fred haciendo un amago de arrebatarle el arma.

—Ojalá lo hicieras —dijo Harold, apuntándole a la garganta con el cañón del rifle—. ¿Lucille? —llamó—. ¿Jacob?

Ambos se hallaban tumbados en el suelo, inmóviles, un montículo redondeado y regular sobre la superficie de la tierra. La anciana seguía protegiendo al chiquillo.

Harold tenía algo más que decir, algo que tal vez le habría dado sentido a todo aquello, aunque ya fuera muy tarde para darle sentido, pero sus pulmones se negaron a colaborar. Estaban demasiado llenos de la tos lacerante que había estado tratando de apoderarse de él desde la pelea. Era como una burbuja grande y oscura que crecía en su interior.

—La casa se desplomará a tu alrededor —dijo Fred.

El calor de las llamas era insufrible. Harold sabía que pronto tendría que moverse si tenía intención de vivir, pero tenía aquella maldita tos en su interior, esperando para emerger con un rugido y hacerlo caer al suelo inconsciente, plegado sobre sí mismo como una pelota. ¿Y qué sería entonces de Jacob?

—¿Lucille? —volvió a llamar. Su mujer tampoco le contestó esta vez. Si tan sólo pudiera oír su voz, pensó, podría creer que todo aquello iba a salir bien—. Vete —dijo Harold, y le hincó a Fred la punta del cañón de su arma.

Fred actuó en consecuencia y retrocedió, despacio.

Al tratar de ponerse en pie, a Harold le dolió el cuerpo entero.

—Jesús —gimió.

—Te tengo —dijo Jacob apareciendo de pronto, de repente otra vez a su lado. Ayudó a su padre a levantarse.

—¿Dónde está tu madre? —musitó él—. ¿Está bien?

—No —contestó el muchacho.

Por seguridad, Harold siguió apuntando a Fred con el rifle y cubrió a Jacob con su cuerpo, por si Clarence y el resto de los muchachos, que se hallaban junto a sus camionetas, decidían ponerse nerviosos con aquellas armas suyas.

—¿Lucille? —llamó Harold.

Jacob, Harold, Fred Green y el rifle de Fred Green bajaron todos juntos del porche al jardín cojeando. Fred caminaba abrazándose el abdomen con las manos. Harold andaba de lado, como un cangrejo, con Jacob a su sombra.

—Muy bien —dijo Harold cuando se hubieron alejado lo bastante de la casa. Bajó el arma—. Imagino que esto acaba aquí.

Entonces el rifle cayó al suelo, no porque Harold se hubiera dado por vencido, sino a causa de la tos, de aquella maldita avalancha de dolor que se generaba dentro de su cuerpo y que se desató por fin. Las navajas de afeitar de sus pulmones se mostraron tan despiadadas como esperaba. Los puntitos de luz volvieron a aparecer ante sus ojos. La tierra ascendió hacia él y lo abofeteó. Había relámpagos por todas partes, relámpagos y el trueno de la tos que parecía desgarrarle el cuerpo con cada temblor. Ni siquiera tenía energía para maldecir. Y de todas las cosas que podía hacer, maldecir era la única que probablemente lo habría hecho sentirse mejor.

Fred recogió el arma del suelo y le quitó el seguro para comprobar que efectivamente había una bala en la recámara.

—Supongo que lo que sucederá a continuación será culpa tuya —observó Fred.

—Deja que el chiquillo siga siendo un milagro —logró decir Harold.

La muerte estaba allí. Y Harold Hargrave estaba preparado para morir.

—Yo no sé por qué motivo ella no volvió —intervino Jacob, y

tanto Harold como Fred hicieron un gesto de sorpresa, como si acabara de aparecer delante de ellos—. Me refiero a su mujer —le dijo el niño a Fred—, me acuerdo de ella. Era guapa y sabía cantar. —El rostro del chiquillo de ocho años se sonrojó bajo su pelambrera castaña—. Me caía muy bien —declaró—. También usted me caía muy bien, señor Green. Usted me regaló una pistola de balines y ella me prometió que cantaría para mí antes de irse el día de mi cumpleaños. —La claridad de la casa en llamas le bañaba las facciones. Sus ojos parecían lanzar chispas—. No sé por qué ella no volvió como volví yo —declaró Jacob—. A veces, la gente se va y no regresa.

Fred tomó aliento. Lo retuvo en los pulmones y todo su cuerpo se puso tenso, como si ese aire fuera a reventarlo, como si ésa fuera su última inspiración y lo contuviera todo. Acto seguido, profirió un sonido húmedo de ahogo mientras bajaba el rifle con un suspiro y se echaba a llorar, allí mismo, delante del muchacho que por obra de un milagro había vuelto de entre los muertos y no había traído a su mujer consigo.

Cayó de rodillas con un salto torpe y torcido.

—Lárgate de aquí. Vete... vete, haz el favor —espetó—. Déjame en paz, Jacob.

Después, sólo se oyó el ruido de la casa ardiendo hasta los cimientos. Sólo el ruido del llanto de Fred. Sólo el ruido del suave jadeo de Harold bajo la oscura columna de humo y cenizas, que se había vuelto tan inmensa que parecía un largo brazo oscuro que se estiraba como un padre se estira para abrazar a un hijo, un marido para abrazar a su mujer.

Lucille miró al cielo. La luna se hallaba a escasa distancia del extremo de su ojo, como separándose de ella, o guiándola tal vez. Era imposible saberlo.

Harold se acercó a ella y se arrodilló a su lado. Dio gracias porque la tierra fuera blanda y que allí la sangre no pareciera tan roja como sabía que era en realidad. A la luz temblorosa de la casa ardiente, la sangre no era más que una mancha oscura a la que él, en su imaginación, podía atribuir cualquier otra identidad.

Respiraba, pero muy levemente.

—¿Lucille? —susurró él, aplicando casi la boca a su oído.

—Jacob —llamó ella.

—Está aquí —dijo Harold.

Ella asintió con la cabeza. Sus ojos se cerraron.

—De eso nada —terció su marido. Se limpió la sangre de la cara, percatándose de pronto del aspecto que debía de tener, todo cubierto de sangre, hollín y mugre.

—¿Mamá? —dijo Jacob.

Ella abrió los ojos.

—¿Sí, cariño?—musitó Lucille. Un ligero estertor sonaba en sus pulmones.

—Todo está bien —dijo el chiquillo. Se inclinó y la besó en la mejilla. A continuación, se tumbó a su lado y acurrucó su cabeza en el hombro de ella como si no estuviera muriéndose, sólo echando una siestecita bajo las estrellas.

Lucille sonrió.

—Todo está bien —respondió.

Harold se secó los ojos.

—Maldita seas, mujer —dijo—. Te advertí que la gente no valía nada.

Ella seguía sonriendo.

Las palabras sonaron tan bajas que Harold tuvo que hacer un esfuerzo para oírlas.

—Eres un pesimista —dijo ella.

—Soy realista.

—Eres un misántropo.

—Y tú, baptista.

Ella se echó a reír. Y ese momento se prolongó tanto como pudo mientras estaban los tres conectados, unidos, como entonces, tantos años antes. Harold le oprimió la mano.

—Te quiero, mamá —dijo Jacob.

Lucille oyó a su hijo. Un segundo después, se había ido.

Jacob Hargrave

No estaba seguro de haber dicho lo correcto en los momentos posteriores a la muerte de su madre. Esperaba que sí. O, por lo menos, esperaba haber dicho suficiente. Su madre siempre sabía qué decir. Las palabras eran su método mágico, las palabras y los sueños.

Bajo el resplandor de la casa en llamas, arrodillado junto a ella, Jacob recordó cómo eran las cosas en el pasado, antes del día en que bajó al río. Recordaba el tiempo pasado con su madre, cuando su padre se iba de viaje durante varios días seguidos por motivos de trabajo, dejándolos solos. Jacob sabía que ella estaba siempre más triste cuando su padre se marchaba, pero una parte de él no podía evitar disfrutar de los momentos que compartían cuando estaban solos los dos. Todas las mañanas se sentaban el uno frente al otro a la mesa del desayuno y hablaban de sueños y presagios y de sus expectativas para ese día. Mientras que Jacob era de esas personas que se despertaban por la mañana y no eran capaces de recordar lo que habían soñado durante la noche, su madre lo recordaba todo con vívido detalle. Sus sueños siempre estaban llenos de magia: montañas de altura imposible, animales parlantes, lunas que al salir teñían el cielo de extraños colores.

Cada sueño tenía para ella un significado. Los sueños de montañas eran un augurio de adversidad. Los animales parlantes eran viejos amigos que pronto volverían a entrar en su vida. El color de cada salida de luna, una predicción del humor del día siguiente.

A Jacob le encantaba escuchar sus explicaciones de esas cosas maravillosas. Recordaba una mañana en particular, durante una de esas semanas en que su padre estaba fuera. El viento hacía susurrar el roble del jardín delantero y el sol atisbaba entre las copas de los árboles. Estaban desayunando juntos los dos. Él vigilaba el tocino y las salchichas que chisporroteaban sobre el fogón de la cocina mientras ella se ocupaba de los huevos y de los *hot cakes*, del tamaño de un dólar de plata. Entretanto, le contaba un sueño.

Había bajado al río, sola, sin saber por qué. Cuando llegó a la orilla, el agua estaba tranquila como un espejo.

—Jaspeado, de ese azul imposible que sólo se ve en las pinturas al óleo que han pasado demasiado tiempo abandonadas en un desván lleno de humedad —explicó. Hizo una pausa y lo miró. Ahora estaban sentados a la mesa, empezando a desayunar—. ¿Sabes lo que quiero decir, Jacob?

Él asintió, aunque no sabía exactamente qué quería decir su madre.

—Un azul que era no tanto un color como un sentimiento —prosiguió ella—. Y mientras permanecía allí de pie, oí sonar una música a lo lejos, río abajo.

—¿Qué clase de música? —la interrumpió él. Estaba tan concentrado en la historia de su madre que casi no había tocado la comida.

Lucille se quedó pensativa por unos instantes.

—Es difícil de describir —dijo—. Era operística, como una voz que cantaba a lo lejos, al otro extremo de un campo abierto. —Cerró los ojos y contuvo el aliento, y pareció estar resucitando el maravilloso sonido que tenía en la mente. Al cabo de un momento, los volvió a abrir. Parecía aturdida y feliz—. Era sólo música —señaló—. Pura música.

Jacob asintió. Se agitó en su silla y se rascó la oreja.

—¿Qué pasó entonces?

—Seguí el río durante lo que me parecieron kilómetros —respondió Lucille—. Las orillas estaban llenas de orquídeas. Orquídeas bonitas y delicadas, completamente distintas de lo que podría crecer jamás por aquí. Unas flores más hermosas que las que haya visto nunca en ningún libro.

Jacob dejó el tenedor y apartó el plato. Cruzó los brazos sobre la mesa de la cocina y descansó en ellos el mentón. El cabello le cayó sobre los ojos. Lucille se inclinó hacia él, sonriendo, y le retiró las greñas de la cara.

—Tengo que cortarte el pelo —observó.

—¿Qué encontraste, mamá? —inquirió Jacob.

Lucille prosiguió.

—Al final, el sol estaba ya bajo en el horizonte y, a pesar de que había recorrido kilómetros, la música seguía estando igual de lejos. Fue cuando el sol comenzó a ponerse que me di cuenta de que el sonido no provenía de la parte baja del río, sino de en medio de él. Era como la música de las sirenas, que me atraía hacia el agua. Pero yo no tenía miedo —dijo—. ¿Y sabes por qué?

—¿Por qué? —contestó Jacob, pendiente de cada una de sus palabras.

—Porque a mi espalda, donde estaban el bosque y todas aquellas orquídeas que florecían a lo largo de la orilla, los oía a ti y a papá, jugando y riendo.

Los ojos de Jacob se dilataron cuando su madre los mencionó a su padre y a él.

—Entonces, la música empezó a sonar más fuerte. O quizá no exactamente más fuerte, pero de algún modo así era. La percibía más, como un agradable baño caliente cuando he estado trabajando todo el día en el jardín. Una cama blanda y caliente. Lo único que deseaba era ir hacia la música.

—¿Y papá y yo seguíamos jugando?

—Sí —respondió Lucille con un suspiro—. Y a ustedes dos también los oía cada vez más fuerte. Como si estuvieran compitiendo con el río, tratando de hacerme volver. —Se encogió de hombros—. Admito... que hubo un momento en que no supe adónde debía ir.

—¿Y qué decidiste? ¿Cómo lo supiste?

Lucille se inclinó hacia él y le acarició la mano.

—Obedecí a mi corazón —replicó—. Di media vuelta y eché a andar hacia donde estaban tú y tu padre. Y entonces, sin más, la música del río ya no me pareció tan dulce. Nada es tan dulce como el sonido de la risa de mi marido y de mi hijo.

Jacob se sonrojó.

—Caramba —dijo. Su voz sonaba ausente ahora que el hechizo del relato de su madre se había roto—. Tienes unos sueños fabulosos —añadió.

Terminaron de desayunar en silencio mientras de vez en cuando Jacob lanzaba miradas al otro lado de la mesa, maravillado de la mujer mágica y misteriosa que era su madre.

Al arrodillarse a su lado en aquellos momentos finales de su vida, se preguntó qué pensaba ella de todo lo que había sucedido en el mundo. De todo lo que los había conducido a ambos a ese momento en que ella yacía agonizante bajo el resplandor de su hogar en llamas, en la mismísima tierra en la que había criado a su hijo y amado a su marido. Quería explicarle cómo era que las cosas habían llegado a ser así, cómo era que había vuelto junto a ella después de haber estado fuera tanto tiempo. Quería hacer por ella lo que ella había hecho por él todas aquellas agradables mañanas en que estaban solos: explicarle todas las cosas maravillosas.

Pero el tiempo que les quedaba para estar juntos era breve, como es siempre la vida, y no sabía cómo había sucedido nada de todo aquello. Sabía que el mundo entero tenía miedo, que el mundo entero se preguntaba por qué habían regresado los muertos, lo confuso que aquello resultaba para todos. Se acordó de que el agente Bella-

my le había preguntado qué recordaba de antes de despertar en Chi-
na, qué recordaba del tiempo intermedio.

Pero la verdad era que sólo recordaba un sonido suave y lejano,
como música. Nada más. Un recuerdo tan delicado que no tenía la
certeza de que fuera real. Había oído aquella música cada segundo
de su vida desde su regreso. Un susurro que parecía llamarlo. ¿Y no
había estado sonando algo más fuerte últimamente? Como llamán-
dolo. Se preguntó si no sería la misma música del sueño de su ma-
dre. Se preguntó si ella oía esa música ahora, mientras moría, esa
música suave y frágil que a veces sonaba como la de una familia que
reía.

Lo único que Jacob sabía con seguridad era que en ese preciso
momento estaba vivo y estaba con su madre y, más que nada, que
no quería que ella sintiera miedo cuando sus ojos se cerraran, cuan-
do terminara por fin el tiempo que tenían para estar juntos.

—Por ahora estoy vivo —casi dijo mientras Lucille agonizaba,
pero se dio cuenta de que ella ya no tenía miedo.

Al final, «Te quiero, mamá» fue todo cuanto dijo. Era lo único
que importaba.

Entonces, lloró con su padre.

EPÍLOGO

La vieja camioneta corcoveaba de un lado a otro por la carretera. El motor se atragantaba. Los frenos chirriaban. Cada curva hacía temblar el vehículo entero. Pero, aun así, seguía funcionando.

—Unos pocos kilómetros más —dijo Harold, luchando con el volante al tomar una curva.

Jacob miraba en silencio por la ventanilla.

—Me alegro de estar fuera de esa iglesia —declaró Harold—. Un poco más de tiempo ahí dentro y juro que me convierto... me convierto o empiezo a disparar. —Rio para sus adentros—. O quizá una cosa lleve a la otra.

El chiquillo continuó en silencio.

Ya casi habían llegado a la casa. La camioneta resopló por el camino sin asfaltar, escupiendo un humo azul de vez en cuando. Harold quería achacar las malas condiciones de la camioneta al tiroteo, pero su teoría naufragaba. El vehículo simplemente era viejo y estaba cansado, y casi a punto de tirar la toalla. Demasiados kilómetros. Harold se preguntó cómo había podido conducirlo Lucille todos esos meses, cómo se las había arreglado Connie aquella noche. De haber podido, le habría pedido disculpas. Pero ahora Connie y sus hijos habían desaparecido. Nadie había visto a ninguno de ellos desde la noche en que Lucille había muerto. Habían encontrado la camioneta de Harold al día siguiente en medio de la autopista interestatal, formando un ángulo extraño, como si se hubiera parado por sí sola, como si no hubiera habido nadie al volante.

Era como si la familia Wilson hubiera desaparecido de la faz de la tierra, lo cual no era extraño en aquellos tiempos.

—Las cosas irán mejor —manifestó Harold cuando entró por fin en el jardín.

Donde antes estaba la casa ahora no había más que un esqueleto de madera. Los cimientos habían resultado ser bastante resistentes. Cuando llegó el dinero del seguro y Harold contrató a los hombres para reconstruirla, pudieron aprovechar casi toda la cimentación.

—Todo será como antes —dijo.

Paró la camioneta al final de la entrada de vehículos y apagó el motor. La vieja Ford suspiró.

Jacob no abrió la boca mientras su padre y él subían por el polvoriento camino de acceso a la casa. Estaban en octubre. El calor y la humedad habían pasado ya. Su padre parecía muy viejo y muy cansado desde la muerte de Lucille, pensaba el chico, a pesar de que se esforzaba muchísimo por no parecer viejo y cansado.

Lucille estaba enterrada bajo el roble situado frente al lugar donde antes se levantaba la casa. La intención de Harold había sido darle sepultura en el cementerio de la iglesia, pero necesitaba estar cerca de ella. Y esperaba que lo perdonara por ello.

El muchacho y su padre se detuvieron junto a la tumba. Harold se puso en cuclillas y arañó la tierra con los dedos. Acto seguido murmuró algo en voz baja y siguió caminando.

Jacob se demoró allí.

La casa estaba quedando mejor de lo que Harold quería admitir. A pesar de ser ahora mismo poco más que un esqueleto, ya veía la cocina, el salón, el dormitorio en lo alto de la escalera. La madera sería nueva, pero los cimientos eran aún tan viejos como en el pasado.

Las cosas no serían como antes, como le había dicho a Jacob, pero serían como tuvieran que ser.

Dejó al chiquillo junto a la tumba de Lucille y siguió su camino hacia el montón de cascajo situado en la parte posterior de la casa. Los pedazos y los cimientos de piedra eran cuanto el incendio había dejado. Los hombres que estaban construyendo la casa nueva se habían ofrecido a llevarse los escombros, pero Harold los había detenido. Casi todos los días acudía a ese lugar y examinaba cuidadosamente las cenizas y los restos de piedra. No sabía qué era lo que estaba buscando, sólo que lo sabría cuando lo encontrara.

Habían pasado ya casi dos meses y aún no lo había encontrado. Pero al menos había dejado de fumar.

Una hora después, no había hallado nada nuevo. Jacob seguía junto a la tumba de Lucille, sentado en la hierba con las piernas recogidas contra el pecho y el mentón entre las rodillas. No se movió cuando el agente Bellamy llegó en su coche. Tampoco respondió cuando Bellamy pasó por su lado diciendo «Hola», y siguió adelante sin detenerse. Sabía que el muchacho no iba a contestar. Así había sido todas las veces que había ido a ver a Harold.

—¿Qué está usted buscando? —inquirió Bellamy.

Harold, que estaba de rodillas, se levantó. Meneó la cabeza.

—¿Quiere que lo ayude?

—Me gustaría saber qué es lo que busco —refunfuñó el viejo.

—Conozco esa sensación —replicó Bellamy—. En mi caso, son fotografías. Fotografías de cuando era niño. —Harold gruñó—. Todavía no están seguros exactamente de lo que significa ni de por qué sucede.

—Claro que no —repuso el anciano.

Luego miró al cielo: azul, amplio, fresco. Se restregó las manos llenas de hollín contra las perneras de los pantalones.

—Me dijeron que fue neumonía —señaló.

—Sí —asintió Bellamy—. Justo igual que la primera vez. Al final, se fue bastante tranquilamente. Igual que la primera vez.

—¿Sucede así en general?

—No —respondió el hombre negro, y se arregló la corbata.

Harold se alegraba de ver que Bellamy volvía a llevar sus trajes como era debido. Aún no comprendía cómo había podido llegar al final del verano vestido con aquellas malditas cosas sin que le diera algo pero, hacia el final, el hombre había empezado a tener un aire desaliñado. Ahora volvía a llevar la corbata bien colocada alrededor del cuello. El traje bien planchado e inmaculadamente limpio. Las cosas estaban volviendo a su cauce, pensó Harold.

—Esta vez no hubo problemas —declaró Bellamy.

El viejo gruñó a modo de asentimiento.

—¿Cómo van las cosas en la iglesia? —Bellamy rodeó los escombros.

—Bastante bien —respondió Harold. Se puso de nuevo en cuclillas y continuó examinando las cenizas.

—Tengo entendido que el pastor ha vuelto.

—Eso creo. Él y su mujer están hablando de adoptar varios niños. Por fin tendrán una familia como Dios manda —repuso Harold.

Le dolían las piernas. Pasó a ponerse de rodillas, ensuciándose los pantalones, justo como había hecho el día anterior y el de antes del anterior y el de antes de antes del anterior.

Bellamy le lanzó una mirada a Jacob, aún sentado junto a la tumba de su madre.

—Siento todo esto —declaró.

—No fue culpa suya.

—Eso no significa que no pueda sentirlo.

—En tal caso, supongo que yo también lo siento.

—¿Qué?

—Lo que sea.

Bellamy asintió.

—Pronto se irá.

—Lo sé —replicó Harold.

—Se ponen distantes, de ese modo. Por lo menos, eso es lo que la Oficina ha observado. No es siempre así. A veces, sólo desaparecen de pronto, pero por lo general se vuelven poco sociables, silenciosos, los días anteriores a su desaparición.

—Eso es lo que ha estado diciendo la televisión.

Harold estaba metido hasta los codos en los restos de la casa. Tenía los antebrazos negros de hollín.

—Si le sirve de consuelo —comenzó Bellamy—, por lo general se les encuentra en su tumba. Son devueltos a su sitio..., signifique eso lo que signifique.

Harold no contestó. Sus manos se movían solas, como si estuvieran acercándose a la cosa que buscaba con tanta desesperación. Tenía los dedos llenos de cortadas causadas por clavos sueltos y astillas de madera, pero aun así no lo dejaba. Bellamy lo observaba rebuscar.

Siguieron así por lo que pareció un largo tiempo.

Al final, Bellamy se quitó el saco, se arrodilló entre las cenizas y hundió las manos en ellas. Ninguno de los dos hombres dijo una palabra. Sólo escarbaron en busca de algo desconocido.

Cuando lo encontró, Harold supo de inmediato por qué había estado buscándolo. Era una cajita de metal, negra y requemada por el calor de las llamas y el hollín de la casa destruida. Le temblaban las manos.

El sol se estaba poniendo por el oeste. Cada vez hacía más frío. El invierno llegaría temprano ese año.

Harold abrió la caja, metió la mano en su interior y sacó la carta de Lucille. Una pequeña cruz de plata cayó sobre las cenizas. Harold suspiró y trató de mantener las manos quietas. La carta estaba medio quemada por el fuego, pero la mayoría de las palabras seguían ahí, escritas con la caligrafía alargada y elegante de su mujer.

... mundo desequilibrado? ¿Cómo debería reaccionar una madre? ¿Cómo debe afrontarlo un padre? Sé que parece demasiado para ti, Harold. Hay veces que pienso que es demasiado para mí. Veces en que deseo echarlo, que vuelva al río donde nuestro chico murió.

Hace mucho tiempo, tenía miedo de olvidarlo todo. Más tarde, tuve la esperanza de poder olvidarlo todo. Ninguna de las dos cosas parecía mejor que la otra, pero ambas parecían mejores que la soledad, que Dios me perdone. Sé que Él tiene un plan. Siempre ha tenido un plan. Y sé que ese plan me supera. Sé que te supera también a ti, Harold.

Para ti fue peor, lo sé. Esta cruz da vueltas por toda la casa. Esta vez la encontré en el porche, junto a tu silla. Probablemente te quedaste dormido con ella en la mano, como haces siempre. Probablemente ni siquiera lo sabías. Creo que le tienes miedo. No deberías tenérselo.

No fue culpa tuya, Harold.

Sea lo que sea lo que hay en tu interior y hace que tu cabeza se vuelva loca a causa de la cruz, no es culpa tuya. Desde que Jacob murió, has llevado esa cruz, del mismo modo que Jesús llevó la suya. Pero incluso a Él lo liberaron de ella.

Olvídalo, Harold. Olvida al muchacho.

No es nuestro hijo. Lo sé. Nuestro hijo murió en ese río, buscando pequeñas baratijas como esta cruz. Murió jugando a un juego que su padre le había enseñado y no puedes olvidarlo. Recuerdo lo contento que estaba cuando los dos bajaron al río y volvieron con esto. Era como algo mágico. Te sentaste con él ahí en el porche y le dijiste que el mundo estaba lleno de cosas secretas como ésta. Le dijiste que lo único que una persona tenía que hacer era buscarlas y que siempre estarían ahí.

Por aquel entonces, aún tenías veintitantos años, Harold. Él era nuestro primer hijo. No podías saber que te creería. No podías saber que volvería allí abajo solo y se ahogaría.

No sé cómo ha sido posible este hijo, este segundo Jacob. Pero francamente no me importa. Nos ha dado algo que nunca creímos poder volver a tener: la oportunidad de recordar lo que es el amor. Una oportunidad de perdonarnos a nosotros mismos. Una oportunidad de averiguar si somos aún las personas que éramos cuando éramos un par de padres jóvenes que esperábamos y rezábamos por que nada malo le sucediera nunca a nuestro hijo. Una oportunidad de amar sin miedo. Una oportunidad para perdonarnos a nosotros mismos.

No le des más vueltas, Harold.

Quiérelo. Después, déjalo marchar.

Estaba todo borroso. Harold apretujó la crucecita de plata en la palma de su mano y se echó a reír.

—¿Se encuentra bien? —le preguntó Bellamy.

El viejo contestó con más risas. Arrugó la carta y la estrechó contra su pecho. Cuando se volvió para mirar la tumba de Lucille, Jacob había desaparecido. Harold se levantó y escrutó el jardín, pero el chiquillo no estaba allí. Tampoco se encontraba junto a la estructura de la casa. Ni donde la camioneta.

Se secó las lágrimas de los ojos y se volvió hacia el sur, en dirección al bosque que conducía al río. Tal vez no fuera más que una casualidad, o tal vez fuera así como tenían que ser las cosas. De un modo u otro, por un instante, alcanzó a ver brevemente al muchacho bajo el resplandor del sol poniente.

Meses antes, cuando habían comenzado a confinar a los Regresados en sus hogares, Harold le había comentado a su mujer que a partir de entonces las cosas empezarían a doler. Estaba en lo cierto. Sabía que también aquello iba a doler. Lucille no había creído nunca que Jacob fuera su hijo. Pero Harold había sabido siempre que lo era. Tal vez las cosas fueran así para todo el mundo. Algunas personas, cuando perdían a alguien, cerraban las puertas de sus corazones. Otras mantenían abiertas puertas y ventanas, dejando su recuerdo y su amor pasar libremente a través de ellas. Y tal vez fuera así como tenía que ser, pensó Harold.

Así estaba sucediendo en todas partes.

NOTA DEL AUTOR

Doce años después de la muerte de mi madre apenas recuerdo el sonido de su voz. Seis años después de la muerte de mi padre, las únicas imágenes suyas que consigo recordar son las de los meses anteriores a su último suspiro. Se trata de recuerdos que quisiera poder olvidar.

Éstas son las normas que rigen el recuerdo, el hecho de perder a alguien. Algunas cosas permanecen mientras que otras acaban desapareciendo por completo.

Pero la ficción es algo distinto.

En julio de 2010, un par de semanas después del aniversario de la muerte de mi madre, soñé con ella. Era un sueño sencillo: yo llegaba a casa de trabajar y ella estaba ahí, sentada a la mesa del comedor, esperándome. Durante todo el sueño no hicimos más que hablar. Le hablé de los estudios de posgrado y de la vida en general después de que ella murió. Me preguntó por qué no había sentado aún cabeza y formado una familia. Incluso después de morir, mi madre intentaba casarme.

Compartimos algo que, para mí, sólo es posible en el mundo onírico: una conversación entre una madre y un hijo.

Ese sueño permaneció conmigo durante meses. Algunas noches, mientras me quedaba dormido, tenía la esperanza de repetirlo, pero eso nunca sucedió. Poco después, acorralé a un amigo durante la comida y le hablé de mi agitación emocional. La conversación transcurrió como es habitual con los viejos amigos: serpenteante, burlona a veces, pero básicamente fortalecedora. Algo más tarde durante la comida, mientras la conversación se iba extinguiendo, mi amigo me preguntó: «¿Te imaginas si hubiera vuelto de verdad, sólo por una noche? ¿Y si no sólo le pasara a ella? ¿Y si también les sucediera a otras personas?».

Vuelven nació ese día.

Lo que *Vuelven* llegó a representar para mí es difícil de explicar. Trabajaba en el manuscrito todos los días, luchaba por resolver ciertas cuestiones. Cuestiones de física general, cuestiones de detalles insignificantes y resultados finales. Batallé incluso con los puntos más básicos: ¿de dónde provenían los Regresados? ¿Qué eran? ¿Eran reales siquiera? Algunas de esas preguntas eran fáciles de responder, pero otras eran terriblemente esquivas, y llegó un punto del proceso en el que casi tiré la toalla y dejé de escribir.

Lo que me hizo continuar fue el personaje del agente Bellamy. Empecé a verme a mí mismo en él. La historia de la muerte de su madre —el ataque, la enfermedad que siguió a continuación— es la historia de la muerte de mi madre. Su deseo constante de distanciarse de ella es mi propio intento de huir de algunos de los dolorosos recuerdos de sus días finales. Y, al final, su reconciliación se convirtió en la mía propia.

Vuelven acabó siendo mucho más que un manuscrito para mí. Fue también una oportunidad. Una oportunidad de volver a estar con mi madre. Una oportunidad de verla sonreír, de oír su voz, una oportunidad de estar con ella durante esos últimos días de su vida en lugar de esconderme de ella como lo hice en el mundo real.

Al final me di cuenta de lo que quería que fuera, de lo que podía ser esta novela. Quería que fuera una oportunidad para que mis lectores sintieran lo que yo sentí en aquel sueño allá en 2010, para que encontraran aquí sus propias historias. Quería que fuera un lugar donde —gracias a unos métodos y a una magia desconocidos incluso para mí— las duras e indiferentes reglas de la vida y de la muerte no existen, y donde la gente puede volver a estar con sus seres queridos. Un lugar donde un padre o una madre pueden volver a abrazar a sus hijos. Un lugar donde los amantes pueden encontrarse el uno al otro después de perderse. Un lugar donde un niño puede, por fin, despedirse de su madre.

Un buen amigo describió una vez *Vuelven* como «tiempo desincronizado», y creo que la descripción le va como anillo al dedo. Tengo la esperanza de que los lectores puedan entrar en este mundo y encontrar las palabras nunca pronunciadas y las emociones irreconciliadas de sus propias vidas representadas dentro de estas páginas. Tal vez encontrar incluso sus propias deudas perdonadas. Las preocupaciones olvidadas por fin.

AGRADECIMIENTOS

Ningún hombre es una isla, y ningún escritor escribe solo. «Gracias» me parece insuficiente, pero hasta que pueda brindar con cada uno de ustedes, ahí va:

A mi agente, Michelle Brower (y a Charlotte Knott), que tomó a un escritor torpe, patizambo y de mirada bovina y su manuscrito, los limpió a los dos, los pulió y los hizo creer el uno en el otro.

A mi editora, Erika Imranyi, que me ayudó a superar los obstáculos y me animó durante todo el camino. No sabía cómo iba a ser la experiencia de tener por primera vez un editor, pero no podía imaginarme que sería todo lo maravillosa que ha sido.

A Maurice Benson y Zach Stowell, el mejor par de Rybacks que un Ryback podría desear. Gracias por todos los bistecs, los videojuegos, los refrescos de vainilla, las películas de acción de los ochenta y, lo más importante, por no dejarme perder el contacto con la realidad y hacer que me mantuviera ocupado. ¡Por la libertad!

A Randy Skidmore y Jeff Carney, que dedicaron un tiempo de sus vidas y soportaron el páramo al estilo *Dunas* que era el borrador original de esta novela. Su valor y coraje les han garantizado sin duda un lugar en el Valhalla.

A mi hermano de pluma, Justin Edge, por todas las sesiones de planificación que fueron los cimientos de esta novela. Sin esas largas horas transcurridas discutiendo la trama, los personajes y todo tipo de ideas, nada de esto habría sido posible.

A mi otra hermana, Angela Chapman Jeter, por «echarme un sermón» aquel día en el estacionamiento del trabajo. Tengo muchos, muchísimos momentos que agradecerte, pero aquel día concreto estaba desesperado. Tú me tranquilizaste y, a partir de entonces, empezaron a suceder todas las cosas maravillosas.

A Cara Williams, por alentarme durante años y creer que esto era posible. No hay en la lengua inglesa palabras suficientes para agradecerte tu apoyo. Eres demasiado extraordinaria para la gente como yo.

A los muchos amigos, seguidores y compañeros escritores que contribuyeron a hacer esto realidad: Michelle White; Daniel Nathan Terry; Lavonne Adams; Philip Gerard; el Departamento de Narrativa de la Universidad de Carolina del Norte en Wilmington; Bill Shipman; Chris Moreland; Dan Bonne y su maravillosa *troupe* del ILY (imleavingyoutheshow.com); mamá y papá Skidmore (Brenda y Nolan, alias «mister Skid»), por hacerme sentir como de la familia; mamá y papá Edge (Cecelia y Paul), por adoptarme también a mí; Samantha, Haydn y Marcus Edge; William Coppage; Ashley Shivar; Anna Lee; Jacqueline Bort; Ashleigh Kenyon; Ben Billingsley; Kate Sweeney; Andy Wiles; Dave Rappaport; Margo Williams; Clem Doniere, y William Crawford.

A todo el equipo de MIRA y Harlequin por hacer de todo esto un sueño maravilloso. Su apoyo, entusiasmo y aliento han sido abrumadores, y les estaré eternamente agradecido. Espero llenarlos a todos de orgullo.

A mi familia: Sweetie, Sonya, Justin, Jeremy, Diamond, Aja y Zion, por toda una vida de amor y apoyo.

Y, sobre todo, a mi madre y a mi padre: Vaniece Daniels Mott y Nathaniel Mott Jr. Aunque se hayan ido, están siempre conmigo.

 **Planeta**

España
Av. Diagonal, 662-664
08034 Barcelona (España)
Tel.: (34) 93 492 80 00
Fax: (34) 93 492 85 65
Mail: info@planetaint.com
www.planeta.es

Paseo Recoletos, 4, 3.ª planta
28001 Madrid (España)
Tel.: (34) 91 423 03 00
Fax: (34) 91 423 03 25
Mail: info@planetaint.com
www.planeta.es

Argentina
Av. Independencia, 1682
1100 C.A.B.A.
Argentina
Tel.: (5411) 4124 91 00
Fax: (5411) 4124 91 90
Mail: info@eplaneta.com.ar
www.editorialplaneta.com.ar

Brasil
Av. Francisco Matarazzo,
1500, 3.º andar, Conj. 32
Edificio New York
05001-100 São Paulo (Brasil)
Tel.: (5511) 3087 88 88
Fax: (5511) 3087 88 90
Mail: ventas@editoraplaneta.com.br
www.editoraplaneta.com.br

Chile
Av. 11 de septiembre, 2353, piso 16
Torre San Ramón, Providencia
Santiago (Chile)
Tel.: Gerencia (562) 652 29 43
Fax: (562) 652 29 12
www.planeta.cl

Colombia
Calle 73, 7-60, pisos 7 al 11
Bogotá, D.C. (Colombia)
Tel.: (571) 607 99 97
Fax: (571) 607 99 76
Mail: info@planeta.com.co
www.editorialplaneta.com.co

Ecuador
Whymper, N27166,
y Francisco de Orellana
Quito (Ecuador)
Tel.: (5932) 290 89 99
Fax: (5932) 250 72 34
Mail: planeta@acces.net.ec

México
Masarik 111, piso 2.º
Colonia Chapultepec Morales
Delegación Miguel Hidalgo 11560
México, D.F. (México)
Tel.: (52) 55 3000 62 00
Fax: (52) 55 5002 91 54
Mail: info@planeta.com.mx
www.editorialplaneta.com.mx
www.planeta.com.mx

Perú
Av. Santa Cruz, 244
San Isidro, Lima (Perú)
Tel.: (511) 440 98 98
Fax: (511) 422 46 50
Mail: rrosales@eplaneta.com.pe

Portugal
Planeta Manuscrito
Rua do Loreto, 16-1.º Frte.
1200-242 Lisboa (Portugal)
Tel.: (351) 21 370 43061
Fax: (351) 21 370 43061

Uruguay
Cuareim, 1647
11100 Montevideo (Uruguay)
Tel.: (5982) 901 40 26
Fax: (5982) 902 25 50
Mail: info@planeta.com.uy
www.editorialplaneta.com.uy

Venezuela
Final Av. Libertador con calle Alameda,
Edificio Exa, piso 3.º, of. 301
El Rosal Chacao, Caracas (Venezuela)
Tel.: (58212) 952 35 33
Fax: (58212) 953 05 29
Mail: info@planeta.com.ve
www.editorialplaneta.com.ve

Grupo 🌐 Planeta   Planeta es un sello editorial del Grupo Planeta